红旗插上大门岛

孙景瑞◎著

中国言实出版社

图书在版编目（CIP）数据

红旗插上大门岛 / 孙景瑞著. —— 北京：中国言实
出版社，2021.2

ISBN 978-7-5171-3767-2

Ⅰ.①红… Ⅱ.①孙… Ⅲ.①长篇小说－中国－当代
Ⅳ.①I247.5

中国版本图书馆CIP数据核字（2021）第023076号

出 版 人 王昕朋
责任编辑 宫媛媛
责任校对 张国旗

出版发行 中国言实出版社
　　　　地　　址：北京市朝阳区北苑路 180 号加利大厦 5 号楼 105 室
　　　　邮　　编：100101
　　　　编辑部：北京市海淀区花园路 6 号院 B 座 6 层
　　　　邮　　编：100088
　　　　电　　话：64924853（总编室）　　64924716（发行部）
　　　　网　　址：www.zgyscbs.cn
　　　　E-mail：zgyscbs@263.net

经　　销 新华书店
印　　刷 北京中科印刷有限公司
版　　次 2021 年 3 月第 1 版　　2021 年 3 月第 1 次印刷
规　　格 710 毫米 ×1000 毫米　1/16　23.75 印张
字　　数 390 千字
定　　价 96.00 元　　ISBN 978-7-5171-3767-2

孙景瑞，河北人，中共党员。1949年毕业于清华大学中文系，历任新华社第四野战军总分社记者、广州军区文艺创作室专业作家、总政治部文化部文艺创

作室创作员，1959 年任《解放军报》文艺编辑，1959 年加入中国作家协会，曾任广东省作协理事。著有短篇小说集《不能入库》、《边卡驼铃》，长篇小说《红旗插上大门岛》、《粮食采购队》、《紧要军情》（合作）、《北平不寂寞》，话剧剧本《中朝兄弟》，散文集《那时光景》，电影文学剧本《渔岛之子》等。

目录

第一章

1

一九五〇年春天。

一辆载运汽油的军用汽车，在沿海公路上飞驰着。车轮卷起来的灰尘，仿佛一阵阵红色的烟雾。正是华南雨季降临前的沉闷气候，又没有一点风，汽车过后，尘雾迟迟不散，在公路两旁的山坡、丘陵、稻田、农舍、溪流、灌木林、马尾松和羊齿草上面飘荡着。

这里是砂壤质红壤地带。公路蜿蜒，好像一条红色的带子。它，本来是一条废弃已久的道路，由于军事的需要，工兵们才匆促地修复了。但是，许多新修的地段，又被雨水冲刷得露出了沟沟洼洼。汽车开得又快又猛，颠簸得十分厉害。有时，连车厢里的汽油桶，都互相碰得发出沉重的叮咚声。汽车的车轮、挡泥板、车厢，和插在上面的已经被烈日晒枯萎了的树枝伪装上，都沾满了一层厚厚的红土。看来，这辆汽车已经行驶过很远很远的路程了。

汽车拐过一个曲折的急弯，突然停在一个小村庄外面了。这个小村庄被几棵枝叶繁茂的老榕树遮掩着，树下流着一条清澄碧绿的山溪。汽车一停，从车厢上的汽油桶中间，站起一个浑身沾遍尘土的青年军人来。他敏捷地从车上跳下来，用力向上和向前伸了伸粗壮的胳臂，又使劲摇了摇被汽车震得有点发晕的脑袋。然后，他从膀子上解下一条印有"将革命进行到底"七个红字的军用毛巾，离开公路，向溪边慢慢走去。他蹲在积满大小卵石的山溪畔，把脑袋一低，双手撩起冷冽的溪水，浇在头上，立刻，他感到一阵透体清凉。他把染满灰尘和汗迹的脸孔洗净，站起身来，向深邃而幽静的村庄望了一眼，便转身朝正在检查机器的汽车驾驶员走过去了。

这个青年军人有一副中等身材，宽广的胸脯，圆滚的肩膀。在略长的脸庞上，额头很宽；一对又黑又亮的眼睛，虽然躲在浓黑的眉毛底下，仍然掩盖不住那机敏、坚毅和智慧的光芒。他的皮肤微微发黑，穿着一套已经洗得发白了的旧军装。从衣着的整齐来看，使人想到他是一个勤恳、有计划而又善于安排工作和生活的人。他走到驾驶员身边，眨了眨眼睛，用焦急的声音问道：

"离师部还有多远？"

"两百公里。要是再加点油，今天晚上可以赶到。"驾驶员一边擦抹着手上污黑的机器油，一边抱歉似的微笑道，"同志，够颠的吧？"

"简直像摇煤球儿咯！"这个青年军人笑了笑，又说，"不怕！越快越好！"

"好啦，上车吧！"驾驶员挥了挥手，拉开了司机室的门，回头大声说，"这一回，不到师部不停车！"

青年军人刚爬上汽车，还没有坐稳，汽车就呜的一声，冲向前面去了。丢在汽车后面的尘雾，遮没了那个安静的小山村。

汽车仿佛是长了翅膀的鸟儿，灰尘好像是云彩。这一只大鸟儿便在云雾里飞行。但，紧紧倚靠着汽油桶的这位青年军人，仍然觉得走得太慢。他恨不得立刻就到师部才好。可是，他又有什么理由抱怨驾驶员呢？没有！因为汽车正用最高速度行驶着。随着汽车的奔驰，树枝伪装上的枯干的叶子，被摇得哗哗乱响。这种响声再加上车轮的沙沙声，显得非常单调，使他直想睡一觉。他刚一闭眼，汽车猛然颠了一下，把他颠离车厢底板很高，然后，又往下一落，震得他五脏六腑都隐隐发疼。他迅速地用手按住了胸膛。因为，那里有痊愈未久的伤痕。

……去年十一月间，在围歼白崇禧军的粤桂边战役中，他担任一连的一排长。

是一个漆黑的夜晚，他们这个连队，由副团长亲自带领，每小时以十二华里的急行军速度前进。为了"解放全广西，活捉白狐狸"，他们白天虽然已经完成了百里以上的行军任务，夜里仍然精神抖擞地前进。他们从进入广西以来，尽管日日夜夜爬山越岭，涉江渡河，全排却没有一个掉队的，因此被评为"模范排"。他随时都用这个光荣称号，鼓励战士们，要用坚持不懈的精神，打好新中国成立以来的第一仗。

队伍在无边的黑暗中前进着。一路上，满是敌人抛弃的武器、弹药和衣物。山坡下面，甚至连敌人煮饭的火还没有熄灭。他望着火光对战士们说：

"敌人就在前面不远了，再加一把劲，抓住狐狸尾巴！"战士们困极了。有的一边走路，一边瞌睡。他也又困又乏，再加脚上的血泡化了脓，又替战士背着两支步枪，每走一步，都要咬一次牙，可是，他仍然走在全排的最前面。

黎明前，侦察员从黑暗中钻出来报告："前边县城里发现了敌人军部和一个团。敌人正在检查和发动汽车，有即将逃跑的模样。"

副团长决心立刻袭击敌人，把他们拖在这里，等待后续部队上来。副团长命令他先带一排插进城去，其余各排绕到东西两面夹攻，造成大军包围的声势。他临走时，副团长说：

"敌人所以敢在这里宿营，是因为估计我们距离这里还有一百里路，一夜之间，不会赶到。我们虽然只有一个连，当出现在敌人面前的时候，他们会以为是一个师。记住：现在清醒的不是敌人，而是我们！我们要利用突然袭击，勇猛穿插，把敌人的心脏搅翻。你的任务是不论在任何情况下面，也要坚持到天亮——也就是说，坚持到后续部队到达！"

他接受了任务，立刻带领着一排战士，向正掩藏在黑暗中的县城飞也似的跑去。突然，从黑暗中传出了敌人哨兵的喊叫：

"站住！口令？"

他一步也没有停，一边跑，一边镇静地回答道：

"自己人！刚撤回来的。后边有共军追！"

这时，对方又追问道：

"哪一部分的？"

他装作很不耐烦的样子，打着官腔说：

"真啰唆！老子要是共军，早一枪把你撂倒了！"

他一边说，一边带着队伍越过了哨位。

他们走进县城一看，大街两旁，横躺竖卧，到处都是疲乏万分的敌兵。其中，有的已经在收拾背包，也有的在生火煮饭。他们不管这些人，沿着街道向前走，忽然，一阵汽车发动机的轰隆声，仿佛沉雷一般，在什么地方响着。他迅速地判断了一下方向，立刻顺着声音找去。他们走到县立中学的大操场上，往前一看，只见黑压压的一片大大小小的汽车，正准备出发，有的已经开动了。他马上命令全排以战斗小组为单位分开，发挥独立作战的能力，袭击汽车，然后，在中学门口集合。各个小组像箭一样射出去了。他拉开一颗手榴弹，猛向汽车群投去。闪光冲破了黎明前的黑暗，这是开始战斗的信号！紧接着，震耳的手榴弹爆炸声，急促的冲锋枪声，响成了一片。汽车群变成了一片火海。

各个小组在中学门口集合后，向院子里冲去。敌人站在教室楼上高声叫喊：

"这是怎么回事？他妈的，这是军部，弟兄们不要误会！"

他应声高呼：

"误会不了，投降吧，你们被包围啦！"

这时，城东和城西也响起了激烈的枪声。

敌人吓得龟缩在教室楼里，胡乱射击。他带着战士冲上二楼，在楼梯口，遇到了顽强抵抗。敌人想乘机反扑，把他们打退，冲下楼来逃跑。可是，他和战士们仿佛钉子一样，钉在那里，堵住了敌人的逃路。

这时，天空变成了灰色，眼看就要天亮了。他一边战斗，一边鼓励战士们：

"同志们，不许后退！把敌人卡死在楼上！"

喊声未落，敌人的火力更加猛烈了，投出来的手榴弹，像雨点一样落在战士们的周围。可是，战士们没有后退一步。敌人朝楼下冲了三次，都被打了回去。他激动地喊：

"同志们，我们要关敌人的禁闭！等咱们的后续部队来放他们！"

双方僵持了一个多小时。敌人下不了楼，战士们也冲不上去。正在这时候，从中学校门口又冲进来一股前来解围的敌兵。他立刻命令一班堵住教室楼下面的门，不让他们靠近。虽然这样，他们也处在两面受敌的不利情况下了。但，也只有到了这时，他们才真正变成了插入敌人心脏的一把刀。他们刚把外面的敌人打退，楼上的敌人又冲了下来。他回头一看，两个战士倒下去了，十几个敌人军官挥舞着手枪往下扑来。他把胳臂一举，驳壳枪卜卜地叫了十几声，把敌人军官打倒了三四个，其余的又缩回去了；几乎是同时，一颗手榴弹在他跟前爆炸了。……

他从昏迷中醒来，已是当天下午了。县城内的敌人军部和一个团，早被我军歼灭，队伍已继续前进了。

野战医院收容所的一位护士，把师长萧松年留给他的信轻轻地念给他听：

"……由于你们钉住了敌人军部，打乱了敌人逃跑的计划，为后续部队全歼敌人争取了时间，给人民立了大功。我特写这封信向你祝贺！同时，希望你在后方安心休养。……"

他一直在病床上躺了五个月，当他接到老战友、一排副排长孙刚的来信，知道部队正为准备渡海作战大练兵时，战斗的强烈愿望吸引得他再也不能躺下去了。他正要去找医生批准他出院，出乎意外的是，医生跑来向他微笑着说："你可以出院了，马上去办出院手续吧！"第二天，怀着兴奋的心情，搭上了火车。下了火车以后，他嫌长途公共汽车太慢，中途还要换车，便去打听有没有到前方的军车。真好像有人把一切都替他安排好了一般，他刚站在公路路口上，一辆载运汽油的军车开过来了。他拦住一问，正好是他们师后勤部的。他便坐着这辆车子，闻着强烈的汽油味，开始了长途旅行。……

汽车突然停住了。他以为又是驾驶员临时停车检查机器，但，驾驶员跑到车厢后边喊道：

"到了，下车吧！"

他跳起来，疑惑地问：

"你不是说要等天黑吗？"

"工兵又新修了一条通海边的公路，"驾驶员伸出右手，把大拇指和食指比成一个八字，说，"少绕八十公里！修得真快，我走时还没听说哩！"

"这是为了支援渡海作战啊！"他激动地想。

他和驾驶员握了握手，便背起背包，走进了一个被高大而葱绿的椰子树和棕榈树所遮掩着的村庄。

2

师部就驻在这个村庄里。

亚热带的天气，太阳直射下来，晒得人身上脱皮。野外，鹅掌柴、交让木、车轮梅、桃金娘、鹧鸪草、知风草和芭蕉的叶子，反射着刺目的亮光。这里的天空好像比别处宽广明净，太阳似乎也更加明亮些，令人觉得宛如来到了一个周围都是用反光的琉璃做成的童话世界。

他在平整的石板铺的街上走着。石板路被太阳晒得烫脚，周围空气灼热，他浑身上下早叫汗水湿透了。尽管如此，他还是压不住心头的兴奋。他向一个战士打听了师部的住处，拐过一个香蕉园，沿着一个大鱼塘的石岸，直朝着一座高大的房子走去。他走到门口，朝院子里探了探头，一眼便瞧见师长萧松年、政治委员和参谋长等几位师首长，正围坐在院子里的一棵枝叶茂盛的小叶榕树的浓荫下面谈话。萧师长比半年以前又胖了一些，脸孔显得更圆了。那熟悉的笑容，和蔼的态度，依然如旧。他真想立刻跑上前去，向老首长问一声好；又一转念，首长们也许在商量什么重要的事情，不要打搅他们吧。他决定先去把介绍信办好，早一点回到连队去。

他刚要走开，一个非常熟悉的声音传进了耳鼓：

"雷大鹏，小鬼！"

这是萧师长在叫他。他参军后不久，从连队里调到团部给当时还是团长的萧松年当通讯员时，萧团长总爱这样叫他。后来，雷大鹏回连队当班长，一年后，升任了副排长；又过半年，升任了排长。可是，萧松年好像忘记雷大鹏已经长大了，只要一见面，总用这样亲切地称呼。

雷大鹏走了过去，敬礼报告：

"雷大鹏伤好归队！"

他刚报告完毕，手就被萧师长紧紧地握住了。

"伤全好了吗？怎么不通知一声就跑回来啦？"萧师长拍了拍雷大鹏的肩膀，仿佛要试验一下他是不是已经恢复了健康似的，笑着说道，"来！坐下休息一下吧！上回战斗，给你评了一个大功，你们连长刘兆德写信告诉你了没有？"

"告诉了。"雷大鹏感到喜悦，又觉得惭愧，脸涨得通红说，"在后方一住就是五个月，也没有工作，真对不起党和首长啊！"

"唔，这小鬼现在学会讲'漂亮话'了！"萧师长一边满意地哈哈大笑着，一边朝坐在旁边的政治委员挤眼睛。

"师长，你以前不是常对我说，人像机器一样，一不工作就要生锈，变成废物吗？"雷大鹏微笑道，"变成废物，谁还需要呢？"

"好，你不用担心变成废物，革命工作是永远做不完的！"萧师长站起来，倒了一碗茶，端给了雷大鹏，"你回来的正是时候，有工作做，也有仗打……"

"我就是为了想打仗才赶回来的！"雷大鹏有点激动地说。

"……可是，任务不轻啊！"萧师长注视着雷大鹏的眼睛，脸色变得有点严肃地说，"对于我们，还是一个有史以来未曾有过的新的任务。"

"渡海作战？"雷大鹏迫不及待地问道。

"是的！我们有许多战士，连海洋还是平生第一回看到哩！"萧师长说，"可是，我们却要求他们渡过海去，解放祖国沿海的岛屿。如果，我们有军舰，那是另一个问题；现在，我们有的只是木船！用木船渡海，你知道这意味着什么吗？这意味着勇敢。对，是布尔什维克式的勇敢！"

"没有问题！"雷大鹏满怀信心地笑了一下。

萧师长看到了雷大鹏这副神气，好像火花一闪，回忆起一九四六年的冬天，在冰雪覆盖着的东北战场上的一幕：

经过一昼夜激烈战斗后，他奉命率领全团转移阵地。途中，国民党反动派的四架美造飞机，向他们跟踪轮番扫射和轰炸。敌机向团指挥所俯冲下来，他刚刚卧在雪地上，立刻，就有另一个人扑在他身上。敌机上扫射下来的机枪弹，在他周围哧哧乱钻。不一会儿，敌机飞走了，他们爬了起来。他这时才发觉用身体掩护他的是雷大鹏。他问："怎么样？"他也是笑了一下说："没有问题。"从此，萧松年对这个年轻战士有了更深刻的认识。

萧师长向坐在他面前的雷大鹏，又投了一个满意和信任的眼光，然后，走到政治委员跟前，小声地说：

"刚才，咱们还在为配齐渡海连队的连长副手伤脑筋，看，这不是自己送上门来啦！我的意见是把他提升为一连副连长，你看怎么样？"

"要得。"政治委员点了点头，朝正聚精会神地喝茶的雷大鹏打量了一下，说，"他在咱们师里也算一个呱呱叫咯！"

"那就这样决定吧！"萧师长说，"让我跟他谈谈。"

3

这一夜，雷大鹏是在失眠中度过的。他可是从来没有过这种病症。他躺在松软的棕床上，浴着从窗外吹进来的凉爽的海风，把白天那种逼人的炎热早忘光了。四周分外安静，他本来可以舒适地睡一觉，把长途旅行带来的疲倦消除，可是，不论怎样努力，也不能把兴奋的心情平息下去。他为重新回到部队而喜悦；他回味着萧师长的谈话，以及面对着党和上级首长对自己的高度信任，感到幸福。但，他同时又感到肩头上的责任更加重大了，有些为新的工作任务担心……及至他刚觉得迷迷糊糊地入了梦，就被一阵异常亲切而又响亮的起床号声唤醒了。

他匆匆地收拾了一下背包，到伙房找炊事员弄了点吃的，就去向萧师长告辞。但，他走到屋门口，萧师长的警卫员悄悄地告诉他说，萧师长昨天晚上研究工作到两点才睡，还没有起床。他怕搅扰首长的休息，只叫警卫员代他报告一声，就背起背包走出村庄。

一连驻在紧靠海边的一个名叫白沙的渔村里。从师部到那里，要沿着海岸走八公里。中途，还要经过团部驻地迎日港。南海边上初夏的清晨真叫人精神振奋啊！雷大鹏深深地呼吸着湿润的带有凉味的新鲜空气，浑身血管都好像扩大了，觉得十分轻松愉快。他穿过稻田间的小径，走上了通迎日港的公路。红土路面有点儿发潮，清晰地印着汽车轮胎的花纹。公路两旁长着副热带的茂盛的黄牛木、大沙叶和樟树，树下的买麻藤，纠绕缠结，好像只有蛇才能通过。路边还开放着一种鲜艳的野花。雷大鹏被花诱惑得停住了脚步。他蹲下去一看，花瓣上还挂着细小的露水珠儿，宛如珍珠一般亮晶晶地闪着光。他尽管能够把故乡田野上的野花的名字叫得很全，这里的花草树木的名字，却连一个也唤不出。他站起来，呼吸到了一股泥土的芳香和野花甜腻腻的香气。这种气味，和故乡田野所放射出来的一样，他是多么熟悉而怀念啊！他转身继续向前走去，迎着东方的朝阳，挺起了宽广的胸膛，情不自禁地歌唱起来：

> 看，我们胜利的旗帜迎风飘扬，
> 看，灿烂的太阳升在了东方，
> ……

很远，雷大鹏就望见了迎日港码头上的一座高耸入云的铁架子，走近一看，原来是蒋军撤退前破坏了的一架巨型起重机。起重机的长臂一直伸向海湾。在长臂的一端，站着一个海岸哨兵，正监视着祖国的海洋。雷大鹏看了，忍不住想："这真是一个想象不到的最好的'瞭望塔'啊！"

他穿过了夹道相迎的凤凰木和椰子树，走到用石块砌成的码头上。立刻，一幅辽阔无边的海洋的壮丽图景，在他的眼前展开了。

他面向海洋，怀着欣喜而新奇的心情，凝神眺望着。

他是在北满草原上出生和长大的，他只听别人说过海，但是，海到底是什么样子，他从没见过。海，在他的想象中只是很大很深的一片水。现在整个海洋毫无遮掩地裸露在他的眼前时，他不禁惊住了！原来，真正的海洋比他想象中的不知要大多少万倍啊！

海洋十分平静。远方的海面上，荡漾着碧蓝色的波纹。说准确一些，海的颜色并不是单色。在靠近岸边的地方，海水是绿的；稍远，呈现着淡青色，再远，才是蓝色。朝霞映照着海水，又仿佛调进了一种朱红，使颜色变得更加绚烂了。潮水有节奏地拍打着沙滩、岩礁和渔船的船舷，激溅起来的浪花，叫太阳一照，好像撒了一片银粉。海鸥正不知疲倦地伸展着白翅，在蔚蓝色的空际飞翔着，宛如在给远去的渔船送行。……雷大鹏被海洋所独具的那种壮丽、辽阔的景象吸引住了。他曾听到老人说过这样的故事：海洋是一头十分凶恶残暴的怪物，只有英雄才能战胜它。可是，他现在所看到的海，简直比湖水还平稳，波浪比长江和黄河的还微小，倒像一位温柔秀丽的少女，谁见了，都会深深地爱上她的。

他被海洋迷住了。

他伫立了许久，直到太阳升得很高，晒在身上觉得热起来的时候，才恋恋不舍地离开了迎日港码头。

第二章

1

雷大鹏在团部办完手续，离开了迎日港。他下了公路，翻越过一道覆盖着白茅、鸭嘴草和青香茅的高丘，便钻进了林中小径。因为繁茂的树木互相勾连，葱郁的枝叶密密遮盖，走在里面，竟至看不到太阳，辨不清方向，仿佛在阴暗的隧道里行走一般。他走到一个岔路口，一时无法辨别走哪一条路。他正在徘徊不定，忽然，从背后钻出一个战士来。雷大鹏注意看时，只见这个战士约莫十八九岁，面颊丰满，脸庞滚圆，长着一双黑亮的大眼睛。他立刻上前问道：

"同志，上白沙走哪条路？"

那个年轻战士并没有立刻回答，他把雷大鹏打量了一下，问道：

"你贵姓？"

"我姓雷……"

"啊，你是到一连去吧？"那个年轻战士热情地说，"你是新来的副连长吗？"

"是啊，你怎么认识我？"雷大鹏感到奇怪地问。

"我刚才到团部接你去了！"那个年轻战士一边说着，一边上前来摘雷大鹏的背包，"来，让我替你背吧！我到了团部一问，说你先走了，我这就扭回头追。……"

无论雷大鹏怎么坚持，背包还是被他抢过去了。雷大鹏见这个战士跑得满头大汗，不禁投了一个感谢的眼光，问道：

"你也是一连的吧？"

"我是一排一班的战士，名叫陈明德。"由于在半路赶上了所要接的人，陈明德兴奋地说，"今天早晨，营里通知我们连，说来了一位副连长。我们刘连长和徐指导员一听，就叫我们一排派人来接，说你原来就是我们的排长。……"

"我怎么不认识你呀？"

"我是从团部通讯排下来的，才两个多月。"

"团部离白沙这么近，怎么还要派人来接呀？"

"怕你走迷了路。"陈明德眯缝着眼睛，稚气地笑道，"我们好像住在树海里，常来常往，有时还转向呢。上个月，师报的一位记者同志，从团部到我们连来采访，走了一天一夜……"

"那可奇怪咯！"

"一点也不奇怪。他走迷了路，在树林子里钻来钻去，尽转圈子。后来，碰上一个老百姓，才把他领来了。"

他俩一边走，一边谈。雷大鹏发觉这个年轻战士十分伶俐，爱说爱笑，快快活活，心里已是喜欢他七八分了。他仿佛从他身上看到了几年前的自己的影子。又走了一会儿，雷大鹏问道：

"你们最近在干什么？"

"海上练兵啊！"

"你练得怎么样了？"

"就算够个水手条件吧！前天考了一回，掌舵、使帆、看风、水上射击，成绩全是'良好'。我回班哭了一通。"

"为什么还哭呢？"

"连一个'优秀'都没有，你说多气人！我们班除了李济才，就属我糟了！"

"李济才？是不是那个老木匠？"

"就是他！自从接到他老婆一封信，就天天装病，连海也不出了。"

"为什么要装病呢？"

"想家呗！他说，解放了大陆，革命就进行到'底'了；现在又要渡海作战，这个'底'可就成了《西游记》里说的那个'无底洞'了。我们班里开会

11

批评了他两回，也没解决问题！"

"批评？你们怎么批评的？"

"你一到连里就知道了。"陈明德笑着说。

雷大鹏也没有再追问，便扭转话题，又问道：

"你说，帆船能过海吗？"

"过得了！渔民给我们作了三回报告，说比这海面再宽再远也能去！他们出去捕鱼，一走就是两三个月，用的还不也是这种木帆船。"

"可是敌人有军舰大炮啊！这不比在陆地上，是不是？"

"是的！"

"那么，你说怎么办？"

"这——，咱听上级的命令呗！"

雷大鹏从陈明德的回答和脸上的神色，看出来他心里还没有底。一个战士，若在执行战斗任务时，光有勇敢和热情，胜利的保证只能算是有了一半；他必须还要有执行任务的具体办法，勇敢和热情才能高度发挥作用。雷大鹏沉默了一会儿，又向陈明德了解了一些连里的情况，抬头一看，从万树丛中露出了几间草屋。陈明德朝前一指，说：

"到了！"

雷大鹏刚一进村，就听有人喊道：

"老雷，你回来啦！"

雷大鹏顺着声音一看，只见指导员徐文烈从一棵大榕树的浓荫下跑过来。徐文烈一边跑，一边笑着说：

"我在这儿等你半天啦！"

"指导员，你的身体怎么样？"雷大鹏的心情也十分兴奋，一边紧紧地握着徐文烈的手，一边关切地问。

"我还一次也没有病过哩！你看，我是不是比以前胖多了？"徐文烈抚摸着脸颊说，"上礼拜我秤了一回体重，增加了五公斤！我的健康情况，半年多来大有好转，看样子，还有本钱替革命多干上几年哩！"

"工作很忙吧？"

"紧张得很啊！"徐文烈加重了语气强调说，"昨天晚上，我才从师里回来。我们集训了二十多天。我要知道你回来，一定等你一块走。你来得正好，多一条粗胳臂，任务再多再重也不怕啦！看，我们干什么在这毒日头下边晒着呀？走，到连部去！"

"指导员，我可以回班吗？"陈明德在旁边问道。

"你回去吧！"徐文烈点了点头，说，"告诉你们排长，就说雷副连长回来啦，叫他来看看老战友！"

"是！"陈明德敬礼后，转身走了。

"一排排长是谁？"雷大鹏问。

"你们从前的老伙计！"

"孙刚！"

"对，他由副排长提升上来了。"

"我在医院接到他一封信，没有提这件事。他还是那么胖吗？"

"上月才提升的，他胖得快走不动了！"

两人一边谈，一边走。

雷大鹏问道：

"刘连长呢？"

"他到海边去了。今天测验三排的水上射击，大概快完了！"

"水上射击成绩怎么样？"

"不够理想。"徐文烈轻轻地摇了摇头说，"这次渡海作战，什么都是新的，样样得打头来。我们必须从已有的训练水平，再提高一步，不然，二、三连都要赶过咱们了。那样一来，咱们连争取作渡海突击队就要落空了。"

"对！咱们连是全军出名的'钢铁先锋连'，从松花江打到南海边，从没落过后啊！"

他俩走进了连部。徐文烈并没有让这位远来的"客人"休息，而是迫不及待地把墙上的保密帘拉开，露出五万分之一的军用地图，指着一个好像鸡卵似的椭圆形岛屿，有力地说：

"这就是大门岛！我们的任务就是搞掉它！"

雷大鹏注视着大门岛，好像是在鉴赏什么珍玩宝物。

"大门岛离大陆的垂直距离是五十二浬，突出在这一群岛屿的外面。"徐文烈仿佛地理教员似的一边指点，一边讲解，"这个岛子虽小，海防地位却非常重要。敌人占据它，可以作为骚扰大陆的跳板，又可作为阻挠海上交通的基地。

我们解放了它，那就变成了站在祖国大门口的哨兵！现在，敌人很嚣张，宣传我军飞不过海去。我们有些同志也的确叫海洋给吓住了，对用木船渡海作战，信心不大。我们必须依靠党做许多工作啊！"

"老徐，怎么人家刚一进门，你就给上起课来啦？哈哈……"

雷大鹏和徐文烈回头一看，原来是连长刘兆德回来了。只见他披着一件军上衣，斜挎着驳壳枪，满头大汗，络腮胡子足有半指长，颧骨突出，双眼凹陷，仿佛久病初愈。雷大鹏一见几年来的老首长，变成这么瘦骨嶙峋的，不禁吃了一惊，急忙上前关切地问道：

"连长，你怎么啦？"

"我？"刘兆德低头看了看自己，不大理解地回答道，"我没有怎么啊！"

"你瘦多了！"

"咳，累的！"刘兆德这才省悟过来，无所谓地说，"为了打那么两三百个海匪，熬星星熬月亮，练了快三个月啦！到现在，水上射击的成绩，全连总平均还不过是个'及格'！老徐去受了二十多天训，我一个人担起全连的工作，在这儿受了二十多天'罪！'哈哈……"

他说得三个人都笑起来了。笑声刚住，刘兆德便向门外探身喊道：

"小苗！小苗！"

连部通讯员苗国新立刻从隔壁房子里跑过来了，手里还拿着一支钢笔。他一进门，见了雷大鹏，先敬了一个乱，然后问道：

"一排长……不，副连长，你的伤好了吗？"

"全好了。小苗，还那么淘气呀？"雷大鹏微笑着说。

苗国新像小孩子见了生人似的，低着脑袋没答话。这时，刘兆德把话接过去了，半玩笑半认真地说：

"他快变成知识分子了。一天到晚，不是写字，就是看书，你看，出门还拿着笔哩！不过，我得警告你：水上射击要是不及格，我就叫你下班！去，到香蕉园子里买几斤香蕉来！"

"怎么又买香蕉呀？都吃腻了！"苗国新不以为然地说。

"你一天到晚当饭吃，吃腻了；雷副连长刚从北方来，还当作新鲜的呢。快去！"刘兆德挥了挥手。

苗国新没有再说什么，眨了眨眼，一阵风似的跑出去了。

"年轻人进步太快了。一年前，他还是一个流鼻涕的毛孩子哩！"刘兆德望着苗国新的背影，感慨地说，"我在一九四三年参加游击队打日本鬼子的时候，也是年轻力壮，背起小马枪，天一黑出去送信，来回跑一百里路，第二天还耽搁不了出早操！那时，我就像个铁打的人；现在……"

他说到这里，忽然停住了，轻轻地摇了摇脑袋，好像不同意什么意见似的。

"现在，你还像个铁打的嘛！"徐文烈微笑道。

"铁还是铁，"刘兆德摸着大约有半个月没有刮过的胡子笑道，"可长了锈啦！"

"脸上长锈不要紧，"徐文烈幽默地说，"思想不长锈就行！"

"你真是三句话不离本行，一开口就是'思想'！"

"思想长锈，这在我们连里是一个严重问题。"徐文烈严肃地说，"比方说，一班的李济才……"

一直坐在旁边没有说话的雷大鹏，一听指导员提出了李济才，不禁注视着徐文烈，全神贯注地听着。

"他？"刘兆德不以为然地说，"他是个老落后！"

"我们在工作上也有缺点。"徐文烈回忆了一下，说，"李济才在一排当了四年战士，他是一九四七年春天解放过来的。他在旧社会里当过短工、学过木匠，后来被国民党反动派抓去当了兵。他家里有母亲、妻子和两个孩子。他今年已经三十一岁了。最近他在班里经常沉闷不语，总像有什么心事。但是，不论交给他干什么工作，他都是用一种木匠的心肠，耐心地细致地完成任务。他是一个老老实实的同志，不过，在政治上不够开展，还没有入党。据我了解，他现在的主要问题是想回家，认为革命已经到'底'了！但，这也不能说他是老落后呀！"

"就是这么回事！"刘兆德同意地说，"他还装病，耍死狗。"

"我看，问题要具体研究。"雷大鹏好像早已考虑成熟似的说，"解决一个战士的思想问题，也要用一种木匠的心肠，必须耐心、细致。"

"我同意老雷的看法。"徐文烈向雷大鹏投了一个赞成的眼光。

"训练任务这么紧，谁有工夫跟他磨牙？"刘兆德无可奈何地耸了耸肩说，"那就看你们的吧！"

"我建议，叫老雷摸一摸一排的思想，再负责把李济才的问题解决一下。他熟悉他们。"徐文烈恳切地说，"我摸二、三排。光水上射击'及格'了，思想不及格，我们的训练任务还只不过完成了一半！今天晚上召开一个支委扩大会研究一下这问题吧！"

"好！"刘兆德又挥了挥手。

苗国新两手提着好几串香蕉跑进屋来了。刘兆德接过一串来，送到雷大鹏面前，亲切地说：

"吃吧！在这儿吃香蕉，比咱们北方吃大萝卜还便宜哩！"

雷大鹏接过香蕉来，剥开一个，咬了一口，一股香甜的味道特别诱人食欲。他一连吃了四五个。他们一边吃，一边谈着工作、祖国和家庭，回忆过去在艰苦斗争中并肩作战的日子。……

2

午饭后，雷大鹏刚放下筷子，就迫不及待地跑出去了。他是多么想念那些曾跟自己一起爬冰卧雪、冲锋陷阵，在血与火中结成了生死友谊的战友们啊！

他正往一排走。忽然，一声叫喊，震得耳鼓嗡嗡响：

"同志们，雷排长回来啦！"

雷大鹏猛吃一惊，这是谁在什么地方喊呢？声音来自天空，真如在头顶上打了一个霹雷。他抬头一看，只见一班战士赵二虎，像猴子爬竿似的攀在一棵椰子树上，向正在竹林里的一排同志大声招呼。雷大鹏看了，又好气又好笑，仰脸说道：

"赵二虎，你上树干什么去了？"

"我正练习爬桅杆哩！"赵二虎一边回答，一边往树下溜，转眼就站在雷大鹏面前了。

雷大鹏刚要跟赵二虎说些什么，还没有容他开口，一排的战士已蜂拥到他的跟前，把他团团包围起来了。大家你一言，我一语，弄得雷大鹏也不知听谁的好了。最后，他只好大声向同志们问候道：

"同志们都好啊！"

雷大鹏被战士们簇拥着，走到浓密的竹荫下面，立刻有人把一杯白开水送到他手里。他回头一看，原来是一班长李福生。这位只有二十一岁的青年班长，过去，曾在雷大鹏班里当战士。大家都说他打起仗来，好像一头勇猛的小老虎。因此，同志们就叫他"小老虎"。雷大鹏喜爱这个小伙子的勇敢和机智，像对待自己的亲弟弟一样，关怀和帮助他不断地进步，在部队进关的行军路上，他终于成了他的入党介绍人。今天一见面，虽然仅仅分别了五个多月，他觉得这头"小老虎"长大了，增加了几分沉着的性格。

"李福生，看你的脸！"雷大鹏指点着说。

"我的脸？"李福生摸了摸脸颊，不知道雷大鹏指的是什么，莫名其妙地问道，"我的脸怎么啦？"

"多黑呀！"雷大鹏笑道，"像锅底！"

"天天海风吹，太阳晒，哪能白呢？"李福生向战士们环视了一下说，"看，个个都像铁铸的！"

大家正谈笑间，一个人喘呼呼地跑过来。他挤进人群里，一把抓住雷大鹏说：

"我可把你盼回来了！"

雷大鹏一看，原来是一排长孙刚。他高兴得用拳头捶了孙刚的肚子一下，笑道：

"你可真快成皮球啦！足有一百三十斤吧？"

"市秤一百四十六斤半！"孙刚跑得满头满脸大汗，一边用帽子扇，一边笑着说，"再发展下去，我这碗当兵的饭快吃不上啦！"

他的话引得周围的战士哈哈大笑起来。在笑声中，有一个战士大声说道：

"排长，上级也没有体重超过多少就退伍的规定啊！"

雷大鹏隔着人缝一看，这个说话的战士原来是一班的张双喜。这个战士小时候跟他父亲学过铁匠，手也很灵巧。他总随身带着小钢锉、尖嘴钳子和小刀，如果枪出了什么故障呀，配个什么小零件呀，谁的手表不走呀……一碰到这些事，连里的同志就找他来了，而且是"手到病除，一概免费"。过去，雷大鹏曾想建议上级调他去学汽车驾驶和修理技术，后来，因为自己负伤休养，这件事也就暂时搁下了。雷大鹏正要和他说话，孙刚却抢先对张双喜说：

"张双喜，我正有事找你哩！"

"是！"张双喜挤到孙刚面前，立正回答了一声。

"刚才刘连长通知我，决定调你到师里去学习驾驶机帆船。"孙刚说，"下

17

午，先上营部报到。你快收拾一下，找文书开介绍信去吧！"

"是！"张双喜一听，两只眼睛充满了兴奋的亮光，嘴角也露出了喜悦的笑容。

雷大鹏听到了这个消息，也为张双喜感到高兴。他走到张双喜面前，拍了拍他的肩膀，用恳切关怀的口气鼓励道：

"可得好好学习啊！"

"我一定不给一连同志丢脸！"张双喜清脆地说。

"这是一方面。"雷大鹏亲切地嘱咐道，"还有更重要的一方面，你必须记住：学习驾驶机帆船，是为了渡海作战，消灭敌人。不要认为机帆船太简单，它比帆船已经进步得多了。要知道，今天我们虽只有少数机帆船，不久的将来，我们一定会有强大的海军、现代化的军舰，来保卫祖国的海洋。"

"我一定好好掌握技术！"张双喜的眼睛更明亮了。

"对，今后就是需要掌握科学技术！"雷大鹏的右手用力一攥，伸到张双喜面前晃了一下，好像在他手里已经掌握住了一切。

张双喜走后，雷大鹏又跟孙刚和一排战士亲亲热热地谈了好久，才离开那里。

他又到二、三排转了转，然后，满怀着和自己的战士见面后的喜悦，心情愉快地回连部去。

他走了不远，就站住了。他觉得应该去看看李济才，便掉转头走进竹林后面的房子。这是一班住的地方。屋子里静悄悄的。战士们都到海边去了，只有一个人在床上脸朝里躺着。他走近那个人一看，果然是李济才。他几乎不认识这个战士了，他的脸孔又黄又瘦，一下巴密密麻麻的胡子，紧闭着双眼。雷大鹏站在床前，正考虑是不是要唤醒他，李济才已先睁开了眼睛。他仿佛刚从梦中醒来，还一时分辨不清是真是假，眨了几下眼睛，想要一翻身坐起来，却又软恹恹的。他无力地说：

"雷排长，你回来了……"

雷大鹏把他按住了，顺便坐在床沿上，亲切地问道：

"李济才，你病了吗？"

李济才没有回答，只点了点头，用无力的眼光望着雷大鹏。

"病了几天啦？什么病？"

雷大鹏一边问，一边用手摸他的前额，觉得他的额头热得烫手。

李济才仍然没有回答。

"快点把病养好吧，咱们要渡海作战了。"雷大鹏用一种鼓舞人心的声音说，"能参加上这一次战斗多光荣啊！"

李济才的嘴唇动了动，却没有说出什么来。他的眼睛湿润了，滚出了好几滴大泪珠子。然后，他把脸孔又转向里面。

雷大鹏看了李济才这种样子，一时摸不着头脑，刚想再安慰几句；忽然远处传来一阵响亮的军号声。这是部队出海演习的集合号。雷大鹏看出再谈下去，也不会有什么结果，便说了一句好好休养的话，出来了。他决定亲自跟部队到海上去。

3

明亮的阳光强烈地照射着白色的沙滩。海平似镜，泛着光明耀眼的银波，仿佛整个海洋是一块巨大无比的水晶。在远处的水平线上，浮现着几个敌占岛屿，隐隐约约，好像在光天化日下面企图隐藏而又无处存身的罪犯。雷大鹏朝海上匆匆地瞥了一眼，便尾随着队伍，走向一个梨形的小海湾。

小海湾里停泊着许多只木船，高高的桅杆，宛如落尽叶子的树林。

雷大鹏刚走上海岸，刘兆德就迎着他走过来了。

"老雷，看看这个海景吧，真美！"刘兆德朝海上点了点头，啧啧称赞。

"我可不是来看风景的啊！"雷大鹏一半玩笑一半认真地说，"我要跟大家一起出海。"

"出海？"刘兆德不以为然地说，"算了吧！你别看海水很平，里边的浪头，就是没风也有三尺高！你应该先在陆地上练两个礼拜秋千、浪木和虎伏，才能保证不晕！"

"就是两天，我也等不了，"雷大鹏固执地说，"让我试试看！"

"试不得！连胃都要吐翻过来……"

"连长，别吓唬人吧！"

"你也太不了解海洋的性格了，比你再强壮的人都会叫它颠得爬不起来呢！"

"我只了解人的性格！"雷大鹏挑战似的朝大海一望，毅然地说，"两个礼拜？不行！若是马上来了作战命令，难道我也留在岸上打秋千、走浪木？不，我一定要到海上去锻炼！"

刘兆德一看说服不了他，便无可奈何地摇了摇头，把手一挥，说：

"上船吧！"

刘兆德和雷大鹏登上了一班的那只船。他俩刚刚坐定，战士们已扯起帆来了。

雷大鹏注视着战士们操舵、扯帆、看风和定向等驾船的动作，觉得他们都很熟练，心里十分高兴。他再回头一看，每三只船都编成一个品字队形，冲开波浪前进，浩浩荡荡，非常雄壮。船离岸越来越远了。雷大鹏坐在舱里眺望大海，觉得海和天比在岸上看时更加辽阔了。在波浪间颠簸起伏着的船队，显得是那么渺小无为，仿佛千里汪洋中的几片树叶。雷大鹏精神振奋，甚至怀疑有人过分夸张地传说海洋的危险，是没有根据的。他转过头来，看见李福生正坐在旁边，便想借这个机会了解一下李济才的情况，问道：

"李济才的病是真是假？"

"假呗！"李福生有些气恼地说。

"找医生看过没有？"

"医生治不了他的病！我们开了两回会批评他都没治好。"

"谁叫你们开会批评他的？"

"是我！"刘兆德回过头来说道。

雷大鹏没看刘兆德，继续对李福生道：

"你往下说吧！"

"不是连长叫开的会，是班里有同志提了意见，我反映上去了，连长才叫我回来开会的。"

"是班里哪个同志提的意见？"

"我讲讲事情的经过吧。"李福生没有正面回答雷大鹏的问话，便讲述事情的经过，"队伍到了海边以后，头几个月，李济才的情绪没有什么变化。前几天，他接到一封家信，就在班里跟别人说：'大陆也解放了，新中国也成立了，这是革命到了底，该回家了'……"

"家信写的什么？"

"信上说得很简单，说是家里分了七亩地，三间房，一头牛，就是缺乏劳动力，没人种，现在全国胜利了，问他什么时候回家。信来了两天，又赶上连里出了一件训练事故。"

"什么事故？"

"出海遇到风，把我们这只船刮翻，十几个同志掉下海，抢救了半天，还是有一位同志失踪了。这事发生的当天晚上，李济才被救回来就说：'这么小的木船，碰到风还翻呢，叫敌人的军舰大炮一轰，那不就全完了吗？'第二天，他就装起病来了。"

"怕死鬼！"刘兆德在旁边加了一句，好像余怒未息。

"刘连长，我仍然坚持上午的意见。"雷大鹏沉思了片刻，自信地说，"对这样的同志，我们领导上做了什么具体工作没有呢？没有，只是让下边开会批评！开会批评是我们进行教育的唯一手段吗？绝对不是！我认为，李福生首先要向李济才检讨态度粗暴的错误。其次，我们要请医生给他检查一下，是真病，还是假病，必须闹清楚。我们要叫李济才感到领导和同志们仍然十分关心他，让他从心里感到在革命队伍里的温暖，再进一步对他进行说服教育。当然，李济才是有严重的思想问题的，但，我相信他一定会转变过来。"

雷大鹏说到这里，忽然觉得脑袋有些晕，心里也热烘烘的，好像怀里揣着一个火炉。他没有意识到这是晕船的预兆，还想再说什么，一刹那间，眼前一阵发黑，海像突然翻过来了，船也像飞上了天空。他感到一股热流从胃里涌上来，堵住了喉咙。他强把这股热流咽回去，但，胃里仿佛有千百只小手乱摆，又把它推上来了。他急忙抓住船舷，把脑袋伸到船舷外面，好像挖心割胃一般地呕吐了。他吐了一口又一口，难过得眼睛里流出了泪水，不住地轻声呻吟着。他全身发软，不敢睁眼睛，脑袋耷拉到船舷外面，好像俯身喝水一般。

刘兆德和李福生等雷大鹏呕吐完了以后，把他抱起来，平稳地放在船舱里。

雷大鹏面色焦黄，紧闭双眼，仰天躺着。他对周围的事情，心里清清亮亮，可就是一动也不敢动。他觉得脑袋仿佛立刻就要爆裂，浑身血液就要凝结。他这样躺了几分钟以后，又呕吐了一次。这次吐的只是苦腥的黄水。他昏昏沉沉地睡着了。

4

雷大鹏醒来的时候，出海演习的航程已经结束，船只纷纷靠岸停泊。天色已近黄昏，将落的太阳，还隐藏在高大的椰子树后面，把余晖照射在桅杆尖上，仿佛镀了一层金。

他是被刘兆德和李福生扶着走回连部的。当他躺在通讯员苗国新给他预备好了的床上时，第一个感觉就是为自己的软弱难堪。他浑身酸软无力，脑袋里嗡嗡响，觉得床像船一样摇晃着。

他在一种难以说出的痛苦中，度过了一夜，支委扩大会也没有参加。

第二天早晨，他是被喧闹声吵醒的。睁眼一看，连部里空荡荡的，一个人也没有了。从屋子外面，传来人们像疯狂一般的欢笑声和呼喊声。他猜想一定是发生了什么事情。正在这时，一句响亮清脆的口号袭进了他的耳鼓："庆祝兄弟部队登陆海南岛！"

他一听，立刻从床上跳下来，穿好衣服，冲出门去。他还没有来得及发问，徐文烈已跑过来，兴奋地大声说：

"老雷，兄弟部队今天早晨两点钟在海南岛大规模登陆成功了！"

由于过于激动，徐文烈说完了这句话以后，竟忍不住连声咳嗽起来。他再也说不下去了，只得把手里拿着的一张油印报递给了雷大鹏。

雷大鹏接过油印报来一看，原来是师报《勇敢》的号外。报上有一行触目的大红字："兄弟部队登陆海南岛成功"。号外的字迹写得比较潦草，可以明显地看出，誊写员是在怎样激动的心情下匆匆写出来的。雷大鹏迫不及待地读道：

"四月十七日上午二时，我军两支强大部队，经一夜海上激战，粉碎了敌陆海空军的联合'立体防御'，突破了敌人自夸为'固若金汤'的琼北沿海防线，胜利完成海南岛敌前登陆。

"我军在海南岛的胜利登陆，对美帝国主义和残余的蒋匪是一个沉重的打击。在解放军解放了大陆以后，蒋军收拾起残兵败将，逃到沿海岛屿上，寄幻想于解放军'不能渡海作战'，妄图卷土重来。但是，我军终以千帆渡海，登陆成功，彻底粉碎了敌人的幻想。

"兄弟部队在海南岛的胜利登陆，对于我部所担负的作战任务有极重要的帮助。我部指战员必须继续加强准备，随时等待出发命令！……"

雷大鹏一口气把号外读完，一种胜利的欢乐充满了胸膛，精神振奋地说：

"指导员，兄弟部队的胜利，给我们上了最生动的一课！"

"是的，军舰大炮并不可怕！"徐文烈说，"事情本来就是这样的嘛，决定战争胜败的不是兵舰大炮，而是掌握武器的人。老雷，我们应该抓紧这个机会，使这个思想在所有战士的脑子里牢固地树立起来。"

他俩正在谈话，刘兆德也兴冲冲地跑过来笑着说：

"老雷，还是大海厉害吧？"

"不！"雷大鹏不同意地摇了摇头，用挑逗似的目光看了刘兆德一眼，无可辩驳地说，"战胜它的，终究是人！"

"你真会狡赖，晕了船还不服输！"刘兆德笑道，"该吃早饭了，走！"

他们三个人快快活活地回到连部，苗国新刚好把早饭打来了。他们刚坐下来吃饭，忽然听到屋门口有人喊道：

"等一等！"

三个人不约而同地朝门口一看，原来是炊事班长张富，小心翼翼地端着一碗什么东西走来了。

"又加什么菜？"刘兆德笑着问。

"连长，这回没你的事。"张富一边笑着，一边把一碗热气腾腾的蒸鸡蛋羹摆在雷大鹏面前。

"这是干什么？"雷大鹏奇怪地问。

"这是一班同志凑钱买的鸡蛋，专门托我给你做的。"张富用围裙擦着手说，"他们说，副连长晕了船，胃吐空了，不能马上吃硬东西。"

雷大鹏听了，一时感动得说不出话来。摆在他面前的虽只是一碗普通的蒸鸡蛋羹，可是，它却表明了战士们友爱而高贵的心。雷大鹏抬头看了看张富，要想退回，又没有什么借口。忽然，他想起了李济才，忙说道：

"张富，你把这碗蒸鸡蛋羹给李济才送去！"

"副连长，这是一班特意给你送来的！"张富说。

"这，我知道。我身体很健康，胃也很好，晕一回船，也没有什么关系。"雷大鹏解释道，"李济才有好几天没吃什么东西了，他比我更需要。你快给他送去吧！"

雷大鹏把蒸鸡蛋羹端起来，送到张富手中。

"这……一班该埋怨我啦……"张富有些为难地说。

"不，你就说是我叫送去的。请你替我谢谢一班同志们的好意！"

"好吧！"张富实在没有办法，只好端着蒸鸡蛋羹走了。

整整一天，都是练习在船上运用各种火器射击，战士们因为受到胜利登陆海南岛的消息的鼓舞，情绪特别高。一直到晚饭以后，火力组的战士，还自动在研究如何进一步提高机枪在船上射击的准确性。

夜来了。

月光像水银似的洒遍了大地，海水、岩礁、竹林、山冈、沙滩、桅杆、渔舍……都涂上了一层青白色。哨兵的影子在海岸上慢慢地移动着，但，一会儿就消失在树影里。雷大鹏一边望着海滨月夜的景色，一边朝一排走去。一排有一个迫击炮手研究出了一种辅助工具，可以使迫击炮从船上射击的命中率增加，他想去帮助再改进一下。

他刚走到一排前边的竹林里，忽然看见个黑影坐在草地上。

"谁在那儿？小心叫蛇咬了！"雷大鹏停住了，提高了声音说。

"副连长，是我！"

那个人一边回答，一边站起来了。

"李济才？"雷大鹏感到有几分意外，急忙走过去，关怀地问道，"你在这儿干什么？"

"屋里太闷热，我出来风凉风凉！"李济才虚弱地低声说。

今天，对李济才来说，是最近这几天中最不平常的一天。早晨，张富给他送去了一碗蒸鸡蛋羹；上午，连部卫生员黄隆成陪着营卫生所的医助，又来给他看病，诊断是重感冒，注射了一针，留下了日服三次的一包药片；中午，班长李福生坐在他床边，对自己没关心同志的病，只是粗暴地批评李济才做了检讨。这一切，都使他深深感觉到上级对自己是亲切和关心的。其实，李济才是真正有两种病：一种是重感冒，这是上次翻船落海以后得的；一种是思想病，这是从去年新中国成立以后就有了的，只是最近接到家信后才表现出来了。这两种病正好一前一后相差没几天发作，李福生就以为他是装病不出海，把情况跟同志们一说，大家也很气愤。当时就有部分同志提出要求，马上开会批评他。李福生又把大家的意见向刘兆德一汇报，刘兆德一听也火了。当时，一连的训练成绩在全营说是最落后的，挨了顿批评，又碰上这样一件事，因此，刘兆德不问青红皂白，把两种病看成了前因后果，就同意李福生开班务会狠狠批评他。李福生听了连长的话，就接连开了两次批评会。现在，事情终于闹清楚了，李福生非常后悔，如果早一点找医生给李济才诊断一下，事情也就不会拖这么两三天了，他立刻去向李济才做了检讨。

李济才虽是双病齐发，但还没有闹到故意不出海，或者是因为翻船怕死那么严重。他得了感冒后请了一天假，没想到就惹出乱子。晚上，班里开会批评他，硬说他是装病、怕死、农民思想。他立刻窝了一肚子火。他本来就不爱讲话，一窝火，更是"徐庶进曹营"，来了个"一言不发"。他夜里躺在床上暗想："我从小就给地主放牛、喂猪、扛短活，成年累月，过着像牛马一样的生活；参加了革命队伍后，从东北，到入关，一直打到南海边，雨里淋，泥里爬，枪林里过，弹雨里钻，从没装过病，怕过死，凭什么说我是装病怕死，给我戴一顶农民思想的大帽子？上级一再号召革命到底，难道大陆解放了，新中国也成立了，这不是到了底是什么？革命到了底，我今年也三十多岁了，难道就不该回家，安安生生地过日子？为了一个小岛，硬要用木船和敌人的军舰碰，这值得吗？"

他心里又是悲观，又是气闷。今天上午，虽然医生给治了重感冒，可他的思想病却不是医生所能治得了的，他的思想问题还没得到解决。但，当他听到兄弟部队胜利登陆海南岛的消息，精神上受到了鼓舞，加上同志们又是那么热情地对待他，就更使他感到了在革命队伍里的温暖，这是以前他在国民党军队里当兵时所没有的。于是，他的气也渐渐消了，心情也舒快了一些。晚饭后，他再也躺不住了，就跑出来坐在地上透透气，没想到刚一坐下，雷大鹏就来了！

"病好些了吗？"雷大鹏关心地问。

"今天医助来看了看，打了一针，晚饭也想吃东西了。"

"要好好休养！"雷大鹏亲切地说，"身体是革命的本钱。现在，新中国刚搭起个架子，全国老百姓，有的还没有彻底翻身；美帝国主义还支持着蒋介石，要打回大陆上来。就是不说这个，咱们还需要好好建设咱们的国家，在我国实现共产主义，革命的任务还重着哩！"

李济才没有答话，站在旁边默默地听着。

"来，咱们坐在那边唠扯唠扯！"

雷大鹏在前，李济才随后，走到村外一块大石头上坐下了。海，正在涨夜潮。因为是望日，潮水比平日大，拍打海岸的声音，显得格外洪亮、雄壮。月亮更光明了，仿佛一面圆镜子悬在暗蓝色的天空上。雷大鹏听了听潮声，看了看月亮，平平静静地问道：

"想家吗？"

"家？"李济才迟疑了一下，心情沉重地说，"怎么能不想呢！"

"是啊，怎么能不想呢！"雷大鹏同意地说，"我有时也常想家。我爹是一个矿工。他像牛马一样给矿主干了三十多年活，后来叫煤块砸伤了腿，不能下井了，披着一条麻袋，爬回家里来，又租地主的地种。我们一家六七口，天天吃树叶、树皮和草根子，能吃一顿糠，那是最好的饭了。我爹常说：'咱家是连老鼠都不住的地方啊！'可是，新中国成立以后，我们家分了十一亩地，四间房，两匹马，生活立刻变了个样！我不论什么时候，一想到家，浑身就更有了力量。咱们穷人为什么能够翻身呢？这都是因为革命啊！咱们革命的劲头越大，幸福生活才能保得住，生活也就会越好。反过来说，咱们把枪杆子一放，回家享福去，美帝国主义给蒋介石一撑腰，又回来了，到那时，不但福享不成，连分来的房子和地都得还给地主；咱们的脑瓜子不但要搬家，新中国也要垮台！无论如何，咱们穷人不能忘本啊！"李济才仍然没有答话，但，他的眼睛变亮了。他注视着雷大鹏，嘴唇不住地抖动着。

"说来说去，咱们穷人离开革命是没有活路的！"雷大鹏用坚决的声音强调说，"咱们干革命，难道光是为了几间房子、几亩地吗？不，咱们还要把眼睛看远点！过去，血里、火里都闯过来了；可是，一到胜利关，就有人闯不过来了。胜利一来，有的人就满足了，就以为革命到底了，就不想继续前进了。可咱们革命的底，不是解放大陆就算到了，而是要解放祖国的每一寸土地，要彻底消灭敌人，最后，我们还要建设共产主义！只有到了共产主义，才是我们的真正胜利！但是，要想共产主义早点来，我们就得快点把敌人消灭，保卫住新中国，努力进行建设！我听说你家里缺乏劳动力，种地有困难。你仔细想一想，你家现在不论有多大困难，能比解放以前缺衣无食的日子困难吗？你现在是解放军的一名光荣战士，你再仔细想一想，你家能比现在还在蒋介石压迫下的海岛上的渔民更困难吗？我们漂洋过海的目的，不是别的，就是为了解放祖国的每一寸土地，把敌人彻底消灭干净！今天早晨，我们的兄弟部队已把海南岛解放了；现在，该看咱们了！李济才同志，希望你赶快把病养好，争取参加这次战斗吧！"

李济才一边聚精会神地听，一边心里翻上倒下地想。他好像有千言万语要倾泻出来；可是，又如一团乱麻，无法寻出一个头绪。最后他只进出来这么几个字：

"雷副连长，我一定听你的话！"

"你大概累了吧？"雷大鹏站起来，关心地说，"还是快点回去休息吧！我也上一排去，跟你一起走！"

雷大鹏在一排和那个迫击炮手研究到吹熄灯号，才回连部来。徐文烈和刘兆德都还没有睡。徐文烈在拟"光荣教育计划"，从下礼拜起，要对连队进行一周光荣教育。刘兆德在写"海上训练成绩报告"。他俩一见雷大鹏回来了，都抬起头来。刘兆德放下笔，有些心虚地说：

"我刚从团里开会回来，听指导员说李济才是真病……"

"是重感冒。"雷大鹏答道，"掉到海里得的！"

"这……"刘兆德挠了挠脑袋，没有再说下去，转身就朝门外走。

"你干什么去？"雷大鹏忙问。

"我去找李济才做检讨！"

刘兆德一边转过头来回答，一边走出门去了。

雷大鹏和徐文烈互看了一眼，没有再说什么，他坐在桌子前面，准备根据刚才了解到的材料，给师报《勇敢》写一篇"迫击炮在船行进间准确射击的经验"。他担任师报通讯员已经四年了，这是回部队以后的第一篇稿子。

海风从窗外吹进来，油灯的昏黄的光焰摇曳不定。四周除去海潮的单调的声音以外，一切都是沉寂的。这真是一个恬静、安谧的夜啊！

第三章

1

拂晓，开始吹起了东北风。风，直到黄昏，既没有停，风向也没有改变。

这一天，一连接到的营部命令是：停止一切训练活动和政治学习，上午擦拭武器，下午睡觉。这一个对生活日程的突然变更加上风向东北，战士们的嘴立刻笑得合不起来了。他们已猜到将要有什么事情发生。

一班战士跟全连同志一样，仿佛迎接什么喜事一样，一个个眉开眼笑。上午，赵二虎一边起劲擦枪，一边朝周围的同志挤眼睛，好像在说："久盼的一天终于来到了，让咱们在战斗里比一个高低吧！"下午，大家都遵守命令，躺在床上。可是，有谁能够强忍住战斗前的兴奋，睡得着觉呢？陈明德不但没有睡，还高兴得像个小孩子，不住地用脚蹬旁边的赵二虎。赵二虎趁陈明德不注意，伸手挠了他的胳肢窝一下，招得这个年轻战士呵呵地笑起来了。他一笑，本来闭着眼睛的同志，也都睁开了眼。最后，还是班长李福生下了严重警告，大家才又把眼睛紧紧地闭起来了。李福生闭着眼睛想："平时，转眼天就黑了；今天怎么过得这么慢啊！"正在这个时候，有人轻轻地触了他一下。他转过身去张眼一看，原来是睡在旁边的李济才，递给他一张从笔记本上撕下来的纸。李福生接过来看时，只见上面用钢笔歪歪扭扭地写着：

"以前怪我思想上没认识，现在明白啦。我决心在战斗里勇敢顽强地完成任务，保持光荣，请党考验我。立决心书人李济才。五月十一日。"

李福生把这张纸小心地折起来，装在衣袋里，朝李济才点了点头，又微笑一下，好像在说："亲爱的同志，你这个决心很好，我一定把它交给指导员！"

李济才的病十几天前就好了，像往常一样参加了作战训练。但是，他的思想病，却不是像重感冒那样，一下子就消除了的。自从雷大鹏那天晚上跟他谈了话，刘连长又深更半夜跑去向他检讨，李济才心里真比汹涌的海潮翻腾得还厉害。他把雷大鹏的话，翻来覆去地不知想了多少遍，越想心里越不是滋味，恨自己怎么就那么眼光短浅，光看到自己的家？没有革命，没有新中国，不把敌人彻底消灭，能保住这个家么？我过去受穷苦，在国民党军队里受压迫，共产党解放了我，变成了一个光荣的毛主席的战士，怎么一下子就忘了本呢？

那天晚上，他通宵没睡着，唉声叹气，心里那股难受劲儿，真比胸口上扎着一把刀子还厉害。李福生一夜起来问了他四五次，以为是他的病转重了。

又过了两天，连队里进行光荣教育。这时，李济才的病已好，也参加了学习。在班务会上，通过个人回忆光荣，李济才回头算了一下：打锦州，因为冲在前面，俘虏了敌人一个班，立了一大功；打天津，主动用火力掩护同志完成了炸毁碉堡的任务，被评了一小功；南下行军，立了一个艰苦功；打广西，又评了两小功。他还清楚地记得，有一回立了功，喜报寄回家去以后，家里来信说：区长亲自上家里挂功臣匾，挂光荣花。他越想越难受，自己那么多光荣，怎么胜利以后，一下子就全忘光，要蹬腿回家呢？这是忘了本啊！他决定要在学习的第三阶段好好订出个人计划，保持住已往的光荣。但，刚刚听完了指导员关于订个人计划的报告，还没来得及讨论，今天就接到营部停止一切训练活动和政治学习的命令，

李济才跟大家一样，猜测到这一个日程的突然改变意味着什么。他上午擦拭武器时想，下午躺在床上也想："战斗就要来了，以前我曾经为了解放在蒋介石反动统治下受苦受难的人民，勇敢战斗，跟全体同志一起打出来一个新中国；现在，为了保卫翻了身的人民，保卫新中国，保卫胜利果实，更应该发扬过去的光荣啊！"他终于从小笔记本上撕下一张纸来，动手写决心书了。

吃晚饭的时候，连长刘兆德、副连长雷大鹏和指导员徐文烈三个人，匆匆从营部开会回来了。正在吃饭的战士们，把饭碗一放，呼地一下子围了上来。但，还没容战士们开口，刘兆德已有准备地大声说道：

"大家快回去吃饭，准备今天晚上执行任务！"

战士们一听，谁都相信"执行任务"就是指"渡海作战"，一个个欢天喜地，高兴地笑着，大声议论着。赵二虎好像一阵风似的吞下了三碗米饭，把嘴一抹，立起来就要走。陈明德一把将他拉住，笑着说：

"你这份菜留给谁吃呀？"

赵二虎低头一看，这才发觉自己连菜也忘记吃了。他顺手把菜往陈明德面前一推，作了人情：

"送给你吃吧！"

赵二虎一转身，看见连部通讯员苗国新来了！他急急忙忙迎上前去，神秘地小声问道："小苗，几点钟出发？"

"上哪儿？"苗国新故作不懂地反问。

"打大门岛呗！"赵二虎解释道。

"我没听说呀！"苗国新装得很认真的样子摇了摇脑袋。

"你聋了吗？"赵二虎忍不住了，大声说，"你没听见连长他们刚才说的话吗？"

"他说'执行任务'啊！"苗国新圆瞪着两眼，两手一张，作了一个怪脸说，"我可没听见他说打大门岛！"

"你装什么怪样！"赵二虎冷不防抓住苗国新的胳臂，往背后一拧，威逼着说，"快告诉我！"

"放开我！我都告诉你！"苗国新一边笑得喘不出气来，一边高声求饶。

赵二虎果然信以为真，把手松开了。

苗国新先是装作要说什么机密话的样子，把嘴凑到赵二虎的耳朵边上，然后，大声喊道：

"这是军事秘密！"

赵二虎正歪着脑袋，高兴地等着听，忽听苗国新一喊，震得耳朵直嗡嗡。他知道受骗了，要抓苗国新时，苗国新早已跑远了。赵二虎气得直跺脚，指点着苗国新说：

"小鬼！等我抓住你，把你的耳朵撕下来！"

苗国新一边大声笑着，一边跑到一班长李福生面前，气喘吁吁地传达了通知：

"连长叫机帆船驾驶员、航手和水手，到连部开会去！"

李福生心里一喜，暗想："果然要出发了！"他立刻招呼张双喜道："你快上连部开会去！"

原来，张双喜已在师里的机帆船驾驶训练班学习了两个星期，以优良的学习成绩毕业，得到了"驾驶员合格证书"，昨天才回到连里来。

李福生又叫航手和水手走了以后，刚要叫战士们作好出发准备，忽听得一阵战马的嘶鸣声，从村外传来。不一会儿，便有十几个人骑着马跑过来了。李福生注意看时，只见跑在最前边的一匹枣红马上，坐着师长萧松年；紧跟在后面的二匹雪白马上，坐的是师政治委员。另外还有师参谋长、师作战科长和本团团长，也跟随着来了。最后面是五六个身挎两件武器的警卫员。他们一进村就下了马，把马拴在椰子树上，然后朝连部走去。

战士们转眼间就把一切出发准备工作做好了。背包打得整整齐齐，竹制救生圈、干粮袋子、补船用的木塞子、淘水用的木斗、斧头、棕绳、草垫子、竹竿、麻袋……也都收拾好，随时可以拿上船去，而不会耽搁一秒钟。李福生检查了一遍，最后停在赵二虎面前，严肃地说：

"赵二虎同志，你再把自己的装备检查一遍！"

"是！"赵二虎立正回答。他平时能喊爱闹，现在，也不能不认真地检查起自己来了。他把自己从头到脚、从武器到背包，都检查了一遍，没发现什么不符合规定的地方，因而报告道："班长，都符合规定！"

"真是这样吗？"李福生用叫人难以捉摸的目光，看了赵二虎一眼，上前解开他的手榴弹袋子，掏出一颗手榴弹，举起来，指着木柄，好像是向全班同志讲话似的大声说："同志，这也符合规定吗？"

赵二虎一看，原来这颗手榴弹的木柄上端没有铁盖。他立刻记起，铁盖在一次登陆训练中遗失了，装置着导火线的小孔，只临时用纸塞了起来。他的脸刷的一下子，顿时变得像红布一样。这个大个子战士，身子仿佛矮了半截，羞惭得恨不能钻到地底下去。

"带这样的手榴弹有什么用呢？"李福生掂了掂那颗手榴弹，好像要试量一下它有多重似的，严肃地说，"我们这次是渡海战，不是陆地战。你从船上跳下海去，向敌人滩头阵地冲锋的时候，这颗手榴弹灌进水去，你拿什么消灭敌人呢？"

"班长，是我马虎了！"赵二虎心情痛苦地低声说，"上回补充新弹药的时候，我嫌麻烦，没有去换！"

"这是打仗，不是闹着玩儿，一点也不能马虎！"李福生的声音虽平静，但批评得很有力量，"打仗的时候，谁错了，谁就要付出生命作代价，谁就会削弱整个战斗的力量。你要好好认识，这绝不是一件小事！快拿它到连部换去！"

"是！"赵二虎接过那颗手榴弹来，狠狠地瞪了它一眼，便走出去了。

过了一会儿，一排长孙刚进屋来了，说：

"我现在通知大家一件事。一会儿吹集合号的时候，全副武装到海湾集合。你们快抓紧时间准备一下吧！"

"排长，我们一切都准备好了！"李福生报告。

孙刚向身前身后看了看，肥胖的脸上立刻堆满了满意的笑纹，眯缝着眼睛走出去了。

雄壮的军号声，在晚霞满天的空际旋荡着。一队队威武的战士，从白沙附近几个村庄向海边集合。沙滩仿佛铺上了一层黄金，大海宛如涂上了金红色的胭脂。绿色的灌木和黑色的岩礁，拉长了淡青色的影子，好像大地用巨长的手臂拥抱着海洋。海洋显得深邃而神秘，波涛滚动时，如同一个巨人用宽广的胸膛在作深呼吸。海湾里，船只并排而列；海岸上，人民的钢铁战士正准备接受一次新的考验。

萧师长光着脚，把军裤挽到膝盖以上，由营长陪着，在潮水冲击着的海滩上，亲自检查船只设备。他看得十分仔细，有时还上船检查一下炮位和机枪位的高低；伏在机枪后面，手握扳机，看看掩体是不是合适。有两只船的掩体矮了一些，他立刻命令加高，并对营长说：

"要保护人！记住，有人，才能胜利！"

七点钟，部队开始上船了。

萧师长向从他面前走过去的战士们注视着，战士们也频频向他注目，好像这是一次临时检阅。战士们一个个信心十足、精神饱满的样子，使他很高兴。

不一会儿，负责指挥渡海部队的加强营指挥部的三位首长走过来了。他们是本团团长，兼任渡海加强营营长；本营营长，当加强营副营长；还有一个是本营教导员，仍任加强营教导员。加强营营长向萧师长敬礼后，报告部队已登船完毕，听候出发命令。萧师长低头看了看手表，比预定时间提前七分钟登船完毕，完成了准备出发任务，心里十分满意，命令道：

"再用五分钟时间进行一次战备检查！"

"是！"加强营营长回答了一声，便转身跑回指挥船，叫通讯员到各船传达命令。

天色已经暗淡下来了，海湾外面蒙上了一层紫黑色的雾氛。坐在船舱里持枪荷弹等候出发命令的一班战士们，刚做完了最后一次战备检查，突然听到海上传来了一阵隆隆声。大家正暗自猜测这是什么响声时，两艘炮艇的黑色影子，迅速穿过夜雾，出现在海湾口了。炮艇用灯光跟湾里联络了一下，就又被夜色吞没了。

"我们的！"陈明德忍不住心头的兴奋，小声叫了起来。

"炮艇来掩护我们啦！"赵二虎也低声说。

"不，炮艇是跟我们一起去进攻敌人的！"李福生马上纠正了赵二虎的话。

"进攻也好，掩护也好，反正它得帮咱们一手！"赵二虎坚持着自己的意见。

"可是，我们必须树立独立作战的信心，依靠自己的力量战斗！"李福生用肯定的口气说，"绝不能存依赖思想！"

"班长，炮艇从哪儿开来的？"李济才也插嘴问。

"许是从迎日港吧！"李福生不敢肯定地估计道。

"咱们前天到迎日港背粮食去，怎么还没看见？"陈明德疑惑地说。

"也许是从别的港口！"李福生回答。

他们正在小声议论，忽然，岸上接连飞起了两颗绿色信号弹，在半空中闪闪放光。

这是出发的信号。

"起锚！"各船指挥员发出了命令。

信号弹的闪光还没有完全消失，各船哨子齐鸣，已纷纷起锚扬帆，列成"品"字战斗队形，跟随着加强营指挥部派出的基准船——这只船的船尾悬有一盏红灯，切开黑黝黝的海水前进了。

3

是一个连星光都稀少的茫茫的夜晚。渡海加强营的船队，利用包着红、绿色布的手电筒，哨音和号声，保持着紧密的联系。营指挥部通过电台，也随时跟岸上的师指挥部联络。虽然各船已远离陆地，正在无边的大海上行驶着，他们并没有感到孤立。战士们不但感到各船之间在互相关怀着，还觉得师首长也像在身边注视着他们。

船队借着东北风，扬帆猛进。海上的夜行军，给战士们带来了紧张气氛。他们几乎人人都是哨兵，监视着四周的情况。但，四周除了夜潮的波涛声和船头的浪花声以外，到处都是望不透的浓重的黑暗，没有任何声息。

"多么想抽一根烟啊！"赵二虎悄悄地说，"哪怕吸一口也行哩！"

"你忘了行军纪律吗？"李福生低声说。

"烟瘾犯了，真难受！"赵二虎无可奈何地说。

沉默。

不知为什么，每一个人都紧紧地握着武器，好像怕它会长翅膀飞走似的。

"班长，离大门岛还有多远？"陈明德压着嗓子小声问。

"大概还有一半吧！"李福生含糊地回答。

"真慢！"赵二虎又插嘴了，"走了半夜，才走了一半路，我真恨不得飞到岛上去抓他几个活的！"

"你一个人飞了去顶什么用？"李福生说。

"唉！"赵二虎长叹了一口气，"要是在陆地上，我……"

"我命令你忘记陆地！"一个严厉的声音，从黑暗里传出来，打断了赵二虎的话。"要牢牢记住，你是在海上！"

赵二虎一听，是雷大鹏的声音，立刻沉默不语了。

时间随着船头的波浪消逝。永不宁静的大海，正用低音歌唱着，仿佛是从母亲口里哼出来的催眠曲。但，战士们并不想睡，甚至连眼睛都不闭一闭。他们精神振奋，渴望着战斗。

"班长，我在想一件事……"陈明德挪动了一下身体，紧靠在李福生的右肩，轻轻地说。

海风很凉，吹得陈明德已感到有些许凉意，当他把身体靠紧了李福生的时候，浑身立刻温暖了。

"什么事？"李福生关切地问。

"我想在这一回战斗里，请党考验我。"陈明德的声音里混杂着激动、坚定和自信，"我要争取做一个青年团员！"

虽然在黑暗中，李福生看不清陈明德的脸孔，可是，他仍然向他注视了一会儿。他用自己的心，看到了陈明德的兴奋的充满了希望的心。他为这个年轻战士的进步感到喜悦。停了停，他严肃地说：

"我以党支部委员会青年委员的身份，决定接受你的请求！"

李福生抓住陈明德的手，两人紧紧地握住了。

船队在继续前进。

一连是突击队，担任着首先登陆、占领敌人滩头阵地的任务，所以，紧紧地跟随着基准船，航行在船队最前面，李福生不住回头瞭望，指挥船上的信号灯，像是一颗颗正眨着眼的星星；船帆的憧憧黑影，像是神话里的巨鸟的羽翼。他看了看手表，时间已是第二日黎明前四点钟了。在这以前，他总嫌时间过得太慢；现在一想，不知不觉间已航行了八个多小时，又感到时间过得并不慢，一个夜晚即将消逝了。他又朝前望了一下，疑惑地想：

"天快亮了，怎么还不到呢？"

正在这个时候，营指挥船的桅杆上挂起了一盏红灯。他立刻发出命令：

"全体准备登陆！"

战士们随着他的命令声，迅速地检查了一下装备和武器。前面出现了陆地的巨大的黑影。一看见陆地，战士们的精神像受到刺激一样，愈加振奋起来。

船离岸越来越近了。岸上没有一点动静。赵二虎悄悄地碰了碰李济才的胳臂，幽默地说：

"敌人还在睡觉哩！这一回，咱们要堵着被窝抓呀！"

陈明德已经坐不住了，蹲在舱里，低声对李福生说：

"班长，我要争取第一个登陆！"

营指挥船上的红灯刚刚换成绿灯，一声尖锐而洪亮的冲锋号声，立即刺破了海上黎明前的沉寂。号声庄严、雄壮，鼓舞着每一个战士的心。李福生高声喊道：

"开始登陆！"

陈明德果然从舱里窜出去，第一个跳下了齐腰深的海水中，向沙滩冲去。赵二虎和李济才紧紧跟在后面。战士们好像一支支离弦的箭，一直向前。他们涉过了海水，越过了岩礁，冲上岸去。

一连在毫无抵抗的情况下，迅速占领了滩头阵地。

连长刘兆德等全连登陆完毕，立刻大声命令苗国新道：

"打两发红色信号弹！"

"是！"苗国新举起了信号枪。

两发红色信号弹，照亮了黎明前的黑暗。

这是敌前登陆成功的信号！

信号弹的红光刚刚消失，后续部队便开始登陆了。

英勇的战士们好像愤怒的潮水，越过了滩头，向纵深发展。他们穿过繁茂的灌木林，搜索敌人的踪迹，准备决战。

……但，战士们没有发现一个敌人。他们正在搜索，忽然听到从营指挥部传来了"停止进攻"的号音。

战士们在原地停住了，一个个满腹怀疑，互相询问为什么停止进攻。

"冲！快冲！"赵二虎急躁地喊道，"准是司号员吹错了号！"

"也许是敌人提前撤退了吧？"李福生暗想。但是，他冷静地朝四周的地形、地物观察了一下以后，立刻恍然大悟了。他禁不住大声笑道："同志们，咱们又回到驻地来了！这是一次演习啊！"

大家听李福生一说，也都醒悟过来。赵二虎哈哈大笑道：

"这是上级考验咱们啊！"

"走了一夜，谁想得到又回来了呢？"陈明德也笑着说，"我还以为真到了大门岛哩！"

"这次演习可真成功！"李福生像一个军事家似的评论道。

集合号响了。战士们迅速整队后，向原出发地的海滩走去。

东方的天空已经现出了曙光。远处的海面上，虽然还笼罩着乳白色的雾气，近处的海岸，却明显地呈现出优美的曲线。

萧师长沿着海岸走来了。他的眼皮有些浮肿，显然，也是通宵没有睡眠。萧师长的脾气是大家都知道的，每当部队出发执行任务的时候，他都像关心亲生子远行的母亲一样，从天黑守候到黎明，又从黎明等待到天黑，直到部队完成任务归来才肯休息。他亲自指挥了这一次渡海作战演习，而且，知道这次出海是演习的，只有连以上干部。部队在海上的情况，他已从电报里随时知道了。他怀着满意的心情，注视着浑身上下满是泥水的战士们，兴奋地高声说道：

"同志们辛苦了！"

"为人民服务！"战士们的回答仿佛春天的雷鸣，他们的声音深沉、悠远而有力。

萧师长走到每一个班的队列前面，跟班长握手，问几句出海的情况。然后，他站在一块岩石上面，用洪亮的声音说道：

"同志们，这一次出海演习，可以说是你们进行了将近四个月的渡海作战训练的毕业考试。我现在十分高兴地宣布，你们的考试成绩及格了，我批准你们毕业！……"

他的话声还没有完，队伍中便爆发出愉快的哄笑声。

萧师长等队伍逐渐恢复平静以后，又笑着问道："我现在请你们回答一个问题：你们毕业以后干什么？"

"解放大门岛！"

战士们雄壮的回答，压低了海洋的浪涛声。

"对！"萧师长为战士们的热情所激动，提高了声音说，"我们绝不容许匪徒们在祖国的大门口猖狂，一定要解放大门岛！"

萧师长讲完话以后，队伍中立刻响起了巨雷般的口号声：

"大门岛就是铁打的，也要砸开它！"

"打过海去，消灭蒋贼军！"

"保卫新中国！"

第四章

1

六天以后，即五月十七日黄昏，渡海部队在海滩上举行了庄严的全体军人宣誓大会，接受了进军解放大门岛的命令后，便乘船起渡了。帆船借着风势，好像展开翅膀飞翔的一群巨鸟。经过七个多小时的航行，担任突击队的一连的先头船，已逐渐接近大门岛了。

两艘炮艇，在船队左右，来往巡逻。

船队继续顺利地航行着。使战士们感到意外的是：一路上没有碰到敌人的兵舰。在练兵中日夜训练过的"打兵舰"的许多办法，竟因而没有用上，这使他们有点失望。一班的船作了一连的指挥船，连长刘兆德和副连长雷大鹏，并肩蹲在船头的重机关枪旁边，沉默着。他俩跟战士一样，也是整夜没有闭一闭眼睛，把倦意全忘了。船上的人，都不眨眼地凝望着前方的海面。海面上黑乌乌一片，叫人猜不透那里隐藏着的是什么。

突然，三颗明晃晃的照明弹，接连飞上了天空。照明弹好像天灯，把前方的海面，照耀得连细碎的波纹都清晰可辨。一个海岛的黑影，仿佛突然从海底下钻出来一般，耸立在战士们的面前。海浪击打着礁石磊磊的海岸。岸上，挺立着高大而繁茂的椰子树。当每一个战士都把前方的情景看清楚以后，照明弹适时地熄灭了。

海上又被黑暗填满了。

"我们应该谢谢敌人哩！"雷大鹏碰了刘兆德的胳臂一下，幽默地说。

"你还有心情打趣？"刘兆德烦躁地说，"我们这时如果被发觉了，真不知道要给登陆增加多少困难！"

"兔崽子们都在碉堡里做梦哩！这是瞎打照明弹壮胆，例行公事！"雷大鹏小声说。

前面果然仍旧是一片沉寂。带着湿意的清晨的海风，把战士们的军服都吹潮了。寒气使他们的皮肤发紧，根根汗毛都直立起来了。

船队无声无息地前进再前进。

猛乍，一道白光从岛上射出来。黑暗的海面，好像忽然被一把利剑斩裂了。

"探照灯！"雷大鹏说。

探照灯光从左向右，慢慢地移动着。当强烈的白光照射在一连的船只上面时，没有一只船因而停止前进，反而驶得更迅速了。刘兆德向战士们命令道：

"都躲在舱里，不许动！"

探照灯光停留在船上不动了。船帆被照得好像用银子做成的一样。显然，敌人发觉了这一支渡海部队。

战士们的眼睛因为一直注视着黑暗，现在被强光一照，竟有些刺疼，急忙紧闭起来。

灯光熄了。战士们重新睁开眼睛时，看见海岛上空飞起了三颗红色信号弹。紧接着，又升起三颗照明弹，挂在半空。一转眼间，无数串曳光弹从岛上飞出来，把夜空编织成一幅光怪陆离的灿烂的图案。

这时，一连的先头船距离海岛的滩头还有二百米。海，仍然是水深流急。按照既定登陆作战方案，在遇到这种情况时，是使用全部武器制压敌人火力，强行前进。刘兆德毫不迟疑地发出了集中火力对敌射击的信号。

立刻，从机帆火力船上卷起了暴风雨一般的轰鸣，各种轻重武器一齐开火了。其他各载运登陆部队的船，也一边射击，一边前进，无数条猛烈的火舌飞向海岛。

两艘炮艇也从船队两侧，集中滩头预定登陆点，开始炮击。

敌人的探照灯刚一发亮，就中炮熄灭了。

敌人在滩头阵地上的火力被制压住了，可是，又从岛中心的炮兵阵地上发出了强烈的炮火。炮弹呼啸着，擦着船帆飞过去，落在海水里爆炸了。炮弹激起白色的水柱，几乎比桅杆还高，海面仿佛突然升起了无数座陡峭的山峰。帆船在这些水柱中间剧烈地颠簸着前进。战士们浑身上下，早已被激溅起来的海水浇透湿了。

一连指挥船的船帆，哗啦一声，被打落下来了。船猛然打了一个旋转，停止了前进。

"划船前进！"雷大鹏大声喊道。

战士们立刻抓起了早已准备好的桨，一齐用力划水。但，船的行进速度显著降低了。有时，还被炮弹爆炸的水浪冲退回来。

"班长，我去把帆绳接上！"陈明德一见船走得这样慢，便向李福生请求。

"好！"李福生立即同意了。但，当他意识到这种在炮火下爬桅杆接帆绳的任务，既困难又危险时，又强调了一句："小心！"

陈明德把冲锋枪往背后一背，拿起一根新帆绳，把一端衔在嘴里，毫不犹豫地爬上了摇摆得十分厉害的桅杆。他敏捷地攀到杆顶，双腿一盘，迅速地把新帆绳穿进了滑车，正在这时，"轰——"一发炮弹落在船左边的水里爆炸了。爆炸激起来的巨浪，猛烈地冲击着船舷。船像触了电似的骤然一震，高耸的桅杆像突然折断了一般，剧烈地晃了一下子。正在桅杆上的陈明德，几乎用尽全身气力攀住了杆顶，但，并没有生效，他像一片落叶似的，身体一飘，就被抛下海去了。

"陈明德掉下去啦！"赵二虎大声惊呼。

他把船桨一丢，就要往海里跳，想去救陈明德。可是，一只有力的手从背后把他抓住了。

"不准跳！"李福生严厉地制止道，"你现在的任务不是救人！再说，天这么黑，你下了海也找不到他！"

李福生、赵二虎和战士们朝海里看时，只见被炮火映亮了的波涛滚动不休，哪里还有陈明德的踪影呢？

李福生的心好像被刺了一刀，眼里淌下了泪水。但，在黑暗中并没有一个人看见。他用手掌把泪一擦，霍然转身命令道：

"拉起帆来！"

战士们迅速地把船帆重新拉上了桅杆。每一个人的心里都沉重地默想着："手里握着的是陈明德接上的帆绳！

船又飞速前进了。

"班长，小陈真冤啊！没捞着登陆就……"赵二虎满腔悲戚地哽咽着说。

"他的游泳技术很好，也许不会……"李福生嘴上虽这样说，心里却一阵阵发紧。

雷大鹏在船头感到了战士们怀念陈明德的苦痛心情。他怕这种情绪影响战斗，刚回头要解释几句，忽然，营指挥船发出了开始登陆的信号。他立刻一跃而起，抽出驳壳枪来，高高一举，挺起胸腔大声喊道：

"同志们！开始登陆！我们要消灭敌人，替陈明德报仇！"

战士们在硝烟和火光中，一个个跃进了海水。他们冲过激浪，泅过波涛，朝滩头前进。

一连战士们像怒涛一般扑上了海岸。刘兆德、雷大鹏和徐文烈三个人，分别率领着三个排，仿佛三把尖刀，向敌人插去。守卫滩头的敌人，还没来得及还击，战士们已冲到他们面前。敌人有的躺下，永远爬不起来了；有的跪在沙滩上，举起了双手。但，大部分吓得丢掉武器朝后逃窜而去。

一连迅速地占领了滩头阵地。

刘兆德命令苗国新发射了两发红色信号弹。

清醒过来的敌人，开始向滩头反扑。他们用轻重机枪组成了交叉火网，企图消灭一连。同时，敌人的炮兵也用全部炮火猛烈地轰击登陆点的海面，拦阻后续部队继续登陆。但，敌人这一恶毒的企图并没有如愿。我方的两艘炮艇，冒着随时有被炮弹击中沉没的危险，大胆驶近海岸，集中炮火，向敌炮兵阵地一阵猛轰，把敌人的大炮打成了哑巴。岛上燃起了熊熊的火焰，只见红光闪闪，照亮了半个天空。敌人的炮火刚停，雷大鹏就从一块礁石后面跳出来，厉声喊道：

"同志们！冲啊！"

伏在沙滩上的战士们一跃而起，像无数支锐利的飞箭射向敌人。

雷大鹏带领着一排战士们，穿过一丛丛仙人掌和野菠萝等天然障碍物，向纵深迅速发展。在他们前进，道路上，有一个碉堡正在喷吐着凶恶的火舌。李济才一见，立刻拿出手榴弹向碉堡奔去。碉堡修建在一个孤立的石崖上。他刚爬上去，就被青苔滑下来。再爬上去，又滑下来……他急得两眼冒火，瞪着那个喷火口无可奈何。但，他叫自己冷静了一下以后，便伸手朝崖壁上摸，看有什么可以攀缘的东西没有。他果然在左边摸到了一条裸露的树根。他抓住它，攀上崖去，爬到了碉堡下面。他把两颗手榴弹的导火线同时拉开，塞进了碉堡的枪眼。手榴弹在碉堡里面爆炸了，一阵浓烟烈火从枪眼里冒了出来。敌人的机枪不叫了。

"同志们，前进！不让敌人逃跑！"

李济才一边高声喊着，一边向前冲去。

战士们转瞬间就冲过了敌人的第二道堑壕。他们用手榴弹和冲锋枪开辟着道路，跃进到一个椰子林里。子弹在空中横飞着。雷大鹏正朝前跑，忽然，一个沉重的东西，砸在他脑袋上，疼得他两眼冒金花，一头栽倒了。他以为是中了炮弹破片，但是，头上并没有伤口。他一伸手，却在地上摸到了一个又大又圆的椰子。他这才恍然大悟，原来砸在他脑袋上的，就是这个被子弹打落下来的椰子。他强忍着疼痛，一翻身站起来，气恼地把椰子扔得远远的，又朝敌人奔去了。

天开始变亮了，蒙蒙的晨雾和硝烟混在一起，笼罩在大门岛上空。

2

大门岛上到处是重叠的山峦和繁茂的亚热带植物。海拔一百二十八米的凤凰岭，是全岛的主峰。从凤凰岭上，可以俯瞰位置在西北角上的大门墟和大门湾。大门墟紧靠着大门湾，有一百多户渔民在那里聚居着。大门湾是全岛仅有的一个可以停泊渔船的港口，好像全岛的咽喉。从大门湾向南，沿着岛西南岸，散布着七八个渔村。其中最大的村子是向西村，也不过居住着十六户渔民。大门岛的南岸、东岸和北岸，非常曲折复杂，岩礁堆积，水深流急，渔船都不在那里停泊。这一带海岸因为人迹罕至，荒凉不堪，成为海鸥、猿猴和毒蛇的世界。

渡海加强营按照既定作战方案，是从岛北岸菠萝坑登陆的。这里距离敌人重点设防的大门湾，只有一公里，是设防较薄弱的地带。因此，当加强营从菠萝坑登陆以后，敌人才从大门湾仓猝调兵增援。这时，三连登陆后，从侧面猛扑大门湾，和敌人的援兵遭遇，展开了激烈的战斗。一连和二连则像一把铁钳，直取凤凰岭，以控制全岛。雷大鹏向战士们鼓励道：

"同志们，拿下凤凰岭，占领制高点，解放大门岛！"

他们正穿过野草、密林前进时，尖兵突然报告：从凤凰岭右山脚下的椰子林里，钻出来一股敌军，大约有一个排光景，正朝我们这个方向前进。刘兆德和雷大鹏估计了一下情况，判断这股敌人是前来阻击我进攻凤凰岭的部队的。因为我军发展太快，敌人还没有预料到会在这里跟我军遭遇。

"这个仗不打！"刘兆德说。

"为什么不打呢？"雷大鹏不以为然地问。

"一打，就叫这二三十个家伙缠住了。"刘兆德解释道："咱们的主要目标是凤凰岭，不能延误了跟二连会合的时间。"

"不能把敌人从眼前放过去！他们要兜屁股揍我们，怎么办？"雷大鹏果决地说，"我主张打！不过，打要有个打法！我留下，给敌人一个伏击；你带队伍绕道去！"

"就这么办！"刘兆德沉思了一下说，"把一排给你留下！"

"不，我只要一个班就行了。"雷大鹏说。

刘兆德回头看了看指导员徐文烈，用眼光征求他的意见。徐文烈没有说话，只是点了点头。刘兆德一看，便转头命令道：

"一班留下，其余的跟我走！"

刘兆德、徐文烈带着队伍后退了百多米，便绕路向凤凰岭走去了。雷大鹏等他们走了以后，对留下待命的一班说：

"敌人还没有预料到我们已进展到这一带。我们要打敌人一个冷不防！全班分两个组，李班长带一个组埋伏在右边，我带一个组埋伏在左边。听左边的枪声行动！快散开！"

战士们立刻分开，无声无息地隐藏在小路两旁的树林里了。

雷大鹏刚伏在树林里一道稍稍凸起的土岗后面，就听到敌人吱吱哇哇的呼嚷声了。

雷大鹏低声命令道："我不打枪，谁也不准暴露目标！"

赵二虎握紧枪，枪口随着越走越近的敌人移动着。敌人毫无秩序地朝前走着，在队伍后面，还有一个戴大盖帽子的军官，耀武扬威地舞弄着手枪，把一个走得稍慢了一些的士兵，狠狠地踢了两脚。赵二虎正注视着敌人，忽然觉得从脚踝子骨往上，像被绳子紧绷绷地缠住了。他回头一看，忍不住头皮发麻，出了一身冷汗。一条黄绿色的蛇，正探着脑袋，吐着红舌头，往他腿上缠。如果在一般情况下，他早诈唬起来了。可是，这时，他只倒吸了一口气，咬紧了嘴唇。他想小声告诉卧在旁边的李济才，转脸一看，见他正瞪着两眼，全神贯注地监视着敌人。敌人已离他们不到二十米了。那条讨厌的蛇，却越缠越紧。赵二虎一动也不敢动，急得脸上不住地往下掉汗珠子。他再回头看时，一眼瞅见了刺刀。他心头一动，立刻把手悄悄地伸到腰部，轻轻地抽出刺刀来。

敌人大部分已从战士们的前面走过去了。赵二虎焦躁地想："副连长怎么还不动手呀？"他急得手心里也出了汗。正在这时，忽听雷大鹏一声高喊：

"开火！"

驳壳枪哒、哒、哒的叫声，清脆得像女高音。

赵二虎一听枪响了，便握紧刺刀，猛一翻身，把正伸着脑袋不住晃动的蛇，一刀挥成了两段。他好像从心上搬掉一座泰山，浑身轻松。他把刺刀一丢，便瞄准已经慌乱逃窜的敌人射击。那个敌人军官从地上爬起来，扭头便朝回跑。赵二虎把枪口一转，扣动了扳机，只见敌军官双手一举，一头栽倒了。

敌人在出其不意的左右夹攻下，大部分被消灭了，只有七八个逃回去了。

"打得好！"雷大鹏兴奋地说，"消灭了二十多个！"

"副连长！"赵二虎笑眯眯地说，"这儿还消灭了一个呢！"

雷大鹏回头看时，只见一条三尺多长的大蛇，被斩成了两段，躺在草丛里。战士们围了上来，看到这个情景，也好奇地询问是怎么一回事。赵二虎便把经过讲了一遍。大家一听，当蛇缠住赵二虎两腿的时候，他没有暴露目标，都用赞扬的眼光望着他。雷大鹏称赞道：

"你还是个粗中有细哩！"

一班同志只顾听赵二虎讲斩蛇的故事，李福生偶一回头，忽然看见有一个高个子敌人，正隐蔽在椰子树后面，举枪朝站在旁边的雷大鹏瞄准。李福生看得很清楚，那个家伙的脸上，冒着大颗大颗的汗珠子，腮帮上有一大块伤疤，眼睛乜斜着。李福生在这一瞬间，感到死亡在威胁着副连长，也威胁着全班同志。只要那个家伙的手指一动……

这可急坏了李福生！他不敢叫，也不敢喊，怎么办呢？他镇静了一下，马上决定：像肉搏战中那样做！

"杀呀——！"

李福生几乎用尽了全身力量，突如其来的一声大喊，好像晴天打了一个霹雳，果然发生了效果。那个匪徒震惊了一下。李福生趁着敌人犹豫的一刹那，抢前几大步，用身体挡住了雷大鹏；同时，举起了冲锋枪。但是，那个匪徒已先向李福生开枪了。因为敌人心慌不定，没有打准，子弹仅擦伤了李福生的左臂的皮肤。那个家伙还想继续射击，雷大鹏和赵二虎已经一个箭步蹿了上去，两支枪口同时顶住了他的胸膛。雷大鹏厉声喊道：

"不许动！"

那个家伙立刻像瘪了气的皮球似的瘫痪了，他双膝一跪，举起手来。

赵二虎先把他的枪取下来，然后又把他全身检查了一下，从他衣袋里搜出七元美钞、一百元港币、一张女人裸体照片，还有一张油印的大门岛地图。

雷大鹏把大门岛地图拿过来，对赵二虎说：

"把别的东西都还给他！"

雷大鹏打开大门岛地图一看，只见右上角写着一行小字："二中队谍报员刘里飞"。显然，这是发地图的人写的。但，它却代替了这个俘虏的招供。雷大鹏用手一点，问那个俘虏道：

"这是你的名字吗？"

"是！"那个俘虏逢迎地笑了一下。

雷大鹏把地图注视了一会儿，便掏出师司令部作战科印发的大门岛地图来对照。敌人的地图详细一些，尤其是工事位置和交通线，比我师司令部调查来的，不但确切可靠，而且有所增多。雷大鹏对这个意外的收获十分高兴，把地图看了又看，好像鉴定一幅唐宋古画。他特别注意地看了看凤凰岭的情况。从工事设置看，敌人所进行的不是圆周防御，而是把火力放在面对大门墟和大门湾的西北一线。在凤凰岭西南角，从标着"宝刀洞"的地方，有一条交通线通到大门墟。雷大鹏发现这一条交通线是我师司令部地图上所没有的。我们的地图上，只绘着宝刀洞这个地方。如果这条交通线是一条岛上原有的道路，我们的地图上是不会没有的。既然没有，那就是说这是敌人修筑的路或交通沟，而且能够通到凤凰岭顶上。他以一个军事指挥员特有的那种一见地形、地物，便能根据敌我情况想出战斗方案的才能，立刻说道："我们的既定作战方案是正面强攻，但，为什么不正面佯攻，侧后偷袭呢？这样，既避免了强攻可能遭受的损失，又能破坏单面防御，迅速解决战斗，最大可能是因为我们不知道有这一条路！"他为了弄清这条路的情况，一方面在地图上指点着，一方面问那个俘虏道：

"这是你们新修的路吗？"

"是！是！"俘虏伸着脖子看了一下，连声回答。

"修这条路的目的，是想加强大门墟和凤凰岭的联系吗？"

"是！"

"什么时候修的？"

"上个月。"

"你要老实回答！"雷大鹏严厉地警告道。

"是！是！只要你们不枪毙我，我什么都告诉你们！……"那个俘虏一副摇尾乞怜的样子，令人可笑。

"解放军宽待俘虏。只要你老老实实，不会委屈你的！"

"我一定老老实实！一定……"

"别的路有防御工事，这条路为什么没有？"

"这……是一条秘密的路。这条路光通到山根底下……"

"不！宝刀洞在半山上！"

"从山根底下到宝刀洞，就是秘密的了。"

"有什么秘密？"

"本来，宝刀洞不通山根底下，也不通山顶，是个死洞。后来，我们用炸药把它炸通了，这条路，就成了我们的秘密通道，这个，连岛子上的老百姓都不知道。"

"你说的若不是真话，等打完仗再跟你算账！"

"不敢，不敢，我说的没有一字是假的！"

"洞上边有什么防御？"

"那里有一个哨兵看着洞口。"

雷大鹏又问了问凤凰岭上面的情况，再也忍不住了。他恨不得马上就把这个发现告诉刘兆德，改变作战方案。他转身朝一班战士们说道：

"赶队伍去！"

雷大鹏和一班战士，好像脚底抹了油，走得非常快。尤其是听到从凤凰岭传来了撼天动地的枪炮声，大家都想赶上战斗，这就跑得更快了。不一会儿，他们便跑进了一个小渔村。村庄四周全是蓊郁的热带树，村里只住着四五家渔民。稀稀落落的茅草小屋，已经东倒西歪，好像北方田野上被秋风吹过后的禾堆。战士们走近茅屋一看，几乎所有的门都敞开着，到处散乱地抛弃着撕破了的渔网、折断了的船桨、被打碎的水瓮、破破烂烂的陶罐、盆、碗、咸鱼、谷子、棕蓑衣、木屐……全村没有一个人影。

雷大鹏走到一家门口猛然停住了。一个赤身裸体的年轻女人，两腿伸在门里，脑袋躺在门外，一头蓬乱得像枯草一般的头发，遮盖着半个白得像一张纸的脸。她胸口斜插着一把刺刀，仰卧在那里。

战士们走过来，也看见了匪徒们制造的这一残暴罪行。他们一个个脸上青筋暴跳，眼睛里燃烧着仇恨的火焰，把牙咬得咯吱咯吱响。

雷大鹏看了看沉默着的战士们，用愤怒的声音说道：

"同志们，看吧！这就是我们为什么要消灭敌人的理由！"他说到这里，特别注视着李济才，强调说，"李济才同志，你看了这个女人，就更懂得我那天晚上跟你谈的话了！我们要替她报仇！替全岛渔民报仇！"

"我懂了！这群畜生！"李济才心情痛苦的，从牙缝里狠狠地吐出了这几个字。

"副连长，咱们快走吧！"赵二虎焦躁地催促道，"上凤凰岭跟兔崽子们算账去！"

3

凤凰岭是敌人的主阵地。敌人除防守大门墟和大门湾，为逃跑留下一条路以外，便是企图凭借凤凰岭的险要顽抗。雷大鹏带着一班赶到时，一连和二连已经从正面连续进行了两次冲锋。但，他们每次都是冲到半山腰，就被岭上敌人的炽密的炮火拦阻住了；又因为过于暴露，无险可守，被迫撤下来。

岭上岭下硝烟四起，枪炮轰鸣。

雷大鹏一见刘兆德，先把刚才消灭敌人的经过，扼要地报告了。可是，刘兆德正忙着在组织第三次冲锋，紧张得满头大汗，没心听他的报告。雷大鹏看了这情形，猜到战斗并不怎么顺利，便建议道：

"连长，我们要改一个打法！"

"为什么？"

"这样打，对我们并不利！"

"比这再多的敌人，我也打过，比这再高的山，我也攻过！凤凰岭就是摩天岭，我也要打上去！"刘兆德显然是因为两次冲锋没有成功，而弄得火气十足。

"打，一定能打上去，可是，我们不能硬拼！"

"这怎么是硬拼？这是根据师司令部的作战方案、营指挥部的命令！"

"我知道！"雷大鹏沉着平静地说，"刚才，我们抓到一个俘虏，搜出一张地图，发现可以侧后偷袭……"

"侧后没路可上！"刘兆德打断了雷大鹏的话。

"从宝刀洞可以通山顶。"

"老百姓说那是个死洞。"

"不，已经炸通了！"雷大鹏把缴获的地图举起来自信地坚持道，"我们应该建议营指挥部，改变命令取消正面强攻，改为正面佯攻，侧后偷袭！"

刘兆德把地图接过去，粗略地看了看，又还给雷大鹏，不以为然地笑了笑，轻蔑地说道：

"对付这么几个残兵败将，打这么一个坟头似的小山，还用得着这么费事！这一次，我就要揍得他们不知东西南北！老雷！你等着抓俘虏吧！"

他这种态度，使雷大鹏愣住了。从职务上讲，作为连长的助手，应该服从命令；但，对党、对战士生命的责任感，使他鼓起了勇气，继续坚持道：

"连长，我们应该把情况报告营指挥部！"

"有那个工夫，我们早打到山顶上去了！"刘兆德把手一挥，好像制止雷大鹏再发言似的说。他转身向战士们发出了命令："准备冲锋！"

雷大鹏一时不知如何是好，忽听身后有人厉声说：

"取消冲锋的命令！我不同意这样做！"

他急忙回头一看，原来是指导员徐文烈。

徐文烈已在雷大鹏身后把事情听清楚了。他用不可动摇的声音严肃地说道：

"我们应该马上派人把新情况报告营指挥部，听候命令！我以支部书记的名义，决定这样做！"

"我去！"雷大鹏见指导员出头了，立刻兴奋地自告奋勇说。

"好！你了解情况，你去吧！"徐文烈点了点头。

雷大鹏转身朝后便跑，霎时消失了踪影。

刘兆德站在旁边，看到徐文烈取消了自己的命令，脸色立刻变得铁青，恼火地说道：

"指导员，我这是执行上级命令！"

"不！"徐文烈态度强硬地说，"你是在轻敌！我们要对战士的生命负责，要选择对我们有利的作战方案，要随着情况的变化来变化！"

刘兆德把手一挥，不再争辩了。他气火火地蹲在旁边，点着一支烟，狠狠地吸了两口，吐出一团浓蓝色的烟雾来。

这时，徐文烈凑到刘兆德身边，亲切而和缓地说：

"老刘，不要意气用事嘛！你冷静地考虑一下吧！如果有意见，咱们打完仗，开支委会提出来讨论，谁是谁非，不怕辩论不清！可雷大鹏回来，我们必须服从指挥部的命令，完成任务！老刘，别把咱们'钢铁先锋连'的光荣忘了，可也别背这个包袱！至于我的态度有不好的地方，你揍我两拳吧！……"

"你这身骨头架子，不用两拳，一拳就揍散了！"刘兆德一下子又笑起来了，好像刚才没有发生什么事情似的，握着拳头朝凤凰岭比画了一下，说道："不用揍你了，咱们揍兔崽子们吧！"

他们又谈了几句，雷大鹏和营指挥部的一个参谋跑来了。他们跑得浑身透湿，仿佛从水里爬上来似的。雷大鹏还没有站稳，就报告道：

"营指挥部同意了！命令我们一连侧后偷袭，二连正面佯攻！"

"营指挥部根据别的俘虏的口供，也证实了这个情况！"那个参谋补充道，"这样，炮兵可以从凤凰岭抽调出一部分支持三连。他们那里进展不太大。现在，问题是怎样搞掉宝刀洞上面的哨兵，硬打是不行的！大家想个点子吧！"

"化装！"雷大鹏的眼珠转了转，机智地笑道，"我们把一个班化装成敌人，混上去！反正敌人的服装多得很，从俘虏身上换几件就够了。"

"这个主意妙！"营指挥部参谋一边笑，一边点头。

"这是个老药方！"刘兆德也表示同意道，"四三年我们打游击时候用过，挺灵。"

"那就快点装扮起来吧！"徐文烈催促着说。

"还是把这个差使交给我吧！"雷大鹏请求道，"我带一班化装！"

"好！"刘兆德点了点头，笑道，"应该有一个人化装成当官的！我摸透了敌人的脾气：当官的一哼哼，小兵乱颤颤！"

他的话说得大家都笑起来了。

"我扮！"雷大鹏说，"刚才，我们还揍死一个军官呢。我穿他的衣服，可能大一点！"

雷大鹏派通讯员把敌人的服装收集来，一班战士立刻换了装。他们好像要出台演戏似的，打扮了又打扮，总怕不像。雷大鹏也换上了敌人军官的衣服，戴上大盖帽子，回头对徐文烈幽默地说：

"你们的枪可别打错了啊！"

"这场戏全看你们演啦！"徐文烈也微笑着说。

"放心吧！"雷大鹏笑着回答。

"出发吧！"营指挥部参谋说。

雷大鹏带着一班在前边走，刘兆德带着队伍紧紧跟在后面。不一会儿，他们就钻进了浓密的树林里。他们越过千百年来很少有人走过的溪谷，沿着直上直下！耸立着的赤褐色的峭壁，悄悄地前进。他们绕来绕去，前面又出现了一个繁茂的树林，像一架绿色屏风似的挡住了道。这里，树木根盘着根，枝压着枝，纠结在一起，不用说人，甚至连蛇都难通过。但是，战士们拔出刺刀来，一边砍伐，一边扭曲着身体艰难地前进。栖息在树林里的猴子，一见来了这么多从来没有见过的陌生客人，吓得吱吱地嘶叫着，爬上树巅窥探来意。

战士们正在树林中穿行，雷大鹏忽然回身把手一摆，大家便机警地蹲伏在没人深的草丛里了。

不一会儿，十几个敌人从前面急惶惶地蹿过去了。

"到了通宝刀洞的那条路了！"雷大鹏暗想。他派李福生和赵二虎到前边侦察一下情况，他俩回来说，前面是一条劈开树林修的小路，往东走二十米就到山根了；从山根往上四五米的半山腰里，有一条狭长的岩石裂缝，好像一把宝剑的样子。

雷大鹏根据他俩侦察的情况，又对照了一下地图，断定这里就是宝刀洞。他一扬胳臂，队伍又前进了。

雷大鹏带着一班到了山脚，攀登着风化的岩石，迅速地爬进了那条岩石裂缝。这就是宝刀洞的外口。洞里阴森潮湿，从洞顶的岩石缝里，不住地往下滴着水。战士们一步一滑地摸探着前进，雷大鹏提着驳壳枪走在最前面。这个洞又长又窄，有的地方，仅能容一个人侧身而过；还有的地方，好像不能通过了，但是，四肢伏地，仍然可以爬过去。

雷大鹏也不知道走了有多远，忽然，前边透露出一缕明亮的光线。他心里立刻警惕起来，脚步也放轻了。他走到通山顶的洞口下面，把手一摆，李福举和赵二虎抓住湿滑的岩石，就往上爬。李福生刚往外面一探头，就听有人大声喊道：

"哪个？"

"二中队的！"李福生一边回答，一边爬出了洞口。

李济才也紧跟着爬出来了。

"二中队的？"敌人哨兵疑惑地说，"我怎么不认识你？"

"我从二门岛调来没几天嘛！"李福生沉着地回答。

"有没有通行证？"

"还没发给我！"

说话间，又有几个战士爬出去了。雷大鹏在下面听了片刻，不见李福生和赵二虎动手，就知道有原因。他把驳壳枪插回匣子里，戴正了大盖帽，也爬出去了。他站定脚跟看时，只见洞口外面到处是一片野草和稀稀落落的灌木，那个敌人哨兵正平端着枪，离洞口远远地站着，向李福生他们盘问。雷大鹏知道李福生上不了前，所以没法动手。他立刻朝哨兵大模大样地走过去，装出有点生气的样子问道：

"吵什么？"

那个哨兵一见来了一位"中队长"，虽不认识，但，心里也有些胆怯了，先立正敬礼，然后回答道：

"报告中队长，我不认识他们。他们又没有通行证！"

"他们是二中队新补充的弟兄。"雷大鹏走得离那个哨兵更近了，笑道，"大概你连我也不认识吧？"

"是，中队长！我不认识你……"

"我可认识你哩！"雷大鹏把牙一咬，照准哨兵的下巴颏就是一拳，把哨兵打得朝后仰了两仰。他紧跟着又是一拳，哨兵才仰面朝天，躺在地上了。

赵二虎上去夺过了枪。

那个哨兵像做怪梦似的，闹不清是怎么回事，只像一条死鱼一般，瞪着

51

白眼。

"起来吧！跟我们走！"赵二虎用脚尖轻轻地踢了那个哨兵一下。

哨兵坐起来，揉了揉眼睛！仿佛刚睡醒似的。

这时，刘兆德、徐文烈和营指挥部参谋，已领着队伍从洞口上来了。他们迅速地分了工：雷大鹏带领一排由中间，刘兆德带领二排向左，徐文烈和营指挥部参谋带领三排向右，分头袭击敌人的工事。

雷大鹏观察了一下地形。这时，太阳已从海上升起来了，只见四周是蓝色的天和蓝色的海，亮晶晶地闪着光。西北方的大门墚附近，一阵阵硝烟四起，枪炮交鸣。凤凰岭上，我方炮兵打上来的炮弹，不断地在敌人阵地上爆炸，震得耳朵发麻，敌人的炮兵阵地上，也响着炮弹出口的声音；在炮弹爆炸声中，敌我双方轻重机关枪的响亮而激烈的叫声，显得特别刺耳。雷大鹏向遍身泥土和汗水的战士们说道：

"要沉住气！要机动灵活！要准备刺杀！走吧！"

他们踏着野草，分开灌木，弯腰持枪跑步疾奔。枪炮声越来越近，不一会儿，敌人的炮兵阵地就暴露在战士们眼前了。雷大鹏往地上一趴，战士们也紧跟着伏下了，他们用肘匍匐前进。

敌人的嘶喊声和谈话声，已经清清楚楚听得见了。雷大鹏抬头一看，在敌炮兵阵地的掩体里，一个歪戴帽子的军官，正把手一扬一落，机械地嘶声狂叫：

"预备——，放！"

"预备——，放！"

敌炮兵随着口令，手忙脚乱地装填炮弹、拉火。雷大鹏回头朝李福生使了一个眼色，用下巴往敌炮兵阵地指了一下。李福生领会了副连长的意图，立刻带着一班往前爬去了。其余的战士留在原地，手扣枪机，没有动。

一班借着野草、灌木的掩护，快要爬进敌炮兵阵地了，敌人仍然热衷于放炮，没有注意到背后的动静。

李福生一扬胳臂，十几个战士马上用牙咬开了手榴弹的铁盖，一齐向敌人投了过去。

"轰——轰——"

"轰——轰——"

手榴弹在敌群里开了花，转瞬间，烟尘弥漫，土石乱飞，笼罩住了敌炮兵阵地。

在敌群混乱中，李福生从地上跳起来，发出了震动山谷的一声叫喊：

"冲啊！"

战士们一个个好像勇猛的老虎，扑向四处逃窜的敌人。李济才和那个被烟尘迷了眼睛的歪戴帽子的军官，撞了个满怀。他伸手掐住了军官的脖子，按在工事的土墙上，一直按得他一动不动，才松开了手。赵二虎抓住一个爬上交通沟的敌人的腿，拉了下来，劈头劈脑打了一阵子。李福生的冲锋枪都没法用了，只是手握枪管，抡起来打。

这时，雷大鹏和孙刚带着其他几个班也一左一右冲了上来，截住了企图逃窜的敌人。战士们威风凛然地呐喊：

"缴枪不杀！"

"快投降吧！解放军宽待俘虏！"

"举起手来！"

手榴弹爆炸的烟雾刚刚散尽，在敌炮兵阵地上，已经跪着一大群惊慌疑惧的敌人。

一排刚把敌炮兵阵地消灭，二排和三排也分别在左右打响了。

雷大鹏留下少数战士监视俘虏，他决定趁着敌人还没有清醒的时候，继续前进。他们沿着交通沟，迅速地伸进了敌人步兵的前沿阵地。

雷大鹏正往前跑，忽然看见一个敌人军官，也沿着交通沟迎面跑来了。敌人军官一抬头，看见雷大鹏也是自己人打扮，在慌忙中没有辨认面目，误以为是炮兵的军官，立刻大声叫嚷：

"你们的炮为什么不响啦？共军快攻上山来了！"

"龟孙！我们早上来啦！"雷大鹏把胳臂一抡，那个军官的身体晃了两晃，栽倒了。

凤凰岭上的敌人发觉我军已从背后上了山，炮兵阵地已被消灭了，大感情况不妙，立刻组织反扑。他们企图先消灭上了山的一连，拔掉这把从背后插进来的利剑，再打从正面进攻的我军。但是，一连好像落地的水银，无孔不入，他们化整为零，以战斗小组或班为单位，迅速渗进了敌阵地的各个角落。每个战士都发挥着独立作战的能力，跟疯狂的敌人搏斗。

雷大鹏跟一班在一起，向前猛插。

从前方的战壕里，成群敌人恶狠狠地反扑过来了。战士们都在交通沟里，紧贴着土壁，手扣扳机等着。敌人乱七八糟地冲上来了。雷大鹏用尽平生力量高喊：

"揍啊！给他们一顿早饭吃！"

战士们随着喊声开了火。手榴弹飞了过去，冲锋枪怒吼着，一刹那间，好像山摇地动，烟雾遮天。

敌人受了打击，立刻缩回头去了。

"喂！有种的上啊！"赵二虎高声叫阵。

但，敌人躲在交通沟里不敢露面。一班也不敢再往前走了。

雷大鹏一看，不能这样僵持，必须速战速决。他命令李福生道：

"打手榴弹！"

战士们马上抛出了一排手榴弹。

手榴弹落在前面的交通沟里，爆炸了。随着爆炸声，传来敌人一片鬼哭狼嚎。那没有炸死的，便往交通沟上面爬。

赵二虎刚一枪撂倒了一个爬上来的敌人，要朝另一个探头的敌人射击。那个家伙吱溜一下子就缩回去了。赵二虎骂道：

"鬼东西！早晚跑不了你！"

敌人是狗急跳墙，一看这里只有十几个人，就仗着人多势众，几十个人一齐往上冲。李福生急了，端着冲锋枪猛扫。敌人一下子倒了六七个。但是，一个端着刺刀的家伙还是扑上来了。李福生厉声喊道：

"不怕死的，来吧！"

他扣动了扳机。但，枪不叫了。原来，刚才已把梭子打空，没容他换梭子，那个敌人已冲到了他的跟前。李福生一闪身，心中急火火地想："有你没有我！"他和刚才在炮兵阵地上一样，抢起冲锋枪把子来，迎面就打。敌人开了一枪，没有打中，心里便先慌了，及至端起刺刀要来刺杀时，李福生的冲锋枪已挡开了刺刀。两支枪一碰，敌人的枪震落在地上了；李福生的枪断成两截，木柄掉了，手里只握着一根枪管。李福生便用这根枪管，照准敌人打去，只见那个家伙怪叫一声，栽倒了。李福生俯身把敌人的枪拾起来，继续射击。

敌人接连反扑了三次，都被打退了。当他们第四次扑上来时，突然，从他们背后响起了激烈的枪声。这是二连从正面冲上来了。

这时，整个凤凰岭上响起了一片杀声。

雷大鹏高声喊道：

"同志们！冲啊！跟二连会师！"

战士们漫山追歼溃散奔逃的残敌。

不一会儿，一连和二连会合了。我军已占领了凤凰岭。两个连的司号员，并肩站在一块巨大的岩石上，面向着大海，迎着晨风，奉令吹出了雄壮的胜利的号声。

号声在大门岛上空飘荡着，振奋着战士们的心。

第五章

1

占领了凤凰岭以后，大门岛上的战斗并没有结束。三连虽在炮兵的支持下，全力攻打大门墟，但是，因为大门墟是敌司令部的驻地，又是大门湾的屏障，敌人拼尽死力防守，所以进展不大。

一连和二连占领了凤凰岭后，恨不得插翅飞下山去增援三连。这时，营挥挥部的一个通讯员，像一阵风似的卷上山来，传达命令道：

"敌人企图从大门湾登船逃跑，指挥部命令一连赶快下山，九点三十分赶到大门墟东南角的椰子林，听候攻击命令。我们一定要把敌人抓住！"

正跟刘兆德谈话的二连连长一听，上前一把抓住那个通讯员，问道：

"二连呢？"

"二连打扫凤凰岭战场。"通讯员回答。

"咱们再见了！"刘兆德抓住二连连长的手，猛摇了两下子，便对苗国新道，"通知各排：马上集合，打大门墟去！"

一连战士们一听又有了战斗任务，一个个乐得直跳脚。他们脚下像飞一样，冲过尖利的石头、仙人掌、荆棘和铁针草，沿着那条通大门墟的秘密小路，一直跑上了一道无名山冈。在山冈上，有从凤凰岭下转移到这里来的炮兵，正紧张地挖掘阵地。雷大鹏迎面碰上了炮兵连连长，兴奋地嚷道：

"老伙计，别节省炮弹啦！把咱们带来的礼物，都送给他们吧！"

"老雷，放心吧！"炮兵连连长一边擦汗，一边笑道，"我不会留下炮弹叫战士们擦锈玩的！"

"好！我们先听你们的发言了！"

雷大鹏继续跟着队伍往前跑。他们又越过了两道小山岗，冲过一片开阔地，穿过一片椰子林，便望见正笼罩在硝烟烈火中的大门墟了。他们隐蔽在椰子林里，等候进攻的命令。

九点四十五分，突然，在一连后面响起了炮弹出口声。炮弹嘶嘶地叫着，从战士们的头上飞过去，在大门墟爆炸了。大门墟里立刻升起了一股股黑色烟柱。战士们一见，高兴得不住替炮兵喊好。

炮兵轰击了足有十分钟，才听到从营指挥部的高地上，传来了"开始冲锋"的号音。

刘兆德和雷大鹏几乎同时举起了驳壳枪。刘兆德把手一挥，大声喊道：

"同志们，前进！"

战士们从草地上一跃而起，向大门墟冲去。但是，他们被一段破墙后面射出来的两道火舌挡住了。

刘兆德一看，回头厉声喊道："机枪！压住它！"

一连的机枪手应声开了火。四挺轻机关枪和两挺重机关枪，好像暴风一样，向敌人猛烈地扫去。敌人的两挺机关枪立刻变成了哑巴。

这时，刘兆德又首先跳起来猛喊一声：

"冲啊！"

战士们好像愤怒的浪涛，冲向前去。雷大鹏正率领着一排往前冲，忽然看见刘兆德站住了，身体晃了两晃，跌倒了。他的心猛地一颤，不禁脱口叫道：

"连长！你怎么啦？……"

他跑到刘兆德身旁看时，只见他面色苍白，紧闭双眼，右肩已被子弹打穿，鲜血把半个身子都染红了。雷大鹏急忙把他抱起来，连声呼唤：

"连长！连长！……"

刘兆德微微睁开了眼睛，一见是雷大鹏，便强忍住伤疼，大声说道：

"老雷！不要管我！快带队伍冲！快……"

他没有说完，便昏过去了。

雷大鹏朝后面看了看，只见卫生员黄隆成跑上来了。他高声喊道：

"黄隆成！这边来！"

黄隆成跑过来，一看连长负了伤，急忙进行消毒、止血和包扎。

雷大鹏嘱咐道：

"你要负责连长的安全！把他背下去！"

"是！"

雷大鹏又朝刘兆德注视了一下，便转身向大门墟跑去了，这时，一连战士已冲进大门墟，跟逐屋抵抗的敌人展开了激烈的战斗。三连也突破东北角，压了下来。整个大门墟淹没在手榴弹和冲锋枪声里。

战士们把敌人向大门墟中心压迫。忽然，从一连前进的方向，升起了一股凶猛的火焰。火焰借着东北风，直向西南腾腾滚去。大火迅速地延烧着，渔民的草房、木屋，立刻被吞没，变成了一片火海。

一连战士被熊熊大火逼得后退了。

雷大鹏一见，真是焦急万分！他想到敌人会乘机冲到大门湾逃走，立即把眼一瞪，注视着浓烟烈火，高声命令道：

"同志们！用手榴弹开路，冲过去！"

战士们果然迎着滚滚而来的大火，打出了十几颗手榴弹。火被手榴弹爆炸后造成的气浪一摧，立刻向两旁躲避，闪出一条路来。雷大鹏首先冲过去，回头喊道：

"前进！"

火，并没有阻挡住人民战士们！他们虽然有的衣服被烧着了，头发眉毛被烧掉了，可是，一冲过烈火，在地上滚几滚，又爬起来向着溃逃的敌人追去了。

在大门湾里，停泊着敌人的两只大型机帆船，还有十几只渔船。先跑到的敌人，已争先恐后地上了船；后来的，则拼命呼喊，叫船不要开。

雷大鹏眼看敌人就要出海逃走，急得两眼冒火。他猛一回头，厉声召唤战士们道：

"快！让他们跑掉一个，咱们不算解放全中国的好汉！"

战士们仿佛狂风怒卷，惊涛奔腾，直向大门湾扑去。

雷大鹏正往前跑，突然，从大门湾传来一阵清脆的冲锋枪声。他立时一怔，以为是敌人要狙击他们，但，停脚看时，敌人反而像惊了窝的黄蜂，到处乱钻，混成一团。

"这是怎么回事？"雷大鹏奇怪地想，"不管它，追上去！"

2

一班战士陈明德刚刚接好帆绳，忽然觉得像被一个强有力的弹簧弹出去一样，把他从桅杆顶上抛进了海里。

这个年轻战士，从七八岁起，就爱在故乡家门前的一条清澄的小溪里游泳。他在乡下的孩子群里是一个最胆大、最会游泳的能手。在渡海作战前的海上训练中，他当了教全班游泳的"小先生"；同时，也提高了自己的游泳技术。当他刚落进海里时，因为过于仓促，跌得又猛，先喝了两口苦咸的海水，呛得脑袋发晕。但，一霎时，他就清醒过来，弄明白发生了什么事，浮出了海面。他曾清楚地听到赵二虎的一声呼叫，因为浪头涌了过来，还没有容他回答，又被浪头卷远了。

他把脑袋钻出水面，看了看四周。四周是一片黑暗，看不清船只的影子；只见曳光弹在纵横交叉地飞舞，只听到枪炮在轰隆隆地响。他一边游泳，一边观察，想根据枪炮的方向，判断出自己的船队在哪里。但转念一想："找船干什么？反正同志们一定要登陆的，我为什么不游到岛上去呢！"他向岛岸游了一会儿，又想："到了岛上，如果碰不到同志们，遇到敌人怎么办呢？难道叫我空着两只手跟敌人拼吗？那是白白送死！"他一想到这里，便又想找自己的船队。他继续游，越游越觉得累，背上好像压着千斤石。他用手一摸，真是出乎意外，原来冲锋枪还好好地背在背上！

一个战士有了枪，他的胆量就会增大十倍。陈明德甚至激动地想："怕什么！往岛上游！碰到敌人，先报销他几个！"陈明德下了决心，望了望黑黝黝的岛影，朝前游去。

他游了好久，觉得腿酸，胳臂也累了，但，看看海岛，还是模糊不清，好像距离并没有缩短。他听了听，枪炮声已转移到岛上去了。他兴奋地想："这是同志们登陆了！我要游上去，赶上战斗！"

他鼓足了劲，一刻不息地往前游。但，刚游了几米，一个浪头涌过来，又把他卷退回去，许多力气因而白白消耗了。这样几个反复以后，他一下子对自己的泅水丧失了自信心，觉得身体软弱得好像一团棉花，手脚的动作也没有力气了，背上的冲锋枪仿佛要把他压沉到海底下去。……

"难道就这样完了吗？"他感到了死亡的威胁。他一想到这里，心里感到恐惧。

但是，仅仅是一刹那，他又想起了亲爱的同志们，想起了曾向班长李福生说过的自己的决心："我要在这一回战斗里，争取做一个青年团员！"当这个思想像闪电一样，从他的心头掠过时，给他带来了巨大无比的力量。好像有一只强大有力的手，忽然把他挽救起来，使他又鼓起勇气，向前游去了。

游呀！……

游呀！……

他跟浪潮搏斗着前进！

那支沉重的冲锋枪，使他感到莫大的累赘。冲锋枪仿佛变得越来越重了，他多么想把它丢开呀，反正同志们已经登陆，游上岸去也用不到它了；只要把它丢开，他浑身一定会轻松得多。

可是，这个可耻的有辱人民战士这一光荣称号的念头，使他觉得满脸发烧。他刚到连队，连长授枪给他的情景，仍然历历在目；连长讲的话又在耳边响起来了："记住，这是人民交给你的武器！要像爱护自己的眼睛一样爱护它！武器，这就是一个人民战士的生命！"他一想到这里，不禁轻轻地摸了摸枪管，想："我不能抛弃自己的荣誉和生命！只要我有一口气，就不能离开它！"

潮水好像故意跟他捣乱，一道道波浪总在面前阻拦着。陈明德因为时间游得久了，体力渐感不支，鼻子已灌进了好几回水，呛得脑袋像针扎一样疼痛。他的手逐渐变软了，划水动作迟缓下来，脚也打不起浪花了。他只觉得昏昏沉沉，朝水里沉下去。……

"这怎么行！不！我要游到岛上去！"他用脚猛烈地蹬了一下水，身体又向上浮游起来了。他的脑袋钻出水面，深深地吸了一口湿凉的空气，然后，把身体翻转过来，仰天躺在水面上，双手轻轻划动，利用仰泳休息。

满天繁星乱眨眼，天为什么还不亮呢？

清晰的轰隆轰隆的炮声传过来，吸引陈明德注视着炮响的方向。看啊，炮弹爆炸的闪光多么美丽！他立刻给自己下了命令："前进！一定要赶上战斗！一定要……"

他从仰泳变成了蛙泳，继续向前游去。时间好像特别长，距离也仿佛无限远，对战斗的渴望，像火一样燃烧着他的心！

他游呀，游呀，游了好像有几百年、几千年，而他所要到的海岛，仍然没有到。他朝前望时，前面仍然是一片模糊的黑影。为什么游了这么久，还不到岸呢？他一想到这里，又觉得手酸腿疼，浑身发软了。

忽然，一个浪头袭来，把他埋起来了。

他的嘴、鼻都灌进了海水，只觉得脑袋昏昏沉沉。他什么也不能想了，只是下意识地挣扎着，挣扎着。……

当陈明德睁开眼睛看时，只见自己躺在一块礁石旁边，身下是退潮后滞留下来的积水。他顺着礁石往前看，那里有一块沙滩，靠岸停泊着两只大型机帆船和十几只渔船。三个蒋贼军在船旁紧张地巡逻着。他倾耳听时，原来，在环绕着这个海湾的岸上，响着激烈的枪炮声。

"我这是在什么地方呀？"他不住地猜测着。

原来，陈明德从落海以后，就游错了方向。他一直沿着大门岛的北岸向西游。其实，他只要把方向朝左一变，拐一个直角，游百多米就可以到岸了，但，他却一直把大门岛突出的西北角，错认为是大门岛，朝着那个方向游。当他被海浪打昏过去以后，叫北来的潮水一冲，就冲到岸上去了。现在他躺的地方，正在大门湾东北边的沙滩上。

他靠着礁石坐起来，浑身骨头节儿咯吱咯吱地响，好像生了锈一样。

征服了海洋的喜悦，和年轻人的充沛的生命力，使他忘记了疲累。他贪婪地望了望蓝晶晶的大海，又望了望蓝晶晶的天空，好像有生以来第一次看到这样美丽的景色。但，敌人就在眼前走动啊！他机警地注视着敌人，并猜测着岛上发生的情况。

他从背后摘下冲锋枪来，紧紧地握在手中。

他正在考虑着自己应该怎样做，忽然，村庄里黑烟冲天，燃烧起大火来了。不一会儿，一群敌人，大约有百多名光景，从着火的村庄跑了出来，朝停泊在海湾里的船只奔去。他们争先恐后地往船上爬，甚至有人被挤落到海里去了。瞬息间，机帆船已装得满满的，但后面又有一群敌人，一边狂叫，一边跑来。

陈明德把这些情景都看在眼里，而且，判断敌人是企图出海逃窜。

"不能让他们逃掉！"陈明德把冲锋枪口对准了敌人。

他把两只圆溜溜的大眼睛一瞪，手指扣动了扳机。

"哒、哒、哒……"冲锋枪响了。子弹带着死亡，穿进了敌人的脑袋、胸膛、肚子……匪徒们有的倒在船上，有的跌进海里，有的倒在沙滩上。

敌人一时弄不清楚，这突然而来的子弹来自何方。但，当他们发现了陈明德时，便在船头上架起了一挺轻机关枪，向着陈明德隐蔽的地方猛扫过来。机枪子弹打在那块礁石上，火花乱迸，碎石飞溅。

3

一连从东南方、三连从东北方，像两支箭似的直射向大门湾。敌人一边从船上用轻重机枪进行拦阻射击，一边抛弃了还没有登船的士兵，向大海开去。一连和三连正用全部火力追击，炮兵也赶上来了。炮弹像发怒似的飞到敌船前面，激起的水柱，接连不断，仿佛构筑了一道水墙。一颗炮弹在敌船上爆炸了，只见凭空升起了一团黑烟。等烟消雾散时，那只船已消失了踪影。海面上，没有炸死的敌人，在漂浮的尸体间游动着。另一只敌机帆船，仍在"突突突"地向二门岛方向逃窜。战士们眼看着敌船越走越远，在岸上急得乱跳；有的甚至埋怨炮兵打得不准，好像这只敌船的逃走要由炮兵负责似的。

但，不论怎么说，那只敌机帆船还是跑了。

营指挥部命令战士们驾驶渔船，出海救那些沉船落海的敌人。不一会儿，一群落汤鸡似的俘虏被载回来了，惶惶不安地坐在沙滩上。

战士们从海面和沙滩上，捡拾了大批敌人遗弃的物品，其中有轻重机关枪、步枪、手枪、钢盔、望远镜、文件包、军衣、小册子……雷大鹏从一个黄牛皮文件包里，找到了一张委任状，上面写着："兹委任黄雄飞中校任反共救国军南海纵队第一突击大队司令。此状。蒋中正。"同时，还找到了一张照片。他把照片注视了一会儿，便同委任状一起放在口袋里，向俘虏群走去了。他向那些俘虏扫视着，眼光慢慢地停在一个长得精瘦的俘虏身上。那个俘虏立刻额上流着汗珠，低下头去，用疑惧不安的眼光偷偷地窥视着雷大鹏。

"你跟我来！"雷大鹏上前唤道。

那个俘虏犹豫了一会儿，才站起来跟着雷大鹏走进一间独立的渔民小屋。

雷大鹏用眼角鄙视地扫了那个俘虏一眼，问道：

"你是干什么的？"

"我是伙夫。"那个俘虏点头弯腰地回答了一句，又怕别人不明白似的解释道，"也就是做饭的！"

"哈哈……"雷大鹏畅快地笑起来了，他笑了一阵，讥讽地说道，"你们'救国军'里的伙夫都是中校吗？哈哈……有人说你们官多兵少，也许这就是证明吧！"

那个俘虏还没等雷大鹏把话说完，脸色就变青了。雷大鹏不愿意跟这个家伙多费话，从口袋里拿出委任状和照片来，举在俘虏面前，轻蔑地问道：

"你还有什么话说吗？"

那个俘虏一看假面具被揭穿了，霍地抬起头来，用凶恶而仇视的眼光，看了雷大鹏一眼。雷大鹏转身对苗国新道："把这个'中校伙夫'送到指挥部去！"

"是！"苗国新答应一声，便用枪口对着那个俘虏，厉声喝道，"走！"

那个俘虏惊得抖了一下，走出门去了。

正在这时，一班长李福生冲进屋门，兴奋地报告："副连长，陈明德没有淹死！"

"陈明德？"雷大鹏一听，走到李福生面前，关心地问道，"他在哪儿？"

"我们刚才打扫战场，在紧靠海边的一块大礁石后边，发现了一个人。"李福生压抑不住心情的激动，迅速地说，"我们以为是敌人的死尸！但，走过去一看，原来是陈明德！他下半身泡在水里，上半身紧靠着石头，手里拿着冲锋枪，旁边还有一大堆空弹壳。我们叫他，他不答应；仔细一看，他身上受了三四处伤。我们摸了摸胸部，心还在跳。……"

"卫生员！"雷大鹏没等李福生把话说完，便回头对黄隆成道，"跟我走！"

雷大鹏、李福生和黄隆成三个人，急急忙忙朝海边跑去。这时，战士们已把陈明德抬到岸上，放在一只底朝天的木船旁边的阴凉地方了。雷大鹏分开战士，蹲下去，好像一位高明的医生一样，摸了摸陈明德的脉搏，观察了一下脸色，这才松了一口气，站起身来。黄隆成立刻施行急救。雷大鹏命令道：

"小黄，急救完了，马上送卫生所！"

雷大鹏一抬头，这才看见了徐文烈。原来，他早已站在这里了。他们交换了一下眼色。雷大鹏感动地说道：

"刚才是他用冲锋枪扫射敌人的！"

"一个勇敢的同志。"徐文烈好像在给陈明德的事迹作结论，称赞道，"他战胜了大海，又打击了敌人！"

猛乍，不知是谁喊了一声：

"敌人的军舰！"

大家朝海上一望，果然有一艘敌人的军舰，正朝大门岛方向驶来。这时，战士们的神色显得有点紧张。雷大鹏一看，立刻大声笑道：

"同志们，这是蒋介石怕咱们的缴获品太少，又送来了一艘军舰！军舰又上不了岸，怕它干什么？"

他的话还没有说完，战士们便哄笑起来了。雷大鹏等笑声停下了，又接着说道：

"我现在命令：各班进入阵地！敌人不登陆，谁也不准开火！"

队伍迅速散开了。正在这时，营指挥部也发出了"部队隐蔽，准备战斗"的号音。

雷大鹏部署完毕，再找陈明德时，他已经被抬走了。

雷大鹏和徐文烈并肩蹲在一块礁石后面，观察着敌舰的行动。

"这个家伙蛮威武哩！"雷大鹏说。、

"哼！纸老虎！现在再来，只有一个任务：报丧！"徐文烈轻蔑地说。

"咱们的炮艇怎么不露面啦？"

"听说有一只触礁，一只负伤。"

"这两只炮艇打得顽强！咱们登陆以后，叫敌人压在滩头上，要是没有他们，伤亡会更大！等战斗结束了，我建议上级给他们立功！"

他俩正说着，忽然看见从大门湾东北方那个突出的山崖后面，闪出了一只小炮艇，切开波浪，迎着敌舰冲去。雷大鹏不禁站了起来，仔细一望，高兴地嚷道：

"我们的！我们的！……"

"大概是受伤的那只修好了！"徐文烈猜测着。

"真英雄！看！真是好样儿的！"雷大鹏一边高声夸奖，一边兴奋得搓手踏脚。

敌人的军舰迅速地接近了大门岛，并开始向我方的炮艇打炮。但是，我方的炮艇好像不屑理会对方似的，一直沉默着，全速前进！

敌舰被小炮艇这种果敢的行动吓住了。它好像做贼心虚似的，一边打炮，一边改变航向。正在这时，小炮艇开炮了。敌舰周围升起了高大的水柱，浪花被太阳一照，像一条条银练。几乎与炮艇开炮的同时，岛上的我军炮兵也向敌舰轰击。一刹那，炮声隆隆，仿佛春雷滚动。

敌舰不敢再继续前进，一边打着丧气炮，一边掉头回窜了。

解放大门岛的战斗，全部结束了。战士们吃了饭，稍稍休息了一会儿，就接到了营指挥部的命令：抢修一些必要的临时工事。

抢修工事，主要是把敌人的工事加以修改整理，另外，增挖一些防空洞和防炮洞。

同时，各连还抽调了一部分人员，组织了三个临时群众工作队，上山寻找渔民，宣传人民解放军的纪律和政策，动员他们下山回家，重建被蒋贼军破坏的家园。

雷大鹏和徐文烈把工作布置了一下，就赶到卫生所看刘兆德去了。但是，他俩扑了空，在半小时前，刘兆德就搭伤员船离岛了。他俩再找陈明德时，他也一起被送走了。

雷大鹏和徐文烈从卫生所出来，沿着海滨回连去。沙滩上遍生着矮小的转转草和香附子。离海水近的地方，则堆积着颜色和形状都十分奇异的各种贝壳。贝壳叫潮水一冲，显得更加鲜艳，好像正在开放着的一朵朵小花。一只白壳沙蟹从潮湿的沙土里悄悄地钻出来，刚爬行了几步，一听见脚步声，又慌慌张张地钻进沙土里了。雷大鹏对这只机灵的小沙蟹感兴趣，蹲下去，用手挖那微带温暖的沙土。他挖了一大堆沙土，也没有寻找到那只小沙蟹的踪影。他站起来，失望地说：

"小东西！真鬼！"

海水在他脚下奔腾跳跃着，用愉快而高昂的声音歌唱着，好像在赞颂人民战士的胜利。

雷大鹏伸出了两臂，好像要拥抱海洋似的，深深地呼吸了一下，用喜悦的声音激动地说：

"指导员，从现在起，我们就要日日夜夜陪伴着她了！"

"她是很美的，值得我们陪伴。"徐文烈微笑着说。

"是啊！这个大海好像一大块又柔软又漂亮的蓝绸子，大门岛就像缀在蓝绸子上边的一颗绿宝石，你说我这个比喻像不像？"雷大鹏的声音里充满了对海洋的热爱。

"老雷，你简直变成诗人了！"

徐文烈说到这里，引得两人放声大笑起来了。欢快的笑声，伴随着阵阵的海风，在海面上回荡不止。不一会儿，雷大鹏忍住了笑，认真地说：

"不！我不论到什么时候都是一个战士，而且，我只能是一个战士！"

第六章

1

大门岛解放的当夜，加强营的战士们是在沙滩上燃起了篝火露营度过的。因为大门墟已被敌人纵火烧成了一片焦土，其他几个小渔村，也叫陆陆续续回来的渔民住满了。

第二天，接到了师司令部的命令：一连改编为独立守备连，留岛担任守备任务；其余各连分批撤回大陆，另有渡海作战任务。上午，加强营营长亲自主持了一连的改编工作。改编后，守备连扩充为四个排：三个步兵排和一个炮兵排，人员名额补充到超过普通连队的一倍；另外还配备一个电台和一个卫生所。守备连连级干部不动，只从其他连里抽调了四个排级干部，加强排的领导。守备连在海岛指挥部成立以前，暂由师直接领导。

下午，雷大鹏和徐文烈把最后一批队伍送上船以后，本来到处挤满了人，一片闹嚷嚷的大门岛，一下子冷清下来了。他俩决定抓紧时间，检查一下工事构筑情况，便沿着荒芜的小路上了山。亚热带的太阳晒得人浑身发热，心里毛躁。海水好像被烧开了一般，蒸发着一层白蒙蒙的水雾。四周没有一点儿风，连宽大得像张席子似的最爱摇摆的椰子树叶，都不摆动一下，他俩走了一段路，实在热得受不了，便躲在一棵白背桐的树荫下，用帽子拼命地扇汗，白背桐的叶子，也像怕热一样下垂着，只用白色的叶背向着太阳，仿佛无数枚银片在闪光。

雷大鹏向周围观看，不远处是光秃秃的峭壁，石头缝里长满了一尺多高的望海草。凤凰岭山坡上，遍地生长着野牡丹、画眉草、山芝麻、金锦香和五色梅。山谷里是一片小乔木林，密生着大沙叶、木波罗、厚皮树和山槐。靠近海滨的平地上，满是椰子树。从高处一看，整个海岛是一片苍翠的颜色，每一个角落都被热带植物占据着，好像没有人可以活动的地方。这真是一个奇异的海岛，在这以前，他不但没有见过，连听都没听说过。他想到从现在起就要远离领导，在这个陌生的岛上长期地居住下去，并且要领导战士们建立起一种新的生活来，心里不禁有些紧张，觉得自己肩上的担子实在不轻。他转脸看了徐文烈一眼，又一转念，才觉得自己的紧张是多余的，炼钢工人出身的指导员，虽然在一次战斗中负伤搞坏了身体，但，他的意志就像炼出来的钢一样坚定，工作经验也像炼出来的钢一样成熟，跟他在一起，还有什么克服不了的困难呢？他正这样想着，忽听徐文烈说道：

"老雷，咱们快上山吧！战士们不知热成什么样子哩！"

"简直像是上了火焰山！"

"如果把工事作业改到一早一晚怎么样？或者白天多睡两三个钟头。开夜工，凉凉快快，效率一定要比白天高！"

"这是个好主意！从明天起就这样干！"

他俩一边上山，一边说话。在山路两边的草丛里，四脚蛇一听见动静，就顺着草叶乱窜。它跑一两尺远，又回过脑袋来，用小圆眼睛看一会儿，然后再跑。低谷里长着比人还高大的仙人掌，肥大的茎上长满了细长的尖刺，像钢针倒竖。花朵从茎上钻出来，比拳头还大，有粉红色的，也有淡黄色的。雷大鹏过去只见过：栽在花盆里的仙人掌、霸王鞭、刺儿球等，现在一见这样高大的仙人掌，不禁咂了咂舌头。他像个好奇的孩子似的，跑下去摸了摸肥厚的花瓣。他一闪身，猛乍，看见有一个人蹲在仙人掌后面的草丛里，而且，握着手枪。雷大鹏心一动："这是一个漏网的家伙！"但是，他却假装没有看见那个人，回头走了几步，然后，猛地把腰一弯，灵活地抽出驳壳枪来，大喝一声：

"不要动！举起手来！"

藏在草丛里的那个家伙，果然战栗着站了起来。他的衣服已被荆棘撕破，皮肤也被扎得流着血，头发蓬乱，面色黄瘦。他把手枪扔在地上，举着手走过来了。

徐文烈见这个人拿的是手枪，便说：

"老雷，看样子，他也许是个头目呢！"

"让他自己说说身份吧！"雷大鹏说。

"我……是……副参谋长……"那个家伙满头流着虚汗，怯怯懦懦地说，"请不要杀我！我两天没吃东西了，能给我点吃的吗？……"

这时，正好有几个战士路过，雷大鹏便把这个"副参谋长"交给他们带走了。他回头对徐文烈说道：

"指导员，咱们还得给山理一理发，麻痹不得！说不定还藏着不少货哩！"

"山林太密，不易搜遍。"徐文烈看了看山上山下繁茂的植物，说道，"再等一天，等那些家伙们饿得实在受不了的时候，肚子就会命令他们出来了！咱们现在应该集中力量修工事。说不定敌人不死心，来一个反攻呢！"

他俩把工事检查完，已经黄昏了。下山以后，又到海边察看地形，布置瞭望哨位。他俩在岛上跑了半天，两条腿像灌了铅一般，抬不起来了。尤其是徐文烈，更觉得疲乏，连脸色都显得苍白了。雷大鹏几次催徐文烈回去休息，他每次都是摇摇头说："不，我要熟悉这个岛子！"现在，哨位也布置完了，雷大鹏说：

"指导员，休息一会儿再回去吧！"

"好！我确实是有点儿累了！"徐文烈一边答应着，一边坐在沙滩上。

雷大鹏并不是坐，而是躺在松软的沙滩上了。沙滩被太阳晒了一天，仍然保留着热气。雷大鹏伸展了一下四肢，感到舒适轻快，笑道：

"指导员，这真像躺在家乡的热炕上啊！"

"你总是想着家！"徐文烈一半打趣一半认真地说。

"家，怎么能够忘记啊！"

"啊，对了！"徐文烈笑道，"孙秀英来信了没有？"

"没有！"雷大鹏一想到他这位未婚妻，心里就充满了幸福，微笑道，"准确一点说，她还不知道我已经回部队来了呢。我出院的时候，没有告诉她。可是，回来以后，生活紧张得又把她从日程上挤掉了。……"

"要赶快补上这一课！"徐文烈指着雷大鹏的鼻尖，用警告的口气笑着说。

"该补的课太多了！比方说，"雷大鹏认真地说道，"岛上的工事，不是几个月就能修完的。再说，部队总不能久住民房啊！敌人烧平了一个大门墟，连渔民住的房子都不够，咱们也要考虑盖房的问题。还有，部队刚到新区，也大有必要进行一次群众纪律教育。"

徐文烈十分注意地听着他的叙述，他本来准备今天晚上召开一次党支委会，具体研究一下部队当前任务、思想情况、群众工作，以及生活上的各种困难等问题。他想跟雷大鹏商量一下，没想到雷大鹏却已先提出来了，这使他十分高兴，不禁用赞扬的眼光看了雷大鹏一下，同意地说道：

"对！有的课应该补，但，更多的是要从头学起！像渔民工作，这就是一个新问题。上级指示咱们：要想完成守岛任务，必须做好渔民工作。可是，这个工作怎么下手呢？今天晚上开一个支委会吧，先把问题都摆出来，再一个一个解决……啊呀，风暴！"

雷大鹏正在听着，忽然听到从徐文烈嘴里吐出来和谈话完全没有关系的"风暴"两个字，不禁吃惊地抬起头来问道：

"什么？"

"风暴来了！"徐文烈已经站了起来，朝远方的天和海一指，大声说，"看！云彩像飞一样！"

雷大鹏朝徐文烈所指的方向看时，只见朵朵白云，好像赛马场上疾驰的骏马；远处的海面，涨得仿佛一座座山峰。不一会儿，白云变得像墨块，海水响得似沉雷；晚霞也消失了，半边天宛如挂上了黑色的幕布。

"老雷，快回去！赶快通知战士们防风！"

徐文烈一边大声说着，一边转身便跑。雷大鹏一看天气变化得这么快，心里已有点慌，也紧跟着往前跑。

他俩跑了还没有半里路，忽然，觉得前面好像有一双无形而有力的大手推了一下，把他们推得后退了好几步。霎时，椰子树的大叶子，打成了卷儿，求救似的沙啦沙啦地哀鸣着；树干弯得几乎像一张弓背。小山一样的浪涛，宛如万马奔腾，一边狂声咆哮着，一边朝岛上冲来。雷大鹏还是平生第一次遇到这样强烈的风暴，正在不知所措时，忽听徐文烈被风吹得若断若续的喊声：

"快……趴下！……卷到海里去！……危险！……"

雷大鹏急忙扑倒在地上。一个风头刚过，冰凉的雨点子便落下来了。乌云密密层层地铺满了天空，低得仿佛压在人头顶上。在惊涛骇浪中，整个海岛仿佛在动荡、下沉。……

2

暴风雨中的海岛之夜，真是一个狂暴而可怕的夜。

天空、海洋和陆地，全沉浸在一片漆黑中。但，当闪电出人意外地射下来时，却又连无数条斜射而下的雨丝、像疯子一样狂舞着的椰子树、海水击打到礁石上溅起来的银白色的浪花、像玩具一样矮小的渔民小屋颤抖着的屋顶，都看得清清楚楚。战士们拥挤在几个小渔村里的渔民家中。他们按照传统的纪律，没有妨碍到房东的正常生活；有的躺在潮湿的屋地上；有的在放置杂物的棚子里，和渔网、船桨、帆缆、干鱼等睡在一起。但，也有的战士钻进敌人修筑的碉堡里去睡的。

一班就住在向西村外面的碉堡里。碉堡不但低矮，地上还有积水。四脚蛇一见进来了人，吓得四处乱逃。有一条四脚蛇，竟从壁上窜到了赵二虎身上，吓得他尖声吼叫，惹得大家都笑起来了。李福生打趣地说：

"你这个'斩蛇英雄'怎么倒叫'蛇仔子'吓慌了？"

赵二虎好像要摆脱四脚蛇带来的生理上的厌恶感，气哼哼地说：

"这是什么鬼地方？我把着门口睡去！"

赵二虎在碉堡入口处、背靠石壁坐着。风夹带着雨，斜吹进来，冻得他打了一个寒战。于是，他又站起来，用雨衣把入口处挡住了。一个战士在疲倦到极点时，就是行军走路也能睡觉，何况这里还可以坐着呢。不一会儿，赵二虎就沉沉入睡了。现在，出现在这个生长在热河省大凌河畔的好猎手的梦中的，是艰苦战斗的岁月呢，还是胜利后的喜悦呢？……

……他从小跟着爹爹上山打猎。到了十三四岁时，只要獐子、黄狼、狐狸、野兔等野兽落在他的眼里，就再也不用想活着逃开他的枪口。可是，几年来，日寇、地主、汉奸、反动派，却把他们压得透不过气来。赵二虎父子俩早出晚归！还免不了一家五六口人挨饿受冻。一九三三年冬天，他爹上山去打猎，就被活活冻死了，从此，他一个人担起了全家的生活。

一九四七年，人民解放军解放了他的家乡，斗倒了地主恶霸，劈地分房，他自愿参加了自己的队伍。那一天，他胸前挂着照眼亮的大红花，骑着高头大马，前面走的是红红绿绿的秧歌队，后边跟的是敲锣打鼓的众乡亲。他穿过了故乡的熟悉的街道，渡过了激流湍湍的大凌河，到了部队。在那以后，他什么时候回忆起来，就低头看看胸前，好像那朵大红花还挂着似的。虽然大红花已换成了两个战斗功奖章，但，那大红花的影子总印在他的脑幕上。是的，他平生只戴过那么一次大红花，连跟桂菊结婚的时候，都没有戴过呢。

赵二虎参军以后，风里来，雪里去，白刀子进，红刀子出，在血和火的战斗中，他从一个朴实的农民、精明的猎手，成长为一个共产党员、忠诚的战士。……

他在睡梦中一想到这些，也忍不住笑了。

一个战士，哪怕在睡梦中，也常常会感到身外的动静。突然，一阵叫喊声把赵二虎惊醒了。他睁开眼睛朝外面凝视，并侧着耳朵谛听着，外面仍然是一片黑暗，只有风雨的咆哮和海潮的呼啸。他想："别是我做梦吧？"念头未消，又传来一阵哭喊声。他再也不怀疑了，一定是发生了什么事！他立刻压低嗓子，怕惊醒别人似的叫道：

"班长，有人叫喊！"

"在什么地方？"李福生也醒来了。

"没有听清！好像是向西村里！"

"喊什么？"

"也没有听清。班长，我看看去！"

这时，全班都醒了，有人喊喊喳喳地议论着：

"别是赵二虎睡迷糊了吧？"

赵二虎一听，生了气，愤愤地说：

"睡你们的吧！我又没叫你们去！"

"大家继续休息，"李福生命令道，"我跟赵二虎出去看看！"

"班长，你的伤口叫雨一淋，要化脓的！"这是李济才的声音，"还是我去吧！"

"伤口早不疼了，不碍事！再说，有雨衣，也淋不着！"李福生披上了雨衣，用手电筒照了照赵二虎，说，"走吧！"

他俩走出了碉堡。赵二虎在前边，李福生跟在后面。手电筒的光线在雨中显得十分昏黄，好像一只萤火虫所闪出来的微光，对黑夜起不了什么照明作用。他俩刚走了不远，忽然从灌木丛中发出了严厉的喊声：

"谁？"

"一班的！"赵二虎站住回答。

"你是赵二虎吧？"灌木丛中的哨兵的声音，立刻变得亲切了，他跳出来，问道，"深更半夜，你干什么去？"

"你听见有人喊吗？"

"听见了！"那个哨兵答道，"在向西村里。我想去看看，又不能离开岗位。"

"我和一班长去看去！"

赵二虎和李福生刚要走，那个哨兵又道："赵二虎，你拿手电给我照一照腿！不知是什么虫子，咬得我快站不住了！"

赵二虎走近哨兵，用手电一照，只见他两条腿上满是蚕豆大小的红疙瘩，也不知道是什么虫子咬的。他想起昨天晚上，也有一个战士，叫一种红得像火一般的小蜘蛛咬了，两腿立刻肿得像水桶那么粗，连路都不能走了。

他不禁关心地问道："疼吗？"

"不！只是痒得钻心！"

赵二虎再仔细一看，这个哨兵腿上的红疙瘩跟昨天那个战士不同，也就放下心来。这时，李福生也趋前看了一下。他掏出一个小铁盒子来，递给那个哨兵，说："我这里有一盒消毒药膏，你拿去擦一擦吧！要是管用，你就往下班哨传！"

"是！"那个哨兵一边感激地回答着，一边往腿上抹药。

"咱们走吧！"李福生催促道。

赵二虎和李福生两人弯着腰，低着脑袋，倾斜着身体，顶着大风，艰难地一步一步往向西村走。大海像一群怪兽，一边吼叫着，一边向岸上扑，好像要把他俩攫走才甘心。赵二虎一边走一边想，世界上恐怕再也没有任何东西的喉咙比海洋更响了吧？大海日日夜夜吼叫不休，好像没有任何力量能够阻止它，能够驯服它！……

他俩走进了向西村。渔民的草房，仿佛一局残棋，分散零乱。赵二虎用手电筒向地上一照，只见到处是蚌壳、鱼鳞和鱼骨。他俩走过几间房子，都不见什么动静。因为这个村离海边太近，也没有住着部队。但，他俩走到了村尽头时，在手电光下，出现了一幅悲惨的景象：一家渔民的房子，被风吹倒在泥泞里。房顶上的陈旧得发黑的稻草，在地上随风飘动着。房架子塌在泥水中，粗黑的木头横躺竖卧，好像烂尽了肉的鲨鱼骨。地上随处抛撒着被砸得破破烂烂的家具、盆、碗、渔网、船桨、淡水瓮……他俩正在观察时，忽然看到前面不远的地方，有一个黑影。走近一看，原来是一个年轻姑娘蹲在一丛灌木下面躲避风雨。她睁着一双又圆又大的黑眼睛，脸颊上挂着的不知是泪珠还是雨水，疑惧地微张着嘴，仰脸凝视着走近来的陌生人。她的头发被风吹得蓬乱如草，略微有点翘起的鼻子上粘了一小块泥巴，额角上有紫红色的血迹。看来，这个姑娘不过十六七岁。显然，她就是这一幕悲剧的主角。

李福生为了消除这位姑娘的疑惧，上前用温和关切的声音说道：

"你不要害怕！我们是人民解放军！"

那个姑娘没有回答，只注视着那堆倒塌的房子，滚出了一连串的泪珠。

姑娘的举动引起了李福生和赵二虎的怀疑。他俩的眼光，也跟随着向那堆破草烂木观看。李福生伸手一指，问道：

"这里边有什么？"

那个姑娘一听，猛然回过头来，用祈求的眼光看了看李福生和赵二虎，强忍住哭声，吐出了两个字：

"我爹！"

"什么？"赵二虎急了，埋怨地说道，"房子下边压着人，为什么不早说？"

他霍地转身，奔了过去，扔开雨衣，挪移木头。

李福生也好像忘记右臂负了伤，只顾撕扯着湿漉漉的稻草。

那个姑娘迟疑了一下，立刻也跳过来帮着搬木头。

"人在这儿！"突然，赵二虎在黑暗中叫着说。

那姑娘一听说，立刻向这边奔过来。

这时，李福生和赵二虎正合力搬一根房梁。人就是压在这根房梁下面。但是，因为房梁上还接连着几根檩木，过于沉重，挪不开。这个姑娘一见，急忙伸出手来，三个人合力一抬，把房梁移到了旁边。

他们三个人几乎是同时蹲下去的。在手电光下，只见姑娘的爹爹仰卧在泥水里，满脸是血和泥，分辨不清面目了。

姑娘哇的一声大哭起来，扑到爹爹身上。

"先别哭嘛！看看还有气儿没有？"赵二虎把姑娘拉开，伸手摸了摸她爹的嘴，又把耳朵紧贴在他的胸口上听了听，兴奋地说，"还活着哩！"

"你赶快回去，向连部报告，叫一副担架来！"李福生对赵二虎说道，"最好把卫生员小黄也叫来！你对副连长说，越快越好，来晚了，人有危险！"

"是！"赵二虎答应了一声，扭头就走，转眼消失在轰鸣的风雨中了。

"他们是好人！"姑娘坐在泥地上，抱着爹爹的脑袋，恍然地想："他们是真正的好人啊！"

李福生帮助那个姑娘，把她爹抬进附近一家渔民家里去。然后，他坐在屋门口，朝着汹涌的大海，倾听着浪涛的咆哮，心里默默地说：

"天快亮吧！风快停吧！"

3

黎明，风暴没有停，大雨也无休止地倾泻着，没有停的征象。

雷大鹏几乎是瞪着眼睛，注视着黎明是怎样艰难地穿过暴风雨而迟迟来临的。这一夜仿佛特别长，徐文烈和苗国新催促了好几回，叫他睡觉，他也想睡一会儿，但，怎么也睡不着，几次躺下，又几次起来了。他背靠着墙壁，倾听着风雨和海潮的合奏，其实，他的心潮比风雨还激烈，比波涛还要汹涌。在过去的这一夜里，使他担心的不仅是：三排和炮排住的渔民家的房子被刮倒了，一时找不到住处，不得不搬进山洞里去；七个渔民被砸伤，送进了卫生所。而最使他牵肠挂肚的是粮食问题。部队从大陆出发时，每人只带了两天干粮，饭量大的同志早已吃光，饭量小的，就是有点剩余，也不会太多。按照行动方案，供应部队的粮食应该在昨天运到，可是，直到现在没有消息；偏偏从黄昏起又吹起了风暴。……

天亮了。云彩仿佛褪了色的青布，灰塌塌地盖在大门岛上。雷大鹏决定出去看看战士们。他刚刚走到屋门口，突然，孙刚的胖大的影子，在他眼前出现了。孙刚连雨衣也没有穿——在那样大的风雨中，单薄的胶布雨衣又能起什么作用呢？——浑身上下流着雨水，挤进屋来一站，像要把外面的风声压住似的，大声报告道：

"刚才哨兵在海边上救起了一个人。这个人是师后勤部派来的运粮船上的水手。他说：'运粮船昨天从迎日港出发以后，在离大门岛四里的地方，叫风暴打沉了！'……"

"打沉了？"雷大鹏好像不相信这个突然的消息。

"打沉了！"孙刚又重复了一遍，说道，"这个水手抱着一块破船板，漂到岛上来的。"

"水手在哪儿？"

"已送到卫生所去了。"

雷大鹏又被这意外事件，弄得心情沉重了。运粮船的沉没，不仅单是人和粮食的损失，严重的问题在于它关系着全守备连的命运。昨天晚上，他担心了一个通宵；而现在所盼来的消息，却又是这样。他隔着狭小的窗户看了看外面。风仍在呼啸着，呼啸着，仿佛永远不会平息一样。他的心不禁紧缩起来了。在这海岛上，房子刮倒了，可以睡山洞；吃可怎么解决呢？他焦虑地搓了搓手，一回头，碰到了徐文烈的眼光。徐文烈好像已看穿了他的心事，沉着地说：

"不要紧！红军过草地还吃过皮带呢，咱们一定也能想出办法克服困难的！还是马上给师部发一个电报，把这事报告一下吧！"

"对，我这就写电报。"雷大鹏掏出小笔记本来，撕了一页纸，伏在膝上写道：

"长江：运粮船遇风沉没，水手一人获救。目前岛上断粮，一有可能，请求抢运。珠江。"雷大鹏写完，便对苗国新道：

"把这个电报送到电台去！"

"顺便到炊事班把张富叫来！"徐文烈补充了一句。

苗国新一边答应，一边钻到门外的风雨中去了。

"一排长，现在咱们的情况就是这样：少住、缺吃。"徐文烈转向孙刚微微一笑，说道，"当然，这只是暂时的！虽然是暂时的，也可能引起战士们的思想波动。你回排以后，多跟大家谈谈。最主要的是干部要沉得住气！"

徐文烈说到这里，朝雷大鹏瞥了一眼，最后一句话，也像是说给他听的。

孙刚走后不久，张富就进来了。这个老炊事班长一边脱雨衣，一边不住口地说：

"我活了四十多岁，没见过这样大的风雨！刚才，有一个炊事员问我，浪这么大，能不能把屋子淹了？我说……"

"张富，你还是说说全连有多少能吃的东西吧！"雷大鹏打断了张富的话。

他了解这个爱唠唠叨叨的人，如果让他自己说下去，那就会像黄河的水一样，永远流不尽。

"能吃的？"张富眨了眨眼睛，叫人莫测高深地说，"昨天晚上我就筹谋好了，粮食嘛，这么大风，不用说船运不来，就是用飞机，也运不来！……"

"运粮船打沉了！"徐文烈轻轻地告诉他说。

张富猛一抬头，惊异地注视着徐文烈的脸，愣住了，好像忘记要谈什么的样子。但，过了一会儿，他低下头去，从身后掏出小烟袋来，慢慢地点着，又缓缓地吸了两口，自言自语地低声说：

"这风……这风……"

"你筹谋什么了？"雷大鹏急切地问道。

"咱们十天半月饿不死！"张富眼睛一亮，声音是那么自信，竟使雷大鹏和徐文烈吃了一惊。他像一个家庭主妇似的计算道，"把没有吃完的干粮，收集在一块儿，来个'配给'。这，顶一天没问题！风再不停，咱们就动员老百姓，向他们借。米，能借多少借多少，给伤病员吃；咱们只借番薯、干鱼、石花菜、海参，等等，风停了以后，要钱给钱，不要钱还粮食。这再不够，咱们就挖野菜、摘椰子、捞海贝，我保证能做出山珍海味来给大家吃！……"

"那么说，问题不大？"雷大鹏眯着眼睛，感激地看了这个老炊事班长一眼，信任地笑了笑。

"没问题！"张富强调说。

"也不要把事情看得太轻易啊！"徐文烈警告似的说道，"岛上的人对我们还不太了解哩！张富同志，你去找一排长，就说是我的命令，由你和他负责解决全连吃的问题。"

"好，我这就去！"张富一边披雨衣，一边喃喃着，"真可惜呀！美国爸爸给兔崽子们送来的一大屋子洋白面，全叫他们烧成了炭啊！要不……"

张富刚推开屋门，就叫风顶得退了一步。他挺了挺胸，仍毫不在乎地走了。

"我去看看战士们！"雷大鹏说。

"我也去！"徐文烈说，"咱，分头去看。你看一、二排，我去看三排和炮排！"

"还是让我上山吧！"

"不！你再顺便看看渔民。听说不少房子被刮倒了，应该了解一下他们是怎么办的。"

雷大鹏没再坚持自己的意见，走出了屋子。风雨迎面扑来，吹得站不住脚。他急忙抱住了一棵树干。粗大的树干剧烈地颤抖着，所有的枝叶都倾向一边，仿佛女田径健将跑百米时的头发。等一阵风刚过，雷大鹏就往前猛跑。他还没跑多远，又一阵狂风袭来了，他又赶紧抓住一丛灌木的枝条。他想："徐文烈瘦得皮包骨，怎么能抵得住这样强烈的风啊？真不应该放他出来！更不应该叫他上山！"

雷大鹏跑到一班住的碉堡，已累得连气都喘不过来了。

赵二虎、李济才和另外两个战士，正兴高采烈地在打扑克。这个碉堡虽然低矮，里边还算宽绰。经过早晨一番收拾，战士们把隐藏在里面的四脚蛇、蜈蚣等都驱逐出去了。李济才在一道石头缝里，发现了一条一尺多长的大蜈蚣，爬行时摇头摆尾，唰唰作响，被他一刺刀剁成了两截。可是，有脑袋的那半截，仍然往前爬，没有脑袋的那截，也横冲直撞。他又连剁数十刀，蜈蚣才不动了。他回想昨晚跟它一起睡了一夜，不禁头皮发麻。全班把大大小小的石头缝儿搜了一遍，还把纸卷成筒儿，点火熏了一会儿，比乌鸦还要大的蝙蝠，却怎么也赶不出洞去。蝙蝠吱吱乱叫，好容易把它赶出去了，不一会儿，它又飞了回来。最后，战士们原谅了蝙蝠，因为它并没有害处，允许它继续居住。战士们从附近搬来一些平整的大石头，堆成石头床、石头桌子和凳子。他们把雨衣、床单和毯子等铺在上面，把碉堡打扮得简直像一间整洁的卧室。李济才从笔记本上把毛主席的相片撕下来，贴在墙上，碉堡里就显得更庄严了。

雷大鹏一钻进来，好像武陵渔人发现了桃花源一样，不禁愣住了。他夸奖道：

"布置得真漂亮！我还以为你们住的是楼房哩！

说得大家都笑起来了。

"看样子，"雷大鹏摸了摸石头床，坐在上面，笑道，"你们倒像要长住下去咯！"

"说真话，我们可真不愿意住这个又潮又暗的破碉堡。"李福生环视了一下全班同志，仿佛在问，他这样回答是不是能代表大家的意见。他看大家都同意而且微笑着，便又继续说道，"不过，我们走到哪里，就要把哪里弄得像个人住的样子。等风一停，我们真想自己盖房住啊！"

"对，我们不但要自己盖房住，还要把整个海岛变一个样子！"雷大鹏的话显然是带有鼓动性的。

"就是他妈的这风老是不停！"赵二虎朝入口处望了望。风像一头怪兽，呼呼地吼着，像坚决要闯进来似的，把挂在那里的雨布顶得像个大皮球的二分之一的切面。

"你盼着风快点停吗？"雷大鹏转脸问道。

"是呀！大家都这样盼着啊！"

"也包括我在内。"雷大鹏指了指自己的鼻子，微笑道，"假如——这只是假如啊，风雨再过两天还不停，我们又没有一点儿吃的，大家说怎么办吧？"

"副连长，你不用跟我们绕弯子啦！"赵二虎直率地说道，"运粮船打沉的事，我们早听说了。全班刚才就讨论过了。我们又不是什么泥捏纸糊的，就是三天粒米不进，还挺得住！你问问大家，我们谁没有在穷苦里炼过，在困难里熬过？"

"对！赵二虎说得对！"战士们连声地说。

"大家有这样的决心很好！"雷大鹏用坚定、犀利的眼光，朝每个战士注视了一遍，以郑重而又轻松的语调说道，"咱们是长江黄河过来了，大海也过来了，我相信大家不会叫风雨给吓倒的！……"

"吓不倒！"李福生轻声插言道，"连蒋介石的八百万都没有把咱们吓倒！"

"刚才，我一进来，看大家像收拾新房一样，打扮这个破碉堡，我就相信这一点了。"雷大鹏用赞扬的口气继续说道，"既然这样，我还有什么可说的呢？不过，我仍然要唠叨一句：克服困难，不是一个空洞的口号。我们每个同志，都要像面对敌人一样。大家知道，空喊口号是杀不死敌人的；对付困难，也是这样！"

他说到这里，站了起来，微笑道：

"我该走了！真舍不得离开你们这个家哩！"

"那就请副连长搬来住吧！"李福生半玩笑半认真地说。

"不，我再去看看！也许还有比你们这里更好的呢！"雷大鹏一边笑着，一边站起来，猛不防脑袋嘭的一声，碰在碉堡顶上。他用手揉了揉脑袋，又道，"看来，这个碉堡不大欢迎我！"

他的话还没有说完，大家又哄然大笑起来了。笑声把外面的风雨声都压住了。

"李福生，那个老渔民怎么样了？"雷大鹏都快走出去了，又回过头来，关心地问道。

"天一亮，我就到卫生所看了看。"李福生脸上，立刻罩上了一层忧虑的影子，低声答道，"医生说，还没有过危险期。"

"伤确实太重了！"雷大鹏轻声地自言自语。他沉思了片刻，又对李福生道，"你一会儿再去一趟！你对医生讲，所有负伤的渔民，都要想尽一切办法救活！"

"我马上就去！"

第七章

1

暴风雨。

这是岛上十几年来少见的一场为时很长，而且过分狂烈的暴风雨。现在，说确切一点，暴风雨已经过去了，连续不断的六七级风，时而夹杂着往下飘的牛毛细雨，不过是它的余波。到过海上的人都晓得，六七级风对陆地来说，也许不是什么太大的风，但，它对于海洋，仍然是怒浪排空，波涛汹涌，阻碍一般汽轮航行。这种余波，拖延二十天到一个月以上，也是不稀奇的。

守备连断粮已经四天了。第一天，吃的是从各排收集来的干粮——一种加工压缩饼干；第二天，吃的是干番薯叶加咸鱼熬成的"鱼粥"；第三天，每人分了一个椰子——这是最理想的一餐，椰肉鲜脆如新刨出来的花生，椰汁香甜似加了糖的冰牛奶。

现在是第四天了。炊事班长张富光着脚，浑身上下没有一块干地方，一边艰难而小心地顶着风走，一边吹着哨子，大声喊：

"开饭啦！各班打饭去！"

战士们一听开饭的哨音，和往常一样，抬着铁桶，端着搪瓷盆，往炊事班走去。但，他们打回来的不是香喷喷的米饭和雪笋炒肉丝，而只是一种汤——给它起个合适的名字，就叫"海味汤"吧！因为里面煮的是海参、石花菜、贝肉和金线鱼，这些都是海味珍品。赵二虎一边小心地端着一盆汤，一边笑着对张富说：

"炊事班长，天天吃这个，再刮十天风，我也没意见！"

但是，下午那顿饭，又换了一个样儿：在清水里煮着稀稀落落的野菜。张富一边给战士们盛这种"野菜汤"，一边动员道：

"老弟，明天起早点，听哨子集合，上山挖野菜去！"

晚上，一班战士们忍着饥饿，听着肚子里咕咕水响，正要准备睡觉，炊事员却抬着竹筐来了。张富把人数连点三遍，仍然像怕数错了似的，从竹筐里拿出椰子来，又一个人发了一个。战士们被这种意外的赐予弄得有点莫名其妙，高兴地问道：

"这是怎么回事？"

"这是夜宵！"张富笑着说，但是，他紧接着又严厉地警告着说，"今天晚上谁也不许吃！这是明天上山挖野菜时吃的早饭！"

战士们一场欢喜落了空，一个个抱着椰子又回到床上去了。李济才把椰子枕在脑袋下边，拿它当枕头。赵二虎搂着它，笑着说：

"我的好宝贝儿！等一会儿，我做梦的时候，你让我吃一口吧！"

大家又哄地一下子笑起来了。

第二天，战士们起个绝早上了山，各班分头挖野菜。李济才一蹲下，就觉得两眼发黑，站不起来。他想，也许是饿的，没有什么了不起，就没有对别人说，仍然坚持着挖。挖了约有半个钟头的样子，他刚想换一个地方，忽然觉得天旋地转，胃向上翻，浑身出虚汗。他看见附近有一棵树，想走过去扶着树待一会儿，但，他刚一迈腿，好像脚下踩着棉花一般，脑袋朝下，跌下山去了。赵二虎在旁边一眼望见了，惊喊一声，大家这才停止挖野菜，迅速跑下山去抢救。幸而，李济才滚下去的地方是个斜坡，下边又铺满了狼尾草和狗牙根，除脸上被石头擦破了两块以外，别处没有受伤。不一会儿，他就清醒过来了。他一睁眼就坐了起来，好像刚睡醒的样子，揉了揉眼睛，又握紧拳头轻轻地捶了捶前额，对赵二虎道：

"走！上山去！别耽误挖野菜！"

"你回去休息一下吧！"赵二虎关心地说。

"不碍事！我把椰子吃了就会好的。"李济才挣扎着站起来，摇了摇脑袋，微微地笑道，"我这是饿晕了。以前，我给地主扛活的时候，一天吃两个糠饼子，还得像牛马一样干活，这是那时种下的病根！走吧，上山去！"

他们刚刚上了山，忽然看见有许多战士向南边走去。李济才正要打听一下出了什么事，见班长李福生从那边走回来了。李福生一边走，一边心情沉重地说：

"真可怜啊！"

"班长，出了什么事？"李济才问。

"三班正在那边挖野菜，忽然听见小孩哭。"李福生用叙述悲剧的低音说："他们顺着声音一找，找到了一个山洞。山洞里面住着向西村一家姓林的渔民，说是房子叫风刮倒了，才躲到山洞里去的。他们一家五口人，横躺竖卧，听说两天水米没沾牙了。一个老渔民，上月因为交不出渔税，叫国民党打断了一条腿，现在伤口正在化脓，一个老婆婆，哭瞎了一只眼。一个十八九岁的小伙子，是老渔民的儿子，叫林传有，不知道生了什么病，浑身发高烧，乱说胡话。一个十五六岁的姑娘，叫林保秀，穷得没有衣服穿，披着一张破渔网；只有她，还算身体健康，蹲在她妈妈背后跟我们说了一会儿话。那个哭的孩子，是她的小弟弟，今年四岁了，叫小海，饿得皮包骨，两只眼睛都瘦得陷下去了。唉！看着真叫人心酸啊！……"

李济才一听，忍不住泪花子直在眼眶里转。他又想到了自己的家。以前，自己一家人也是病了没钱治，饿了没米吃，躺在炕上等死；现在，才劈地分房，过起幸福的日子来。可是，为什么渡海前竟一时糊涂，光想自己回家享福去呢？这多对不起共产党，对不起这些受反动派压迫的渔民啊！

他好像要用行动来表示忏悔似的，脱下白布衬衣来，对李福生道：

"班长，我把这件衣服捐给那个姑娘吧！"

他又一眼看到放在地上的那个椰子，又说道："还有这个椰子，也送给那个孩子吃吧！"

"老李，你不是饿晕了吗？"赵二虎在旁边说道，"还是把我这个椰子捐了吧！"

"不！咱俩都捐了吧！"李济才说，"我给他们送去！"

李济才走到那个山洞，分开战士一看，只见山洞里已放着一大堆椰子，另外还有几件衣服。李济才不声不响地也把衣服和椰子放在那里。他刚要走开，忽见卫生员黄隆成和卫生所的一位医助跑过来了。他和其他几个战士立刻闪到旁边去，给他俩让开了一条路。

2

又过了一天，守备连发生了三件惊人的事件：一是全连有二十七名战士病倒了；二是指导员徐文烈连饿带累，一下子昏迷过去，送进了卫生所；三是电台的报话机发生了故障，收不来报，也发不出去，跟大陆断绝了联系。

这接二连三的变故，使雷大鹏的心情，一下变得十分沉重。为了使自己冷静下来，好好想一想该怎么办，他把自己关在连部里，整整沉默了半天。和指挥部失去了联系，徐文烈又病倒了，使他觉得仿佛失去了重要的依靠，分外感到当前自己肩膀上的担子的沉重。当他和徐文烈在一起的时候，他感到有商量，有支持，干起事来胆子也大，并没有这样深切地感到经验和力量的不足。不巧报话机又发生故障，他觉得这是和指导员生病同样严重的事件。通过报话机，平时，从电讯上得到的尽管只是一些指示或通知之类的东西，许多问题还要自己解决，但，他总觉得自己是和祖国、和上级连在一起的。现在突然断绝联系，仿佛一下失掉了什么最重要最宝贵的东西，使他心里感到空虚。他就这样紧皱眉头，在连部里踱来踱去。心情的恶劣，使他好像忽然老了许多。

风暴虽然算是平息了，但，有时风力还会加强到八级以上，大陆上的粮船仍然不能来。如果，就在今晚，或是明天，再有二十七名战士病倒了，那该怎么办呢？情况的严重性，仿佛魔鬼的黑影，笼罩着他的心。他把双手放在脑后，朝床上一躺，仰望着被柴烟熏得黑黝黝的房顶。在房顶上的茅草缝里，他忽然发现了一条蛇的脑袋，垂下来半尺多长，吞吐着细长的舌头，一探一探地好像在寻找什么东西。雷大鹏先是一惊，随后就悄悄地站起来，从靠在墙角的一支步枪上，拔下了刺刀。他站在床上，照准那条蛇头，狠狠地砍过去。啪的一声，蛇头落在屋地上了；那缠在房顶上的蛇尾，也松了扣，垂直地落下来了。

雷大鹏喊来苗国新，叫他把蛇清除出去，自己走出了连部。到什么地方去呢？他首先想到的还是徐文烈，应该去看一看他的病怎么样了。

于是，他向卫生所走去。

卫生所设在大门墟北头临海的一个小教堂里。这个小教堂，是全岛唯一的砖石建筑物，房顶上的长了锈的铁十字架，像是被风吹的已经有些倾斜了。小教堂里原来住着一位英国传教士，当解放军打到了南海边，准备解放这个岛屿的时候，他便离岛回国去了。传教士去后，盘踞在岛上的"救国军"，就拿它作了"司令部"。直到大门岛解放以后，这里才作了卫生所。

雷大鹏一走进小教堂的拱门，一股浓烈的碳酸的气味，便迎面扑来了。

他本来以为徐文烈还在昏迷不醒，或是虚弱无力地睡着了的。但，走到徐文烈床边一看，却完全出乎意外，徐文烈是那么精神勃勃地迎接着他。他的眼睛明亮有神，嘴角带着微笑，指了指床边，说道：

"老雷，坐在这儿！我从早晨到现在没有见到你，真像三年没见面似的，很想你呢！"

"你的病怎么样啦？"雷大鹏关切地问道。

"好啦！完全好啦！"徐文烈笑着说，"我马上就出去！医生过一会儿来，给我再打一针就走！你跟师部联系上了吗？"雷大鹏摇了摇头。

"当然联系上最好，联系不上，也没有什么！难道师部还会忘了咱们！现在已经变成阵风了，一两天就会停的！咱们再坚持一下子，勒勒裤腰带，就挺过去了。……"

雷大鹏仍然沉默着。

徐文烈注视了雷大鹏一下，好像发现了什么秘密似的，关心地问道：

"咦？你脸色不大对！怎么不说话呀？又出了什么事？病了吗？"

"我没有病。"雷大鹏低声说道，"我以为你病得很厉害，不放心。……指导员，你说，连长是应该怎么当的？——我说的是我这个副连长。"

"这真是个奇怪有趣的问题。"徐文烈一听，就猜到雷大鹏在当前这种困难面前，心情十分复杂，而最主要的恐怕还是由缺乏经验而来的信心不足。这是一个谦虚忠诚的干部，在他刚刚被提升到一个新的工作岗位时，所常常有的思想。但，要想回答这个问题，又十分困难，他只得诚恳地笑道："这很简单，像在战场上面对敌人一样沉着，拿出勇气来，干！"

"沉着？"雷大鹏轻轻地重复着这两个字。

"沉着！"徐文烈强调说。

雷大鹏感激地注视着徐文烈的脸孔，并紧紧地握着他的手，深有所感地笑了。他并不对徐文烈的比较空洞的回答感到不满，因为他自己的问题，也真是大得无边无际。但，只是这一句话，也就够了。他过去虽然干了，但是还不够沉着。由于海岛工作是一个新东西，自己还不熟悉，因而总觉得没有把握，临事不免沉不住气，并且还产生了一种依赖思想。难道指导员对海岛工作熟悉吗？不！他也是跟自己一样啊！既然不熟悉，就应该努力去熟悉它；这样就可以从没有把握到有把握。如果存着依赖的念头，这担子永远会挑不起的。

他怀着愉快的心情跟徐文烈握别了，又去看了看病倒的战士。他安慰和鼓励了战士一番，便走出了卫生所。

一阵强风好像朝他示威一样，从他身边呼啸着刮过去了。他并没有示弱，挑战似的眺望着海上的高可接云的浪峰。正在这时，身后有人说道：

"副连长，你看，海在跳舞哩！"

雷大鹏回头一看，原来是李福生。

"你来干什么？"雷大鹏问道。

"我来看看罗九叔。"李福生回答。

"罗九叔？"

"就是砸伤了的那个老渔民。"

"啊！他现在怎样啦？"

"已经清醒过来了。医生说，如果伤口不发生别的变化，很快就能恢复健康。"

"他现在能说话吗？"

"能。"

"我也去看看他！"

3

罗九叔的眼皮好像千斤闸一样沉重。他皱紧眉头，想睁开眼睛看一看，自己这是在什么地方，是活着呢，还是变了鬼呢？但，眼睛怎么也睁不开。他想张嘴喊，就像在海上唱渔歌那样，心里才能痛快，但，喉咙里又像被什么东西堵住了，嘶嘶地响着，发不出声音来。他翻了一个身，觉得自己躺在什么柔软的东西上面，非常舒适。他活了五十多岁，这是平生第一次躺在这样松软的东西上；过去，他只能睡在硬邦邦的船板上，连一张草席子都没得垫。这柔软的东西到底是什么呢？他伸手一摸，原来是一层厚厚的棉垫子。可是，由于身体一动，脑袋一阵剧疼，又昏迷过去了。

罗九叔不知道过了多长时间，终于强忍着脑袋的刺疼，把眼睛睁开了一条细缝。灰色的光线和模糊的人影，立刻映进了眼帘。头上是瓦盖的屋顶，在前檐铺着的那四块海月[1]上面，迅疾地滚动着雨水。这是什么地方呢？他想不出。但，这里为什么又非常眼熟呢？他把眼睛再睁大一些看时，忽见前面墙上绘着一个基督被钉在十字架上的像。这使他猛然省悟："原来是那个小教堂！"

他并不信奉基督教，也从来没有到这座小教堂里做过什么礼拜。他所以认出这个基督像，那是因为今年春天鱼汛的时候，他交不出渔税，被"救国军"抓来押在这间房子里。就在这幅基督像下面，"救国军南海纵队第一突击大队"副司令曾焕熊，亲自用麻藤条子抽打他，向他逼索税款。他被打得皮开肉绽，终于把那艘钓金线鱼的母子钓船，卖给了"公平鱼栏[2]"老板陈老虾，缴了税款，才被释放出来，他一想到这里，曾焕熊那张歪嘴斜眼的丑陋的脸，像鹰嘴一样的尖鼻子，以及鸟叫似的笑声，又好像出现在眼前了！这使他感到一阵憎恨和厌恶。

但，他为什么又来到这里呢？

他心里一急，立刻两眼冒金花，又一次昏迷过去了。

他再清醒过来时，一眼看见女儿罗天娥，正安静地坐在床边，两只水灵灵的大眼睛，忽闪忽闪地眨动着。他想问问女儿这是怎么一回事，刚要开口，他的女儿却像一只灵巧的小鸟儿，一边朝屋外飞跑，一边快活地嚷道：

"医生，我爹醒啦！"

不一会儿，一位戴着缀有红五角星徽军帽、大白口罩的军人，走进来了，用和善、关怀和亲切的眼光注视着他。他一见这个军人，忽然想起了两天前的一幕……

激烈的枪炮声，把罗九叔全家从睡梦中惊醒了。罗九叔还从来没有听过这样紧密的枪炮声，吓得哆哆嗦嗦地从床板上爬起来，催促儿子罗友胜，赶快带上媳妇、孩子和妹妹，乘船逃离海岛。罗友胜有点犹疑不定，不大同意地说：

"爹，我不走！逃到哪儿还不是一样？"

这句话，可把罗九叔惹恼了。他焦躁地嚷道：

"你没听'救国军'说，共产党'见人就杀，见船就拉'吗？你不怕死，我

---

[1] 海月：一种半透明的贝壳，渔民多用来装在窗上或屋顶上，可以透光。
[2] 鱼栏：即国民党反动统治下购销鱼类的牙行，他们勾结官倒恶霸，残酷剥削渔民。

的船还要哩！船是我们的命根子！别看传了两代，没有它，我们全家就得晒干鱼[1]啊！……

"哼，我才不信这群海盗的鬼话！"罗友胜喃喃着。

"嘘！轻点声！你不要脑袋啦？"罗九叔小心地看了看木板门。他知道儿子的脾气跟自己一样倔强，可现在共产党打来了，不是吵架的时候，便忍住气恼，低声劝说道，"反正改朝不换代，黄花比目都是鱼啊！谁来了，也没有咱们穷渔民的活路！你先把全家带出去躲一躲，只要能保住咱家这条传了两代的船，就不怕没有饭吃。快点走吧！以后，听听风声再说！"

"你呢？"罗友胜在爹爹的劝说下，终于勉强地顺从了。

"我不走！我留下看家！"罗九叔好像赌气似的说。有哪一个老人肯舍得丢开自己的家呢？家虽然破破烂烂，也是祖祖辈辈传下来的产业，多少代人用血汗积累成的。罗九叔怕儿子不放心，便安慰似的说道，"我这一把老骨头怕什么？你们走吧！要好好照顾你妹子。……"

但，罗九叔回头找女儿罗天娥时，她已不知在什么时候跑出去了。他气得浑身发抖，厉声骂道：

"这个野仔！什么时候了，还去找汉子！"

一家人急得像热锅上的蚂蚁，等着罗天娥回来。可是，等来等去，仍然不见踪影。罗九叔要去寻找，一出门，碰见隔壁两家渔民已经担箱背笼地上船去了。他的心越发急躁，刚跑了几步，就见罗天娥回来了。他一把把她拉进屋子，还没有开口，罗天娥已坐在竹床上，把蓬乱的头发往后一甩，大声说道：

"爹，我不走！我……"

"你说什么？"罗九叔简直不相信自己的耳朵了，眼睛瞪得像两个铜铃铛，直逼着罗天娥的脸，气火火地喊道，"这么大的姑娘，为什么不走？你好大胆！你忘了你姐姐是怎么死的吗？你……"

原来罗天娥的姐姐是在一个风雨的夜里，被国民党匪军拉去，装进猪笼，投到海里淹死的。

"我不走！"罗天娥倔强地说，好像故意跟父亲作对。

"你不怕死吗？"

"我不怕！我死也死在大门岛上！"

---

[1] 晒干鱼：意为饿得干瘪而死，好像晒干了的鱼。

罗九叔好像斗败了的公鸡，气得低垂着脑袋，半天说不出一句话来。他坐在一张竹凳上，喘息了一会儿，沙哑地说：

"我知道是林传有勾住了你的心！……"

"他家就不走！"罗天娥打断了爹爹的话，解释似的说。

"不走？"罗九叔又站起来，冲向罗天娥，喊道，"他想走也走不了！没有船！他家的船早叫'救国军'劈柴烧啦！"

"不！"罗天娥也向前一站，挑战似的说，"林传有说，咱们穷人怕什么？"

"怕……"

罗九叔还要说什么，忽然又爆发了一阵枪炮声。炮弹呼啸着飞到村里来，爆炸了。炮弹的爆炸声打断了罗九叔的话，他深知强不过自己的女儿，而且，时间又再也拖不得了。他叹息了一声，说：

"天娥！爹算尽了心，随你的便吧！"

这个老人只把儿子、儿媳和一个一岁的小孙子送上了船。他替儿子拔起了锚，放在船头，用肩头抵着船一推，船就驶向海中去了。他站在岸边，看着逐渐溶化在海水中的船影，流下了两行泪水。他迅速把泪擦干，走回家去。他坐在窗前，一边担心地听着炮声，一边默默地猛吸着竹筒水烟袋，赌气不跟女儿说一句话。

只一袋烟的工夫，他终于忍不住了，觉得在这间小草房里实在危险，便对女儿道：

"走，咱们上山避一避！"

父女俩把屋门锁好，沿着荒僻的小路，爬上了山，躲藏在一个隐蔽的山洞里。这时，洞里已有十几个渔民先藏在那里了。

枪炮声一直响到了天光大亮，才算稀疏下来。突然，从洞外冲进来两个战士，威风凛凛地端着冲锋枪，大声喊道：

"不要动！干什么的？"

"我们是老百姓！是岛上的渔民……"人群中一个人回答。

那两个战士一听说是老百姓，脸色立刻轻松下来，态度也变得和蔼了。一个高个子战士咧着嘴笑了笑，说道：

"老乡们！别害怕！我们是人民解放军，是过海来解放你们的！现在，'救国军'已叫我们消灭了，大家快回家吧！"

　　然后，两个战士笑眯眯地走出了山洞。罗九叔看到这两个战士都戴着缀有红五角星徽的军帽，在心中留下了深刻的印象。他松了一口气，提到喉咙口的心，又回到了心房。他疑惑不解地想："真奇怪！这两个兵为什么一听说是老百姓，就变得那么和气，好像换了个人呢？他们为什么不像'救国军'说的那样，浑身长着红毛，见人就杀呢？……"

　　一直等到中午，山洞里的人仍然不敢回家，喊喊喳喳地议论着，猜疑着。后来，有些胆大的年轻人，终于忍耐不住了，偷偷地跑到洞外眺望，见海岛已恢复了原来的静谧，他们也就三三两两地散去了。

　　罗九叔父女是最后一批离开山洞的。他们不敢走大路，只得从无人迹的山坡绕着走。刚走了不远，罗九叔一抬头，看见迎面来了三个头戴缀有红五角星徽军帽的战士。他一下子又心慌了，恨不得把女儿一口吞进肚里藏起来。然而，已经来不及躲避了，他只好护着女儿，硬着头皮往前走。那三个战士是搜山小组，一边握着枪往前走，一边和蔼地问道：

　　"老大爷，回家吗？"

　　罗九叔一听管自己叫"老大爷"，起初还以为是自己听错了呢！他一时不知所措，慌乱地点了点头，苦笑一下，只嗯了一声，就想走开去。

　　"老大爷，那是棵什么树呀？"一个年轻的战士，天真地指着一棵枝叶繁茂、花朵开放得好像正在燃烧着的红色火焰似的大树，好奇地问。

　　"唔！"罗九叔只想快点走开，心不在焉地看了看那棵树，简单地回答道，"凤凰树。"

　　"凤凰树！这名字多好听呀！"那个年轻战士一边笑着，一边回头对另一个战士道，"岛上不但景致美，连树的名字也这么美！"

　　罗九叔急急忙忙地领着女儿下山了。他一边走，一边想："这哪里是能杀人放火的人呀？他们快活得像孩子哩！也许，他们是好人吧？"

　　父女俩回到向西村家里时，顿时觉得冷冷清清。儿子捣鱼粉的声音听不到了，儿媳织渔网的沙沙声听不到了，小孩子的哭声也听不到了！罗九叔又默默地吸起了竹筒水烟袋。他跟女儿已经和好了，既然经过这场变革，没有发生任何对他不利的事，在他的心中，后悔把儿子送走的念头开始滋长了。也许女儿是对的吧？

　　第二天，当暴风雨突然猛袭时，他替儿子在海上的安全担心。尽管已经入夜，他也不能睡去。

夜深了，他隔着窗户，呆呆地凝望着只在闪电下才能看清的狂暴的海洋。他借着闪光，看了看女儿。她躺在屋角的竹床上，睡得正香。罗九叔怕女儿冷，拿起一条污旧的棕毯，正要给她盖，突然，一阵暴风卷来，房子立刻像一只小船在大海里似的摇摆起来，房架子的木头吱吱地响得震心。他意识到将要发生什么事，刚要唤醒女儿快点离开这间屋子，草房已经发出哗啦一声巨响，坍倒了。罗九叔觉得脑袋被什么沉重的东西重重地打击了一下，以后就什么也不知道了。……

他在卫生所里受到亲人一般的照顾和治疗。他自从清醒以来，虽然躺在床上不能动，但，每天所见所闻，有哪一样不是过去做梦都梦不到的啊！

这一天，医生刚给他换了药，罗天娥就高高兴兴地跑进来说：

"爹，有人来看你了！"

罗九叔一看，是李班长和一位不认识的同志来了。他表示欢迎地微笑了一下。

"老大爷，伤好些吗？"那个不认识的人，亲切而关心地问道。

罗九叔虽然不知道这个跟他说话的人是副连长，可是，他觉得每一个戴红五角星徽军帽的人，都是一样的好人。他忍不住从眼角里流出了感激的泪水，回答道：

"我真是遇上神仙了！要是没有你们救我，我早见阎王爷去啦！"

"同志们照顾得怎么样呀？"雷大鹏笑着问。

"真比自己的亲儿女还强啊！……"罗九叔一说到自己的儿女，立刻想起了被送走的儿子，在这样连续不断的暴风雨中，他在什么地方呢？会不会发生危险呢？都怨自己糊涂，听信了"救国军"的谣言。……

"这是你的女儿吗？"雷大鹏看了看站在旁边的罗天娥。

罗九叔点了点头。

"家里还有别的人吗？"

"唉！我……错……了……"罗九叔的一颗负了伤的心，被雷大鹏的话一碰，立刻疼起来了。他两眼淌泪，嘶哑地哽咽着。

"他有个儿子。咱们登陆那天，他叫儿子逃走了。现在一想起来就哭！"李福生怕雷大鹏不知道这位老渔民为什么这样伤心，小声解释道。

雷大鹏不知道自己的话会触痛这位老渔民的心，一时觉得对不起似的，忙改变话题安慰道：

"老大爷，不要乱想，还是养伤要紧啊！等风雨一住，我们再想法借给你一只船，你可以生产，也可以把儿子找回来！别难过了！"

"你们真是我的救命恩人啊！我要供牌位还愿，感谢你们！"

"不要感谢我们吧！"

"那感谢谁呢？"

"共产党和毛主席！"雷大鹏响亮地回答。

"共——产——党！毛——主——席！"罗九叔好像要记牢似的，一个字一个字重复着。

"对了，是共产党和毛主席派我们来解放你们的，来帮助你们的。"雷大鹏清脆有力地说，

"我们是共产党和毛主席的队伍！"

"谢谢共产党，谢谢毛主席！"罗九叔把双手合在胸前，用虔诚感激的声音深沉地说。

这时，风又加剧了，吹得窗户"呜——呜——"响，好像轮船的汽笛声。他们几个人不约而同地朝窗外瞥了一眼。这时，罗九叔仿佛想起了什么重要事情似的，眼睛一亮，问道：

"听说你们没有粮食，天天挖野菜吃是吗？"

"是的！"雷大鹏点了点头。

"靠着海，还是吃鱼吧！……"

"我们也吃鱼！"

"不是吃干咸鱼，是鲜鱼！"罗九叔用富有经验的语气说道，"全岛上存下来的干咸鱼，也不够你们吃两顿啊！以前，我们碰上这样的坏天气，就去'蹲边儿'……"

"蹲边儿？"雷大鹏不解地重复道。

"是啊！在涨潮的时候，蹲在海边上等，鱼就送到你跟前来了！"罗九叔仿佛在说一个神奇的童话，"我们岛上有一句俗话：'涨潮一尺，鱼满一仓'。越是潮大，鱼越多。风这么大，潮借着风，就比往常更高。鱼趁着潮往海滩上来，潮一退，它就留下来了。这不是送到跟前来了吗？若是碰上运气好，说不定能

抓住百多斤重的大鱼哩！"

雷大鹏听了罗九叔给出的这个主意，心里轻松了一些。他决定回到连部便组织"蹲边儿"。如果每天真能拾到一百斤鱼，风便是再刮一百天，也不怕！他正这样想着，又听罗九叔叮嘱道：

"在海滩上'蹲边儿'，可要小心，别叫风刮到海里去！要找长绳子，一头把人拦腰捆住，一头拴在树上或是礁石上，再大的风也不怕了。"

"老大爷，谢谢你给出这个好主意！我们回去就办！"雷大鹏高兴地说。

正在这时候，忽听屋外一阵吵嚷，好像是护理员在阻止什么人进来似的。但是，门还是被猛然推开了，只见赵二虎满脸红光，高兴地对李福生喊道：

"班长，我们正找你哩！我们……"

"嘘！轻点声！"李福生瞪了赵二虎一眼。

赵二虎一见雷大鹏也在这里，便放低声音，往前走了几步，报告道：

"副连长，我们抓住了一条大鱼！"

"怎么抓的？"雷大鹏问道。

"我们正在拾蛤蜊，忽然看见一道潮水，像座小山似的滚过来了。"赵二虎仍然抑制不住兴奋，激动地说，"等潮水往回一退，我们一看，嗬！沙滩上有一条五六尺长、又黑又胖的大鱼！我往上一扑，叫鱼尾巴打了个跟斗。眼看鱼就要蹦回海里去了，还是张双喜机动灵活，抄起冲锋枪来，对着鱼脑袋就嘟嘟了几下子！我们一拥而上，抓尾巴的，抱脑袋的，连拉带推，就弄上来了。副连长，你快看看去吧！有了这条鱼，够我们饱吃一顿咯！"

第八章

1

七个昼夜之后，风平浪息了。

雷大鹏怀着一种忧悒而焦虑的心情，在岛上巡视了一遍。经过国民党的破坏，再加上这场风暴的侵袭，海岛变得更加荒凉了。大门墟被烧毁的痕迹，虽然已叫风雨冲刷得不大显明了，但，它的凄凉景象，好像是考古学家从地下发掘出来的远古的村落。十几个渔村的房屋，倒塌了大半。离海边最近的向西村，受害最厉害，屋子全被刮倒了。瘦弱的渔民妇女，无力地倚坐在倒塌的房子前面，怀抱着啼哭的孩子，用黯淡无神的目光，呆呆地凝望着被撕碎了的渔网、砸断了的船桨、破成碎片的淡水瓮、发霉腐烂的咸鱼……男人们在大门湾里打捞着被撞破沉没的渔船，一个个疲惫不堪，呆滞的脸孔上，皱纹更深了。消瘦的孩子们，成群结队地在海滩上拾取牡蛎、海蜗牛、蛤蜊和小鱼。他们赤裸着的又黑又脏的身体，能一目了然地数清肋骨。

海岛上一切仿佛都没有生气了。最爱喧闹的海洋，好像疲倦了一般，沉默无声；喜欢跳舞的椰子树，经过连日狂舞，弄得衣衫不整，也无精打采地休息了。只有无情的太阳，好像闷了七天以后出不了气似的，把光线一股脑儿都发泄出来，像要烧化这个海岛。雷大鹏走得浑身大汗，便钻进椰子林里歇息。他在草丛里拾了一个椰子，想敲开来喝点椰汁，因为没有带刀子，用石块砸了好久，也没有弄开，气得又随手抛掉了。白色的云彩，从椰子树顶的蓝天上悠悠地飘过去，轻柔得仿佛一片白绢。尽管要使这个海岛重新复活的思想令他感到苦恼，他仍然觉得今天是登陆以来最轻松的一天。他双手抱膝，坐在一棵锯断了的椰子树根上，眺望着海洋。

……在大门湾，停泊着一艘大型炮艇。这是昨天当风力减弱到五级时，从大陆上开来的。它载来了大批粮食、蔬菜、香烟、苏打饼干、新会橙子、红烧猪肉罐头、奶粉……昨天，因为拍岸浪 [1] 太大，炮艇没敢靠岸，停在离岸百多米的海面上。尽管如此，炮艇还喷油镇浪 [2]，防止危险。

战士们眼看着粮食运来了，跑到海边，叫喊着，跳跃着，但，还是饿了整整一夜。不过，这一夜战士们高兴得把饿忘记了。今天早晨，风浪平息，炮艇才开进大门湾来。战士们把东西驳运到岸上以后，迫不及待地饱餐了一顿。其实，谁也没有吃饱，因为卫生所的医生怕大家一下子吃得太多，胃接受不了，规定每人只准吃两碗大米稀粥。根据师部指示，粮食将陆续运来，其中一部分除还给渔民外，再对贫苦渔民进行紧急救济。清早，连里便组织了群众工作组，由一排长孙刚带领着调查去了。

炮艇还带来了一部崭新的报话机和师党委写给守备连全体指战员的一封信。雷大鹏曾集合全连，把那封信读了一遍。信上说：

"……正当全师、全军和全国人民热烈地庆贺解放大门岛的胜利时，暴风雨的突然侵袭，给你们带来了严重的困难。因此，师党委仅仅在几天内，便收到了全国人民和兄弟部队发来的一千一百多封慰问信和电报。现在，把这些信件和电报一起带给你们。我们深深相信，这种热情的关怀，会给你们带来守卫海岛的巨大力量和信心。……"

信中，充分流露着师首长们对守备连的关心，并在最后强调指出：

"这一次，虽然战胜了风暴、饥饿和疾病，但是，更多的困难还会来的。你们必须巩固地树立长期守岛、面向海洋的爱国主义思想，密切联系和依靠渔民群众，军民团结一致，把大门岛建设成为一个坚不可破的海上堡垒，捍卫着祖国的大门。"

---

[1] 拍岸浪：海浪冲到岸边时，由于海底渐浅，波浪下部与海底摩擦而逐渐停滞，波浪上部仍依惯性前进，扑到岸边，叫作"拍岸浪"。拍岸浪流回，与后来的波浪冲突，更加助成拍岸浪的力量，其势凶猛。在陡急倾斜的海岸边，拍岸浪有极强大的破坏力。

[2] 喷油镇浪：从船头喷射管中，把油类喷在船身四周水面上，可使风浪相应镇静，减弱冲击船舷的力量。

雷大鹏正在回忆着师党委的信，忽然，一个熟悉的声音，从身后传来：

"暴风雨后的海，简直像一大块蓝宝石！"

他回头一看，见是指导员徐文烈，便站了起来，关心地说道：

"指导员，没想到你的病好得这样快！"

"哪里是什么病？"徐文烈不以为然地笑道，"是饿晕过去了！现在一吃饼干和牛奶，可变得像牛一样了！你在想什么？连我来了都不觉得。……"

"没想什么！"

"不要骗我！"徐文烈注视着雷大鹏的眼睛说，"我可以猜到：你在想怎样建设这个海岛，对不对？"

"算你猜对了吧！"

"是啊！我也在这样想：咱们要想在岛上生根，就必须把岛建设得像个样子。"徐文烈说到这里，沉思了片刻，又用缓慢的，但是十分有分量的声音说道，"建设，最主要的还是要建设人！老雷，咱俩分一下工吧！我趁着战士们体力没恢复的时候，把连队的思想建设一下；而你呢，抓渔民！"

"这……"雷大鹏想说，他对这个工作是既缺乏经验，又不摸渔民的底，实在难以胜任。可是，话到嘴边，又一转念："我不干，还有谁可推呢？"因此，便临时改变了话的内容，说道，"这个工作从何下手呢？"

"已经下手了啊！"徐文烈轻快地说，"不但下手了，而且，还是一个很好的开始。我指的是救护罗九叔、林传有和别的渔民这件事。现在，师部又指示咱们发救济米，这应该说是又进一步了！"

"那么，我就一步一步往前迈吧！"

"对！不过，步子可以迈大一点，迈快一点！"

2

这一天，战士们吃得肚子像个鼓，浑身还是软绵绵的，好像抽掉了骨头一般。他们把夹被、蚊帐、军毯、衣服、解放鞋、子弹、炮弹、各种枪支、迫击炮……都搬出来晒，如果有人到各处转一转，一定以为是来到了市场上。

被服等发霉了，上面长满了乌黑的斑点，散发着一股刺鼻的难闻的气味。细长的机关枪弹和粗胖的冲锋枪弹的铜壳，都生了一层斑驳的绿锈，它们坐在石头上，好像正为自己的鲜艳的衣服被弄得这么难看，而愁眉不展。但是，当它们在战士的手中经过了一遍以后，仿佛变魔术似的，又都换上了金光闪闪的漂亮的新装。被擦拭过的子弹，成堆地拥挤在一起，有的站着，有的躺着，好似高兴得东倒西歪。

　　一班正在碉堡前面擦拭子弹和武器，到渔村调查渔民缺粮情况的李福生，满头大汗回来了。赵二虎一见，急忙从碉堡里端出一杯凉开水来，送到李福生面前。李福生没有抬脑袋，咕咚咕咚把水喝了个光。然后，他用毛巾擦干了脸上的汗水，坐在石头上，焦虑地说道：

　　"十家有九户没有吃的，好多渔船又叫风浪打坏了，一时出不了海。要是不赶快救济，一定会饿死人！房子也倒了那么多，许多妇女小孩没有地方住，在椰子林里东倒西歪地躺了一大片，看着心里才难受哪！刚才，调查组向副连长汇报的时候，统计了一下：全岛有五十一户缺粮吃，有七十八户的房子叫风吹倒了。……"

　　"班长，咱们能眼看着不管吗！"赵二虎忍不住了，急躁地说。

　　"怎么能不管呢？"李福生加重语气说道，"副连长命令今天一定要把粮食先发出去嘛！"

　　"房子呢？"赵二虎追问道。

　　"还没研究房子的事。"李福生解释道，"眼前，吃比住更紧急一些！"

　　"班长，南方的天气像鬼脸，说变就变，虽然吃比住紧急，可再来了风雨，他们怎么办呢？"赵二虎坚持地说。

　　"咱们还没有房子住呢！"一个战士喃喃着。

　　"咱们到底有碉堡住啊！"赵二虎反驳道，"不应该先想咱们自己！"

　　这时，在旁边一边沉默地擦枪，一边听着谈话的李济才，仿佛已把意见考虑成熟似的，用有把握的肯定的语气说：

　　"咱们可以给副连长建议：一边发救济粮，一边替渔民盖房子！"

　　"盖？"战士们几乎不约而同地转过脸去，注视着这个老战士，好像听到了什么新奇的事情。

　　"是啊！咱们可以替他们盖嘛！"李济才重复道。

　　"要说开枪打炮，咱们是内行；盖房子，那可是硬打鸭子上架……"一个战士说。

"我从前学过木匠。虽说没学好，盖房子还行！"李济才一说到过去，就不禁引起对旧岁月的辛酸的回忆，但，他迅速把这个念头赶走，沉默了片刻，继续说道，"我可以教大家嘛！"

"对！叫老李办一个盖房速成训练班！"赵二虎兴奋地说。

"也不用办什么班，如果真盖的话，一边盖一边学，用不了两天，也就会了！"李济才向大家笑了笑。

"李济才这个建议很好。"李福生也同意地说，"我去跟副连长谈谈去！"

"看，副连长来啦！"赵二虎伸手朝北边一指说。

大家转脸一看，雷大鹏果然顺着曲折的小路走来了。在他后面，还跟着卫生员黄隆成。

李福生喊了一声"立正"，战士们起立行注目礼，然后报告道：

"一班正在擦枪！"

"继续擦吧！"雷大鹏向战士们环视了一遍，也坐在石头上，亲切地说道，"同志们的脸色不大好，要多晒晒太阳哩！肚子怎么样？没吃坏吧？"

"肚子很好。"战士们回答。

"副连长，我这个肚子简直像橡皮做的。"赵二虎一边敲着肚子，一边笑道，"我一天喝了八碗粥，还是填不满！"

他的话把大家都逗笑了。

"明天可以换吃干饭了。"雷大鹏说道，"北方来的同志都说南方的大米不大好吃，现在，你们说到底好吃不？"

"比人参果还好吃哩！"一个战士回答。

"我带着卫生员来检查卫生了。"雷大鹏转向李福生问道，"你们做得怎么样？"

"都按照连部和卫生所的命令照办了！"李福生答道。

"东西，"雷大鹏朝碉堡四周晾晒的衣物扫视了一下，然后说道，"我看好像都拿出来晒了，个人的衣服都换了没有？

"换了！"李福生回答。

"但是，对不起，我还是要麻烦你们！"雷大鹏转身对黄隆成道，"把他们每人都检查一下！"

"是！"黄隆成立刻走到战士群中，叫他们站起来，挨个地检查衣服。当要检查到赵二虎的时候，他想借故走开，但没有来得及，只好接受卫生员的检查。黄隆成一看，见赵二虎的衬衣很脏，便向雷大鹏报告道，"副连长，赵二虎的衬衣没有换！"

"为什么不换呀？"雷大鹏追问。

"副连长，我想换来着，可是……"赵二虎搭讪地说。

"可是怕麻烦没换！"雷大鹏替赵二虎说完了后半句话，然后严肃地说道，"你怕麻烦，可是，长了虱子，发生了传染病，那就不仅仅是麻烦的问题，而是要命的问题了！我现在命令你马上换！"

"是！"赵二虎一边答应着，一边去找衣服。

"老是游击习气不改！"雷大鹏有点气恼地批评道。他又转向李福生，严厉而认真地说，"以后，不论什么工作，要亲自检查了，再向我报告！"

"知道了！"李福生的脸色变红了。他向正在换衣服的赵二虎，投了一个埋怨的眼光。

这一件不大愉快的事情，把空气弄得很紧张。战士们也都不敢谈笑了，只顾低着头擦枪。雷大鹏一看这情形，皱了一下眉头，便故作惊讶地大声说道：

"哎呀！风暴又来了！"

战士们一听，都抬起脑袋来朝天空瞧。但是，蓝色的空际，辽阔无边，连一丝儿云彩都没有，哪里有什么风暴呢？李济才认真地问道：

"哪有风暴呀？"

"是呀，天多晴啊！"战士们也说。

"没来风暴，大家的脸怎么那样阴沉沉的？"雷大鹏笑着说。

战士们起初还没懂得这句话的意思，仔细一想，不禁哈哈大笑起来了。欢乐的笑声，马上把沉闷的空气赶散了。这时，连挨了批评的赵二虎和李福生也忍不住笑了。李福生等大家止住笑以后，便趁着机会，把替渔民盖房子的建议，对雷大鹏讲了。雷大鹏听完，非常高兴地说：

"我正为渔民的房子发愁！这个建议太好了！这是谁的主意？"

"我们的木匠想出来的！"赵二虎笑着说。雷大鹏一听，知道是李济才的建议，便用表扬的眼光，向他注视了一会儿，说道：

"我接受这个建议。但是，这并不是一件简单的事情，得由支委会讨论一下，作最后决定。"

正说话间，忽然从树丛后面传来了问话声：

"副连长在一班吗？"

"我在这儿！"雷大鹏站起来一看，见是一排长孙刚，晃动着胖大的身体，气喘吁吁地走过来了。他还离雷大鹏十几步，就气呼呼地说道：

"对这些人真没办法！……简直气死人……"

"什么事呀？"雷大鹏问道，"把话讲清楚嘛！"

"就是那些渔民们呗！"孙刚焦急地说，"雪白的大米在大门墩摆着，按门挨户通知缺粮的渔民来领，等了半天，不见一个人影！我们又派人送上门去，他们反都躲起来了，叫我们硬是送不出去！"

"他们为什么不要？"雷大鹏皱了皱眉头，也无法理解这是什么道理。

"哼！天晓得！"

"你把话对老乡们讲明白了没有？"

"嘴唇都快磨得起老茧了！"

"孙刚，不要急躁！"雷大鹏沉思了片刻，冷静地说，"我看这里边有问题！"

"有什么问题呀？"孙刚不同意地说，"我看就是老乡们胆子太小！"

"不！你这看法太简单，也太危险！"雷大鹏用批评的眼光严厉地注视了孙刚一下，沉着地分析道，"若说老乡觉悟不高，这是完全可能的！我们才来了不到十天，国民党反动派给他们的影响，绝不会一下子就消灭的。在十天以前，渔民们被封建反动统治者欺压了千百年，要钱、要税、要鱼、要粮，逼得他们走投无路。可是，今天突然翻了个个儿，不是向老百姓要东西，而是把雪白的大米白白送给他们，这是多么大的变化啊！怎能怪他们不怀疑呢？这是合乎情理的，也是可以理解的。再说，现在我们还没有深入地了解这个岛上的人。国民党跑了，封建势力还没有倒，岛上还有鱼栏的恶势力，你能天真地认为岛上已经没有我们的敌人了吗？敌人在这个时机，利用群众对我们的不了解，从中造谣破坏，这也是完全可能的！"

"怎么办呢？"孙刚低声道，"停止救济吗？"

"不！为什么停止呢？"雷大鹏不同意地说，"那样正中了敌人的圈套！"

"可是，他们不来领啊！"

"这就要靠我们耐心、细致地进行工作了！"雷大鹏想了一下，问道，"现在谁在那里负责？"

"炮排副排长。"

"好，我跟你一起去了解一下情况。"雷大鹏刚要走，忽然又像想起什么似的，回头对李福生和李济才微笑道，"你们听见了吧？白给大米都不要，你们去替他们盖房子，也许不准你们动手哩！真伤脑筋！"

这时，从凤凰岭山顶瞭望哨传来了急促而凄厉的防空号音。雷大鹏、孙刚和李福生互递了一个眼色，一齐仰脸向天空瞭望，寻觅着飞机的影子。

天空好像平静无波的澄清碧蓝的一池湖水。

"全体进入碉堡！"李福生向一班战士发出了命令。

雷大鹏和孙刚蹲在灌木丛旁边，继续向天空观察。又过了一会儿，传来了沉浊的隆隆声；紧接着，一架丑陋的敌机窜到海岛上空来了。敌机先是飞得很高，然后逐渐降低了高度，围绕着海岛转圈子。涂在机翼上的国民党的"青天白日"徽，好像两贴膏药，看得十分清晰。

因为事先有"敌机来袭，若无命令，不许打枪"的命令，全岛静悄悄的，没有什么声息。

雷大鹏一边藐视地注视着盘旋不去的敌机，一边愤然地对孙刚道：

"兔崽子们果然不死心哩！"

但，十几分钟以后，敌机哼哼着向东南飞去了。它既没有投弹，也没有扫射，显然是来侦察的。

3

昨天，尽管雷大鹏亲自出马，救济米还是没有发放出去。若说完全没有发放，也不确切，应该说，只发放了六家，占预定总发放户数的九分之一。当然，这种成绩是不能算好的。在领米的六户中，只有林传有一家是自己主动来领的，另外五户，都是送上门去，被拒绝再三，说了千言万语，才勉强收下的。

鉴于这种情况，晚上，党支部委员会一直开会到深夜。他们先讨论了师党委的来信，然后，根据师党委的指示精神，具体研究了三项工作：一是全连思想工作，决定由指导员负责，组织全连认真讨论师党委的来信，并结合讨论，检查一下思想，进行互相帮助。二是对敌斗争，决定等战士们的体力稍有恢复，便加强工事。三是开展渔民工作。这一项工作讨论得最久，最后，大家决议分三个步骤进行：先结合发放救济米和帮助修复房屋，用协助渔民重建家园的实际行动宣传党的政策；然后是组织和保护渔民出海生产；最后是协助政府建立地方政权，进行社会改革。会议上还强调地指出了：在渔民工作中的一个关键问题是：耐心、耐心、再耐心，反对强迫。第二、第三两项工作，仍决定由雷大鹏负责。

天还没有亮，雷大鹏就爬起来，草拟加强工事的方案。早饭以后，他又亲自挑选了五十名体力健壮的同志，组成了渔民房屋修复队。

修复队首先开进向西村，而且首先替罗九叔和林传有两家盖房子。

快到中午的时候，雷大鹏拟定了加强工事方案后，搁下笔，就到向西村去了。他一眼瞅见赵二虎正在扛木头。比大腿还粗的沉重的木头扛在他肩上，他还是若无其事地跑得飞快。挖土的工具不够，有的战士蹲在地上，用手一把一把地挖埋柱子的土坑。李济才一边比画，一边教李福生怎样用斧头砍木头。雷大鹏一看大家情绪很高涨，虽然很高兴，但又担心战士们累坏了身体。因此他走过去大声说道：

"同志们！千万别劳累过度啊！"

"副连长，放心吧！我们又不是不懂事的小孩子！"赵二虎笑着说。

"哼！你的脾气我知道！你一干起活来就忘记是个大人啦！"雷大鹏又走到李福生旁边，看了一会儿，说道，"好好学吧！"

"班长学得可快啦！"李济才满意地称赞着。

"不要只管学，还要照顾你的战士！"雷大鹏警告道，"累坏了人，你负责！"

吃完了午饭，雷大鹏再到向西村看时，罗九叔家的房子已经搭起来了。他走到李济才身边问道："怎么盖得这样快呀？"

"一方面是大家努力，"李济才用手背擦了擦脸上的汗水，回答道，"一方面也是南方的房子好盖。只要把房架子支起来，上面一铺草就行了，不像咱们北方盖房时砌砖、抹顶的费工夫！"

"可要盖牢固一点，别贪快！"雷大鹏看了看房子嘱咐道。

"保证刮十六级台风也倒不了！"赵二虎在旁边插嘴说。

"瞎扯！"雷大鹏禁不住笑了，"哪里有十六级台风？"

"不是级越大风越大吗？"

"台风最大到十二级，就算到顶了。"雷大鹏解释道，"连十二级的台风，都很少见。这一回刮的风，最大风力是十级，还刮倒了不少房子，打沉了不少船哩！要是真有十六级风，你回家就不用坐火车了。"

"坐什么？"赵二虎一时还没听明白。

"什么也不用坐！你站在凤凰岭上边，叫风一刮，就飞到大凌河边上的你家热炕头上啦！"

雷大鹏的话还没有说完，已经把大家笑得直不起腰来了。赵二虎更是笑个不停，一边擦眼泪，一边站不住脚地坐到木头上去。

解放军帮助渔民盖房子的消息，从一早起，就在全岛很快传开了。许多渔民起初都不相信，说天下哪里还有会盖房子的军队？因此，有几个好奇的人，就悄悄地走拢来，站在远处看。

下午，修复队把罗九叔和林传有家的房子盖好以后，便转移阵地，又替另外三家渔民盖房。一家房主人满脸堆着笑，伸着大拇指，一面称赞解放军好，一面连声道谢，还有一家房主人烧了茶，一定要送给大军同志喝。战士们一见，兴致更高了，一直干到太阳落山才收工。

可是，第二天早晨，修复队增加了二十名战士，又开到向西村时，房主人却战战兢兢地走上前来，一个劲儿地摆手，脸上的笑容也消失了，还增添了一层疑惧和忧愁的神色。

战士们真奇怪：为什么隔了一夜，又突然不让修了呢？他们一腔红炭似的热火，叫这冷水一浇，有那沉不住气的，便急躁起来了。

雷大鹏听说以后，急急忙忙赶到了向西村，作出了决定：渔民坚决拒绝修的，经说服，仍然不同意的，便不勉强修；征求房主意见后，愿意叫修的，便继续修。同时，召开一个渔民大会，来多少人算多少人，一方面动员他们自己修，一方面叫那愿意由大军帮助修的报名。

会开了。雷大鹏站在一块石头上，笑呵呵地对渔民谈话。渔民来的并不算少，但都像害怕什么似的，不敢走近。雷大鹏讲了一阵，从人群当中挤过来一个又瘦又小的老婆婆。她蜡黄而多皱纹的脸，显得很憔悴；牙齿也全脱落了，干瘪的嘴唇向里收缩着。她用深陷在眼眶里的昏花的眼睛，盯着雷大鹏望了一会儿，然后，大着胆子颤巍巍地又朝前走了一步，问道：

"你们盖房不要工钱吗？"

"工钱？"这两个字像两根钢针似的扎了雷大鹏一下，他像受到侮辱一般地反问道，"谁讲的？"

"这……"老婆婆一听追问，怕事似的后退了几步，一边支吾地说，"都这么说嘛！"

老婆婆躲到人群里不见了。雷大鹏很懊恼刚才没沉住气，群众刚透露出一点口风，便给自己追问得吓跑了。他决定接着这个话头进行解释：

"老乡们，人民解放军是共产党和毛主席的队伍，是为了保卫人民过好日子的。我们不能眼看着大家挨饿，没房子住！我们自己虽然没房子住，也要先帮助大家把房子修好。"

人群里没有人再说话了，大家都伸长脖子，注意地听着他的话。他向人群扫视了一下，笑着说：

"刚才，那位老大娘问我：修房子要不要工钱？我现在回答大家：我们不但不要工钱，若是喝老乡们的一口水，也不算是解放军！昨天，我们把林传有家的房子盖好了，他们一家从山洞搬进去住了，我们不但没要工钱，还帮助他们搬东西，发给他们每人十斤大米。"

雷大鹏说到这里，人群里开始有点活气了。有人交头接耳地议论着什么，有人相视笑一笑。大家的表情也不像刚才那样疑惑不定了。雷大鹏接着说道：

"大家不信，可以到林家去问问！就拿救济米说吧，我们也是一分钱也不要！米，是国家的，是从大陆上运来的，我们宁可少吃一点，也要先叫没粮食吃的老乡吃饱肚子。人民解放军和蒋介石的军队完全不一样，这些天来大家一定也看得很清楚了，那就千万别信坏人的话啊！"

雷大鹏这一番话并没有白费。渔民们的态度终于稍微有了一点转变。当场，有几户渔民提出来，请大军帮助修房；还有不少户渔民，请领救济粮。可是，也有部分人没有什么表示，只在一边犹豫不决地观望着。

雷大鹏开完会，便顺便去看了看林传有。他的病已经好了，只是浑身软弱无力，还需要休养一些日子。雷大鹏把盖房的事情也和他谈了一下。他从林传有口中，却意外地得到了一项宝贵的材料。原来，岛上有这样的谣言流传着：现在领一斤解放军的救济米，以后要还一担鱼；修完一间房子，以后要拿十担鱼折作工钱。

雷大鹏回到连部，把这事告诉了徐文烈以后，仿佛自己问自己似的说道：

"到底是什么样的敌人呢？"

"困难就在这里！"徐文烈加重了语气说，"今天的敌人，你光用眼睛已经看不出来了！"

第九章

1

晴和的早晨，海岛上空流动着湿润而凉爽的空气。尚未成熟的碧绿的龙牙蕉，成排地悬挂着，仿佛用翡翠雕刻成的一般。好像一把大伞似的木瓜树上面，宛如黄金块般的木瓜，散发着诱人的香味。罗九叔的伤，经过卫生所医生的耐心治疗，再加上罗天娥日夜照顾，已经一天比一天见好了。这天，他正隔着窗子，凝望这些秀丽的景色，连床前已有人站着都没觉得。

"老大爷，你好啊？"

罗九叔转身一看，见是副连长雷大鹏，便笑吟吟地回答道：

"好啊！没有共产党和毛主席，我的命就完了！"

"老大爷，我告诉你一个好消息，"雷大鹏坐在床边上，伸手握住罗九叔的青筋暴起的手，亲热地说道，"你可以回家住啦！"

"我可以回家了？那就太好啦！"罗九叔兴奋地说，"前几天，听我一女儿说，你们替我家盖好了房子，我就恨不得立时飞回去。你们这里的医生不肯，还叫我住几天，说是在医院里好照顾。你们……你们……太……好……啦……"他感动得话都说不出来，只是半张着嘴，瞅着雷大鹏的脸，眼泪像断了线的珠子似的，从瘦瘦的脸颊上往下淌。

午后，罗九叔躺在担架上，被抬回家去了。他刚回到家，便叫罗天娥搀扶着，到处走走看看。新盖起来的两间半草房，比原来的又结实又宽绰，甚至连被砸坏了的床、桌子和条凳，也都修好了；屋角落里，放着一个半截破瓮。他伸手一摸，惊喜得半天没有拿出来。白米？这不是白米吗？他猛一抽手，抓出了一把雪花花的白米，好像观察珍珠一样，仔仔细细地看了半天；而且，放在嘴里几粒，用牙咬了咬，咯嘣一声，果然是真正的上等好米啊！这一瓮，足有五十斤重！他高声问女儿道：

"天娥！这是打哪里弄来的米呀？"

"大军送来的！"罗天娥微笑着回答。

"真是救命恩人啊！救命恩人啊！……"罗九叔一边感动地重复着这几个字，一边回到了床上。他躺在床上，并没有把眼睛闭一闭，而是瞪得大大的，像个来到玩具店的小孩子，看看这个，又看看那个，仿佛两只眼睛不够用一般。

向西村和附近渔村的渔民，听说罗九叔回家来了，都亲自跑来探望他。与其说是探望，不如说是来打听一下消息更好些，因为，大家都相信这位活了五十多年、没有说过半句谎话的老伙伴。罗九叔家的两间半房子，里里外外挤满了人。大家你一言我一语，问东道西，闹得罗九叔也不知道先回答谁的话好了。

这时，曾经问过雷大鹏盖房要不要工钱的那位老婆婆，又颤巍巍地出现了。她怕在一片嘈乱声中，罗九叔听不清她的话，便提高了声音问道：

"九叔，大军给你治伤也不要钱吗？"

"大军替我治好了伤，盖好了房，又送来了白米，"罗九叔微笑了一下，说道，"要是叫我出钱，就是把我的骨头砸碎了，熬成油，也出不起啊！"

"神明的菩萨！原来大军说的话当真啊！"那个老婆婆听了罗九叔的话，自言自语地念叨起神佛来了；停了一下，又像下了决心："明天，我家修房，也请大军来帮忙吧！"

谈话越来越热烈了，话声里不时夹着笑声，在岛上还是第一次听到这样愉快的谈话和欢乐的笑声。人们从罗九叔亲身经历过的事实，消除了几天来谣言所引起的怀疑，进一步看清人民解放军是从来没有见过的好队伍。

渔民们怀着满意的心情，离开了罗九叔家。那些没敢领救济米的，在考虑明天去领；那些缺少人手修盖房屋的，也在考虑跟大军商量一下，请求帮助。

这一天，对罗九叔来说，虽然快活，但也很疲倦。吃完晚饭不久，他觉得头有点疼，就赶早睡了。但，他刚刚闭上眼睛，就听见屋门吱扭一声被人推开了。他以为是自己的女儿回来了——她刚才出去提淡水了，便说道：

"天娥，抱一瓮 [1] 就够了。今天你收拾了一天屋子，也累了，早点睡吧！"

但是，回答的并不是自己的女儿，而是一个压低了的公鸡嗓：

"罗九叔！你回来啦！我刚听说，就跑来看你。……"

"谁？"罗九叔一听这个声音，是那么熟悉，却又一时记不起是谁。他急忙坐起来看时，在昏黄的鱼油灯光下面，站着一个半截水缸似的黑影，圆秃秃的好像葫芦似的脑袋，使他一下子认出来：这是大门墟"公平鱼栏"的老板陈老虾。罗九叔心里一动："他干什么来了呢？"

"罗九叔！我一听说你叫房子砸伤了以后，真是惦记得连晚上都睡不着觉啊！"陈老虾把跳动着的鱼油灯拨了拨，屋里立刻明亮了。他从满脸肥肉上强挤出几丝笑纹，闪动着狡黠的细眼睛，嘿嘿地干笑了几声。

他的笑，不知为什么竟使罗九叔心头发颤。但，无论如何，人家也是来探望自己的啊！便欠了欠身，勉强地笑了笑："陈老板！请坐啊！"

"不客气！不客气！"陈老虾扭动着屁股，坐在竹凳上。

正在这个时候，屋门又被推开，罗天娥抱着淡水瓮回来了。

陈老虾眯缝着两只细眼睛，打量了一下站在门口的这位姑娘，不怀好意地笑道：

"喝！九叔！你们这位龙王公主，真是越长越漂亮了！姑娘，今年十几岁啦？"

罗天娥进屋一看陈老虾在这儿，先是愣住了。她跟罗九叔想的一样："他干什么来了呢？"忽然又听陈老虾说的不正经的话，气得把嘴一噘，也没答话，转身就向屋角走去，把淡水瓮放在那里了。

"这个孩子！越大越见不得人……"罗九叔为了打破僵局，从中转缓地说，"天娥，给陈老板煮茶去！"

罗天娥巴不得快点离开这里。她一听父亲的吩咐，并没有取瓦壶，也不想煮什么茶，转身就走出了屋子。她踏着自己的影子——月亮已从东边天升起来了，向林传有家快步走去。在屋里，陈老虾讨了个没趣以后，便把话题拉回来，对罗九叔道：

"还是你走的好运啊！我的鱼栏叫大火烧了个精光，只剩下了两条船。——

―――――――――――――――

[1] 抱一瓮：渔民取淡水时，多用瓮盛。

这话，他自己是不相信的，因为三十多根金条和五百块银圆，仍然埋在"公平鱼栏"的后院地下——昨天，我才算把房子搭起来了，准备明天开张。以后大家有了鱼，还是卖给我吧！咱们是几十年的老交情了！至于鱼价，保证公平！我这个三十年的老牌号，是什么时候也倒不了的！哈哈……"陈老虾的话，句句字字刺痛了罗九叔的心。他一下子回忆起过去几十年来海上的苦难岁月：

他从七岁起，就跟着父亲在海上捕鱼。几十年来，他已记不清捕过多少万斤鱼了。他经过半生劳动，才添置了一只母子钓船，又为了缴渔税，卖给了陈老虾。他本来以为凭着自己看鱼、使风、弄船、下网的本事，可以把日子过好，但，他们全家每天只能吃一点谷糠、海苔、番薯和蛤蜊过活。日日守着海，夜夜在捕鱼，却几乎连鱼的滋味也忘记了。

反动派名目繁多的苛捐杂税，恶霸、海盗的无理勒索，压得他翻不过身来。他只得月月季季向"公平鱼栏"借钱。可是，鱼栏的"猪姆摆尾利"[1]，却又像在他脖子上套上了一条绞索，勒得他连口气都喘不过来了。他常常是好容易盼来一个丰收的鱼汛，把冒着生命危险、跟风浪搏斗、辛辛苦苦捕来的一担一担鲜鱼，送进陈老虾的鱼栏偿还债款，以为这次可以把债务还清了。但是，鱼栏仿佛一个无底洞，等鱼汛过后一算账，欠债仍然没有还清。于是，变本加厉，利滚利，等到下一次鱼汛到来时，照旧还不清。陈老虾好像一个魔术家，坐在岸上不出海，却天天吃山珍海味；成捆的钞票，白花花的银圆，任意花用。他到大陆上去，一住就是几个月，逛妓院，住花艇[2]，吃酒楼，全都有他的份儿。等快乐够了回岛的时候，他又带回来满船桐油、缆绳、帆布、渔网、麻……赊给渔民。鱼汛一来，他又可以收进一大批一大批鲜鱼，向大陆运去。

罗九叔想到这里，心里不禁打鼓："难道他来，又是向我追要欠款吗？"

"九叔，你欠我的钱，"陈老虾终于提到本题了，他加重了语气说，"等你儿子做官回来再还吧！嘿嘿……"

"还提什么做官！"罗九叔的心，被一张无形的忧愁的网罩住了，难过地说，"谁知道他还能不能回来呢？"

"能回来！"陈老虾十分肯定地大声说，"一定能回来！也能做官！"

"能？"罗九叔被陈老虾这种肯定的口气弄迷惑了。

---

[1] 猪姆摆尾利：意为利息好像猪摆摆尾巴一样，多得数不清有多少了。按：猪的尾巴，总是摇摆不停。
[2] 花艇：是解放前停泊在水上的一种妓船。

"能！"

"陈老板，你怎么知道他能……"

"嘿嘿……"陈老虾怀着鬼胎，故作神秘地笑了笑，然后，凑到罗九叔耳朵旁边，低声说，"有人碰到过你的儿子！"

"谁碰到过？"

"我鱼栏里的一个伙计。"陈老虾诡诈地眨了眨细眼睛，说道，"昨天，我有条船从大陆回来，听伙计说，在海上碰到了二门岛'救国军'的一条巡逻船，亲眼看见你儿子罗友胜！他穿得好威武啊！"

"他当了'救国军'？"罗九叔的眼睛快瞪得凸出来了。

"是啊！看样子，还是个军官哩！"陈老虾转了转眼珠，接着编造道，"我们的船要不是碰上他，全船货物都得没收！你儿子一看是'公平鱼栏'的船，便摆了摆手，放过来了。临走的时候，你儿子还叫我的伙计告诉你几句话……"

"告诉我话？"

"友胜说，你们回岛以后，对我爹说，我再过些日子就可以回去了，叫我爹放心吧！"

"当了'救国军'，不是更不能回来了吗？"罗九叔居然信以为真了。

"不！能回来！"陈老虾的声音更微细了，"'救国军'都回来！听说二门岛上，驻着蒋'总统'派来的五万人马，最近，又从美国派来了军舰和飞机。大门岛上这么一点解放军，还能抵挡得住？九叔！你儿子不久就要回来了！哈哈……"

"那么说，他能回来啦！"罗九叔自言自语道。

"我保证能回来！"陈老虾见这次来的目的已经达到，便站起来，大声笑道，"九叔，我那里还有特地从大陆买来的几坛子上等三花酒，明天请你赏光去喝几盅吧！咱们都是自己人，别客气嘛！天晚了，我走了！明天我一定候你……"

陈老虾的影子，走出门外不见了。可是，他把浓重的令人心潮不安的影子，深深地留在了罗九叔心上。

这一夜，他没有闭眼。

2

"咱们快变成粮食免费供应站了！"雷大鹏一进连部，便向徐文烈半打趣半认真地说。徐文烈也同意地笑了笑。

这句话从何而起呢？原来，在过去的十几天里，不但那些当初不领救济米的渔民来领了；便是不该领的，也找上门来，请求援助。要求救济的户数一下子增加了一倍。

"我们进行第二个步骤吧！"雷大鹏坐在徐文烈对面，好像征求意见似的说道，"对渔民光是救济，绝不是长远的办法，只有保护和组织他们生产，才是解决渔民困难的最根本的办法。"

"其实，渔民也想出海，就是有点怕二门岛的敌人。"徐文烈停了一下，又补充道，"还有我们的救济，也多少助长了他们的依赖思想。反正不出海也有得吃，何必冒那种风险！"

"按说，我们早就应该进行第二个步骤了。"雷大鹏坦率地说道，"说真话，我便有拖一拖再说的思想。心想等把二门岛搞掉，再出海，便安全多了。可是，等来等去，没有消息……"

"这就难怪渔民害怕了，哈哈……"徐文烈爽朗地笑起来了。

"我们应该订一个比较妥善和安全的护渔方案，"雷大鹏好像没有听到徐文烈的笑声，皱着眉头想了一会儿，认真地说，"我们并不是怕出事，但，不论怎么说，出了事，究竟不好。"

"护渔方案，这是非常必要的！"徐文烈同意地说，"不过，我还有一个建议：我们不应该一开始就跑得很远，可以先在离大门岛比较近的海上试试看！这样，我们的炮兵，在必要的时候，也可以显一显威风哩！"

"由近而远？"

"对！就是这样！"

"那我马上进行准备！"雷大鹏兴奋地说，"今天下午，我考虑出一个战斗方案，找排长们来研究一下；晚上，开一个全岛渔民大会，进行动员。"

护渔战斗方案经过研究修改以后，基本要点是这样的：先在岛上炮火射程内试行捕鱼，——估计敌人是不敢来的；然后，向外海转移。在外海上发现敌人后，立即返航，撤退到岛上炮火射程内。撤退不及时，便进行突然袭击，仍用渡海作战训练时学习到的打军舰或炮艇的方法。

晚上，在大门墟开渔民大会。雷大鹏匆匆吃了晚饭，便赶去了。渔民们虽然没有按照规定的时间来，而且，来得也先后不齐，但，不论怎么说，来的人并不算少，黑压压地坐了一大片。雷大鹏一眼看见，罗天娥正站在离会场较远的一块石头上，东张西望地向人群里看；罗九叔也来了，坐在她旁边。他忙赶过去和他们打招呼。

罗九叔是由女儿搀扶着，拄着半截竹竿当拐杖来的。他头上虽说还缠着白绷带，可是已经进入痊愈期了；但，近些日子，他又犯了心病——儿子罗友胜的消息，使他愁得连饭都吃不下了。医生见他消瘦得厉害，以为是伤口发生了什么变化，检查结果，并不见坏，而是逐渐好转；再进行内科检查，也不见有什么症候。其实，这种心病是陈老虾给他带来的，医生怎能检查得出来？罗九叔日日夜夜盼望着儿子回来，哪怕在梦里，也念念不忘，但儿如果真当了"救国军"，他一回来，"救国军"难道也要回来吗？那可不行！这群杀人放火的强盗，怎么能再让他们回来呢？因此，他竟恨起儿子来了！这个不懂事的畜生，你为什么要当"救国军"呀？咱们穷人就是饿死，也不能干那伤天害理的事啊！你当了"救国军"，若是叫解放军知道了，我在这里还有什么脸面见人呢？……因此，罗九叔不但不肯把这个消息告诉常来探问他的医生、雷大鹏、李福生等人，便是对自己的女儿，也没敢透露一点口风，怕她嘴不严实，传了出去！今天吃晚饭的时候，他得到开渔民大会的通知以后，由于对解放军的抱愧的心情，使他打心眼儿里不愿意参加会议。他觉得，越少出头露面越好，越少跟解放军接近越好，省得碰到他们不好意思。可是，他女儿罗天娥却坚持要来，说大军开会只能对渔民有好处，为什么不参加呢？他想要推说伤痛，可伤已好了，一时又找不到其他借口，便只好硬着头皮跟女儿来了。他选了一个离会场远远的角落坐下了，没想到正因为自己没在人群里，反而先被雷大鹏发现了，弄得他很不好意思。

雷大鹏亲热地招呼过罗九叔后，便站在一块石头上，动员渔民出海捕鱼。他先讲了讲人民政府奖励生产的政策，指出光靠领救济米不是长久之计；大家要想吃饱、过好，一定要出海捕鱼。他说，现在不是国民党反动时期，过去的"三门关"再也不会压到渔民头上来了，现在是鱼捕得越多，生活就越好。他越讲越激动，嗓音也提高了。他大声说道：

"老乡们，大家都是在海上长大的，咱们不能看着海挨饿！过去，蒋介石压迫你们，出海要买'鱼票'，捕回鱼来要拿'码头税'，捕鱼才够苦呢！现在这些都没有了，解放军还可以保护你们出海捕鱼，大家还不应该赶快准备一下出海么？"

雷大鹏说到这里，话停了，好像要给渔民们一个回忆过去、对比现在的时间似的。

罗九叔尽管坐得远，听说是要出海捕鱼，也往前倾着身子，恐怕漏过一句话似的注意地听。当雷大鹏讲到要大家准备出海时，他不以为然地摇了摇头，心里想道："出海是好事，可是，二门岛上还有'救国军'，谁敢送命去？"这时，又听雷大鹏接着说道：

"……我劝大家尽管放心！你们什么时候出海，我们什么时候派人保护你们；你们的船走到哪里，我们也保护到哪里！二门岛马上就要解放了！我们先在大门岛附近的海面捕鱼，敌人来时，我们的大炮会把他们揍到海底下去！现在，大家就可以准备起来了：渔船不破不漏的，可以先出海；需要修理的，也赶快收拾！我的话就说到这里，大家有什么意见，可以说；愿意出海的，也可以自动报名！"

雷大鹏讲完了，坐在石头上面注视着渔民们。他们先是沉默了一会儿，只听见夜潮拍打海滩的有规律的响声，从大门湾传过来，但是，过了不久，渔民们的谈话声，就把海潮声压下去了。有的渔民悄悄地交头接耳；有的好像害怕什么似的细声碎语；有的则像吵架般的大声争辩。中间，还夹杂着女人们一阵阵尖锐的谈话声。雷大鹏听不清楚他们谈的是什么，但是，那种不安、疑惧和顾虑重重的情绪，则看得十分清楚。

渔民们议论了好久，却没有一个人站出来说话。

罗九叔这时也正在想："反正我愿意出海也不行！船叫儿子开走了，如今是两手空空啊！"其实，他便是有船，也是害怕出海的。陈老虾对他说的话，早已在脑海里嗡嗡响了！"……听说二门岛上驻着蒋'总统'派来的五万人马，最近，又从美国派来了军舰和飞机。大门岛上这么一点解放军，还能抵挡得住？……"

等了许久，雷大鹏又站起来大声问道："老乡们，大家愿意不愿意呀？"

他这一问，立刻把渔民们的嘈杂声压了下去，海潮声又能清晰地听到了。

沉默。

一只翡翠鸟，不知道为什么夜里出来了，啾啾地叫了几声，从大家的头顶上飞了过去。还是沉默。

突然，一个响亮的回答，出人意外地打破了沉默：

"我愿意出海！"

雷大鹏没有听出这个说话的人是谁。他看了看，只见黑压压的一堆人，也分不清眉目脸相。但是，他看见了那个说话的渔民的高高的瘦削的影子，正站在人群当中。

这个渔民的话，引起了一片议论声。过了一会儿，又有一个人站了起来，大声说：

"我跟林传有一块儿出海！"

雷大鹏一听这句话，才猛然想起，第一个说愿意出海的人是林传有。

这时，罗天娥碰了她爹的胳臂一下，小声说：

"爹，传有哥胆子真大！"

"嗯！"罗九叔没有说话。

又过了一会儿，接连站起来两个人：

"我也出海！咱们不能老坐吃山空啊！"

"我的手，这么些日子没拉网，早就发痒了！"

渔民们陆续发言。最后，雷大鹏统计了一下，大约有二三十个人愿意出海。这样的成绩，已经使他十分满意了。他看天色已经很晚，是散会的时候了，便像作会议总结似的说道：

"大家愿意出海捕鱼，恢复生产，我们非常欢迎。凡是愿意出海的，明天把渔船、渔网收拾好，后天早晨在大门湾集合。我们也派队伍来跟着保护大家。现在还没有决定出海的，也好好想一想，愿意去，后天早晨一块儿走！现在散会吧！"渔民大会在一片嘈杂声中散了。

雷大鹏一直看着渔民们分头散去以后，才离开会场。他一抬头，看见挂着半截竹竿的罗九叔，正慢慢地往前走。他急忙上前搀住他，关心地问道：

"老大爷，怎么一个人回家？天娥不是也来了吗？"

"这个野丫头，谁知又钻到哪儿去了？"罗九叔叹了一口气，埋怨地说，

"散了会，她叫我坐在那里等她。我等了有一袋烟的工夫，也不见她回来，就一个人走了。"

"那么，我搀你回家吧！"

"我自己能走！你太忙啊！"

"不！天太黑，别跌倒了！"

罗九叔见推辞不了，只好让雷大鹏搀着往前走。他们并肩穿过椰子林，朝向西村走。罗九叔只是沉默着，他心里正感到非常不安呢！

"老大爷，你赞成不赞成出海？"

"我？"罗九叔的思潮被打断，犹豫了一下，含含糊糊地答道，"怎么不赞成呢？赞成啊！渔民不出海，还算什么渔民呢？"

"对呀！老大爷！刚才，你怎么不在会上把这句话讲一讲呢？"

罗九叔沉默着，没有回答。

"老大爷，你快点把伤养好，带着大家一块儿出海吧！你在海上生活了五十多年，听说是全岛捕鱼的好手哩！"

罗九叔满腹心事，仍然沉默不语地往前走。

"你不要愁没有船！这不要紧！你什么时候想出海，我们就借给你船！有了船，你可以生产，也可以把你儿子找回来……"

罗九叔一听雷大鹏提到他的儿子，心头颤抖了一下。如果是在白天，便会看到他的脸色变得很难看。虽然是在晚上，雷大鹏没有看到他的脸色，也感到他的身体像寒冷似的战栗了一下。这引起了雷大鹏的注意，关心地问道：

"老大爷，身体不舒服吗？"

"不！不！"罗九叔连声否认。但是，他又转口说道，"脑袋有点儿疼……"

正在这时，从他们身后，有两个人喘吁吁地跑过来了。雷大鹏回头一看，原来是罗天娥和林传有。

罗天娥跑到她爹身边，焦急不安地埋怨道：

"爹！你怎么不等我呀？叫我发急火……"

罗九叔一看见这两个年轻人，就明白刚才女儿为什么那么久没回来了。

他是亲眼看着女儿和林传有从小长大的。也许是一般老年人的一种特有的感情吧，他十分疼爱这个最末的女儿。他对和自己住了几代邻居的这个邻人的儿子，也很喜爱。这个年轻小伙子，从小就在海洋上锻炼出了勇敢、顽强的性格。罗九叔常常夸赞他说："这个孩子，一定能做个真正的渔民！"所以，他一有机会，就把自己多年捕鱼的经验教给他。过去，他一直没有注意到自己的小女儿和这个年轻小伙子中间有什么关系，把他俩看成了一对淘气的孩子。但，随着时光的流转，自己的女儿越长越丰满了；这个小伙子的上嘴唇上，也生出了柔软的胡髭。在他俩中间，他看到了一种神秘的新的东西，那就是爱情。

罗九叔一发觉了这件事，就忧愁起来了。他一想自己的命运——他还看到许许多多和他同样的渔民的命运，便替女儿担心。自己受了大半辈子穷，妻子也跟着受了一辈子苦。当他每次出海的时候，妻子为他的生命担着一颗多么沉重的心啊！直到她死的前一天，人们还看到她爬到海边上等待着自己归来。把妻子的眼泪汇集起来，真可以行船啊！他一想到自己的妻子的悲苦的命运，不知为什么，总爱联想到自己的小女儿。他希望她不要再像她的母亲那样，天天担着一个不知什么时候就要丧失亲人变成寡妇的心。他想把女儿嫁给大陆上的人。哪怕嫁给一个穷人，尽管身体受苦，心也不会受苦的。……

可是，女儿爱上了林传有。他家比自己更穷。自从他家因为交不出渔税，被国民党把船拉走以后，只得向"公平鱼栏"租船用。穷并不可怕；怕的是女儿等待丈夫的心，将来要每天望着风浪而破碎。……因此，他对女儿的爱情，并不高兴；对林传有，一方面喜爱他是个好渔民，一方面又不愿意把自己的女儿嫁给他。现在，这两个年轻人高兴得像一双小鸟儿似的，飞到他的面前来了，他心里不禁产生了一种难言的隐痛。

林传有走到罗九叔身边，挽住了他的胳臂，亲切地说道：

"伯伯，我扶你吧！"

罗九叔没有拒绝林传有的挽扶。他转过脸来，对雷大鹏感激地说：

"雷副连长，谢谢你啊！"

在这以前，雷大鹏并不知道罗天娥和林传有的恋爱。现在，四周虽然很黑暗，看不清楚这两个年轻人的脸上的表情，但，他感觉到了他俩之间的关系不比寻常。他对这个意外的发现很满意，想："这真是天生的一对啊！"他朝他俩笑了笑。当然，他俩是看不清他的笑容的。他把自己的位置让给了林传有，赞扬地说道：

"你今天晚上只说了五个字，这五个字顶得上五发炮弹，把大家的脑袋瓜儿轰开了！你明天好好准备一下，再多劝说几户，后天清早带头出海吧！"

林传有在黑暗中嗯了一声。

"老大爷，小心一点儿呀！天黑，林子里绊根草又多！"

雷大鹏一边说着，一边走开了。

3

第二天傍晚，谣言像风一样迅速地传遍了全岛：解放军光靠几杆步枪，还能抵挡得住二门岛的美国军舰？岛上的几门小炮，还能打得过美国军舰的大炮？谁出海捕鱼，谁就是找死！

这个谣言传到了收拾船只、渔具的渔民耳中以后，一个个耷拉了脑袋，脸上露出了疑惧的神色，又唉声叹气地回家去了。

第三天，天空刚蒙蒙亮，雷大鹏便带着一排到了大门湾。但，那里静悄悄的，连一个人影也没有，只剩下一只只渔船，在海湾里无精打采地摇晃着。他想：也许是来得太早了吧？于是，命令战士们坐在沙滩上等。他们一直等到太阳从东边出来，爬上了凤凰岭，仍不见渔民前来。雷大鹏等烦了，忍不住气恼地说：

"真是见了鬼！说得好好的，怎么又变了卦？"

他不等了，决定到渔村去找渔民。他先走到向西村，一碰到渔民就问为什么不出海。渔民们有的说是生了病，有的说网没有补好，也有的说船漏水，还有的一见雷大鹏走来，就急忙躲开了。他很奇怪，便一直走到林传有家去。

林传有愁眉苦脸地在门口蹲着。旁边，还有四五个年轻小伙子，脸色也像叫秋霜打过一样。他们好像正在商量什么事，一见雷大鹏走过来，就都不说话了，只用眼睛望着他。

"小伙子们，怎么又变了主意啦？"雷大鹏压住心头的气恼，故作轻松地笑着说。

那几个青年渔民，只互相看了一眼，避开雷大鹏的询问的眼光，没有回答。雷大鹏一见这种情况，便转向林传有问道：

"林传有，你为什么不去呀？"

林传有为难地搓了搓手，又望了望那几个年轻小伙子，沉思了片刻，才忧虑地低声问道：

"雷副连长，你们打得过二门岛的美国军舰吗？"

雷大鹏一听，立刻解消了渔民不出海的疑团。他心里虽然十分激动和烦躁，又有几分生气，却没有流露出来，只是沉着而冷静地回答道：

"二门岛哪里来的什么美国军舰？这是坏人造的谣言！"

林传有和那几个小伙子一听，立刻交换了一下眼色，好像彼此互相在问："真没有美国军舰吗？"

雷大鹏紧接着解释道：

"二门岛跟大门岛没有解放的时候一样，不过驻着两三百名'救国军'。虽然有几只炮艇，也是时常来来去去，不敢在岛上久停，害怕解放军打他们！二门岛离这里很近，你们看见过美国军舰吗？"

林传有摇了摇脑袋。

"你们不要信坏人的谣言。坏人是想用美国军舰吓唬你们，不让你们出海捕鱼。"雷大鹏坚决有力地说道，"不久，大军就会像解放大门岛一样，把二门岛上的敌人全部消灭！我劝大家还是收拾一下，出海吧！"

几个青年渔民仍然犹豫不定。

这时，雷大鹏又坚定地说道：

"我跟大家一起出海，咱们生死在一起！"

他一边说，一边注视着林传有。

林传有听了谣言以后，本来就有点儿半信半疑，但是，几个最要好的年轻伙伴既然坚持不出海，光他一个人去，孤孤单单，心里便有些胆怯了。因此，他也失了约。现在，雷大鹏亲自找来了，而且说了生死在一起的话，加上想到自己一家人所亲受的救命之恩，使他确定不移地相信解放军是自己的队伍。既然如此，难道大军说的话还有不可靠的吗？叫办的事还有什么不对的吗？前天晚上，他第一个提出愿意出海时，是这样想的；现在，这个思想又像潮水一样涌来。他觉得没有任何理由可以拒绝雷大鹏的话。但是，他转过头去看了看那几个要好的伙伴。他们若是不肯去怎么办呢？难道真是我一个人去吗？他又一转念：为什么是我一个人呢？有大军同志跟我在一起啊！他们既然救过我的命，便绝不会使我受什么损害！他想到这里，眼睛一亮，脸上的愁闷一下子消失了，好像密云散去的天空一样明朗，断然地说：

"我去！"

　　他的回答，并不使雷大鹏感到意外，却使那几个年轻小伙子愣住了。但，只是一瞬间，他们便醒悟过来，既然林传有敢去，我们又怕什么呢？大家过去在一起冒过风险，现在，便是刀子架在脖子上，也不能让他一个人去挨！几乎是同时，他们几个人用坚决的口气说道："我也去！"

　　林传有向他这几个亲密的伙伴，抛了一个感激的眼光。

　　雷大鹏对着这几个直率的小伙子，满意地微笑了。他立刻带着他们到附近的几个渔村去劝说，他们直到中午，说得嘴唇发焦，又勉勉强强聚拢来十四五个年轻胆大的渔民。下午，他们一齐出海了。雷大鹏一看渔船很少，又有岸上的炮兵监视海面，用不了一个排保护，便只带着一班，乘着一只帆船，紧紧地跟随在渔船后面，朝着碧蓝色的大海扬帆前进了。

　　雷大鹏坐在船头上，凝神向四周眺望：明亮的阳光照射在泛着波浪的海面上，仿佛撒了一层光明耀眼的银粉，闪闪跃动。海鸥鼓动着银白色的长翅，好像要跟船赛跑似的飞翔着。海洋虽是这么美，但，二门岛的黑影，好像是一头待机蠢动的野兽，令人憎恨。雷大鹏忍不住狠狠地朝它瞪了一眼，自言自语道：

　　"哼！你们不会疯狂多久了！"

　　年轻的渔民们把网撒下海去，当拉出来时，圆滚肥白的鱼儿就像银子一样闪着光。

　　这一天，出海的每只渔船，仅仅半日，便捕获了一百多斤鱼。林传有因为下网次数多，比别人捕得更多一些。

　　渔船一字儿排开，在火红的晚霞中鼓帆归来了。大门湾的沙滩上，挤满了男男女女、老老少少，好像迎神赛会一般。没有出海的渔民们，一方面向船舱里投射着羡慕的眼光，一方面心里暗暗地后悔着。

　　出海归来的年轻渔民们，好像勇敢的探险队员探险归来一般，脸上带着骄傲、勇敢而神秘的微笑，把舱里的鱼迅速地装进竹筐，抬上岸去。

　　从一听说林传有出了海这个消息以后，就一直坐立不安的罗天娥，早就站在沙滩上等着了。她跑到林传有那只船上——这只船，还是从"公平鱼栏"租来的——瞪着两只黑亮的天真的大眼睛，端详着他。她一方面为他骄傲，一方面又替他担心。她的脸上闪着微笑，连一句话也没顾得上跟林传有讲，就像是船上的女主人一样，帮着他装鱼抬筐，收拾渔网。

　　守备连向第一批出海的渔民们购买了三百斤鲜鱼，准备明天早餐时，吃一顿丰美的清炖鱼。炊事班长张富把鱼秤完以后，大声笑道：

"小伙子们，多多捕鱼吧！我是你们的第一个主顾！"

雷大鹏登岸以后，带着一班战士从渔民群里穿过时，好像是胜利归来的勇士。渔民投射给他的信任的眼光，是他最大的安慰，使他忘记了烈日晒得皮肤发痛，也忘记了海浪的颠簸。

次日，出海的渔船增加了一倍。

第三天，连胆子最小、想多看看风头再说的渔民，也被满舱活蹦乱跳的鱼引诱得沉不住气了，跟着大家一起出了海。本来是死气沉沉的海岛，到处洋溢着修理渔船的斧凿声和织补渔网的姑娘们的笑声。

大门岛复活了。

4

人在顺利的时候，常常放松了警惕。渔民们连续十多天出海捕鱼，每次都有不少收获；而且，二门岛上的"救国军"，也一直没有什么动静，他们的胆子也就大起来了。胆子一大，就不满意目前的捕获量了，他们便提意见要到稍远的海面去。

雷大鹏同意了渔民们的要求，但是，仍然规定：最远不要到发现敌人的炮艇后，不能返回岛上炮火射程内的外海去。

第一天，渔民们出海去很顺利，归来时捕获量比过去增加了一倍。第二天，第三天，也是同样。

第四天清早，海面上还罩着一层蒙蒙的乳白色的雾气，成队的渔船，就又乘着早潮张帆出海了。海风把一叶叶船帆吹得鼓胀胀的，宛如一只只美丽的大蝴蝶，正在展翅飞舞。

一向顺利的出航，给渔民们带来了愉快的心情。他们虽然有时还偶然地望望二门岛的黑影子，但全部精神和力量却用在下网捕鱼的劳动里，几乎把恐惧忘记了。

雾散了。太阳升起来。没有一丝云彩的蓝晶晶的天空，好像透明的玻璃。

今天担任护渔的仍然是一班。他们从第一天起，已经连续到现在了。不过，雷大鹏今天没有跟着来。李福生坐在船头上，出神地眺望着海面。大海十分平静，就像他记忆中的故乡的湖泊一样，只有细碎的微波荡漾着。他想象不出，为什么这样宁静的、温柔的、仿佛少女一般的海，有时竟会一下子变得那么狂暴、凶险。这大海，他总觉得好像什么。但，像什么呢？……

"班长，你在想什么啊？"赵二虎微笑着问道。

"我在想，这大海像什么？"李福生回头向赵二虎道，"你看像什么？"

赵二虎也注视起海洋来了。过了一会儿，他回答道：

"我看，这大海好像我家乡的山。"

"山？为什么像山呢？"李福生不大理解地问。

"在我们家乡，当你站在高高的山峰上，向四面一看啊，"赵二虎好像真的站在故乡的高山上，用深沉的语调说，"那无数的山峰，一个接连一个，就像这大海的波浪一样。"

"我看像麦田！"李福生听了赵二虎的比喻，也想起了故乡，"在我的家乡，是一眼望不到边儿的大平原，那麦穗叫风一吹，才真像大海的波浪哩！"

他刚说完，耳中忽然听到了一种沉浊的响声。他心头一动，说道：

"赵二虎！你听！这是什么声音？"

"好像是机帆船的马达！"赵二虎侧耳倾听。

"很像！"李福生一边说，一边朝四周瞭望。但，除了正在下网的渔船以外，并没有发现什么机帆船。这可引起了他的奇怪，想："若是机帆船，听到马达声，一定离得很近了；但，为什么没有发现机帆船呢？也许是……"他想到这里，心里一紧，立刻拿起望远镜来，向二门岛方向观察。二门岛上面的房屋、树木……都看得清清楚楚，并没有什么异样，也没有发现什么炮艇的踪影。他不禁自言自语道："真奇怪！"

猛然，赵二虎大喊一声：

"炮艇！"

"在哪儿？"李福生急忙问道。

"看！从东南方来了！"赵二虎用手一指。

李福生再架起望远镜向东南方看时，只见一艘挂着"青天白日"旗的炮艇，正向着他们飞驰而来。炮艇前边溅起来的浪花，几乎盖住了艇身，好像喷放的烟幕。他回头大声命令道："全把军帽摘了！"

战士们立刻把军帽摘下来了。

"狗日的！好鬼！从后边偷着上来了！"李福生骂了一句，便转身对战士们说道，"敌人这是想切断咱们的退路，打死的！同志们！不要惊慌！这一回，咱们在渡海作战训练时学的打兵舰的本事，该用一用了！"

"敌人敢打，咱们就能接！"赵二虎坚决地说。

"准备战斗！"李福生命令道，"把上衣脱掉！开到渔船群里去！"

战士们脱掉了上衣，有的光着膀子，有的只穿一件背心，便隐伏在船舱里了。

船直向渔船群里开去。

渔船也发现了敌人的炮艇。因为它是从东南方向来的，最初他们以为是解放军的；及至看到了那个丧气旗子，才着慌了。有的赶忙收渔网，有的扯起了帆，准备逃走。渔民们在船上一边叽哩呱啦地乱叫，一边跺脚。

护渔船开进了渔船群后，李福生站在船头上，高声喊道：

"老乡们！不要乱！不要怕！"

渔民一见大军同志来了，才稍稍安静些。

"老乡们！敌人是从咱们背后来的，咱们往回跑，也跑不脱了！"李福生继续喊道，"有解放军在，就一定能保护大家的安全！大家在这里不要动，我们去打敌人！"

渔民们早就吓得没有主意了，听李福生一说，胆子又壮了些。他们看到逐渐靠近的炮艇，一时倒反忘了自己，给大军同志担起心来：他们十几个人能打得过炮艇吗？不用说打，叫炮艇一撞，也要把木船撞个粉碎啊！

炮艇越来越近了。

原来，二门岛的敌人早就想把出海的渔船抓过去了，但，他们怕大门岛上的炮火，没敢立即下手。后来，他们发觉这批渔船开到离大门岛较远的海面上来了，认为有了机会，便想出这个狡猾的鬼主意来。他们没有从正面袭击，因为他们知道，只要炮艇从二门岛一出动，渔船就会往回跑，等炮艇追上时，也进入大门岛的炮火射程内了。所以，他们在头一天夜里，把炮艇开到大门岛南面的一个无名礁后面隐蔽起来，妄想实行背后偷袭，把渔船的退路切断，全部抓回二门岛去。

但，敌人的算盘打错了。

当炮艇直向渔船群冲来时，李福生便命令战士们道：

"挂全帆！"

船帆立刻升到桅杆顶。紧接着，李福生又命令掌舵的张双喜道：

"把舵扳正，一直向前！"

张双喜刚把舵扳正，船就像一匹暴怒的骏马，脱缰而去。

李福生紧盯着敌人。战士们则伏在船舱里，把手榴弹导火线的圆环套在手指上。

炮艇气势汹汹地破浪前来。不一会儿，战士们就能够看清站在甲板上的敌人的眉眼了。敌军穿着土黄色军装，歪戴着船形帽，悠闲地靠着船舷，仿佛不是要来战斗——他们也没有战斗准备，因为，他们在望远镜中没有发现解放军的影子，只是以为赶到渔船群中，一吆喝，就可以把他们驱向二门岛——而是来观光的。

李福生的心，却不是那么轻松，随着距离的缩短，心也就一会儿比一会儿紧张。他的两只眼珠子，仿佛要脱眶而出；便是眨一下眼睛，也觉得会错过了杀敌的时机。这时，他又看见一个敌人军官，走到甲板上来了，举着望远镜，朝他们这只小船观察。

炮艇突突地响着，李福生的心也突突地跳着。

敌人军官观察了一会儿，也许认为来的这只小船并没有什么可疑之处吧，便放下了望远镜，和旁边的人指手画脚地谈话。

李福生再注视炮艇时，发现前甲板上的机关炮，竟连炮衣也没有脱。他咬紧了嘴唇，想："这群害人的灰鬼！傲慢得真像斗胜了的公鸡！我只要把手一举，你们就要报销掉！"可是，他强压住了心头的愤怒，默默地念着："让距离再近一点！更近一点！……"

突然，敌人从炮艇上喊话了：

"喂！老乡！干什么的？"

"打鱼的！"李福生站在船头大声回答。

"什么地方的？"敌人又问。

"大门岛！"李福生回答得分外清脆响亮。

这时，炮艇和小船相距不过二十来米了。炮艇好像并不重视这一只小船，而要加快速度，追赶大队渔船；所以，敌人只是等小船离得更近时才问道：

"前边有没有共军？"

李福生一看，两船相距不过十五六米了。这时再不动手，等炮艇一过，激起的波浪就会使小船发生猛烈的颠簸，影响战斗的。于是，他猛一抬头，对着炮艇上的敌人回答道：

"有！"

炮艇上的敌人一听，立刻发愣了。那个军官从栏杆上探出半截身子问道：

"在哪儿？"

这时，李福生使劲一跺船板，把驳壳枪从裤腰带上刷的一下子抽出来，一扬胳臂，用尽平生力气呐喊一声：

"在这儿！"

驳壳枪砰、砰、砰一阵响，甲板上的敌人倒了好几个。

船舱里的战士们一听跺船板，也立刻跳出来，向炮艇打去了一排手榴弹。手榴弹爆炸的浓烟刚刚腾起，战士们已把一挺轻机枪架在了船头，向敌人猛扫。冲锋枪也喷吐着一串串的火舌，好像一阵猛烈的狂风，吹向炮艇。敌人像割草一样倒下去了。甲板上的敌人倒下去以后，舱里的敌人还弄不清发生了什么事，又跑出来看。但，迎接他们的也还是一颗颗愤怒的子弹。

"打得好！"李福生兴奋地喊道，"不许他们喘气！揍！"

敌人被这一阵突如其来的猛揍，打得晕头转向。有的在枪脱炮衣时，两手一举栽倒了；有的刚坐上射击台，就耷拉了脑袋。那些侥幸没有被打死的，吓得肚皮紧紧地贴着甲板，直向舱里爬。

"为了保护渔民，消灭它们！"李福生继续喊。

战士们又射出了一阵炽烈的火力，子弹打在敌艇指挥塔的钢板上，当当乱响。

"兔崽子们！有种的出来！"赵二虎一边叫，一边半跪在船上，端着冲锋枪扫射。

"往前开！"李福生对掌舵的张双喜喊，"咱们抓个炮艇当俘虏！"

但是，他的喊声还没有消失，炮艇已从他们旁边哗哗地开过去了。

炮艇并没有向渔船群追赶，前进不远，便拐了个四十五度角，加快马力，向西逃窜了。艇上发出的迟滞而沉重的机器声，好像负伤后的野兽的呻吟。

"不能放它逃走！"李福生两眼圆睁，喷射着怒火，高声喊道，"火力追击！"

战士们紧盯着炮艇屁股打，死亡一步也不放松地追赶着敌人。

突然，一阵短促刺耳的呼啸声，冲开滚热的气流，从半空中陡降下来。海面上立刻飞腾起来一股冲天的白色水柱。炮艇开炮了。在炮声中，夹杂着机关炮发出来的咚咚咚的连响，在李福生他们前面的海面上，筑起了一道水墙。李福生把手一举，命令道：

"落帆！"

"班长！追吧！不能放它跑了！"赵二虎焦躁地喊。

"追也白搭！"李福生向逃跑的炮艇藐视地一瞥，笑道，"同志们！看！兔崽子们跑得多快！他们也许想长两个翅膀飞哩！"

敌人由于遭受了意外的惨重损失，已无心应战，一边有气无力地打着丧气炮，一边开足马力撤出战斗。

战士们眼看着炮艇越来越小，终于消失在二门岛的黑影里了。直到这个时候，他们才互相看了一眼，每人脸上都洋溢着胜利的微笑。

李福生站在船头上回头一看，只见成群的渔船，正向他们飞驶过来。他看到许多条健壮有力的胳臂，在空中舞动着；一阵愉快热烈的欢呼声，压住了波涛的轰响。

第十章

1

海上的天气晴了不久，便接连落起雨来了。

每天，云量总在 8 以上，[1] 灰蒙蒙的样子，仿佛青牛皮一般。这时，既没有狂风，也没有暴雨，连最爱喧闹的海洋，都像凝结了的沥青。但，天空好像一个被忘记关闭水龙头的大淋浴器，连绵不断地喷洒着细密均匀的雨丝。战士们站在山顶的瞭望哨位上，身边经常缭绕着伸手可以摸得到的、宛如棉絮似的云彩。用最好的大倍数双筒望远镜，也不可能观察到数十米以外的景物，能见度几乎等于零。岛上的花草树木，被雨水冲刷得益加葱碧，宛如涂上了一层绿色的油。人们的衣服，就像刚从水盆里捞出来拧干了穿在身上似的潮湿；皮肤上总有一层粘腻腻的东西，令人心情烦躁。

在这样的日子里，海岛上显得很平静。第一期加强工事作业，已经完工，正要准备材料修盖营房的时候，落雨了，不得不使原计划往后推延。

战士们因雨不能在外面活动了，住在阴暗潮湿的山洞和碉堡里的，便看书、写信，当然也免不了有打扑克的；住在渔村里的，便跟渔民挤在一起，一边帮助渔民织补渔网，一边宣传一些革命道理。敌人自从上次在海上遭到伏击，死伤了十几个人，舰船便轻易不敢单独到大门岛附近的海面上活动了。但，他们并不是死心了，有时也跑出来，用炮向渔船远远地乱轰一阵，就又龟缩回去。

---

[1] 云量：云量以 0 为全晴，以 10 为全阴。

126

渔民们经过一次作战的胜利，大大减少了对敌人的恐惧心理，更加靠近了人民解放军。

因为没有按时修盖营房，战士们尽管有得住，但，湿漉漉的碉堡，凉森森的山洞，挤插插的民房，再加上这样多雨的天气，几乎每个人都感到厌烦了。过了两天，本来爱谈笑的战士也沉默了。徐文烈在各班里走了一遍，为这种沉闷的空气和让人心烦的静默，弄得也坐不稳立不定了。他站在窗前默默地想："这样下去怎么行呢？战士们从来没有这样沉默过！快要把人闷坏咯！……不能再这样下去！为什么一定要等雨停才盖营房呢？不！马上就动手！我们的战士们难道是怕雨的吗？……住在山洞里的三排，已有四个战士感到关节疼了。绝不能再这样……"

晚上，徐文烈召开了支委会，提出马上动工盖营房的建议。大家毫无异议地同意了，而且，初步确定了盖房计划。

战士们一听说要盖房，还没有等动员，第二天早晨就冒着雨，从连部文书那里领来"借物证"，跑到渔村去借斧头、砍刀、铁镐、锯等工具去了。但，谁也没有借到一件像样的东西。斧头和砍刀上长满了红锈，锯条好像老人的牙齿。这些工具，在替渔民盖房子的时候，因为木料等等都是现成的，还可以勉强使用；现在要伐木、挖地基、修梁上栋……便多半不能用了。赵二虎举起一把砍刀笑着说：

"这把刀连西瓜都切不开，不用说砍木头了！"

战士们正在笑，徐文烈走过来了，问道：

"大家笑什么呢？"

"指导员！你看这一堆废铜烂铁！"赵二虎指着堆放在地上的借来的工具说。

"是啊！工具缺乏，这是一个大问题。"徐文烈意味深长地笑了笑，注视着战士们说道，"只要大家不认为房子自己会从地底下钻出来就行了！"

指导员走了，赵二虎仍然望着那堆破烂家具发愁。他想："怎样设法把工具修理一下才好呢！"他把这个想法跟李济才一说，李济才不言不语地想了一会儿，说：

"张双喜学过铁匠，去找他嘛！"

"对呀！"赵二虎一下子跳了起来，高兴地大声道，"我怎么把他忘了！"

　　赵二虎急急忙忙往大门湾跑，好像天上的雨和地上的泥泞跟他没有什么关系似的。

　　张双喜在大门岛解放以后，就回到了一班。上星期，师里换给守备连一艘机帆船，担任大门岛和迎日港之间的交通运输。张双喜便又上了船当驾驶员，每三天往返一次。但是，一落骑月雨[1]，船停航了。他正在舱里闷着，忽听岸上有人大喊：

　　"张双喜！张双喜！"

　　张双喜钻出船舱一看，高兴地叫道：

　　"赵二虎！你干什么来啦？"

　　"咱们要盖房，你知道不知道？"赵二虎不等张双喜回答，又急切地继续说道，"借来好多工具，都残破不能用，想修理一下，你看怎么办？"

　　"这还不容易！"张双喜对赵二虎如此为难和焦急觉得有点多余地说，"开个铁匠炉嘛！我现在停航，也是闲着没事，让我来干！"

　　"好！我给你当个助手吧！"赵二虎放心地笑了。

　　"哎呀！开不成！"张双喜忽又一边屈着手指，一边数着说，"开铁匠炉要有风箱、烟煤、火钳、砧子……这些东西，咱们岛上没有啊！"

　　"这怎么办呀？"赵二虎又急得抓起脑袋来。他一抓脑袋，碰上了湿帽子，才觉出原来这么半天，一直站在雨地里。他看了看张双喜，他也站在船上淋着，不禁笑道："张双喜！咱们进舱商量商量！"

　　"不用进舱了！"张双喜几步跳上岸来，说道，"咱俩去找一找，看看有没有可以代用的东西。"

　　"好！"赵二虎同意了。

　　他俩淋着雨，串了好几个渔村。在渔民家里找到了两个铁锤，一大块生了红锈的厚铁板，还有六根铁条。张双喜指点着这些东西，对赵二虎内行地说：

　　"这两个铁锤，可以砸铁；这块厚铁板，可以当砧子；这六根铁条，可以当火钳子。"

　　"烟煤没有啊！"赵二虎担心地说。

　　"可以烧木炭代替。火力虽然不够，多烧一会也行！"张双喜皱了皱眉头，为难地说道，"就剩下风箱没法解决！没风箱，说什么也是白搭！"

---

[1] 骑月雨：雨从上个月落到下个月，因为跨两个月，故云骑月雨。

"这个岛上的老百姓，为什么就不用风箱呢！"赵二虎急得竟埋怨起渔民来了。

"你这个家伙！"张双喜一听，忍不住笑起来了，"打不着鸟儿，赖鸟儿飞！"

他俩失望地沿着海边走。走了一会儿，快到大门湾时，张双喜忽然发现沙滩上抛弃着一个机油桶，而且，已经有多半被沙土埋起来了。——这是敌人过去丢弃的。他像飞一般跑上前去，跪在地上把机油桶挖了出来，高兴地喊道：

"看！把它凿一个洞，当风孔，按上活塞，就变成一个风箱了！"

两个人急急忙忙走到炊事班，向张富要了一些鸡毛——落雨以前，师里送来了大批慰问品，其中有三百只活鸡，还没有吃完，当然便有鸡毛了。

张双喜回到船上，用他一双巧妙的手，还没到中午，便做成了一个风箱。

当天晚上，好像奇迹一般，岛上竟出现了一个铁匠炉。熊熊的火焰刺破了黑夜，映照着张双喜和赵二虎的笑脸。铁锤的叮当声，四溅的蓝色火花，吸引得许多战士到夜深还舍不得离开。

这一夜，张双喜和赵二虎为了不耽误天亮上山伐木，干了一个通宵。一直是到了后半夜，徐文烈怕他俩过累，才临时派了三个战士帮助他们。

天亮了。修理得完整如新的一大批工具，分发到战士们手中。

战士们兴奋得也几乎整整一夜没有睡稳，天还没有亮，有的就悄悄爬起来了。

天气并没有放晴的迹象，仍然细雨蒙蒙，云雾萦绕，海和天混沌一气。全连指战员不管天气怎么样，提前吃了早饭，除去留下担任巡逻和放哨的值勤人员以外，分成了伐木队和割草队——伐木是为了搭梁立柱，割草是为了铺顶扎墙，分别由徐文烈和雷大鹏率领着上山了。

徐文烈带领着伐木队爬了一会儿山，又攀登着峻峭的岩石，下到一个很深的山谷里。穿过乱迷迷的狗牙根和狼尾草，重新爬上一个山坡。在山坡上，生长着密不见天的副热带树木：山黄麻、合欢树、相思木、山槐、大沙叶、白背桐、鹅掌柴……以及纠结攀附在林中的野葛青藤，深邃而蓊郁。

徐文烈仰脸注视着那些繁茂的树木，正在随风摇摆，便大声喊道：

"快爬啊！树在欢迎咱们哩！"

战士们一听，全都加快速度，从他面前走过去了。他一眼瞅见赵二虎也夹杂在队伍里，又说又笑地往前走。徐文烈想："他昨天晚上抢了一夜铁锤，怎么不休息一会儿，又跑来伐木呢？"

便喊道：

"赵二虎，你来干什么？"

赵二虎一听指导员唤他，知道事情不妙，悄悄地对旁边的李济才道：

"糟了！非叫我回去不行！"

他硬着头皮站住了。徐文烈走到他面前一看，他两只眼睛都熬红了，便用责备的语气严厉地说：

"回去睡觉！这是我的命令！"

"指导员！我一点也不困！"赵二虎振作了一下精神说。

"不困才有鬼！你的眼睛就是证明。"徐文烈把手一挥，好像要赶他下山似的说道，"快回去！睡到中午再来！"

"指导员！同志们都上山砍木头割草，我怎么能睡得着觉呢？"赵二虎仍然坚持地解释说，"我这个脾气，你不是不知道啊！"

"赵二虎同志！"徐文烈也认真地说道，"我这个脾气，你也不是不知道啊！"

赵二虎没话说了，犹豫了一下，又回头望了望已经走到树林边缘的队伍，才不情愿地抬起了好像突然变得千斤重的双脚，向山下走去。

等赵二虎走了，徐文烈忍不住扑哧一笑，指着李福生道：

"下回再有这样的事，你要负责！"

"我也不叫他来嘛！"李福生辩解地说，"可是……"

"可是，他来了！"徐文烈打断了李福生的话，"绝不能任着战士的意乱来！不然，要你这个班长干什么？"

李福生低着脑袋不说话了。

"走吧！咱们落后了！"徐文烈一边笑着，一边拉住李福生往前跑去。

队伍到了树林边缘，听伐木队副队长李济才把伐木的方法介绍完了以后，便分成小队，钻进了密密的树林。

李济才拿着一把斧头，眯缝着眼睛，内行地目测各种大小树木。然后，他在适合砍伐的树干上，砍破树皮，作上记号。战士们便根据他作的记号，把树木砍倒。树林里到处响起了叮叮咚咚的伐木声。李济才正往前走，忽然看见一个年轻战士，正直着腰，抡起了斧头，用力砍一棵白背桐。他气呼呼地问道：

"你吃了扁担吗？"

这句话问得那个战士丈二和尚摸不着头脑。他把脸上的汗珠子一抹，瞪了瞪眼睛，反问道：

"怎么啦？"

"都像你这样砍法，材料全糟蹋了！"李济才上前指着树干上的足有半人高的缺口，惋惜地说道，"就拿这棵树说吧，本来够做一根房梁，叫你这么拦腰一砍，顶多能当柱子用！"

"你说该怎么砍呢？"那个战士紧绷着脸问。

"把你的腰弯下去！"李济才抡起斧头，紧贴着地面，向树干砍了一下，大声道，"要砍这里！"

"喝！砍棵树还有这么多道道儿！"那个战士一边嘟囔着，一边弯下腰去，按照李济才教给的方法，继续砍树。

李济才满意地笑了笑，拍了一下那个战士的撅得挺高的屁股，开玩笑道：

"小伙子！就是这样！"

休息时间到了。值班排长孙刚把哨子吹得唧唧响，吓得树上的小猴子到处乱窜。

但，哨子响过好久，只从树林里钻出十几个战士来。

徐文烈也钻出了树林。他的军服上衣被荆棘撕破了。破布片耷拉着。他一眼瞅见炊事班长张富正坐在一棵被砍倒的树干上擦汗，便笑着问道：

"送来的是什么呀？"

"绿豆汤！"

"这玩意儿可好，消热败火！喝一碗！"

徐文烈刚盛了一碗绿豆汤，一转脸，那十几个战士便钻进树林不见了。孙刚无可奈何地走过来，说道：

"指导员！我的嘴都喊干了，谁也不肯出来休息！"

"这样不注意休息还行！"徐文烈皱了皱眉头，严厉地说，"一排长！去，把班排长给我找出来！让他们回答我一个问题：为什么不教育战士遵守作息制度？"

"是！我马上就去！"孙刚一边答应着，一边钻进树林去了。

　　过了大约有抽完一支香烟的工夫，班排长红着脸跑出来了。显然，他们也对战士下了命令，战士们紧跟着也跑出来了。班排长走到徐文烈面前报到后，一个个肃然地坐在旁边，等待着徐文烈的批评。但，徐文烈只是叫他们每人拿个碗喝绿豆汤，好像没事人似的。这样，过了大约有十几分钟，徐文烈对孙刚道：

　　"吹哨子！开始工作！"

　　孙刚把哨子吹得刺耳地响亮。班排长们一个个面面相觑：指导员怎么没批评呢？炮排排长忍不住了，问道：

　　"指导员！叫我们出来有什么事吗？"

　　"事情已经完了！"徐文烈轻松地答道。

　　"完了？"

　　"对！我是叫你们带着战士出来休息的！现在，你们不是已经休息完了吗？"

　　班排长们一听，心上的石头这才落了地，不禁哈哈大笑起来了。

2

　　雨，又落了三天，意外地住了。太阳从云缝里探出头来，仿佛闷得太久了，要出来透一下气似的。

　　雨一住，就像从人们身上移走一座泰山，只觉得浑身轻快。战士们把三天来砍伐的树木和割下来的草，从山坡上往预先选定的盖房子的地方搬运。

　　盖房子的地址是徐文烈和雷大鹏花了半月时间，在全岛各处寻觅后选定的。这块地方，东边紧靠着凤凰岭，西边有一条小路——他们计划以后把它修宽——通大门墟和大门湾，地形比较隐蔽，也很适中。而且，更可贵的是这块地方比较平坦，在岛上是不容易再发现第二块的。虽然，那里遍地生长着密密匝匝的假杜鹃、锦地罗、防风草、转转草、洋根草、蛇麻、仙人掌，以及开放着淡紫色圆球形小花的含羞草，但，这些，战士们是能够对付得了的。

　　材料运完以后，第二天，房子就动工了。工程进行得意外的顺利。在早饭前的两个小时里，全连便清除了约有两亩大小的一块土地。尽管那些野草茅藤抗拒得相当顽强，纠缠在一起，不肯离开它们多年盘踞的地面，但，战士们的锋利的刀、斧和十字镐，是毫不留情的。花条蛇、四脚蛇、蜈蚣等毒虫，由于失去了隐蔽的住所，四处乱窜，却很少能够逃掉被击毙的命运。早饭以后，清除场地的工作进展得更快了，战士们把数十把圆锹并排绑在一根树干上，系上长绳子，从前面拉，后面推，这样，一下子便可把一两丈宽的地方铲平。

徐文烈终日没有离开现场。傍晚，面积足有二十五亩大小的一块土地被清理出来了。

仅仅在五天以后，便有三十间宽大的新草房，散发着青草的气息，整整齐齐地摆列在凤凰岭下了。

这是大门岛解放后出现的第一批新房，尽管很简陋，却给战士们带来一种安家立业的甜蜜的感情。他们迫不及待地从山洞、碉堡和渔民家里搬出来，兴高采烈地迁进了新居。这三十间房子，每十间是一排，共分三排。第一排房除了留出部分做俱乐部外，其余的由连部和一排住；第二排房由二、三排住；第三排房由炮排和炊事班住。

搬完了家以后，徐文烈和雷大鹏便到各班巡视。战士们正在收拾屋子。有的在墙上——这墙不过是把草编成帘子，挂在那里而已——挖一个四方洞当窗户，有的用盖房剩下的木料钉制简单的桌椅。屋子里面明亮而且宽敞，给人一种爽快的感觉。他们走到一班，看见赵二虎和李济才两个人正在一个长方形的大木框上缠藤条。徐文烈很奇怪，问道：

"这个作什么用？"

"大陆运来的木板床不够用，我们自己做几张。"李济才一边回答，一边继续工作。

"这能睡吗？"雷大鹏也走过去，用手使劲按了按坚韧而柔软的藤条。

"赛过钢丝床哩！"赵二虎大声笑着回答。

"指导员！山里藤条多得很，动员战士们多做点这种藤床，向老乡们借来的门板也可以还掉了！"雷大鹏说。

徐文烈同意地笑了笑。

他俩离开一班，回头看时，见有许多战士正在院子里挖地。原来，他们把那些开放着深红、橙黄、淡紫、天蓝等各种颜色的热带花卉，也谨慎小心地移来了。旁边，还有一群战士，搬来大大小小的石块，堆叠成石凳和石桌。有一个年轻战士大声嚷着，一定要在石桌周围放四块石头，说这样才好坐着打扑克。徐文烈不禁对那个战士笑了笑。他刚要转身离开这里，迎面又走来一群战士。他们抬着许多美丽的贝壳、白珊瑚、海花石等。徐文烈一愣，问道：

"要这个干什么呀？"

"砌花池子！"一个战士回答。

"还砌五角星！"另一个战士补充道。

徐文烈和雷大鹏继续往前走，走到炮排门口，见有两个战士正在贴对联，上联写的是"英雄男儿守岛上"，下联是"祖国建设有保障"。徐文烈满意地碰了碰雷大鹏的胳臂，两人相视一笑，然后问道：

"这是谁编的？"

"他！"一个战士指着另一个战士道，"他编好了，给我们排长一看，排长说好，又改了两个字，叫我们贴在门口！"

"这副对联真好！"徐文烈称赞道。

那个编对联的战士，羞得满脸通红，低着脑袋不说话。

徐文烈和雷大鹏非常满意地回到了连部。

太阳沉落在海中了。黑暗而低垂的天空上，仅有稀疏的星星闪着淡淡的光。天气闷热，令人觉得好像四周的海水被烧开了，正在蒸煮着这个小岛一般。海面平静，潮声是那么低微，仿佛怕惊动人似的哼哼着。

徐文烈觉得今晚的天气和往常有些异样，对雷大鹏道：

"今天的海，怎么这样安静呢？"

"我也很奇怪呐！热得也有点儿邪！"雷大鹏站起来说，"走！咱们到外面凉快凉快去！"

他俩走出连部，坐在房子前面的石凳上纳凉。这时，有一群战士正在那里快乐地唱歌，旁边还有人在用口琴伴奏。

"战士们很喜欢这草房哩！"徐文烈一边听着歌声，一边微笑着说，"有了房子，就算初步在岛上安家了！"

"今天战士们又种花，又贴对联，真像打扮自己的家一样哩！"雷大鹏仍被白天的印象激动着。

"但是，这不过是一个开端。"徐文烈强调地说，"开端并不等于一切，今后的任务还是沉重的。自从渡海以来，军事训练几乎停顿了。不论有多少客观原因，我们也不能原谅主观上的麻痹思想。最近，美国战争贩子杜鲁门发动了侵略朝鲜的战争，霸占了我们的领土台湾，又派了第七舰队封锁我国沿海；蒋介石也像疯子一样，叫嚷什么'反攻大陆'。咱们站在最前线，不百倍提高警惕怎么行呢？我想，咱们明天再开一个支委会，一方面把过去这段工作总结一下，给战士们评一评功；一方面研究一下今后的工作。今后的工作，我认为应该继续加强工事，展开军事训练。当然，渔民工作也不能放松。……在岛上建立地方政权的事情，师部怎么还没有回电呢？"

"回电了！"徐文烈一问，雷大鹏才想起今天早晨师部来的复电，说道，"回电是今天早晨来的，忙搬家，忘记告诉你了。师里说，这一带沿海岛屿将建立一个县政权，目前因为有的岛屿还没有解放，对敌斗争的任务也很复杂，仍须进行一定时期的军事管制。"

"既然这样，渔民工作不但不能放松，而且还要加强！"

"一开始军事训练，人手就嫌不够了，也不知道刘连长什么时候才能回来？"雷大鹏焦急地说，

"大概快了！听说他的伤已经好了，现在正在恢复体力。"徐文烈说到这里，考虑了一会儿，又谦虚地说道，"我有这样一个意见：在刘连长没回来的这一段时间里，你专搞训练和修筑工事，其他一些七零八碎的事全归我！比方说，渔民工作，我也试着管一管。这样，就不会再使你分心了！你看怎么样？"

"我同意。"

"光咱们两个人同意也不行。明天提到支委会上，再看看大家是不是举手吧！"

这时，黑黝黝的天空上，连星光也隐藏起来了。远近的一切景物，都像浸在浓浓的墨汁里。徐文烈望了望天空，说道：

"天气真闷！"

"下一阵雨才好哩！"雷大鹏说。

"下雨，有意见；不下，也有意见。如果真有玉皇大帝的话，我看这个皇帝也难当！"徐文烈一边笑着，一边站起来说，"该睡觉了！说真话，也许是房子已经盖完，心里松快了，我今天觉得特别累！"

3

徐文烈躺在床上，有一种十分舒适的感觉。屋子里的地上，蒸发着潮湿的泥土的香味；房顶上的青草，也放散着刺鼻的气息，他很快就睡着了。

不知过了多久，徐文烈突然觉得浑身发冷，不禁蜷缩了一下身体。可是，他忽然听到什么声音在耳边轰叫。他猛地翻身坐起来，立刻清楚地听到了不久以前曾经叫人胆战心惊的那种风声。他急忙下床，但，蚊帐被风刮得——这样的草房，若想挡住风不叫进来，那是办不到的——好像挂在旗杆上面的旗子，飘荡不定，缠住了他的脸和手脚。他简直有点发怒了，把蚊帐用手拢住后，使劲一丢，跳下了床。一阵猛烈的大风，从还没有安装上门、只挂着一张白布床单的门口袭进来，吹得他几乎站立不住。房顶上和墙壁上的青草，沙啦沙啦地响着，中间还夹着好像叶笛似的高亢而尖锐的鸣声。房架子吱吱地叫得令人头皮发麻。徐文烈感到房子仿佛是狂涛骇浪中的一只小船，摇晃不定，而且，马上就要颠覆一般。他立刻喊道：

"老雷！起风了！"

雷大鹏一骨碌爬起来，说道：

"又是这么大风！"

"快走！叫战士们起来，抢救房子！……"

徐文烈一边大声说着，一边往门口冲去。他冲到门口，好像突然撞在墙上一般，倒退了两步。他强忍住疼痛，抬头一看，从门外冲进一个人来。

"谁？"

"紧急电报！"电报员在黑暗中回答。

徐文烈接过电报来，借着电报员的手电筒一看，只见上面写着：

接气象台紧急通知：明晨零时左右，有九至十级台风侵袭你岛海面，应立即作好防风准备，并通知渔民。

"迟到了！"徐文烈捏着电报的手垂了下来。

"没有迟到！"电报员纠正道，"现在只有十一点钟……"

徐文烈并没有听电报员的解释，跑出门去了。

风，好像千百头凶猛的怪兽，张开巨大的喉咙，一边咆哮着，一边向他扑来。紧接着，暴雨倾泻而下，仿佛整个海洋翻了个个儿。……

这时，雷大鹏冲到了他的跟前，大声喊道：

"指导员！危险！我去通知吧！……"

通讯员苗国新也跑了过来，喊道：

"你们回去吧！我去……"

他一边喊着，一边迎风冲去，转眼就不见了。

徐文烈并没有停止一步，但，一股凶暴狂烈的强风，怒卷过来，把他推后了四五尺。他正要继续前进时，忽听得身后哗啦一声，刚刚落成的草房被风刮翻了。他仿佛受了电击一样，愣了一下，随后就奋不顾身地扑向瘫痪了的房子，撕扯着乱草和断木。不一会儿，文书爬出来了，卫生员黄隆成也爬出来了。……

一排和二排的战士们，因为住在连部后面的那排房子里，离得近，闻讯后，冲过急风暴雨，前来抢救。他们刚刚救出两个通讯员来，便听见一个战士惊呼道，

"咱们的房子也倒了！"

战士们跑回去看时，房子果然遭到了和连部同样的命运。

徐文烈一看已经刮倒了两排房子，便急忙喊道：

"同志们！咱们抢救炮排的房子去！拿绳子！搬石头！"

战士们像冲锋陷阵一样，跑到炮排的房子前面。然而，已经迟了一步：炮排的战士们正在乱草碎木堆中，抢救炮弹箱。

"不能叫炮弹挨淋！"徐文烈一边喊，一边扛起一箱沉重的炮弹，"同志们！扛！扛到山洞里去！"

战士们呐喊一声，不管风吹雨打，一个个扛起炮弹箱来，紧紧地跟着徐文烈，向凤凰岭跑去。

这一夜，他们又好像经历了一场激烈的战斗。

天亮了，台风也吹过去了。台风就像一个淘气的孩子，故意跟他们捣了一场乱，然后不负责任地溜掉了。风力减弱到三四级，空中的浓云也变薄了。

徐文烈环绕着倒坍在泥水里的房子巡视了一遍，看到战士们日夜辛劳盖起来的房子，没住上一整夜，全被台风吹倒了，心里很难过，他默默地站在旁边，看着战士在泥地上捡拾昨夜慌乱中遗忘下来的茶缸子、筷子、洗脸盆……

雷大鹏匆匆走来了。

"指导员！我正找你……"

"什么事？"

"砸伤了的战士里边，有一个很危险，医生说，恐怕……"

雷大鹏没有再说下去，他看见指导员的脸色一下子变得铁青。

过了一会儿，徐文烈好像要避开这个话题似的，声调沉重地说：

"房子都刮倒了，个别战士的情绪可能会受些影响。昨天晚上咱们说好要开的那个支委会还照常开，不过，要增加一个内容：研究一下善后问题。老雷，咱们先分头到各班找战士谈谈去！"

"好！"

两个人刚要走开，只见李福生、赵二虎和李济才等一群人，有的扛着铁锹，有的提着斧头，从山坡上唱着走下来了。徐文烈奇怪地问道：

"你们干什么去了？"

"我们来盖房子！"赵二虎用充满了信心的声音回答。

徐文烈一听，不禁回头看了看雷大鹏；然后，又转过脸去，激动地说：

"对！要重盖！要重盖……现在，你们先清理场地吧！"

吃完早饭，支委会开会了。支部委员们研究的第一个议程，就是动员全连把房子重新盖起来。重盖时，地点、式样、房屋结构都不变，只是增加防风设施。这第一个议程，也变成了最后一个议程，因为大部委员们建议：先把房子重盖起来，再慢慢讨论今后工作计划。这个建议被一致通过，就散会了。

另一个战斗又开始了。

战士们抡起铁镐，把埋柱子的坑加深。埋柱子的时候，又从山上搬来许多块石头填到坑里去，使柱子更加坚固。这样，再刮风时，柱子减少了摇动，房子便不容易倾倒了。战士们铺好房顶以后，又用葛藤和竹皮拧成直径有一寸粗的绳子，网在上面，从四面牵引出去，缚在深深埋到地下的大石块上。这样，房子仿佛用大网罩起来似的，不论风从什么方向来，都不会把房顶掀起来了。第三天，房子便重新耸立在凤凰岭下面了。但，战士们又继续工作了一天。他们砍来许多树干，锯成五尺半高，在房屋四周密密地栽了一排。这样，既可以防风，减弱屋子受风吹的力量，又可以作为营地的墙垣。

战士们终于安稳地睡了一夜。

翌晨，大海仍然笼罩着黑暗的夜色，战士们突然被隆隆的炮声惊醒了。他们以为是敌人前来偷袭，立刻紧急集合，分别进入阵地。

雷大鹏正在观察着海面的情况，徐文烈却高高地举着电报跑了过来，兴奋地喊道：

"老雷！咱们这是一场虚惊！师的渡海部队又登陆二门岛了！"

战士们听到了这个胜利的消息，立刻大声欢呼起来。他们有的跑到山坡高处，有的站在海滩礁石上，有的爬上了椰子树，朝二门岛方向关怀地眺望着。

晓光渐渐显露了。在远方的海面上，透过茫茫蒙蒙的白雾，有一股股黑色的烟雾，隐隐约约地飘荡着，飘荡着。……

第十一章

1

在南海上，虽然一年到头都有随时受到台风侵袭的可能，但，台风最盛行的时候，还是七月到九月。因此，这三个月叫作"台风季"。

"台风季"里的一个风雨的深夜里，"公平鱼栏"老板陈老虾，紧紧地锁住房门，蜷缩着粗胖的身躯，好像一头蠢猪似的沉睡着。突然，一阵轻轻的敲门声，把他从梦中惊醒了。他急忙推开身边的老婆，猛翻身坐起来，心头跳得仿佛擂鼓一般，咚咚乱响，诧异着谁会在这样荒凉的夜晚来寻他。

他犹豫了。

可是，门又被敲响了。陈老虾只得披好衣服，硬着头皮走到门口，低声问道：

"谁？"

"我！"门外的人压低了嗓子回答。

陈老虾愣住了。门外的声音非常生疏，听不出是谁来。他又疑惑不安地问道：

"你是谁？"

"我买两担半吊三 [1]，现在有货吗？"外面的人把声音稍微提高了些，但是，仍然掩不住惊恐。

---

[1] 黄鱼和红鱼：黄鱼即黄花鱼，用网捕；红鱼即金线鱼，多用钩钓。

"自己人！"陈老虾心里的一块石头落了地。他的眼睛一亮，急忙把嘴凑近门缝，用他给"救国军"当特工组员时非常熟悉的暗语回答道："货是有，价钱怕不合适，请进来商量商量吧！"

陈老虾返身把煤油灯点着，迅速地打开了铜锁，拉开了门闩。门刚开了一条缝，便有一个鬼鬼祟祟的黑影钻了进来。陈老虾举起煤油灯一照，只见进来的这个人浑身上下穿着青布短衣短裤，从头到脚被雨浇得湿淋淋的。瘦长的脸上，生着一个鹰嘴似的尖鼻子，闪动着一双浮肿的、有些斜视的小三角眼。这一张熟悉的脸，不禁使陈老虾感到十分意外地唉哟了一声，他逢迎地微笑道：

"曾副司令！是你！我简直认不出来了！"

"嘘！小点声！"那个人惊恐地回头望了望已经锁好的房门，向前走了几步，低声说道，"不要再叫我曾副司令了！从此以后，我是蔡振彪了！"

"嗯！嗯！"陈老虾恭顺地答应着。他对这个像鬼魂一样突然出现的、原"反共救国军南海纵队第一突击大队副司令"曾焕熊，也就是现在自称为蔡振彪的人，心里不知道是欢欣还是害怕，眨着细小的眼睛，不安地问道："你这是打哪儿来呀？"

"一会儿再细谈。"蔡振彪指了指身上的湿衣服说："先给我弄身干衣服！他妈的！这个鬼天气！"

"行！"陈老虾爽快地答应着，"可是，我的衣服你穿着有点儿肥吧？"

蔡振彪对陈老虾这句多余的话很不高兴，脸色一沉，没有回答。

陈老虾知趣地转过身去，向老婆丢了一个眼色。他的老婆快马溜撒地找出一套香云纱裤褂来，递给了蔡振彪，便躲进里边的房间去了。

蔡振彪迅速地换好了衣服，肚子又像打雷一样响起来了，说道：

"陈老板！我一天没吃东西了，再给我弄点饭来！"

"是！我真怠慢啊！……"陈老虾觉得什么都等这位不平常的客人开口要，真是太失乱了。他走进里边的房间，和老婆小声商量了几句，不一会儿，便端出半盆剩下的米饭和几条煎鱼来，摆在蔡振彪面前，搭讪地说："曾副司令！不！不！蔡先生！这是剩饭，请随便用一点吧！因为……深更半夜生火煮饭，恐怕惹起共军的注意……"

蔡振彪好像并没有听见他说什么，已盛了一碗米饭，大口大口地吞食了。

陈老虾在旁边瞪圆了眼睛，担心他会连碗一起吞到肚子里去。

蔡振彪吃完了饭，又接过一支陈老虾送上来的香烟，看了看牌号，满意地微笑道：

"骆驼牌！好！好！在共军占领的岛上，我还能吸到真正的美国烟，真是一点儿也没有异土之思了！哈哈……"

"这是我存下来的！因为随身带着，才侥幸没有被大火烧掉。"陈老虾说到这里，对大火仍有余悸地说道，"这一场大火啊！整个大门墟全光了。"

"放火，这是共产党一向的罪恶！"蔡振彪的脸色变得严肃了。

"这火是……这火……"陈老虾想说这火是"救国军"放的，话到唇边，又咽回去了，笑道："对！对！"

"陈老板！感谢上帝！共军打大门岛的时候，我奉命出差到台湾去了，不然的话……"蔡振彪吐了一个烟圈，自以为得意地微笑道，"也要跟黄司令一样，英勇殉国……"

"黄司令没有死，叫共军俘虏了！"陈老虾纠正道。

"没有死？"蔡振彪不禁吃了小小的一惊，说道，"我在台湾听到'国防部'的可靠消息说，除一小部分兄弟因为战略需要，已预先转移到二门岛以外，其余，黄司令以下三百名党国壮士，都战斗到弹尽粮绝，宁死不屈！……当了俘虏也一样，反正落在共军手里就保全不了性命！"

蔡振彪给自己找到了认为很"合适"的解释。但是，陈老虾对这个问题并不大感兴趣，而是关心地问道：

"你这次来的任务是……"

"我这次来，是奉命组织'反共救国军南海纵队地下军'，而且，兄弟我……"蔡振彪炫耀地笑了一下，说道，"……担任地下军参谋长！"

"我向你祝贺！"陈老虾谄媚地说。

"蒋'总统'已经向全世界宣布：国军马上要配合'韩国'战争，发动沿海作战，反攻大陆！"蔡振彪把头一抬，洋洋得意地说，"我们'地下军'的任务，就是要为国军开辟前进的道路！"

正在这时，从房外街道上传来了一阵脚步声。蔡振彪好像猴子被摸了屁股，跳起来，一口把煤油灯吹熄了。然后，他抽出手枪来，站在门后悄悄地偷听。房外的脚步声渐渐远去了，他才重新坐到椅子上，低声问道：

"这是什么人？"

"刚组织起来的民兵巡逻队。"陈老虾也是惊魂未定，悄声说道，"简直闹得人坐立不安啊！你来的时候没有碰到他们，真是上帝保佑！共军十分厉害，就是海里漂过一根草，他们也要看三遍哩！"

"不！你们渔民不是有句俗话吗？"蔡振彪又变得轻松起来了，说道，"这句俗话是'多好的渔网，精明的鱼也可以钻出去。'我来的时候，驾着一只渔船，飘飘荡荡，还不是若无其事的登了陆！……"

"那条船呢？"陈老虾一边担心地问，一边重新点着了灯。

"哈哈……"蔡振彪舒畅地笑了两声，说道，"也用你们渔民的话回答吧：'不抛锚的船儿，像天上的云彩'，那条船叫风吹一晚，鬼才晓得它漂到什么地方去了哩！陈老板，你盘问了我半天，该我问你两句啦！这岛上的情形怎么样？"

"有什么好说的呢？"陈老虾向屋地上吐了一口浓痰，好像要吐出心里的烦恼。他喉咙里又咕噜咕噜响了一阵，带着几分绝望的调子说，"我的鱼栏叫大火烧了以后，我又费尽千辛万苦重新开张了，鱼栏的门，天天开着；生意，却冷冷清清！渔民捕了鱼，谁也不再来我这里卖，全去卖给共产党的供销站。听说，这个站还要扩大成什么合作社，那么一来，我就要晒干鱼了……"

"我不想知道你的生意！"蔡振彪有点厌烦地打断了陈老虾的话。

"我得从头谈起啊！"陈老虾叹了一口气，继续说道，"共军打来的时候，我本来想逃难到香港去，可是，还没容我把东西收拾好——当然，他不会把没有来得及挖出埋在地下的三十根金条和几百块银圆，因而耽误了出海这事告诉他的——共军就打进大门墟来了！跑不脱，只好留下来了。不管鱼栏有没有生意吧，总还可以遮住一点耳目！我真不知道共产党用什么魔术，迷住了这群穷渔民的心窍！共产党说什么，他们竟信什么！我暗中放了几阵风，也算给共产党找了一点麻烦！"

"只要给他们找麻烦就好！"蔡振彪及时表扬地说。

"渔民本来还有点摇摇摆摆的，害怕国军回来；可是，偏偏二门岛又陷落了……"陈老虾说到这里，精神有点衰颓，本来是油光光的平滑的前额，也出现了几条很深的皱纹。"不但二门岛，连这周围大大小小十几个岛子，都相继易手。这样一来，渔民可就一边倒了！现在，他们连新渔歌都编出来了……"

"新渔歌？"蔡振彪却那么有兴致地问道，"唱的什么？"

"哼！简直气死人！"陈老虾愤愤地说道，"新渔歌里有这么一首：'想起害人的国民党，渔民缺船又少网，三根木头搭个棚，一家老少泪汪汪。翻身来了共产党，渔民头上出太阳，借粮贷款搞生产，家家户户喜洋洋！'……"

"住嘴吧！"蔡振彪的脸色变得青森森的，低着脑袋，尖鼻子朝下耷拉着。

"光景是一天比一天糟啊！"陈老虾沉重地长叹一声，"自上个月起，渔民天天开会，成立了什么渔民协会、供销站、民兵队、护渔队……闹得真叫人胆战心惊啊！"

"所以，你就叫他们吓倒了！"蔡振彪再也听不进去了，暴躁地跳起来，冲到陈老虾面前，严厉地责备了一声。

"好汉不斗鲨啊[1]！"陈老虾躲开了蔡振彪的眼光，小声喃喃着。

沉默了片刻。

屋外檐前流下来的雨水，滴答滴答地响着。突然，蔡振彪的低沉、冷酷而又严厉的声音，打破了室内的沉寂：

"给你！"

陈老虾抬头一看，眼前出现了一只瘦骨棱棱的白手，手掌里托着一支崭新的美造加拿大手枪。他疑惑地反问：

"给我？"

"是呀！"蔡振彪命令似的说道，"拿去！你以前是我们的'特工组员'，现在还是！"

陈老虾好像怕手被烫伤似的，把手枪拿了过来。

"陈老板！"蔡振彪拍了拍陈老虾的肩膀，露着两颗金牙，满意地微笑了，"从现在开始，是行动的时候了！我们的美国盟友马上就要打过鸭绿江去占领东北；同时，国军也要反攻大陆。我们'地下军'的具体任务，就是要侦察共军情况，测绘共军工事地图，暗杀共产党干部，夺取枪支弹药，投放毒药……更重要的一个任务，就是把渔民组织起来，编成'地下军'。"

蔡振彪说到这里，也许因为兴奋过度，竟激动得咳嗽起来了。他怕咳嗽声惊动了屋外的民兵，赶紧用两手捂住嘴，直把苍白的瘦脸憋得像个快要腐烂的茄子。过了一会儿，他才又用嘶哑的嗓音说道：

---

[1] 好汉不斗鲨：即好汉不吃眼前亏的意思。鲨鱼性凶猛，牙锋利，较小渔船常见而避之，以免被其弄翻，发生危险。

"我坦白地对老兄讲，我很器重你！只要你肯努力为党国效劳，我提升你当'地下军特派员'，领导大门岛的对敌斗争！"

"曾副司令！……不！蔡参谋长！蔡先生……"陈老虾被这些名字闹糊涂了，"我现在只不过一个人呀！"

"不！只要你行动起来，渔民就会跟着你走的！"蔡振彪好像不是面对着一个人，而是向千百人讲话似的举起了拳头。

"渔民会跟着我走吗？"陈老虾疑惑不定地想。但，他没有把这句话说出来。

窗外的风雨声增大了。浪潮的轰烈巨响，震撼着海岛的黎明。

陈老虾在煤油灯的昏黄光线下，又怕又爱地翻看着那支蓝光闪闪的手枪。然后，把它小心地放在箱子里，用铜锁锁好了。但，过了一会儿，他又把铜锁打开，把手枪取出来，想放到枕头底下去。他回头一看，客人已经伸直了四肢，疲倦不堪地躺在他的床上，呼呼地睡着了。

他紧握着手枪，不安地坐在竹椅上，好像值更一样，一直坐到了天亮。

天亮以后，蔡振彪从床上爬起来，便给陈老虾布置了工作任务：立即在岛上散布谣言，说共产党组织民兵是为了打台湾；贷款修船是打台湾的船不够用，修好以后，开去打仗。蔡振彪把脸逼近陈老虾的鼻子，恶狠狠地小声道：

"要先把妨害我们活动的民兵搞垮！"

2

岛上各渔村自从联合组织了民兵队以后，便利用"台风季"很少出海的机会，白天，跟着守备连派来的军事教员、一班班长李福生，乒乒乓乓学打枪；晚上，两人一队，协助部队巡逻放哨。大家兴致勃勃，劲头很大。

李福生正在向西村林传有家里，跟林传有——他已经当了民兵队队长——交谈民兵的情况，忽然，一个名叫潘客的青年渔民，拿着大枪走进屋里来。潘客一见李福生，就把枪往前一举，神色惶惑不安地说：

"把枪还给你吧！"

李福生听了，立刻一怔。他没有接枪，急忙问道：

"为什么？"

潘客没有回答。

"你为什么把枪交回来呢？"李福生把问话说得更清楚了一些。

"我……"潘客红着脸，把大枪靠墙放下，支支吾吾地说，

"我不愿当民兵了！……"

他的话还没有说完，就匆匆地扭头走出去了。

"潘客！潘客！……"林传有追出门外喊。但，潘客并没有回头。他加快了脚步，转眼不见了。

李福生急得心头冒火，又气又恨。半个多月以来，他天天说得唇焦舌烂，结合护渔斗争，动员渔民参加民兵，但，刚刚组织起来，就有人公然跑来交枪不干了，这怎么能叫他不恼火呢？他等林传有回了屋子，捺住火气，问道：

"这是怎么一回事？"

"我也搞不清楚嘛！"林传有把两只手往外一摊，无可奈何地摇了摇脑袋，说道，"昨天晚上，有两个民兵在放哨的时候，偷着跑回家去睡觉，闹得接不上班！"

李福生感到交枪这问题很严重，自己竟想不出什么处理办法来。他掏出香烟来，点着后，深深地吸了一口，在屋里走来走去。自从来到海岛以后，真记不清楚到底发生了多少事啊！他好像连一口气也没有喘过似的，一直紧张着。就拿组织民兵队来说吧，这是由指导员徐文烈亲自掌握，根据支委会的决议组织起来的。按成分说，百分之百是贫苦渔工和渔民，也懂得拿枪杆子的道理，可是，为什么突然有的松劲，有的退队呢？他一想到这里，一个很容易产生的念头，就在脑海里自然出现了。岛上有这么多部队，还组织民兵做什么呢？枪，不会打；哨，不会放。他们一发现有人，离半里路就乱喊乱叫，这简直是给敌人报信嘛！……民兵！哼！真是自找麻烦，干脆趁这机会解散算了！

他很烦恼。他抬头看了看靠在墙上的那支倒霉的三八式步枪，好像所有这些事情，都是由那支步枪引起来似的；他走过去，把枪栓拉开，检查了一下，又放下了。

"林传有！去找潘客把那五发子弹要回来！交了枪，不交子弹，打什么主意？"他气恼地说。

"是！"林传有看了看这位说话粗声粗气的军事教员，说道，"他跑不了！潘客本来是个穷得腰里系绳子的人啊！"

李福生觉得屋里气闷，便随步走到海边去了。他无意中拾了一块颜色淡绿的已经破碎了的珊瑚，一边玩弄着，一边往前走，心里却在想着民兵退枪的事。

"哎呀！怎么往人身上走啊？"

李福生被这句话从沉思中唤回来了。他抬头一看，原来是指导员徐文烈。

"李福生！想什么呢？"

"我……"李福生朝指导员微微一笑，说道，"我在想民兵的事！"

"民兵的情况很糟糕，是不是？"

"指导员！你知道了？"

"我什么也不知道！不过，我从你的脸上看出来了！"

"今天，有个民兵把枪交回来了！"

"沉住气！"徐文烈打断了李福生的话，"带民兵，不比带战士！你对这个问题怎么看呢？""我？"

"是呀！就是你！"

"我……"李福生对这个问题只有一个看法，如果把这个看法谈进来，非挨批评不可。他犹豫了一下，还是坦白地说道，"我看，岛子不大，部队很多，民兵作用不大，学什么又学不会，不如解散算了！"

"这是另外一个问题。"徐文烈叫人猜测不透地说，"这个问题，一会儿再谈。我问的是你对那个民兵交枪的事怎么看法？"

"这……我没有想过！"

"同志，这样不好啊！不先对具体问题进行调查研究，就想一下子把工作全盘否定，求得痛快，这……"徐文烈迟疑了一下，认真地说道，"……我不想给你戴什么帽子，这可是一种危险的取消主义！民兵，不过是普通的渔民罢了，缺乏军事常识和技术，这并不奇怪；而且，这也是暂时的，只要耐心教育，他们就能学会！至于说到作用，我们不往远处看，就看目前护渔这一件事吧，民兵能进行武装生产，我们就不用再派队伍了！这能说作用不大么？同志！你不去调查交枪的原因，想法解决问题，倒着急生气，跑来对着海边出神发呆！难道海水就能把解决问题的办法告诉你么？不要到海边来，要到群众里边去！"

"真见鬼，究竟是什么原因呢？"李福生自言自语地说。

"原因，要到群众里边调查！"徐文烈说到这里停了一下，把口气放温和了，缓缓地说，"这也难怪你！群众工作，对你来说，是个新的工作！要学啊！当然，对我也是这样。……现在，我先告诉你一个值得注意的情况吧！刚才，我从渔民那里听到了一个谣言，说解放军组织民兵，是为了打台湾去，要跟美国和蒋介石的军舰、大炮碰一碰；贷款修船，是因为打台湾缺船，修好以后，也拉去打仗！这个谣言很毒辣，而且，正针对着我们当前的工作。显然，这又是敌人的花招！"

"这岛上，谣言真是一个接着一个！这是谁干的呢？"李福生皱着眉头思谋着。

"我们已经掌握了一个可靠的线索。"徐文烈放低了，声音说道，"这个线索是罗九叔告诉我们的。二门岛没有解放以前，'公平鱼栏'的老板陈老虾，有一次对他说，他儿子在二门岛当了'救国军'军官，而且说还有人曾在海上亲眼见过，闹得罗九叔这个老头儿愁闷了这么些天！二门岛解放以后，有逃到那里去的渔民，回岛来了，说罗九叔的儿子在二门岛待了两天，赶上国民党抓青年渔民当兵，便和几个青年渔民偷偷逃跑了。从这件事情看，陈老虾为什么造谣？岛上的谣言和他是不是有关系，这都值得我们注意。"

"这条毒蛇！"李福生骂道。

"现在，只要我们心里有底就行了！蛇也好，狼也好，没有十分证据，我们不抓人！据我猜测，民兵交枪的事，和打台湾的谣言有关。你再深入地了解一下吧！"

"我一定去了解！"

"现在，我再反过来问你一句话：民兵有用没有？"徐文烈平静地微笑着说，"不但海上有敌人，岛上就藏着敌人，而你偏偏说什么民兵作用不大！我们不是不要民兵，而是需要巩固和加强！这个道理，我想你已经懂了吧？"

"指导员！我懂了！"李福生既羞愧又愉快地回答。他虽然挨了一顿批评，可是，又觉得学到了很多东西，两者相比，后者压倒了前者，不禁心满意足地笑道，"指导员！我可以走吗？"

"走吧！"徐文烈点了点头。

李福生把鞋脱下来，踏着被潮水冲击着的沙滩，朝向西村走去了。当潮水的弧形划过了他的脚时，一种凉爽舒服的感觉，浸透了全身。

3

蔡振彪潜入大门岛以后，天天躲藏在陈老虾家后院里一间堆放破烂家具的木板棚里。在目前，这位"地下军参谋长"只能对陈老虾一个人发号施令。若说他没有一点儿工作成绩，那也不符合事实：他已借助陈老虾，把守备连的实力、装备、工事设施和哨所的情况，绘制了一张详图。因此，尽管"地下军"没有像他想象的那样组织起来，——这并没有什么关系！他回去以后，随便编造一个数目字就可以了，比如说：大门岛已组成了"地下军支队"，参加人员五百人。这个数字虽然超过全岛渔民总数，但，有谁前来核查呢？——便是这张图，已足可以使他官升一级了。

因此，他急于要离开这个令人胆战心惊的大门岛。两三天以前，他就寻找机会，但，这个机会始终没有找到。昨天，他本来下定决心，乘陈老虾往大陆去的运鱼船，混出岛去。事到临头，他又改变了主意。听说部队和民兵对出入港口的船只，从昨天起加强了检查，使他害怕了。

他好像蜗牛一样，白天蹲在那间低矮的散发着霉味的木板棚里；只有在深夜，才敢像老鼠一样，走出洞来。他的脸更加瘦削了，眼睛也充满了血丝，仿佛木偶戏里的一个青脸红眼妖怪。他真愁烦得想一脚把这个小木板棚踢翻。

从早晨起，天气阴沉，雨云汹涌，不一会儿，又落起蒙蒙细雨来了。陈老虾非常高兴，因为，他听说潘客把枪交出不干了。他特地拿出了一壶三花酒，炖了一碗红鱼干[1]，跟蔡振彪对酌起来。蔡振彪三杯酒下肚，脸更青了，眼更红了，嘴也歪了。他把满腹愁烦早忘了个干干净净，拍着陈老虾的肩膀，乜斜着眼说：

"民兵交枪，这是你的头一功！嘿嘿……"

陈老虾又给他斟满了一杯酒。

蔡振彪一仰脖，喝了半杯，把带着浓重的酒味的嘴，凑到陈老虾面前，近得几乎挨到鼻子尖，悄悄地说：

"下一步，你要行动起来！在这个岛上，只有大门墟东边那一口淡水井，你要把这个……"他打开香烟盒，拿出一支香烟来，举在陈老虾面前，继续说道，

---

[1] 红鱼干：即杠鱼（金钱鱼）加工制成的咸干品。

"你要把这个扔到井里去！"

"把这支烟？"陈老虾奇怪地问。

"我的老兄！哈哈……"蔡振彪笑得身体摇摆不定，但，他立刻意识到自己的危险的处境，急忙收敛了笑声，神秘地说道，"这是最强烈的毒药！香烟，不过是它的外貌！只要把这么一支往井里一丢，二十四小时之内，谁吃到井水，谁就要去见阎王！……"

"这么厉害！"陈老虾疑惑地惊叹了一声。

"把它扔下去，共军不全死光，也要叫他们死一半！"蔡振彪两眼冒着凶光，又呷了一口酒，咬着牙说，"给你！"

陈老虾把那根"香烟"接过来，小心地放进衣袋里。

"鱼栏，今后就是'地下军'的基地。"蔡振彪低声说道，"生意不好，没关系！钱，今后按月发给你！老兄，不必再多为鱼操心了，要为党国效劳！今后的联络暗号不变。我想最近离开这里……"

"你要走？"陈老虾不禁反问了一声。

"对！我昨天就要乘鱼栏的运渔船出海，但，检查太严……"蔡振彪又呷了一口酒，说，"我不能光蹲在这里呀！我还要到别的岛上去，找基地！现在，用什么办法才能走？"

"难啊！真是来时容易走时难啊！"陈老虾叹息着。他对蔡振彪的走，不论怎么说，都感到有些失望。这位"参谋长"尽管藏在小木板棚里，他总觉得有什么依靠似的，他若一走，岛上只剩下自己一个人的时候……他想到这里，竟胆怯得不敢再想下去了。他低着脑袋，闷闷地喝了几口酒，然后，猛一抬头，说道："偷船！"

"偷船？"

"嗯！这个办法虽然有点冒险，但，除此以外……再没有更妥当的了！"

蔡振彪没有进一步表示态度，只是低着头喝酒。

"大门湾一带的船多，也有民兵看着，不好下手！向西村那边，没风的时候，也常停着几只渔船。你可以从那里……"

"就这么办！"蔡振彪下了最后决心，打断了陈老虾的话。然后，他眼珠儿一转，问道，"你有没有破渔网？"

"要别的没有，要这个可多得很！你有什么用？"

"给我找一条来！另外，再替我拔一筐青草。"蔡振彪并没有回答陈老虾的问话，想了一下，说道，"下午替我办好。我决定今天晚上走！"

陈老虾也没有再追问他要破渔网和青草有什么用，便带着点醉意，走出了小木板棚。

下午，陈老虾把破渔网和青草弄来了。蔡振彪把青草一绺一绺地捆在渔网上。不一会儿，便作成了好像一块绿毛毯似的草毯。他把草毯往背后一披，伏在地上，回过头来笑道：

"陈老板！便干这个用！"

"啊！"陈老虾不禁省悟过来，称赞道，"披着这块草毯，在地上一趴，真跟草地一样！"

"这就叫简易伪装网！"蔡振彪从地上站了起来得意地说。

黄昏，陈老虾亲自到向西村海边，假装探问归航的渔船有没有鱼卖，查看了那里的情况。那里，停泊着两只单桅渔船。

夜深了，四周静悄悄的。雨虽然还没有停，但小多了。陈老虾不无凄惶地陪着蔡振彪饱餐一顿上马饭[1]以后，先到后门外面窥视了一番，这才回来催促道：

"快点吧！"

蔡振彪披好了伪装网，紧握手枪，走到后门口。他和陈老虾握了一下手，便往地上一趴，迅速地爬出门外去了。这，连陈老虾都惊奇不止，没有看见一个影子，人就消失了。

蔡振彪爬到离陈老虾家后门约有百多米的地方，这才站起身来，穿过偏僻的小径，踏着野草和碎石，朝向西村急忙走去。他走得是那么快，连背后的伪装网都飘起来，仿佛长了翅膀在飞一般。

他跑出了椰子林，一片蒙蒙茫茫的大海出现在眼前了。在空旷的海滩上站立着的人影，虽离得很远也能发现。他十分懂得这一点，便在椰子林的边缘，停了一会儿，把周围的情况观察了一下，又趴在地上，像鳄鱼似的朝海边爬去了。

但，正在这时，从北边走过来两个夜巡的民兵。

蔡振彪立刻伏在原地一动不动了。他轻轻地拉了拉草毯，把脑袋也盖上了。

---

[1] 上马饭：即临行前吃的那顿饭，含有饯别之意。

那两个民兵一前一后,从他旁边约一米的地方走过去了。蔡振彪真担心民兵会踩在他身上!

等民兵走远了以后,他又继续往前爬。不一会儿,他就看见了停泊在海边上的渔船。但,渔船只剩一只了。一只!这对他的行动更加便利,他心中不禁为这次的顺利而暗暗高兴。

潮水涌上来,把他全身浸湿了,他也好像没有觉察到,一心向那只渔船爬去。

他爬到那只渔船旁边,摸到了缆绳后,便拔出匕首来,一刀斩断。他刚站起来,要向船上跃去时,忽然,像晴天打了一个霹雳,从船上站起一个人来,问道:

"谁?"

"我!"蔡振彪一边回答着,一边跳上船去。

"你是谁?"对方猜疑不定地问。

"我是……"蔡振彪并没有说出他是谁来,而是借着说话的机会,接近了船上那个人,举起匕首来,猛然刺去。

可是,正当匕首的寒光在空中一闪时,船上那个人用胳臂一挡,匕首被震得飞出手去,落进海水里了。蔡振彪心中不禁一怔,再看时,那个人已敏捷地跳下船去了。他刚一愣,只见那个人已跑出去十几步,把手中拿着的什么东西一举,忽然传出了一下尖锐刺耳的枪声。这一枪是朝空中打的,显然是一种信号!蔡振彪一听枪声,大吃一惊,不敢再有什么耽搁,立刻把帆扯了起来,跳到后舱,扳正了舵,驶离了海岸。

但是,从岸上飞来的子弹,一颗接连一颗地射进了船身。蔡振彪在惊慌中,只顾回头注意海滩,又一扳舵,忽听船头嘭的一声,撞在礁石上了。他急忙审到船头去看,左前面的船舷,已被礁石刺穿了一个拳头大小的洞,海水哗哗地灌了进来。他急忙把上衣和胶鞋脱掉,缠裹在一起,堵住了破洞,他一抬头,又见那个人已经涉着潮水冲上来了,于是举起手枪来,连射三发。他看见那个人朝后猛退几步,倒下去了。他这时什么也顾不得了,只想快点逃离海岛,便跳到船尾,又抓住了舵柄。

船打了一个旋转,朝着大海摇摇晃晃地前进了。

李福生和民兵闻到枪声,赶到向西村海边看时,那里只有夜潮涌动。但,枪声绝不会是无因的！李福生打着手电筒，像夜间在海滩上抓蟹一样，到处寻找可疑的迹象。不一会儿，副连长雷大鹏和指导员徐文烈也跑来了。在这一向平静的海岛上响起了枪声，怎么能不使人惊动呢！

十几个手电筒在海滩上照来照去，晃得人真有点眼花缭乱。李福生想观察一下漆黑的海面，但，用手电照了半天，十米以外的景象便看不清楚了。他想，"这时若有一个探照灯，那才好哩！"他放弃了观察海面的希望，刚一转身，忽然，在手电光下出现了一个人影。这个人躺在岩礁群中，好像一块黑色的长形石头。潮水一来，他便被淹没了；潮水一退，又显现出来。李福生急忙跑上去，把那个人的脸翻过来一看，啊！原来是林传有！

他没等下一道潮水涌来，便把林传有横着身子抱起，一边向岸上走，一边喊道：

"林传有在这儿！"

大家把被海水灌得昏迷不醒的林传有团团围住。一个有经验的渔民，马上动手替他倒水，施行人工呼吸。过了大约有半点多钟，林传有才恢复了呼吸，大家也松了一口气。直到这时，李福生才发现林传有的头部负伤了。

这是怎么一回事呢？因为林传有仍然不能讲话，大家谁也猜不出。但，雷大鹏已经命令战士们到附近搜索去了，他以为是有人偷渡登陆，被林传有发觉，引起了搏斗。

林传有被抬进了卫生所，立刻进行紧急治疗。两个小时以后，他才睁开了眼睛，显出焦急的样子，断断续续地低声说道：

"有一个人……抢了船……出海……"

守在旁边的李福生，马上听懂了他的意思，便对他道：

"有一个人把船抢走了吗？"

林传有轻轻地点了点头。

"是那个人把你打伤的吗？"

林传有又点了点头。

紧接着，李福生又问："那个人抢了船，便出海了吗？""他是朝西南方向逃的吗？""他只是一个人吗？""这个人你不认识吗？"林传有对这些问题都点了点头。

李福生嘱咐林传有好好休养，刚要把这个情况向连部去汇报时，林保秀和罗天娥也闻讯赶来探视了。李福生一见林保秀，便问道：

"你哥哥为什么半夜三更到海边去？"

"他放完第二班哨回了家，才想起忘记把船开到避风塘去了。"林保秀像连珠炮似的把话喷射出来，"他叫我替他等门。我劝他不要去了。他说：'今天天气不好，要是起了大风，把船打沉，拿什么搞生产？'他去了有吃一顿饭的工夫还没回来，我一生气，不给他等门，就睡觉了。谁知道他……"

林保秀说到这里，眼眶里已经充满泪水了。

"不要难过！他醒过来了！"李福生劝慰道，"头上的伤并不太厉害！"

林保秀立刻走到床前去了。

李福生转身看时，只见罗天娥也站在床前，满脸带着忧愁的神色，焦虑地注视着脸色苍白、微闭双眼的林传有。不一会儿，医生来了，叫他们立刻退出室外。他们三人走出卫生所，在路上迎面碰上了雷大鹏和徐文烈。刚才，战士们没有搜索出什么情况来，这使雷大鹏和徐文烈有必要再来了解原因。同时，也来看看林传有的伤势。李福生便急忙把情况向他们报告了。雷大鹏一听，气得把脚一跺，坚决地命令道：

"李福生！你马上带一班坐机帆船出海！一定要把这个家伙追上！"

"是！我立刻执行！"李福生答应一声，转身便跑走了。

这时，罗天娥走上前来，焦急地问道："雷副连长！能把坏蛋追上吗？"

"能！虽然晚了几个钟头，但我们用的是机帆船！"雷大鹏回答。

徐文烈在旁边一见罗天娥，想起了他爹出海找儿子的事，关心地问道：

"罗天娥，你爹有消息没有？"

"没有！"罗天娥声音低沉地回答。

"大概出海快一个月了吧？"

"二十八天了！"

"别着急！他也许快回来了！你住在林保秀家里，不是跟在自己家一样吗？再耐心地等几天吧！"

4

罗九叔出海寻找儿子已经快一个月了，二门岛解放以后，他从归来的渔民口中，知道儿子并没有当"救国军"的消息，一方面恨陈老虾这个一贯骗人的老狐狸，一方面更加焦急地等待着儿子的归来。他过一日像过一年，每天站在海滩上望几遍。只要一有外岛的渔船停泊，他便会跑去，把儿子的相貌对人家描声绘影地说一遍，问是否遇到过这样一个人。但，他每次所得到的回答，都是带着同情的摇头。他由于日夜生活在盼望中，脸瘦瘪瘪的，眼睛凹陷得好像两口干枯的小井。他再也忍耐不住了，找李福生谈，说要出海去找。李福生做不了主，叫他去找渔民工作组组长徐文烈——当然，他是兼任的。徐文烈先是说在台风季里，出海远行有危险；但是，当他看到罗九叔的伛偻的身体、失望的神色时，竟又同意了。他相信罗九叔那句话："在岛上，我像个瞎子；一出海，眼睛就亮了。我只要看看云彩、瞧瞧浪头[1]，十场台风，最少也可以躲过九场！"

当天，徐文烈批准借给他一只船。——解放军解放沿海岛屿时缴获的一批无主渔船，最近已分发到各个岛上，借给无船贫苦渔民使用。

罗九叔笑容满面地回到家里，使女儿罗天娥吃了一惊：爹爹多少天来从未有过这样的快乐呀！还没容她发问，罗九叔已先开口了：

"明天，我找你哥哥去！你在家里看家……"

罗天娥一听，却发愁了。她替爹爹的安全担心，劝道：

"爹！再等一等不好吗？一来，等台风季过了；二来，也许哥哥能回来；三来，南海这么大，上哪儿去找呢？"

"小孩子知道什么！"罗九叔并没有把女儿的劝告放在心上。在他眼里，十七岁的女儿，仍然是一个小孩子哩！

其实，罗天娥也在日夜盼望着哥哥能回来，如果他回来了，全家团聚一起，该多么快活啊！但，千万不要哥哥找不回来，爹爹再失了踪影，到那时，只剩下她一个人，可该怎么办呢？她想到这里，眼眶里滚动着泪水，连头也不抬，默默地织渔网。罗九叔看出了女儿的心意，一边吸着竹筒水烟，一边解释似的说道：

"台风，也不是天天有嘛！反正我是在这一带岛上串一串，哪里就碰上风了？要想找遍南海，一年也办不到啊！我最多二十天就回来！你不必替爹爹操心，我活了五十多年，有两个二十五年在海上，以前每回出海能回来，这回也

---

[1] 看云瞧浪：有经验的渔民，可从云、浪的形状，预知天气的变化。如云像一群绵羊奔走，或浪变长涛涌来，即为远海要发生暴风雨的预兆。

一定能回来！……"

"我就是不放心嘛！"罗天娥回过头来看了爹爹一眼，不高兴地说道，"我一个人在家又害怕……"

"喝！真是个小孩子！"罗九叔笑了笑，说道，"我也怕你一个人不敢在家待……这样吧，你到林家，跟保秀作伴去！"

罗天娥知道强不过爹爹，也就不言语了。但，这一夜，她没有睡觉，像过去爹爹每次出海前一样，替他收拾东西，准备口粮。

翌日，天还没有亮，她就含着眼泪，把爹爹送走了。罗九叔走遍了他所熟悉的和过去没有到过的大小岛屿，打听遍了他所遇到的认识的和不认识的渔民，但，儿子就像雨点落进大海里，没有一点儿踪影。"也许是叫台风打沉了。"他不想这样想，这个念头却像一条执拗的虫子，往他心里钻。他总用这样的想法给自己解脱：儿子不但船开得好，捕鱼是把好手，还善于观察海上的气候，台风一来，早就躲避了。万一船被打沉，他游泳的本领真能比得过鲨鱼，浮游几天几夜，并不稀奇。他想来想去，确信儿子一定在什么地方活着。但，在什么地方呢？……

罗九叔心情忧郁。眼看已经过了二十多天，再不回去，真不知道女儿又要急成什么样子啊！

湿冷的海风，把罗九叔吹得发抖。罗九叔无精打采，脸上的皱纹更多更深了，好像比离开大门岛的时候衰老了许多。他紧抱着双膝，腋下夹着舵柄，就这样一动不动地坐在后舱，向回大门岛的海路凝望着。几个日夜过去了，船离大门岛仅剩下了一天路程。这天早晨，是一个阴霾的天。他急于晚上赶到大门岛，便看了看风向，校正了船帆，一扳航柄，船像一支离弦的箭，向着北方的隐隐约约的岛影飞驰而去。

突然，在前方的海面上出现了一个仿佛鱼脊般的黑影。虽然离得还很远，但，什么能瞒得过渔民的眼睛呢？罗九叔立刻判断那是一只倾覆的渔船。不知在哪里，又要有妻子失去了丈夫，孩子失去了父亲啊！他一想到这里，恨不得船帆变成翅膀，赶快飞到那里，挽救一个垂死的同伙！

救人于危难中，这是渔民的天职。因为，今天你救人，不知哪天，你又要被人救啊！罗九叔的船走得很快，不一会儿，便清清楚楚地看见那只翻了的船，而且，听到了力竭声嘶的叫喊：

"救——命——啊！救——命——"

罗九叔把船再驶近一点看时，只见一个人全身浸在水里，双手紧紧攀住覆船，外面露着一张瘦削的长脸，耷拉着鹰嘴似的尖鼻子，瞪着一双浮肿的斜三角眼，流露着乞怜的眼光，张着嘴在狂喊。

罗九叔没加任何考虑，把船驶近，再驶近。船终于靠到那个人的身边了。罗九叔抛出一条绳子，喊道：

"抓住它！"

那个人随声抓住了绳子，但，无力攀上船来。罗九叔把绳子系在桅杆上，隔着船舷，探出身去，拉住了那个人的手。简直像往船舱里拖一条大鱼一般，罗九叔累得气喘吁吁，才算把那个人拖上来了。

人救上船来了，但，罗九叔突然心头一跳：他偶然瞥见这个人的腰带上挂着一支手枪！

罗九叔并没有露出什么神色，迅速恢复了渔民特有的那种冷静和沉着，走回后舱，扳正了舵。船又向北前进了。

"老板！这是往哪儿去？"躺在船舱里的那个人，警觉地坐了起来，像一只受惊的狐狸，朝四周乱看。

"大门岛！"罗九叔回答。

"啊！"那个人一听这三个字，好像触了电，浑身痉挛了一下，连脸色都变得灰坍坍的，惊叹一声。

这引起了罗九叔的注意。他凝视着对面这个三分像人七分像鬼的家伙，更加断定他绝不是什么渔民。但，他是干什么的呢？海盗吗？啊！这家伙好面熟呀！在哪儿见过呢？在哪儿？……一连串的疑问在他脑海里旋转。猛然，他想起来了：这个家伙不是"反共救国军南海纵队第一突击大队副司令"吗？就是他，曾把自己抓起来，关在小教堂里用藤条抽打，逼着自己卖掉了那只母子钓船。……罗九叔的心像被鞭笞一般，痛了起来；眼睛里也冒出愤怒和仇恨的火焰，像要把对方烧化。他不但后悔自己救了一条恶狼；而且，真想立刻窜上去，紧紧地扣住他的喉咙。……

但，他强忍住了。他遵从着渔民的格言："下手早，不如下手准！"

原来，这个被罗九叔救起来的人，正是化名蔡振彪的那个前"救国军"的"副司令"。他抢了林传有的船，逃离大门岛以后，真是恨不得长两张翅膀飞走，变条鱼儿游走！但，他不论怎样焦急，那只被礁石撞破了的船，仍然是慢慢吞吞地漂荡着。他为了逃避追捕，先向南走，然后往正东拐去。但是，海水从撞裂了的破缝里，越进越多，船就越走越慢。他能够堵住那个圆洞，却没法堵住圆洞四周的几条裂缝。他想向船外淘水，又没有水斗。他用手捧，一者是无济于事，二者是没法掌舵。当天色变亮的时候，船里已积了多半舱水。他把衣服脱下来，向外兜了一阵，舱里的水才少些了。他不敢久停，又转向南方前进了。他想直奔牛头岛——这是一个还没有解放的小岛，只要到了那里，就万事大吉了。可是，船仿佛故意与他作对，裂缝被海浪冲得越来越大，水越进越旺。他停下来，用衣服兜一阵水，再前进；前进一会儿，又停下来。当他看到从裂缝流进来的水变得像小瀑布一般时，不禁绝望了。又过了不久，舱里积满了水，一个浪头涌了过来，船翻了。……

　　他刚逃离了大门岛，一听这位老渔民又上那里去，怎么能不叫他胆战心惊呢！他抬头一望那位老渔民时，迎面碰到了两股愤怒而仇恨的眼光，这又使他心里一震："这个老渔民如果住在大门岛，他会认出我来的！"刹那间，他用凶恶的眼光向老渔民一扫，打定了主意："我不能逃出虎口再进虎口！我叫这个老家伙送我到牛头岛去。他若说一个不字，我就干掉他，自己开船走！"于是，他把脸上的肌肉放松，挤出了一个笑容，说道：

　　"老板！谢你救命的恩啊！"

　　"好说！好说！大家都是海上的朋友嘛！"罗九叔也勉强笑了笑。其实，他心里也在想："这个杀人不眨眼的家伙，怎么会落进海里的呢？我若是早点认出他来，宁肯违犯渔民的规矩，也要调头走开！"

　　"老板！你做好事应该做到底啊！"蔡振彪装作可怜的样子，用乞求的声调说，"我是牛头岛的渔民，现在船翻了，什么全完了！请老板调转船头，把我送回家去吧！"

　　"好一个渔民！"罗九叔心里暗地骂道。但，他怎样回答呢？若答应送他到牛头岛去，这是放虎归山；若不答应，他一翻脸，拔出枪来，不但把命送上，船还是要被抢走的！……罗九叔正在犹豫，忽听那个家伙又道：

　　"老板！送我到了牛头岛，我一定重重地谢你！……"

　　罗九叔的心翻上翻下，好像奔腾的浪潮。

　　但，当他又想起一句古老的谚语时，心平静下来了。这句谚语是："伤了的老虎，藏得深；惊了的鱼儿，沉得深。"对！我不能让这个家伙受惊！先稳住他，再对付他！他想到这里，便一扳舵，船拐了弯，然后，冷冷地笑道：

"咱俩结个生死交情吧！我送你回家去！"

但，不知为什么，蔡振彪听了老渔民的话，心里并不舒畅。他觉得这两句话是那么刺耳，好像一语双关；同时，也怀疑这个老渔民为什么竟如此慷慨？他用疑惑的眼光，警惕地注视着他，好半天没有说话，仿佛一时拿不定主意用什么回答。

风向不对，船必须走之字形，蔡振彪尽管心急如火烧，也只好忍耐着。

罗九叔的心情恰好相反：他尽可能把之字走得很大。用这样的办法，时间花得长些，前进的距离却短些。他沉默不语，心里却在想着心思。他想起了教堂里的鞭打，身上的伤痕仿佛至今仍在疼痛。他低头一看海水，波浪里又像漂起了大女儿被强奸后丢进海里淹死的尸体。得热病死去的妻子，受骗逃走的儿子，永远还不完的"公平鱼栏"的债，还有那只被迫卖给陈老虾的钓船……这些，都在他的脑海里接连着重现出来。他五十多年来充满了血和泪的遭遇，使他心中积满了仇恨，他眼睛里射出了两股冰冷的光，紧紧盯住坐在对面的这位自己亲手把他救上来的人！"鲨鱼不除是鱼群的害 [1]，恶人不死是坏事的根"这一句在渔民中流传已久的话，在他的耳边响着。"见了黄鱼不下网，见了红鱼不下钩"[2]，还算什么渔民呢？我要……他又偷看了那个家伙一眼，好像他这个心声也怕被人听见似的。那个家伙也许是过于疲倦了吧，正叫暖洋洋的太阳晒得舒展着身体打瞌睡。罗九叔一见那张丑脸，立刻下定了决心："我要当个真正的渔民！我要把他抓回去，送给大军同志，替我，也替大门岛的渔民报仇！"

他用脚蹬了一下铺在舱底的一块船板。这就是武器！只要出其不意地用船板砸他一下子，就是铁人也要打道白印！他瞥了瞥那个家伙的手枪，已不在前面肚子上露着了，也许是他想假充渔民，移到屁股后边去了吧？不管它！只要一船板砸上去，手枪也没有用了。他把那块船板拿了起来，不知为什么，手有些发颤，心像要跳出口来。……

那个家伙仍然是似睡未睡、似醒未醒。

罗九叔站了起来。但，他刚刚站起，那个家伙就睁开眼睛，歇斯底里地一跃而起，右手伸到屁股后面摸枪。……

---

[1] 鲨鱼不除是鱼群的害：鲨鱼性猛，游泳力强而快，常跟随鱼群之后，追捕鱼类。

[2] 黄鱼和红鱼：黄鱼即黄花鱼，用网捕；红鱼即金线鱼，多用钩钓。

罗九叔不动声色地把船板放在一旁，蹲下去，拿起了水斗，舀舱底的积水。

那个家伙显然是自觉神经过敏了，也假装伸了个懒腰，退回手来，故作轻松地问道：

"老板！走出多远了？"

"十多浬吧！"罗九叔一边回答着，一边回过头去朝来的海路上看。

远方的一只船影吸住了他的眼睛。怎么那只船走得这么快呀？他又手搭凉棚，观察了一下，断定是一只机帆船。他一看是机帆船，心里立刻想："渔民是没有机帆船的；难道是大军同志的巡逻船吗？"

他的眼睛一亮，心也开朗了。

蔡振彪却沉不住气了，慌忙地问道："老板！那是哪儿的机帆船？"

"不知道。"罗九叔装作糊涂地摇了摇头。

"老板！快开！快！"蔡振彪的脸色转眼变得灰溜溜的，大声叫喊。

"伙计！咱们这船又不是用机器开的，只能听天由命啊！"罗九叔带着嘲讽的语气，沉着地问道，"你慌什么？"

"可能是共产党的机帆船！"

"是共产党的船，也莫怕嘛！"罗九叔眨了眨眼睛，微微地笑道，"只要你是一个渔民，他们盘问一下就了事的！"

"我……"蔡振彪的小三角眼瞪得直愣愣的，想说他不是渔民，但又不便开口，只好把话咽了回去，又朝后面眺望。

机帆船渐渐追赶上来了。低沉而迟滞的马达声，也飘了过来，清晰可闻。这时，蔡振彪急得真像热锅上的蚂蚁，手足无措。但他马上装作沉着的样子，想："只要把这个老渔民稳住，就不会有什么破绽！"他转脸对罗九叔笑着说道：

"对！你说得对！咱们都是渔民，怕什么？因为我住在牛头岛，怕共产党误会，所以才有点慌！等他们检查的时候，请替我美言几句吧！哈哈……"

"美言？"罗九叔听不懂这两个字是什么意思。但，他知道这个家伙在托他求情，便故意装得很温和地说道：

"好说！好说！咱们都是渔民嘛！"

其实，罗九叔心里想的是："只要这只机帆船上面是大军同志，我一见面，就告发这个家伙！"

机帆船上面连鸣三枪。罗九叔懂得：这是大军同志发出来的"停船检查"

的警告信号。果然是他们！他心里一高兴，眼睛亮了，皱纹也舒展了。他偷偷地看了蔡振彪一眼，只见那个家伙脸色惨白，从眉头和额角上，滚出了豆大的汗珠子，正偷着把手枪迅速地往舱板下面藏去。罗九叔假装没有瞧见的样子，大声说道：

"这是大军停船检查的信号！咱们停船吧！"

他一把落下帆来。

机帆船渐渐靠近了罗九叔的船。罗九叔注目一看，只见几个熟悉的面孔，正面对着自己，他们是李福生、赵二虎、张双喜、李济才……罗九叔还没有开口，忽听李福生大声喊道：

"罗九叔！你回来了！我们还以为是特务的船……"

罗九叔并没有回答。他朝前走了几步，用脚踩住刚才蔡振彪把手枪藏在下面的舱板，转过身去，圆睁两眼，注视着蔡振彪的瘦脸，用冰冷、严峻和愤怒的声音，厉声说道：

"你也有今天！……"

蔡振彪一见势头不好，没等罗九叔把话说完，朝着他的脸猛打一拳，一纵身，跳进海里去了。

罗九叔只是朝后一仰，并没有跌倒。他看蔡振彪跳下海去了，心里一急，也把脚一踩，紧跟着跳了下去。他游了二十多米，就追上蔡振彪了。他并没有上前抓他，而是把身体一沉，钻进水里；等游到蔡振彪身体下面时，再猛一翻身，变成脸朝上，伸出粗健的双臂，像铁环一样扣住了蔡振彪的咽喉。……

5

蔡振彪被押回大门岛以后，全岛立刻轰动了。

当天晚上，徐文烈召集了渔民工作组、渔民协会和民兵队，还有渔民中的积极分子，在新盖不久的渔民协会的房子里，举行防袭防钻动员大会。开会前，房子里不但挤得水泄不通，院子里也站满了人。原来，全岛的渔民几乎都来参加了。徐文烈一看，又热又乱，便临时决定把会场移到大门墟小教堂前面的广场上。

李福生宣布开会以后，嘈杂声便像退潮似的沉寂了。

紧接着，由徐文烈作动员报告。他先叙述了特务蔡振彪被捕的经过，然后，联系到目前国内外形势以及岛上的工作，最后他说：

"老乡们！眼看秋、冬鱼汛快到了！大家一方面要多多捕鱼，一方面也要擦亮眼睛，不让一个坏蛋破坏咱们的生活。大家都知道有这么一句俗话：'没有家鬼，引不进外鬼。'咱们抓到的这个大特务，在咱们岛上藏了好多天，难道他能不吃不喝吗？一定是他在岛上有关系，才能潜伏这么久。再说，前些时咱们岛上谣言也很多，说是什么组织民兵是要和蒋介石的军舰大炮碰一碰，贷款修船是要打台湾，要不是坏蛋在捣乱，哪会有这些谣言呢？这些谣言虽然给铁的事实粉碎了，现在已经没人相信了，可是我们也不能麻痹大意呀！我们岛上绝不容许有一个反革命分子存在！人民政府的政策是宽大的，这个，大家早知道了。我为了提醒大家，再说一遍：凡是跟特务、海盗有关系的，坦白出来，一律从宽处理；对反革命分子，一定按照首恶必办、胁从不问、立功受奖的政策办事！解放军希望各位乡亲们检举反革命分子，挖掉坏根，保卫海防的安全！"

他的话刚完，就响起了一片雷鸣般的掌声。

李福生宣布散会以后，渔民们一边议论着，一边散去了。

徐文烈和李福生正在走着，忽然，有一个人从后面赶上来，喊道：

"李班长！李班长！"

"谁呀？"李福生回头问道。

"是我！我是潘客……"那个人已经跑到了李福生面前。

"潘客！找我有什么事？"

"我错了！"潘客悔悟地说，"李班长！请把枪还给我吧！以前，我听了谣言，以为这一带的岛子都解放了，也没有敌人了，还成立民兵，一定是去打台湾的！我一害怕，就把枪交了！可是，坏蛋还有啊！把林传有哥也给打伤了！今天，我看见了那个以前压迫过我们的'副司令'，我才知道我是好了疮疤忘了疼啊！……请给我枪吧！"

"潘客！你能够认识到自己不对，这很好！"李福生严肃地说道，"关于重新发枪的事，明天咱们民兵队开一个大会，叫大家讨论讨论。大家若是说可以发给你，那就一定再给你一支枪！"

"好吧！"潘客低沉地说。

"我想，大家会同意再给你一支枪的！"徐文烈从旁插嘴道。

"真的？"潘客一听，立刻兴奋了，大声道，"指导员！我恨不得现在手里就拿上枪啊！好吧！我一定等到明天，在大家面前说说我自己的不对。我一定……"

潘客一边说着，一边跑开了。

"这个小伙子，可以培养一下，作为建团的对象。"徐文烈凝望着潘客的背影说。

"有了交枪这件事，我看还得考验一下。"李福生说，

"走吧！咱们到供销站去谈谈改社的事！"

"什么时候改呢？"

"你的意见呢？"

"我看和发放第二批贷款同时搞。"

"那就是说，要等冬季鱼汛过完咯！"

"因为现在渔民有顾虑。"

"怕什么？"

"怕交不出股金。冬季鱼汛一过，卖鱼的钱到手了，贷款又发下去了，他们不但能交得上股金，还有扩大供销站的要求，因为他们准备迎接春季鱼汛，一定要修船补网，添置渔具，到了那个时候，这个小供销站怎么能供应得上？"

"喝！你真成了专家啦！"徐文烈称赞地说。

"指导员！你不是叫我要研究具体问题吗？"

"对！这样做得对！要研究！我们把供销站扩大成社，还有一个更重要的任务，那就是把'公平鱼栏'彻底挤垮！"

"让那个老秤加二算一百斤的陈老虾的剥削梦，早点做完吧！"

"关于陈老虾，"徐文烈放低了声音说，"我怀疑他跟这个特务蔡振彪有关系。明天，我们要好好地审讯一下，只要蔡振彪供认，我们就有了把他抓起来的证据！"

他俩边走边谈，不知不觉就到供销站门口了。供销站对面是"公平鱼栏"，徐文烈不禁往那边打量了一下，只见那里黑漆漆的，没有一丝亮光，心想："睡得好早哩！"

其实，陈老虾并没有睡。这一天，他自从听说蔡振彪被解放军抓回来了，就像丢了魂儿一般。他先把那支手枪深深地埋在院子里，又把那支香烟似的烈性毒药塞进鼠洞里，不敢走出房门一步。每一次门响，他都心惊肉跳，以为是

蔡振彪把他招认出来，解放军前来抓他。一直到天黑，他连晚饭都忘记吃了，想不出一个好主意来。他总觉得蔡振彪早晚会把他供出来的，与其坐在家里等着挨抓，不如趁早逃出岛去！逃，对他来说是没有什么牵挂的。房子已经在解放时烧光了；老婆可以带走；船也可以开走。剩下的只有埋藏在地下的那三十根金条和几百块银圆！这是半生的积蓄——当然是沾满了渔民血汗的积蓄——绝不能丢掉。但，又怎么带走呢？若被检查出来，那就一切都完了！

就是因为这个，使他犹豫不决。他从后院走到柜房，又从柜房走到后院。忽然，一个伙计问道：

"陈老板！明天装货不？"

"够一船吗？"

"足有多的！"

陈老虾立刻走到仓房看了看，果然，鱼又堆成小山一样了。他一看见鱼，眼睛立刻亮了：把金条和银圆藏在鱼肚子里，放在舱底下，多精明的检查员，也不可能发觉啊！他转过脸去，说道：

"装！明天起五更走！"

"来不及吧？"

"来得及！后半夜装船，每个伙计加发一担鱼当酒钱！"

那个伙计对陈老虾今天的慷慨很满意，刚转身要走，陈老虾又嘱咐道：

"喂！若有人问为什么走这么早，就说当天到大陆赶行市！"

陈老虾等伙计走后，便锁好了通后院的门，和老婆把金条和银圆偷偷地从地下挖了出来。他又从舱房拿了十条一二尺长的大鱼，把金条和银圆塞进鱼肚子里。陈老虾把这十条鱼装在一条麻袋里，放在床底下，准备明天背上船去。

下半夜三点钟，伙计们就来抬鱼装船了。

陈老虾把那个麻袋背上船去，放在舱底。过了大约一个小时，鱼堆满了舱，那个麻袋，好像压在一座小山底下。

大约五点钟光景，天还没有亮，鱼栏伙计就把民兵找来，请求检查出港。两个民兵上船看了看，见跟每次装鱼的船一样，并没有什么可疑的迹象，也就同意放行了。民兵刚下了船，陈老虾心里一块石头也就落了地，他站在桅灯的黄昏的光线下面，笑着问道：

"不买什么东西吗？我可以从大陆上给你们带回来！"

"没什么买的！老板今天怎么也去？"一个民兵说。

"伙计们总卖不上价去！老赔钱，我这鱼栏就要关张了！我去看一看！"

"老板娘也去吗？"另一个民兵笑着问道。

"她非得跟去嘛！"陈老虾装作无可奈何的声调说。

"我也上大陆逛逛去！在这个小岛上，天天叫鱼熏着，浑身都腥了！听说迎日港来了电影，咱去开开眼，死了也不冤啊！"陈老虾的女人一边笑着，一边卖弄风骚。

这时，陈老虾对伙计道：

"开船！"

第十二章

1

刘兆德在野战 401 医院第三所的病床上，已经休养四个月了。其实，他的伤一个月前就平复了，所以没有出院，是因为医生要他加强营养和运动，把体力恢复过来，才准许回到海岛上去。

一个在病床上躺久了的人，一旦获得可以自由活动的机会，就像放出笼子的小鸟儿一样，到处乱飞。这天，他听说迎日港电影院来了新片子，吃过晚饭，便跑去看。他正在排队买票的时候，忽然有人从背后抓住他的肩膀，意外兴奋地喊道：

"老刘！你的伤好了吗？"

刘兆德转身一看，原来是一位老战友。他们曾同在一连当过排长。后来，刘兆德升了连长，他也调到二营去当连长了。俗话说："老友相逢，话头无穷。"刘兆德放弃了看电影的打算，拉着他进了一家小饭馆，要了四两白酒，切了半只鸡，两人就一边喝着一边闲聊。在这种场合，难免要谈谈自己的和所认识的同志们的情况，于是，他们谈起了一些老战友。对方好像要表现他的消息灵通似的，对刘兆德提出来的每一个人，几乎都知道下落。这个升了副营长，那个升了教导员；谁调到空军去学开飞机了，谁又调到海军去当了舰长。便是这位消息灵通人士自己，原来在结束了渡海作战任务以后，也提升为副营长，从海岛回到大陆来了。

两个人是尽兴而散的。临分别的时候，那位"消息灵通人士"亲热地握着刘兆德的手说：

"老刘！听说师部也正在考虑你的工作问题哩！……"

"我有什么工作问题！"刘兆德打断了对方的话，笑道，"我一出院，就回大门岛去！"

"从部队到师首长，都说'钢铁连'这回打得漂亮。老兄，立功，你应该是头一功啊！"那位"消息灵通人士"一边笑着，一边离开了刘兆德。

刘兆德原来就觉得自己参加革命较早，有过光荣的功绩，而且已经干了四年连长，也应该提升了。现在一听说，过去的一些老战友大批提升了，而师部又正在考虑自己的"工作问题"，心里忍不住兴奋起来。他盼望着快点出院，心想："不要等全师各营营级干部都已经补齐再出去，那时可真叫白露麦子立冬种，晚了四个节气，白落一场空。"他正想找所长提个意见，所长却像晓得他的心事一样，亲自来找他了，并且说：师部来电话催了两三次，因为工作需要，让他尽可能提前出院。休养所医生研究了以后，认为他的体力已经基本恢复，可以胜任工作。

刘兆德一听，以为是师部决定调动他的工作了，不然，为什么这样急迫呢？第二天早晨，他就拿着医生盖章的出所证，离开了迎日港，向师部驻的村庄走去。道路两旁的灌木，仿佛比任何时候都更加葱绿可爱；被晓风一吹，一边婆娑起舞，一边轻声吟唱，显得又活泼又快活。碧草丛中偶尔露出几朵野花，也仿佛朝他微笑。他赶到师部时，太阳刚刚在东方露头，正散出无数枚金针，像要把大地的景物绣得更美丽一般。师参谋长听说他来了，立刻接见了他。但是，谈话完全出乎他的意外，师参谋长像下达命令似的简要明确地说：

"自从朝鲜战争发生以来，形势的变化，使我们有进一步加强海防工作的必要。目前，对部队进行海岛防御的作战训练，是一项主要的、也是迫切的任务。我们征得休养所的同意，叫你提前出院，是决定叫你马上回到大门岛去，负责这项工作。雷大鹏同志提升不久，也缺乏这一方面的实际经验，这一点，你是了解的。关于训练计划，我马上打电话叫训练科给你送来。你如果没有特别需要留下来的理由，今天就出发！你有这样的理由吗？"

"没有！"刘兆德摇了摇头。

"好咯！马上就出发吧！"

刘兆德从师参谋长那里走出来的时候，是很失望的。他对回大门岛这件事，几天来，已从思想中把它排挤出去；现在，忽然又钻了回来，不是占思想中的一部，而是要占全部，便好像容不下了。师参谋长的谈话是不容他提出任何异议的，事实上，他也提不出不执行这个任务的理由。作为一个共产党员和革命军人，服从上级决定，是一种义务，这一点，他是十分了解的。他坐在司令部办公室里等训练计划的时候，一边注视着墙上挂的沿海岛屿地图，一边默默地想："师参谋长只是命令我去搞海岛防御作战训练啊！这一次去，可能是暂时的。在那么一个小岛上，上级决不会让我长期待下去的！我就是不比别人好，也不比别人差啊！……"

他正想到这里，一位参谋送来了训练计划，并且告诉他：迎日港有一只机帆船在等他。这只船是给测绘员预备的，他们要去大门岛绘制地图。他可以同船前往。

不一会儿，一位通讯员给他端来了饭菜。他匆匆地吞咽了两碗饭，吃了几口菜，便急急忙忙地要走。但是，他一出门，便看见门外拴着一匹已经备好的马。这时，一位通讯员上前敬礼后，问道：

"你是刘连长吗？"

"是的！"

"请骑马上迎日港吧！"

2

十月底，大门岛守备连根据师司令部的计划，结束了防御作战的训练，并且，组织了一次演习。师司令部派来的检查小组，对成绩比较满意，评定了一个"良好"；然后，召开了一个座谈会，提出了几点需要在今后经常训练中注意的意见，便离岛了。

从此，岛上又转入了经常性的活动。

刘兆德一下子便空闲起来了。直到这时，他好像才有时间把这个岛好好地观察了一番：岛上，不是石头就是荒草；四周，除了海洋便是蓝天。遥望大陆，只是天边一条黑线。……他站在海滩上，面对着大陆，好像对什么事情不以为然似的，轻轻地摇了摇头，暗地里想："全国胜利了，大家都在热火朝天地干；

只有我在这么一个巴掌大的小岛上，连手脚都施展不开啊！"尽管这样，他每天仍然把所分工担任的工作，按部就班地做完。但，他心里却总像在等待着什么。……

　　十一月二十一日早晨，刘兆德根据昨晚师部的电报通知，正在准备明天去大陆参加海防工事修建会议的汇报材料。忽然，电报员跑进连部，把一份紧急敌情电报交给了他。电报上说：今天早晨六点五十分，接到确实情报称：蒋贼军一股，分乘两只机帆船，正由牛头岛向大门岛方向前进，企图不明。望接到电报以后，立即出海搜剿，并将情况回报云云。

　　他一见这份电报，好像要知道它的分量似的，不禁在手中掂了掂；过去两个多月的海岛生活，同时在脑海中涌现出来了。岛上，在他来以前，曾发生了一起特务案件和逃走了一个恶霸。特务案件已经早开过会，对群众进行了一次防特教育；恶霸逃走后，也进行了反霸补课，渔民群众经过开会清算恶霸，诉了苦，大家的觉悟都有了提高，以后一直再没有发生过什么敌情。战斗，当然没有过；就是谣言，也好像绝迹了。应该说，海岛是和平的、安静的。但是，跟这种和平的安静的气氛相反，师司令部却经常发一些普通的和紧急的敌情电报来；并且，每份电报几乎都命令他们提高警惕，加强戒备。刘兆德也便根据情况加以部署，或增加巡逻，或加强瞭望，或出海搜索。有时，在一昼夜里接到两次或三次敌情电报，那么，便夜以继日地紧张戒备。有时，也根据渔民报告的线索，出海搜捕。

　　可是，他们的每次部署，都往往是一场徒劳。因此，个别战士在警戒通宵以后，便厌烦和急躁起来了，说："连一个敌人的影子都没有看到，何必这样大惊小怪呢？就是蒋介石从台湾倾巢而来，也能把它打下海去！"刘兆德一开始时，是驳斥过这种论调的；但，过了不久，他自己也怀疑起来了。这么多的敌情电报，是否都真实可靠呢？而这种"望风捕影"的情报，常常给战士带来疲劳，和不断打乱日常工作计划。他曾估计了一下目前的情况：在广大的南海上，已将敌人全部扫清；到八月底止，沿海大小岛屿全部解放，早已没有敌人的立足点了。同时，他又想到了朝鲜战场上的局势：中国人民志愿军雄赳赳地跨过了鸭绿江，以排山倒海之势，把美帝国主义驱回三八线。这一个光辉的胜利，不仅使侵略者丧胆；狂妄叫嚣要"反攻大陆"的蒋介石，难道就不心寒吗？因此，他的结论是：敌人大规模行动的可能性不大；至于小股敌人海盗式的袭扰，或特务分子的活动，都可以在发现后，有足够的力量随时予以歼灭。像目前这样日夜紧张的状况，是有点小题大做的。所以，他在处理敌情电报时，便放宽了尺度：一般性的敌情，只通知瞭望哨注意一点就算了；比较紧急的，才作必要的部署。现在，他又接到了这样一份敌情电报，便考虑应该怎么处理才好。他本不想出海搜捕，便是真有两只机帆船又能算个什么敌情呢？但，师部又要回电，这就使他为难了。他想：

"若是雷大鹏在岛上就好了，可以叫他跑一趟。他偏偏前天去二门岛交流渔民工作经验去了，要今天晚上才能回来。看样子，只好自己去了！"

于是，他把电报一折，装在衣袋里，便从墙上摘下驳壳枪来，回头命令通讯员苗国新道：

"通知一排，马上准备出海。十五分钟后在大门湾集合！"

"是！"苗国新答应了一声，便飞跑出去了。

刘兆德向徐文烈讲了一下，便离开了连部。他走到大门湾时，一排已经集合好了，正等待着出发命令。他把出海的任务简要地交代了一下，把手一挥，说道：

"上船吧！"

战士们分乘一只机帆船和两只帆船，向东南方海面前进了。

这一支只有三只船的小船队，从上午八点二十五分出发，一直在海上搜索到下午五点，除去遇见了四只渔船以外，什么情况也没有发现。他们回到大门湾时，天已经黑得伸手不见掌了。

刘兆德疲倦地走进连部时，徐文烈迎面笑着问道：

"辛苦了！有什么发现？"

"我早就知道要白跑一趟的！"刘兆德一边说着，一边把驳壳枪往床上一丢，然后，给师部写了一个回电：

"搜索九个小时，无情况。"

徐文烈看到他这种不大高兴的样子，便走过来劝慰道：

"老刘！早点休息吧！"

"休息？汇报材料搞不出来，开会时说什么？"

"叫雷大鹏帮着你整理！"

"他回来了吗？"

"也是刚回来。二门岛的渔民工作经验，有很多可学习的地方啊！他到渔民工作组去了。"

"算了吧！他也够累的，还是我一个人开夜车干吧！"

"这样也好。海岛生活就是要这样紧张些哩！"

"有些便是人为的。像这些个数不清的敌情，就造成了工作的紧张。我到了师里，一定要提个意见！"

"我看，还是给蒋介石提个意见吧！哈哈……"徐文烈开了一句玩笑，又认真地说道，"要没有敌情，除非帝国主义灭亡！老刘！我看你这些天对海岛生活有点腻烦哩！腻不得，也烦不得，我们这个岗位，就是一个紧张战斗的岗位嘛！"

刘兆德抬起头来，不以为然地看了徐文烈一眼，想说："又是你那套政治课！"但，他改换了话题，笑道："好咯！你的政治课，等我有工夫再听，我现在还要搞材料哩！"

"这也算是政治课吧！"徐文烈不大愉快地说道，"离开政治，就要犯错误！老刘！等你开会回来，咱们好好谈一谈！我感觉得你有点变了。也许，我想的不对……"

徐文烈一边说着，一边走开了。

刘兆德坐在桌子前面望了一下徐文烈的瘦削的背影，后悔自己的话说得有点过分，想解释一下，又想："开会回来再谈也好！"于是，便埋头开始整理材料。

雷大鹏回来得很晚，连部里只有刘兆德一个人还没有睡。他怕惊动别人似的，凑到刘兆德跟前，小声说道：

"听说你明天到大陆开会去？"

"是呀！昨天晚上才通知的，真急！"

"我真羡慕你哩！"

"羡慕我什么？"

"你从大陆回来两个多月，又有机会去！可是，我呢，只能站在凤凰岭上望一望！刘连长！我真想大陆哩！尤其是看到报上登的建设的情形，更想看一看……我不打扰你了，你快写吧！"

雷大鹏一边说着，一边走到自己的床边，放下了蚊帐。但，他忽然哎呀一声，惊叫起来，把连部里的人都吵醒了。刘兆德急忙放下笔，跑过去问道：

"什么事？"

"蛇！"雷大鹏指着蚊帐顶说。

这时，徐文烈、苗国新等也爬起来了。他们用手电筒朝蚊帐顶上一照，那里蜷伏着两条三尺多长的花蛇。蛇被惊动了，一条急忙向墙壁探身，想钻进草里去；一条则盘在支蚊帐的竹竿上，摇晃着脑袋，好像不知道往哪里逃的样子。

"快拿刺刀！"雷大鹏向苗国新喊道。

苗国新急忙拿来刺刀，先朝盘在竹竿上的一条砍去，只一下，就斩成两截。他再去砍另一条时，它已钻进墙上的草里不见了。他用刺刀把墙戳了十几下，但毫无踪影。

刘兆德等一场"战斗"结束，走回自己的床边时，不禁也向蚊帐顶上瞧了一眼。他有些胆怯地想："别人都在大陆上过着和平的生活，偏偏我还要跟敌情电报打交道，跟蛇一块儿睡觉……"

他重新坐在桌前时，写一两分钟，就心虚地看看脚底下，担心那条逃跑了的蛇再爬进来。

他的心绪很乱，因陋就简地把汇报材料整理完，看了看手表，已经是翌晨一时了。

他匆匆地上了床，刚迷迷糊糊地睡着，便梦见了那条逃跑的蛇，跟在身后追他。他跑了一会儿，累得跑不了，蛇便蹿上来咬了他一口。……他猛然醒过来，才发觉有一个人在推他，他急忙坐起来，问道："谁？"

"连长！敌情电报！"电报员在黑暗中回答。

"又是敌情电报！"刘兆德一边暗想，一边接过电报来。

电报员悄悄地踮着脚尖走出连部去了。

刘兆德捏亮手电筒，见电报上面写着：接327号情报站发来的急电称：蒋贼军一股，约三十余人，分乘两只机帆船，正从牛头岛西南方海面向大门岛附近窜去。这一股敌人可能仍是昨日搜捕未获的，希即……"

他看到这里时，白天出海搜捕扑空，以及记不清有多少次场场落空的戒备、巡逻、出海……都一下子涌进脑海里来，立刻，一种厌烦的感觉，使他不愿再看下去了。他凭着多少次的经验，想："下边还不又是什么希即出海搜捕，提高警惕等等老一套的词句吗？"他把电报顺手塞到枕头底下，又躺下了，想："敌情便是真的，离这里还有几十浬远！再说，三十几个匪毛，还能把大门岛怎么样？……"

他一边想着，一边又呼呼地睡着了。

黎明来了。

这一天，真是海上少见的晴朗的日子，蓝瓦瓦的天空上，连一丝云彩也没有。刘兆德是被苗国新唤醒的，说去大陆的帆船已经准备好，正在等着他。他一骨碌爬起来，洗完了脸，看见徐文烈从外面进来，便笑问道：

"老徐！你买什么东西不？"

徐文烈思索了一下，摇摇头道：

"没有什么可买的！"

"说实话，你那条四七年发的被子，也盖够本了。"刘兆德一边收拾图囊，一边笑着说，"该换换了！"

徐文烈只是淡然地笑了一下，没有回答。

"我该走了！没想到一觉睡到这时候！"刘兆德跟徐文烈匆匆地握了一下手，说道，"再见！等我开会回来，再听你的政治课吧！"

但，徐文烈好像没有听清后面的话，说道："我想起一件事来了，你顺便跟师部谈一谈。战士们现在很缺乏文化娱乐器材，生活枯燥，请上级发给一些扑克、象棋、乐器和篮、排球等东西！"

"好！"刘兆德答应一声，便走出连部去了。

刘兆德到大陆去开会，心情是十分愉快的。先不说这两个多月的海岛生活，使他感到有点郁闷寂寞；更重要的是他可以借这个机会，再打听一下关于自己的工作问题的消息，别人都提升了，他不能老当"一连之长"啊！

刘兆德赶到大门湾，忽然在渔民群里发现雷大鹏正在帮助渔民作出海前的准备工作。他招呼了一下，笑道：

"老雷！想当渔民吗？"

"真想哩！"雷大鹏走到他面前，半认真半打趣地说道，"当一个渔人，海阔天空，多英雄！多勇敢！多快活！"

"又是幻想！"刘兆德一边笑着，一边摇头。

"马上就走吗？"

"是呀！船都等了好半天啦！"刘兆德向停在岸边的帆船看了一眼，皱了皱眉头说，"这船比牛车还慢，一个钟头走不了三浬！早一点走，争取今天晚上赶到迎日港！老雷！你有什么事吗？"

"没有什么事情。"雷大鹏想了一下，又笑道，"你见了萧师长，请替我问候吧！"

"这个任务我能完成！"刘兆德笑着回答。

雷大鹏把刘兆德送上了船。在船上，炊事班长张富早等得心焦了。他也跟着这只船到大陆去采买东西。船舱里堆满了装油、盐、酱油、菜蔬等物用的竹篓、木箱、玻璃瓶、坛子和油桶。刘兆德见舱里没法下足，只好坐在船头上了。

水手起锚扬帆，船离了岸。

3

吃完午饭，雷大鹏正跟徐文烈研究连长不在期间的工作问题，突然，有一个人猛冲进连部来了。他转脸一看，原来是罗天娥。

罗天娥粗喘着气，微张着嘴，鼻子显得更翘了。她用手把飘到额前盖住了脸的头发，迅速地拢到脑后，大声说道：

"有蒋贼军……"

"在什么地方？"雷大鹏心里一紧，急忙上前问道。

"大门岛东南边的海上！"

"你这消息从哪来的？"

"潘客跑回来报信了！"罗天娥的一双黑眼睛闪动了两下，迅速地报告道，"渔船碰上蒋贼军以后，民兵们就开了枪，双方打起来了！林传有叫他回来送信，他在路上中了敌人的枪弹，浑身都是血啊！

"有多少敌人？"雷大鹏进一步追问。

"这个……"罗天娥摇了摇头，回答不出了，解释道，"潘客一上岸，说了几句话，就昏过去了，他没有说。"

雷大鹏拧紧眉头，沉思了一下：虽然不知道敌人的实力，但，民兵们敢先开枪打，估计不会太多。现在，渔民正和敌人战斗，应该马上派人支援！他想到这里，又看了看站在面前的这位渔民姑娘，沉着地说：

"罗天娥！你先回去吧！通知渔民工作组，赶快把潘客送到卫生所去！"

　　"是！"罗天娥响亮地回答，好像是一个女战士。她转身走到连部门口，又回头叮嘱了一句，"你们可快点去啊！"

　　"放心吧！"雷大鹏坚定地说。

　　罗天娥走了以后，雷大鹏跟徐文烈简单地交换了一下意见，决定亲自带领一班出海援救渔民。徐文烈怕一个班的兵力不够，叫他带一个排去。雷大鹏不同意，解释道：

　　"我们只有一只机帆船，人多了，坐不下。若增加帆船，走得又太慢，恐怕不能及时赶到。一个班足够了，人少灵活。为了补救火力不强，可以多带两挺机枪！"

　　徐文烈慎重地考虑了一下，这才同意了。他说：

　　"你去吧！必要时，我增派部队援助你！"

　　雷大鹏带着一班战士，跑步到了大门湾，刚刚登上机帆船，从海滩上又跑过一个人来，大声喊道：

　　"等一等！……"

　　雷大鹏注目一看，原来是一直在渔民工作组工作的李福生，便站在船头问道：

　　"什么事？"

　　"副连长！我也跟你们出海去！"李福生急切地说。

　　"好吧！快上船来！"雷大鹏答应了。

　　李福生刚刚跳进船舱，张双喜就发动了机器。机帆船冲开波浪前进了。

　　雷大鹏坐在船头上，衣服很快就被溅起来的浪花打湿了。但，湿衣服很快又被毒烈的太阳晒干——在十一月的天气里，若说太阳毒烈，也许有人不会相信，可是，在南海上，确实是这样的。他的军衣上，海水混合着汗水，留下了一片片白色的盐霜。

　　大家警惕地注视着海上，每一个人都恨不得长上翅膀，马上飞到渔民那里。尽管机帆船已用最大的马力在飞驶，他们仍感觉慢得叫人不能忍耐。赵二虎又发躁了，大声对张双喜道：

　　"再开快点！快点！"

　　"这不是驱逐舰！"张双喜也急得直抓头。他已经没有任何办法再让船走得更快了。

不一会儿，雷大鹏从望远镜中发现右前方有一队渔船，约有十七八只的样子，正张帆疾行。但是，当走到直接用眼睛观察出是大门岛的渔船时，已是下午四点半钟光景了。

机帆船突突地前进着。那一队渔船也迎面驶来。战士们看见从渔船群中，有一只船驶得特别快，抢先迎上来了。大家注目一看，只见林传有正站在船头上振臂高呼；但，听不到他喊的是什么。不久，两只船接近了。雷大鹏把两只手圈在嘴上，大声问道：

"林传有！情况怎么样？"

"敌人……跑……了……"林传有的回答，仍然若断若续。

"有损失没有？"

"敌人劫走了七条船……我们有三个人受伤了……"

"敌人有多少？"

"开着两只机帆船，大约有三十多人。"林传有的船已经靠近机帆船了，他继续报告："我们学你们去年打炮艇的经验，等靠近敌人，先冷不防开了火，把敌人也打昏了！我们打了两个多钟头，敌人便慌慌张张地退了。"

雷大鹏和战士们一听敌人劫走了七条渔船，还打伤了三个人，一个个牙齿咬得咯咯响，心里急得好像着了火一样。雷大鹏想："敌人好恶毒啊！渔民刚刚翻身，赶上解放后第一个丰收的冬季鱼汛，就又来破坏了！"他正在想时，又听林传有说道：

"幸亏我们组织了海上民兵，带着武器出海生产；不然，损失会更大的！恐怕连一只船也逃不回来哩！"

这时，赵二虎忍不住了，好像晴空打了个炸雷似的喊道：

"副连长！咱们别耽误时间啦！快追兔崽子们去！"

"对！追！不能让敌人占了便宜！"李济才气愤地应声说。

雷大鹏回头看了战士们一眼，脸色变得黑沉沉的，想："一定要把渔船夺回！不然，渔民的生产情绪会受到打击！但，这不能急躁，不把情况了解清楚，会使事倍功半！"于是，他又转向林传有问道：

"敌人向哪个方向跑了？"

"朝牛头岛！"林传有向东南偏南方一指。

赵二虎又插嘴了：

"副连长！追吧！敌人还能跑得出大海去？"

雷大鹏瞪了赵二虎一眼，好像在说："临阵莽撞，这难道是一个战士所应该的吗？"赵二虎立刻把脑袋低下去了。雷大鹏又问了问敌人的火力、船只特征、撤出战斗时间等情况后，估计敌人因为拖着七条渔船，不会走得太快，可以追上，这才下了最后决心，回头对张双喜道：

"开足马力！追！"

机帆船立刻穿过渔船群，朝东南偏南方飞驰而去。

快到下午六点钟的时候，雷大鹏正在注视着前方的海面，忽然发觉波峰浑圆，波峰与波峰间距离较长的长浪，滚滚而来。这种海浪的变化，使他心里一惊，立刻感到忧虑和不安。因为，他曾听罗九叔说过，这种长浪和峰顶尖和普通风浪不同，是即将发生台风的预兆。在发生台风的海面上，海水受台风的吹动，往往掀起滔天大浪。这种大浪离开台风中心海面以后，还会一直向前涌滚，既不受其他普通风浪的影响，而且，方向也不改变。哪怕有时天气晴朗，风力微弱，渔民们一发现这种有规则的向前滚动的长浪时，就知道在附近不远的海面上，已经刮起了台风，马上返航；返航不及，就到最近岛屿避风。

雷大鹏又仰脸看了看天空。因为罗九叔还说：跟长浪同时来的，常常还有一种飞云。果然，这时从东北偏东方向的低空，一块一块黑色的碎积云，好像一只只黑绵羊似的，成群结队地互相追逐着。这种飞云表示：台风中心已经迫近了。

雷大鹏一回想起台风的威力，心紧张得像拉满了的弓。他用望远镜朝东、南、西三方的海面观察了一番，仍然没有敌船的踪影。他把望远镜往胸前一放，转身对张双喜命令道：

"停止前进！马上开往黑山岛！"

张双喜和战士们一听这个突然的命令，都愣住了。张双喜立刻执行命令；但，赵二虎却疑惑不解地问道：

"为什么上黑山岛呀？"

"要起风暴，到那里避风！"雷大鹏解释道，"回大门岛已来不及了！"

战士们都抬头看天。但，天空仍然是晴朗的。太阳虽已悬挂在西边，已经接近水平线，仍不减威力地照射着海洋。海面闪闪放光，仿佛千百万片镀银板在闪动。大家更疑惑了。李福生好像自言自语似的说：

"天这么晴，怎么会起风暴呢？"

"你们看那长浪！再看那飞云！"雷大鹏指了指海面，又指了指天空，并且简单地讲述了一下要起风暴的道理。

但是，赵二虎好像并没有注意什么风暴，甚至对雷大鹏的话，有点半信半疑。他不甘心丢开被劫走的渔船不管，不以为然地发急道：

"副连长！咱们不能放跑敌人！就是叫风暴打沉，也要救回渔民来！"

"谁也不是怕死鬼！"雷大鹏严厉地反驳道，"我们上黑山岛避风，并不是丢开渔民不管，实在是因为在大风暴中不可能完成这个任务！不但不可能，我们自己还有覆灭的危险！明知不可能，还去蛮干，这不是勇敢，而是愚蠢。赵二虎同志！你沉下海去，怎么救回渔民来呢？做事要用用脑子咯！"

赵二虎不再言语了，抱着枪，仍然心犹不甘地注视着那越来越多的长浪。——在他心里，正诅咒着这种倒霉的长浪。

机帆船一边突突地叫着，一边颠簸着朝北方前进。

乌云仿佛一张黑幕，从东向西拉过来，把天空笼罩住了。不一会儿，猛听得一声怪啸，好像饥饿的野兽，狂叫着扑了过来。立刻，黑压压的巨浪翻过了船头，宛如从半空中倾泻而下，战士们全被浇湿了。大家被这突然的变化惊住了，这才相信雷大鹏的话是有根据的。正在这时，忽然听到雷大鹏的命令：

"全体带好救生圈！"

战士们急忙从舱底抓起救生圈——是用一节节粗竹筒做成的，胸前背后各四节，两肩相连，拦腰系好，仿佛背上了冲锋枪弹夹——带好了。大家朝四周再看时，只见整个海面都被汹涌澎湃的白色泡沫掩盖着，宛如落了一场大雪。波浪好像和乌云连在一起，在船的前面耸起了一座座山峰。天气变化得这样快，就是真有呼风唤雨的魔术师，恐怕也要瞠然了。

机帆船在接连不断的巨浪中痉挛地颤抖着。发动机好像气息奄奄的病人，已经没有力量再推动船只前进，只隐隐约约地听到它的微弱的呻吟。

"砍断桅杆！"

雷大鹏又用尽浑身气力叫喊。尽管如此，他的声音仍如来自远方山谷的回声，连他自己听来都是那么含混而细微。

没有人听到他说的是什么。他再连喊几声，也是如此。显然，风和浪已经增强了。他不再白费力气，便爬到桅杆下面，摸起斧头，向桅杆猛力砍去。

桅杆被狂风冲击得东摇西摆，通身响叫，就像发疟疾的病人一样抖索着。

李济才从雷大鹏手中，把斧头夺过去，继续猛砍。

粗大的桅杆被砍断后，连同篷帆倒向海中，马上叫巨浪吞没了。船没有了桅杆，才不像刚才那样剧烈地摇摆了。

战士们紧伏在船舱里，一面隐蔽自己，不被风浪卷走；一面用水斗不住地舀水。但，船舱里的水并不见减少，随着波浪的翻腾，反而上涨，淹没了战士们的下半身。

雷大鹏爬到船尾，问张双喜道：

"怎么样？"

"引擎叫水淹了！"张双喜大声回答。

雷大鹏立刻命令道：

"不要叫它灭火！我叫大家快舀水！"

他说完，就沿着船舱，一边爬，一边告诉每一个同志道：

"赶快舀水！引擎淹了！我们要坚持住，战胜风暴……"

战士们的手，已经像穿梭似的舀水了；他们一听，又加快了动作。

引擎露出来，又突突地响了。

战士们刚松一口气，又是一个披头盖顶的大浪压了下来，船舱里的水立刻满了。他们刚才的努力变成白费，引擎又被淹没了。

张双喜瞪着眼珠子猛喊：

"快舀水！危险！……"

危险！雷大鹏早已感到危险了。在距离附近各岛最近也有十浬的远海上，突然遇到了起码九级以上的烈风[1]，而他们所乘的又是一只木帆船改装的机帆船，这种情况是万分危险的。但，他十分清楚，不论多么危险，决不能惊惶软弱，只有沉着冷静和勇敢地面对危险，才有可能化险为夷。过去，面对着敌人是这样；今天，面对着海洋也应该这样！他厉声号召：

"同志们！这正是考验我们的时候！把水排出去，抢救引擎！"

战士们刚刚把船舱里的水排少了，便又被浪涛灌满，他们半身浸在水里，眼看船将要下沉了，仍然不停息地舀水。

---

[1] 九级烈风：风力的等级，是以风行速度决定的。风力分为十三级（由0级到十二级），每一级风都各有名称，如：六级风称"强风"，七级风称"疾风"，八级风称"大风"，九级风称"烈风"，十级风称"狂风"等。

但，发动机终于像突然死亡一样，失掉了作用。

天更加黑暗了。周围的空气又湿又重，令人气闷。雷大鹏觉得好像落进了深幽而湿闷的矿井里。

船在暴风骤浪中，随时都有覆没的危险。这时，只有一个舵，还被张双喜紧紧地掌握着。

雷大鹏紧咬着牙。但是，牙却上下相打，嗒嗒发响。他浑身皮肤紧缩，仿佛连血管也凝结不通了。

一座一座小山那么大的黑色浪头，高高耸起，好像从天上降落一般，朝船劈顶压下来。每一个浪头打下来，雷大鹏都以为，这一下子船就要变得粉碎，沉下海底。但，每一次，船都奇怪地从浪坑里钻出来，被高高地举到浪峰上，令人觉得仿佛是从深不可测的海底，飞上了天空。可是，当你的这种感觉还未完成时，船又陡然降进了浪坑，宛如从天空坠落下来。雷大鹏把从胃底翻上来的热流一次又一次地强压下去，但，终于经不住这样猛烈的颠簸，在一次船跌向浪坑时，终于哇的一声呕吐了。一下接连一下地翻心倒胃的呕吐，使他甚至担心会真把五脏吐出来。他的脑袋里好像有无数根尖细的钢针在扎，肚子里空得像鼓，满嘴苦腥。……

暴风狂吹，巨浪猛袭，好像要摧毁人民战士的意志。

雷大鹏双手紧抓住船舷，隐隐约约地听到战士们在叫喊。他强忍住晕眩，猛然抬头注视：只见战士们仍在舀水。虽然黑影模糊，但，战士们和风浪、海水搏斗的不屈的气概，好像映在银幕上一样清晰。

哗——

一个大浪山，横暴地抛了过来，船又被打到浪坑里。雷大鹏觉得仿佛跌下了万丈深渊。难耐的时辰不知过了多久，甚至使他产生了这一回再也不会回到海面上来了的感觉。但是，完全出乎他的意外，海底好像安装着一个巨大有力的弹簧，把船只轻轻地一弹，就又抛出了海面。雷大鹏心里不禁暗叫：

"真是见了鬼！"

就在这个时候，一种幸运的念头油然产生了。他挣扎着爬到战士们面前，大声命令道：

"对——空——连——续——射——击——"

战士们没有听清他的命令。因为，他的话被一阵风浪淹没了。雷大鹏又拼尽力气喊道：

"射——击！对空连续射击！"

战士们迅速地举起枪来，对空连续射击。虽然同在一只船上，雷大鹏却觉得好像是隔着数道高山听枪响，声音隐约、渺弱而轻微。

枪声在风暴里是起不到信号作用的。就是能够起到作用，在这样辽阔无边的荒暴的大海里，哪里又有人来救他们呢？但，时间过了这么长，船又被风浪赶得跑了这么久，雷大鹏总觉得已经离黑山岛不远了。黑山岛驻有海军，闻到枪声后，会来救他们的。他估计得并不错，可是，风浪改变了船的方向，不是朝北，而是向西北方漂去。这一点，他没有觉察出来。一阵巨浪袭来，船像长了翅膀，在海上逐浪飞舞。

这时，张双喜在船尾高声喊叫起来：

"舵——断——啦——"

雷大鹏冒着被浪打下海去的危险，爬到了船尾。舵已被狂涛击碎，在张双喜手里只留下了一根舵柄。他们没有带备用舵，没法挽救了。船失去了舵，既像断了线的风筝，飘荡无定，又像放出来的陀螺，旋转不停。雷大鹏心里一急，只觉得脑袋发晕，两眼冒火星，胸口骤然一紧，又哇哇地呕吐了。他的肚子早已吐空，现在吐的是又苦又粘的黄水。他想抓住什么，支撑住身体，一伸手，全身却扑在舱里的水中了。

张双喜一见，急忙从水中把雷大鹏拉起来，大声问道：

"副连长！你怎么啦？……"

雷大鹏被水一浸，又喝了两口苦咸的海水，清醒了，他挣脱了张双喜的手，回答道：

"我绊倒了……没有什么……快去舀水！"

张双喜立刻把帽子摘下来当水斗，向外舀水。

雷大鹏这时只有一个念头："不让水涨满船舱！"他也把帽子摘下来，刚要舀水，忽然，又一座高山似的狂暴的黑浪，从空中压了下来，好像天坍了一般。他只听得两耳轰轰响，浪头把船摔进了没有底的浪坑。雷大鹏感到这一次非比寻常，高声喊道：

"同志们！抓住船帮！坚持住……"

但，船翻了！

4

徐文烈在连部里走来走去，焦虑万分。屋外狂暴的台风，撕扯着他的心。

林传有带领的渔船队，已在起风前赶回了大门岛。可是，雷大鹏和一班全体战士们，却一直没有任何消息。徐文烈在起风前曾给师部发去了一个急电，报告发现蒋贼军的消息；起风后，又发去了一个急电，报告雷大鹏出海搜剿敌人，到现在还没有回岛。当他想到，在刮着九级烈风的海洋上，一只机帆船可能遭遇到的命运会是什么，便心头发疼，浑身仿佛火烧一样，<u>坐立不安</u>。

通讯员苗国新急得直想哭，可是，他一看指导员急成那种样子，不能再勾引他难过，便忍住了。他倒了一杯白开水，端到徐文烈面前，轻声劝道：

"指导员！快十点了，睡觉吧！"

"去问问电台，师部有没有回电？"徐文烈好像没有听见苗国新的话。

苗国新只好默默地走出去，到电报室问了问，回来报告道：

"现在还没有！"

"你去睡觉吧！"徐文烈说。

"指导员！你也睡吧！"苗国新关心地说。

"我再等一等。也许，副连长他们会回来的！"

"指导员！你先睡，让我等吧！"苗国新的眼睛眨了眨，建议说，"等有了消息，我马上叫醒你！"

徐文烈看了这个固执的小鬼一眼，点了点头，说：

"好！咱俩都睡！"

苗国新一看他的劝说成功了，心里很高兴，便替徐文烈收拾了一下床铺，放下蚊帐来。他刚躺在床上，果然，看见徐文烈也躺在床上了。

其实，徐文烈的心被焦虑和不安缠绕着，怎么能睡得着呢？他知道苗国新的脾气，自己若一夜不睡，他也会陪着待到天亮的。他躺在床上，翻了几个身，忽然，仿佛隐约听到一阵嘈杂的人声随风传来，心中不禁一喜。于是，他一跃而起，推开房门，走出了连部。

苗国新已经入梦，忽然被开门声惊醒了，睁眼一看，指导员的影子已消失在门外了。他一骨碌爬起来，提起卡宾枪，就紧跟着追出来了。

徐文烈顶着风，艰难地走到了大门湾。四周是一片漆黑，大海在黑暗中肆无忌惮地吵闹着。他朝海上极目眺望，不论是远方和近处，天黑地暗，只有风和海，拧成一股劲，咆哮着。哪里有什么人声，又哪里有什么战士的踪影呢？原来，刚才他听到的嘈杂声，是幻觉。

他被风吹得站不住脚，东摇西晃。正在这时，苗国新从后面跑过来，一把拉住他，大声叫道：

"指导员！快回去吧！这儿太危险了，风会把人卷到海里去的！"

苗国新一边说着，便一边扯住徐文烈往回走。两个人跟跟跄跄地回到了连部。但，蒙在徐文烈心上的暗影更浓了。

"电报！"电报员跑进来了。

徐文烈迫不及待地迎上去，接过电报来读道：

报来情况已知。今晨二时四十分，曾发去敌情急电一件，后附气象预报。该电命令你部于十五时前完成海上巡逻任务后返岛，而你部竟未遵从命令行动，致发生出海遇风未归事件，丞感痛心！师部除即与海军巡防区紧急联系，请求派舰搜索外，望你部于风息后，商请渔船协助，寻查战士下落……

他读到这里，感到很奇怪，便又从头仔细地看了一遍。电报上明明写着曾发来敌情急电一件，可是，这个电报在哪里呢？他转脸急问电报员道：

"今天早晨收到过师部的敌情电报吗？"

"收到过。"电报员肯定而明确地回答道，"师部是两点四十分发出的，我们收到译完的时间是三点十分。"

"电报在哪儿？"

"交给刘连长了！"

"交给了刘连长？"徐文烈一怔，疑惑不解地说，"他没有说啊！"

"也许是他忘记了。"电报员猜测道。

徐文烈以出奇的敏捷，到刘兆德的桌子上、抽屉里翻找。他找了一遍又一遍，几乎连每一片小纸块都翻看了，仍没发现这一份敌情电报。他急得浑身冒汗，失望地坐在刘兆德的床上，想："今后，必须建立电报的保存制度！像现在这样到处乱放，是最容易遗失的。"他想到这里，又问电报员道：

"你交给刘连长时，他在干什么？"

"在睡觉。是我叫醒他的……"电报员回答。

　　徐文烈没等电报员把话说完，就站起来，转身在刘兆德床上找。既然是在睡觉时交给刘兆德的，他有可能随手放在床上的任何地方。徐文烈翻遍了被褥，但是，仍然没有。他愣了一下，再翻枕头时，看见下面压着一张纸。他把纸打开一看，正是那件敌情急电。

　　他颓然无力地又坐在床上，仿佛那件电报有千斤重，把他压倒了似的。他让自己镇静了一下，心情沉重地低声自语：

　　"错误！这是严重的错误！"

　　他捏着那份电报，在床上默默地坐了好久。尽管他一向办法很多，遇到了这样意外的事情，而且发生在他的老战友身上，竟使他感到无法处理了。

　　电报员一看电报已经找到，转身要走，徐文烈却叫住了他：

　　"等一等！我马上给师部发个回电！"

　　他把刘兆德压电报的事情，写了一个电报，交给了电报员。

　　这一夜，他没有睡。他坐在桌子前面，双手紧紧地抱着脑袋，好像头疼似的，一直待到窗外透进了朦胧的曙光。

　　随着黎明的降临，风暴停息了。

　　但，徐文烈心中的风暴，却没有停息。他没法让自己安定下来在屋里坐一会儿，他总觉得好像雷大鹏和战士们已经回来了，正从大门湾上岸。他常是刚从大门湾回到连部，待不了几分钟，又推开屋门，朝大门湾走去。

　　在大门湾，出海寻找战士们下落的渔船，正在准备启航。老渔民罗九叔走过来，用坚定的声音安慰徐文烈道：

　　"徐指导员！请放心吧！大军同志为了救我们，遇上了风暴；我们就是到天涯海角，也要把大军同志找回来！"

　　徐文烈用感激的眼光，注视着罗九叔的激动的、多皱纹的脸，说道：

　　"老大爷！你们多多辛苦吧！我等着你们和雷副连长一块儿回岛来……"

　　他嘴里这样说，心里却难过地想："一夜风暴，雷大鹏和战士们还能活着回来吗？……"他迅速地握了握罗九叔的粗大多筋的手，急忙转过身去，因为，泪水已在眼眶里转动了。他不能再说什么话了，喉咙里好像堵着东西，心头也紧绷绷的。

　　他站在岸上，目送渔船出海以后，刚一转身，看见苗国新飞跑而来。他迎上前去，接过一份电报来，只见上面说：

接海军巡防区转巡逻舰急电：今天早晨六点十五分，在黑山岛西方十二浬海面上，发现了一只被风浪打坏的机帆船；并在附近救起战士九人。巡逻舰仍在附近继续搜索中。

他们不是九个人，而是十四个人啊！这就是说，还有五个人没有下落。徐文烈想："雷大鹏是在这九个人里，还是在那五个人里呢？"他多么想知道那九个人的名字啊，可是，他又看了看电报，上面并没有。

徐文烈并没有因为接到这个消息，心里感到轻松。哪怕有一个人没有下落，他也不会把心放下来的。我们的战士在必要时可以勇敢地献出自己的生命，但不能让他们牺牲在错误里！他作为一个党的代表，认为在守备连里发生了这种错误，严重地暴露出了政治工作中的缺点。这首先是只注意了对战士的教育，而存在于领导干部思想中的轻敌麻痹情绪，过去，虽然有所发觉，没有及时地拿起批评与自我批评这个武器，予以有效地揭露和克服，以致造成了这一件痛心的事件。余文烈为自己和刘兆德长期在一起工作，而彼此没有以两个共产党员的原则态度进行衷心的倾谈和帮助，形成了互不了解思想情况，而更多的是一团和气，互不干涉，感到万分的惭愧。他深深地痛恨自己这种在胜利形势下，认为一切事物都会自然而然正常发展的错误思想；缺乏在和平环境中注意任何一点，哪怕是最微小的一点的变化，据而进行预防工作的布尔什维克式的敏锐性和机警性，因而，感到自己确实是落后于形势了。今天，一个政治工作者，不能像明镜一样照亮人们的心；像精细的医生一样，从脉搏的跳动中体察出人们的思想的微妙变化，那还算什么党的工作者呢？

他深深地自责着。

下午一点三十五分，徐文烈又收到了师部发来的电报。他在没有看电报以前，怀着一种侥幸的心理，希望在这一件电报上写着：又救出来五个人。但，他打开电报一看，正跟他的希望相反，只有简简单单的七个字：

继续搜索无发现。

强烈的盼望和痛苦的等待，使徐文烈感到过一分钟比过一天还长。傍晚，出海搜寻的渔船，派一只船回来送信。徐文烈以为专派船回来送信，是找到了其他五个人，或者是找到了一个。可是，送回来的消息是"没有任何发现"。

徐文烈仿佛患了神经过敏症，经受不了连部外面传来的任何动静。哪怕有一个战士大声说了句什么话，他也听到好像是说出海的战士们回来了，马上跑出去看。他三番五次地到海边上去等待；到凤凰岭最高峰的瞭望哨位上，用望远镜瞭望海面。他明明知道，任何焦急不安都没有什么用，但，他仍然抑制不住自己往海边跑，往山上爬。

一天过去了，又一天过去了。到了第三天早晨，他收到了师部的电报，上面说：

昨天晚上接军区电告：据驻万沙岛部队报告：该部从附近海面上救起了四个战士，现正留岛休养中。

"还有一个人没有下落！这个人是谁呢？……"

徐文烈拿着电报，一边默默地想，一边在屋地上来回踱步。

第十三章

1

雷大鹏还没有来得及想发生了什么事，全身已沉浸在冰凉的海水里了。当他意识到船已被巨浪打翻时，真恨不得一只手拖住船，一只手拉住所有的战士，但，他在汹涌的波涛中，却是自顾不暇。

他虽然带着竹筒救生圈，仍然抗拒不了浪涛的压力。但，他沉下水中，又游出水面时，竟意外地抓到了一块船板。他紧抱着船板，任凭波浪冲击。

"他一会儿浮上水面，一会儿又被打沉。他觉得自己好像是一片轻飘飘的羽毛，落在急湍的洪流中，无能为力。他用尽全副力量控制着自己的身体，但，当被举到浪峰上面时，仿佛变成了一只海鸥似的，高高地飞翔；当被打到潭谷下面时，又如从万丈悬崖跌了下来。

他任凭狂浪怒涛的摆布。他不知道海洋有多么深，陆地有多么远，甚至弄不清是什么时间了。他只有一个念头：抱住船板，决不松手！

时间艰难地过去。雷大鹏觉得手酸脚软，气喘心跳。又一个高大的浪头打过来，冲得他不禁把手一松，船板立刻不知踪影了。他失掉了船板，只能借助竹筒救生圈的浮力，同时，他自己也游泳前进。但，四面波浪滔天，游到哪里去呢？难道就这样葬身在海底吗？不！只要还有一口气，就要挣扎，挣扎……

他一边借助波浪的涌动，一边向前浮游。忽然，一个浪头涌来，把他高高举起；又像被抛弃一样，落进了浪坑。这一次落得是那么深，使呼吸感到了困难。他不能就这样沉落下去，两脚一蹬，却触到了坚硬的岩石。由于事出意外，他一时没有站稳，跌倒了。苦涩的海水灌进他的鼻子和嘴里，呛得脑袋发疼。他意识到在水中跌倒的危险，几乎是同时，猛力往前一扑，又站起来了。

他站在那块岩石上面，四周是一片黑暗和风浪。愤怒的浪涛不住地朝他袭来。他为了不被波浪卷走，又迅速地四肢着地，像蜥蜴一样伏在石头上。光溜溜的长满了青苔的石头，抓也抓不牢，恨不得用手指挖几个洞才好。波浪不断地把他淹没，浪花打得浑身疼痛。他一动也不敢动，好像一块化石。

过一秒钟像过一年。哪一个浪头，都有可能把他从礁石上冲走。但，风暴终于减弱了！

潮水呼哗呼哗有节奏地在礁石周围响着。他想趁这个机会离开这个危险的地方。他想站起来，身体却像长在岩石上一样，不能转动了。他试着抬腿，腿不像是自己的；试着伸胳臂，胳臂仿佛两根木棍。他紧咬着牙，先抬起脑袋来，然后，猛一翻身，全身骨节像锈住一般，响了一阵，坐起来了。他定了定神，朝前爬去。但，爬了不远，双手触到了海水。他沿着边缘爬，以为这块礁石总会有的地方和陆地相连，可是，他失望了。据他的经验判断：这块礁石绝不会孤立在海中，附近一定有陆地。现在所以四周环水，和早晨的涨潮有关系。他抬头向前凝视：果然，有一个比夜色更加浓黑的影子，耸立在前方。他立刻猜到：这黑影是一个岛屿！

他一直坐到了黎明。

随着夜色的消退，那个黑影的轮廓越来越明显，渐渐地现出了一个绿色的小岛的面目。他所停留的礁石，距离小岛约有二十米。若在平时，他是不把这二十米放在眼里的，一蹬腿，就可以游过去。现在，他却把它看做了一道天堑！他有游过去的决心，却又担心中途力气不支，被潮水冲走。

但，他不能总呆在这块龟背一般的礁石上啊！

太阳升高了，晒得他暖洋洋的。阳光，仿佛给他增添了无限力气。他站起来，把驳壳枪缚牢在背后，用一个游泳比赛时入水的姿势，扑进水中。他用蛙式奋勇前进。转瞬间，他便游到了小岛的海滩上。他游得这么轻快，好像只花了一二分力气，不禁觉得有点惊奇。原来，他经历了一夜和狂风巨浪的搏斗以后，看到海水就有余悸，思想上作了冲向惊涛骇浪的准备；而这二十米宽的水，不过是浅滩上一片平静的积水而已。

　　雷大鹏走上了堆积着砂石、贝壳的海滩。他站在那里，观察了好久，也认不得这是什么岛。地方既然如此生疏，他便抽出驳壳枪来，警惕地朝岛上走去。离开海滩，便是长满望海草的仿佛铺着一条绿毛毯的草地。他经过一夜过度的疲劳，看见了这样柔软的、平坦的、在阳光下闪着亮光的草地，真想躺在上面，甜甜地睡一觉啊！但，不能这样做！这个陌生的岛屿上，也许有敌人盘踞，躺下去该是多么危险啊！他振作了一下精神，又继续向前走，前面是一丛丛热带树木。树木附近，到处堆积着一块一块巨大的岩石。

　　树木后面是一座小山冈。他决定爬上去，从这个制高点，详细地观察一下小岛的情况。

　　他穿过一丛丛碧翠如玉的仙人掌，爬向山坡。他仰望天空，已变得十分晴明，仿佛用水洗过一般，蓝得透亮，看不出任何一点风暴的痕迹。温暖的阳光，好像母亲的手，抚慰这个遭受了风浪折磨后归来的儿子。他觉得浑身肌肉都要融化，全副骨骼也要分解，甚至连举步的气力都没有了。他停了片刻，支持着自己不要倒下去。这时，他心里发热，眼前昏黑，顺着脸往下淌汗。

　　他紧靠着一块石头，坐了一会儿，才又拖着沉重得仿佛灌了铅的双脚，一步一步往山顶上挪动。

　　他终于爬上了山顶。他朝四周一看，全是一眼望不到边际的碧蓝色的海水。只在北边很远的地方，才隐隐约约地浮现着几个海岛的黑影。这个岛非常小，甚至还没有大门岛的二十分之一大哩！小岛仿佛一个哑铃，两端各有一座二十多米高的山。两山中间是狭长的沙洲，恰好把两座小山联结起来。全岛没有房屋、居民。他尽力思索这个小岛的位置究竟在什么地方，它是什么岛。他目测方位，并且跟记忆中的沿海地图对照。但，这个小岛和他记忆中的任何一个岛屿的位置、形状都不符合。他想用望远镜观察一下北面的岛屿，低头一看，才发觉胸前的望远镜已不知道什么时候失落了。

　　他终于得出了结论：这个小岛是他所不熟悉的。只凭这一点，便知道自己已漂流得离大门岛很远很远了。

　　海潮环绕着小岛，不停息地激溅着白色的浪花，仿佛给小岛镶了一道银边。几只海鸥，在附近海面上空悠然地扇动着长翅，上下翻翔。雷大鹏的眼睛随着海浪转，跟着海鸥飞。他的心，就像奔腾的海浪一样动荡不安，又像一会儿远一会儿近的海鸥一样捉摸不定。当他想到自己漂流到了这样一个无人的荒岛时，真是又喜又忧。喜的是没有沉没海底，忧的是怎么回去？同时，一班十三位同志的面影，又一个一个从他的脑幕上闪过去。他们现在在哪里呢？……

他的军衣已被太阳晒干了，上面留下了一片片白色的盐渍，散发着一股咸腥的气味。他根据太阳，判断了一下方向，发现自己正站在东边的山上。他决定继续搜索。而且，抱着一种也许在西边的山下住有渔民的侥幸心理，下了山。他无情地抑制着饥饿和疲乏，拖着沉重的脚步，穿过了沙洲。为了节省力气，并没有向山上爬，而是沿着海滩走了一圈。这里跟东边一样，既没有人家，也没有渔民。只有浩渺无垠的海水，在阳光下闪耀着明亮刺目的白光。他失望了。

既然没有人居住，那么，只好自己去寻找水和食物了。他向有树木生长的地方，去寻找可以吃的水果。岛上的树木稀少，而且，没有一棵结水果的树。他又去寻找淡水。但是，遍地只有累累的岩石，风化的贝壳，闪光的白沙，破碎的珊瑚，没有一处流水或泉源。

他走累了。他的喉咙像火烧，肚子如雷鸣。他坐在沙滩上，无神地凝望着远方的海洋。远方，水天一色，反而引起了他的烦躁。他一低头，身边有一个两尺多长的大砗磲贝，正在仰卧着，好像一朵大白花。在贝壳里，积着澄清的水。他喜出望外，急忙伏下身子，用嘴去喝。他以为是淡水，但，只喝了一口，便又吐掉了。这仍然是苦涩而咸腥的海水，是在昨晚风暴中，浪潮打上岸来，积蓄在贝壳里的。

他抱着脑袋，朝后一仰，躺在沙滩上了。

2

一个共产党员之所以是特殊材料做成的，在于他能克服一般人所不能克服的困难，忍受一般人所不能忍受的艰苦，怀着崇高的理想，为了人类最壮丽的伟大事业，永远奋斗不懈。他可能有失意的时候，也可能有绝望的片刻，但是，当他重新意识到自己是一个共产党员时，就好像有一只坚强有力的手，把他扶起来，又鼓起百倍勇气而奋发前进了。

雷大鹏懂得怎样在战斗中歼灭敌人，但是，他在这么一个荒凉的没有人烟的孤岛上，要想活下去，却感到万分惶惑。他继续在小岛上寻找，几乎每一寸土地都印上了他的脚迹，才深深地了解到，一切情况比他所想象的，还要恶劣得多。岛上既没有吃的、喝的，而且，连一个能够躲避风雨的居住地方都没有。当绝望的阴影，好像狡猾的狐狸一样，无声无息地悄悄爬上心头时，他更觉得软弱了。他的肚子骤然一阵绞痛，从额上流下来黄豆粒大的汗珠子；浑身像被抽掉了骨骼，软绵绵地瘫痪在地上，站不起来；两手仿佛触电似的颤抖着。他飘飘忽忽地想：

"我漂到这样一个荒岛上，难道从此回不了部队吗？啊！离开了部队，丢开了同志，人就变得多么软弱无力啊！一班的同志现在在哪里呢？指导员一定在寻找我们吧？全连、全师的同志们，都在期望着我们的消息吧？但，他们能找到这里来吗？……"

他想到这里，一股强而有力的希望涌上心头："同志们很快就会找来的！不是今天，就是明天，一定会找来的！"这种希望的亮光赶走了绝望的暗影。他的嘴角竟挂上了一丝笑意，甚至想象着当同志们乘船来到时，他是多么高兴！……

他不禁向北方的海洋凝视。

"啊！船！"他惊呼起来，从沙滩上一跃而起。"这一定是同志们坐船来找我了！一定是！一定是……"

在水天交界的远方，一叶黑色的帆影悠悠飘动着，仿佛一只快乐的小鸟儿飞舞在蓝色的天空上。雷大鹏把疲倦、饥饿和口渴全都忘掉了，奔向海边，直到两只腿都被潮水淹到膝盖以上，才站住了，直愣愣地盯视着那只船。

帆船的影子越来越清楚了。

"应该给那只船发一个信号！"他想。

他要放开喉咙喊，但是，距离那么远，怎么能听得见呢？他想了一下，便把手帕掏出来，举在头上摇。摇了阵，又想起那块包枪的红绸子，拿了出来，系在一根树枝上，举得高高地摇晃。他一直摇得胳臂再也没有力气举起来的时候，才意识到距离过远，目标太小，船上若是没有望远镜，是不可能被发现的。他眼珠一转，改变了主意，抽出驳壳枪来，对着天空，扣动了扳机。一连串子弹，发着尖锐的呼啸声，像一群云雀似的，一边唱着一边钻向高空。

雷大鹏渴望着，渴望着。

他直望得眼前一会儿黑，一会儿白，眼睛刺疼，仍然不见帆船过来。相反，那帆影却由黑变灰，由灰变白，不知不觉间，好像溶化在海水里一样，再也看不见了。

他使劲揉了揉眼睛，以为是看花了。但是，无论怎么寻找，再也找不到船影了。他因为注目凝视被太阳照射得特别明亮的海洋过久，突然，好像一团一团黑色的云彩似的模糊的雾影，在眼前疾飞乱舞。他伸手一挥，想赶走那团黑影，但是，雾影更浓了。转瞬间，他又感到脑袋裂疼，根根头发都像变成了锐利的钢针，往头皮里扎个不住。他双手紧紧地抱住脑袋，闭紧眼睛，锁住眉头，刚要往树荫下走，忽然，胃像涨潮一般涌动起来，呕吐了。

他几乎是爬到一块礁石后面去的。昏昏迷迷地不知过了多久，才清醒过来。睁眼一看，太阳已经快要落下水平线了。他的舌头变得又干又硬，舒展不开了。渴啊！他的胸膛好像变成一个火炉，嗓子就是火口，燥热难忍。他扶着礁石坐起来，扯开军服上衣，爬到海边，把脑袋浸到海水里。他浸了一次又一次，浑身才觉得舒爽了一些。他渴得忍不住海水的诱惑，竟张嘴喝了一口。他好像吞进了一口盐、砒和硫的混合溶液，难耐的味道，又引起了胃的翻动。

晚潮打湿了他的全身。

他又一次感到了失望的痛苦，踉踉跄跄地紧走几步，把脸颊紧紧地偎贴在潮湿而有凉意的石头上，并伸出舌头去吸吮它。但，石头也苦腥不堪，这里仿佛整个海岛都用盐渍过一般。他疲倦地靠在礁石上默默地想：

"难道我真要活活地渴死在这个荒岛上吗？……"

他似睡非睡，似醒非醒，竟不知过了多少时间。四周已是一片无边的黑暗了，夜幕重重地遮没了一切。他稍觉清醒时，两耳只听到呼哗呼哗永远不变调子的潮水的音响。除此以外，任何声音也没有。这种寂静使他感到有点恐怖。他警惕地坐起来，缕缕乱麻一般的思绪，又缠绕着他的心。

"难道我就这样等着死去吗？……"

这个念头反复地出现。他想给自己解答，但又解答不出。他并不怕死，可是，这样等死，实在有点可怕。

我为什么等死呢？不！过去在战火里，曾在枪林弹雨中跟敌人进行过激烈的战斗；今天，难道就不能再投入一场跟大自然争夺生死的搏斗吗？"他想到这里，脑海中忽然映现出一个勇敢的人的影子。他虽然没有见过这个人的面，可是，他熟悉这个人的英雄事迹。这个人，就是坚持斗争在徂徕山的陈善。

那还是雷大鹏参军不久，给当时的团长，也就是现在的师长萧松年当通讯员时的事。一次，他们在松花江边上一个小村庄里宿营，屋外是风雪的夜晚，他们坐在热炕上听萧团长讲战斗故事。萧团长说，他曾在山东亲眼见过一位百折不挠的真正的共产党员，名叫陈善。一九三八年，陈善参加了坚持徂徕山对日寇作战的八路军。他在战斗中，曾负过四次伤。最后一次是在一九四二年，那时徂徕山被敌人占领了，他被子弹打断了腿骨，正在养伤，没有来得及随部队撤退。他靠着群众的帮助，隐藏在山中一个隐秘的山洞里。老乡留给陈善五斤煮熟的豆子，还有一小罐凉水。豆子发霉了，他就把豆子晒干，用石块磨成碎末，泡在凉水里吃。不几天，豆子吃光了，水也喝光了，老乡仍然没有再送东西来。陈善就在夜里，爬一里多路远，到山沟里去提水；白天，在山洞附近找野菜吃。到了第十七天，他实在没法忍受了，便爬上了几十丈高的悬崖，想跳下去自杀。但，正在他要跳的一刹那间，他想起了党和上级不断教育他的话："共产党员能够克服困难，才能战胜敌人！"他对自己的软弱非常惭愧，难道连这么一点苦都吃不了吗？他决心活下去！他又爬回山洞，继续找野菜吃。他一直这样坚持到第二年春天。春天，给他带来了更旺盛的渴望生活的力量。他爬到山下，拾了一点遗弃的北瓜子和豆子；又在山涧旁边，用破瓦片、尖石头挖了一小块荒地，下了种。到了六月初，他收获了二十多斤豆角，三百多斤北瓜，从此，便可以不吃野菜而自力更生了。一九四四年，八路军打败了日寇，重新回到了徂徕山，陈善也回到了自己的队伍。

这个故事，使雷大鹏非常感动。从那时起，陈善这个英雄的面影，就在心里生了根。后来，他便常用陈善的事迹教育战士们，在遇到困难时应该怎样做。

现在，他又想起了陈善。立刻，一股活下去的勇气，充满了全身；在生活中，不能等待，必须争取！争取！争取！

东方现出了曙光，夜消逝了。

雷大鹏被生活的信心鼓舞着，整理了一下上衣，甚至连风纪扣都得严严实实，好像在连队里起床后出早操前所应做的那样。他两眼出奇地放射着亮光，精神勃勃地站起来，自言自语道：

"最重要的是找到淡水！也许，挖一个井，能够挖出淡水来吧？对！挖一个！"

他一想到水，强烈的口渴又像火烧咽喉了。他观察了一下四周的地势，选择了一小块比较平坦的沙地，用两只手一齐挖掘松软的沙土。挖了大约有一尺半深，果然，从细沙里渗出透明的清水来了。他一看这水，心里便觉得一阵清凉，迫不及待地伸出手去，像捧珍珠似的，捧起水来。他一边兴奋地注视着水，一边喃喃道：

"这是多么清洁的水啊！像这样干净透明的水，一定很甜！我到底找到水了！到底……"

他把头一低，嘴唇就浸在水里了。他用力一吸，水被吞进胃里，但，他立刻像吃了鱼刺一般，想吐出来，又吐不出，连声干咳不住。

原来，水仍是苦咸苦咸的。

他把手上的泥沙洗了洗，失望地离开了那里。他沿着海滩，紧靠着山脚，向昨天登陆的地方走。山脚下面，有二十多米长的一段，全是光秃秃的赤褐色岩石，突出在海里。他小心地攀扶着石头，一步一步往前移动。走到一半路，前面有两块岩石，相距有一米多远。他怕气力不够，不敢跳，便踌躇起来，站在那里想另觅一条可以通过去的路。他正在左顾右盼的时候，忽然，在海潮澎湃声中，听到了另一种断断续续的声音。这个声音是那么微弱、飘忽而纤细，但又十分清脆，仿佛银铃微微响动一般。

当人在一个特殊的环境里的时候，常常变得特别敏感，哪怕任何一点微小的声音，都会惹起注意。雷大鹏倾听了片刻，觉出声音不是来自海上，而是从山中传出来的。他像一个地质学家研究岩石结构似的，仔细观察。岩石并没有什么异样，但，当他把耳朵俯在石头上面听时，银铃般的响声更加清脆了。

"这到底是什么响呢？"他奇怪地想。

他往后退了两步，再注目一看，找到了一道山石的裂缝。他弯腰朝石缝一看，里面长满了暗绿色的苔藓。他蹲下去，从裂缝下边朝上看，啊！一缕清水好像一串晶莹可爱的珍珠似的，细细地向下流着。

"水！"雷大鹏兴奋得不禁喊起来了。

他把手从石缝下边伸进去，接了一捧水，小心地伸出舌头尖尝了一下。

紧接着，又尝了一下。

他一下子把手里的水全部喝光。然后，他急忙再接一捧，又一口喝干。他一捧又一捧地喝个不住，直到觉得肚子里已有些胀饱了，这才抹了抹嘴，站起来，伸了个懒腰，痛痛快快地说道：

"水！真正的淡水！一点也不苦不咸的淡水啊！"

水给他增加了力量，浑身的血管都舒张而流畅了。

3

两天两夜没有吃一点东西的雷大鹏，既然在小岛上找不到食物，便根据在大门岛断粮时的经验，决定向海洋索取。

他悄悄地走到海边去捉螃蟹。

这是一种叫"赤蟹"的海蟹，躯体肥大，在坚硬的钳夹和背壳上面，覆盖着一层红褐色的绒毛。它们十分狡猾，稍有响动，便把两只白眼珠向外一突，飞快地沉没到水里，或钻进岩石缝里。但是，当你俯身朝石头底下一看，成群成堆的大大小小的螃蟹，拥挤在一起，吐着白色的泡沫，一动也不动。雷大鹏注视了一会儿，笑道：

"啊！简直是来到螃蟹店了！回去的时候，给同志们带点送礼！"

他把手向石头底下一伸，还没抓，海蟹马上骚动起来，沙沙地一阵响，转瞬间，都沉到海水里不见了。雷大鹏决定改变战术，拾了一大块圆石头，躲在礁石上面，一动也不动地等着。

海蟹以为没有危险了，又偷偷地从海水里冒出来。雷大鹏等海蟹刚爬到石头上，便用圆石头瞄准投去。圆石头每次都能击中一只海蟹；但是，每次海蟹都和圆石头一起，滚到海水里去。他伸手再去捞时，只有圆石头躺在水底，海蟹早逃掉了。

雷大鹏的肚子，像打雷似的咕噜咕噜地响着。他喝了满满一肚子水，只是一次又一次地小便，尽管肚子胀得有点疼，仍然感到饥饿难忍。他再向礁石注视时，一只螃蟹横着身体悄悄地爬出来了。这只蟹仿佛是领队的，紧跟着，大大小小的蟹也都爬了上来。雷大鹏屏住了呼吸，朝那些前拥后挤的螃蟹，猛一伸手抓去，手已触到了一只大蟹的湿滑而坚硬的甲壳，大蟹却向后一退，又跌进水里去了。同时，别的海蟹也惊慌失措，连滚带爬，纷纷逃散了。

雷大鹏根据每次失败的教训，总结出了三点经验：动作要突然，目标要准确，下手要狠稳。他伏在石头上，先把手伸到礁石下面等着。这样，螃蟹一爬出来，就可以从下向上抄拿，既可截断蟹的逃路，又缩短了伸手的距离和时间，能够更突然更迅速地动作，不容它们有逃跑的时间。他不禁偷偷地笑起来了。在这以前，真是做梦也不会想到，今天会跑到这个荒岛上，来跟螃蟹作战啊！

不一会儿，他果然抓到了一只肥大的螃蟹。他的手指，虽然被蟹钳夹出了血，可是，心里充满了一种久欲猎取而不可得，到底被弄到了手的喜悦感。他把这第一个"俘虏"，用蒿草捆好，系在一株小树干上，又继续去捕捉了。

黄昏降临前，他终于捕到了四只大螃蟹。

"有两斤多重哩！"雷大鹏看着那四只海蟹想，"在大陆上，有钱也难买到这么肥大新鲜的海蟹啊！如果跟刘连长和徐指导员在一起，把蟹一蒸，打半斤三花酒，真是一顿难得的丰美的晚餐！对！等我回去以后，一定请他们吃这么一顿！……"

他想到这里，仿佛已嗅到了蟹蒸熟后发出来的诱人的香味。

西半天的晚霞，宛如火焰，连海水都被烧红了。

雷大鹏看到了火一样的晚霞，才突然想起了"火"。火！他一想到火，立刻，一阵强烈的失望袭上了心头："到什么地方去找火呢？没有火，这螃蟹怎么吃呢？……"

他仿佛一座石雕像似的，呆呆地立在海滩上。

晚霞由火红变成了暗紫，不一会儿，又变成了深灰。夜潮激荡着白色的浪花，低声吟唱着。海风挟带着寒凉的湿气，侵袭着雷大鹏的疲惫无力的身体。他打了一个寒战。他不禁瞅了瞅那四只挣扎欲逃的螃蟹，难熬的饥饿，使他想伸手掀开它的坚甲。……但，他几次伸手，又几次停住了。他想到生吃蟹肉，就会肠胃翻转，恶心欲呕。

他朝螃蟹既留恋又厌恶地瞥了一眼，便又拖着沉重的脚步，向山脚下的淡水那里走去了。

天边，闪着几顿疏淡的星光。在晴朗的日子里，海上的夜色来得十分迟缓。——因为，海洋的反光，把黑暗冲淡了。

雷大鹏又喝了一肚子水当晚餐。他摇摇晃晃地走到一大块岩石后面，选择了一个可以避风的方向坐下了。夜越来越深，风越刮越紧，由于寒冷，身体不住抖索着。他想睡觉，但，眼睛闭上了，又睁开；心潮起伏，好像身边不远地方的夜潮。他曾度过无数个战场上的夜晚：在松花江畔的皑皑白雪上睡过觉，埋伏在敌人的尸堆里抓过舌头，夜行在漫无边际的青纱帐里追击过敌人，也在炮光火影中突破封锁线传达过重要的消息……但，过去都是和同志们战斗在一起，不知道什么是恐惧。现在，他远远地离开了同志，只有孤单单的一个人，停留在这个陌生的荒凉的小岛上，四周又是黑沉沉的汪洋大海，头顶上是阴森森的无尽夜空，他不禁感到了紧张和恐怖。他端着驳壳枪，扣着扳机，向四周警惕地搜寻着，好像面临敌人。可是，过了不久，他冷静下来，一想到自己变得如此软弱，竟屈服于无名的恐惧下，脸上不禁火辣辣地发起烧来了。怕什么？过去，在千军万马中，面对凶暴的敌人，都没有怕过，今天，怎么倒怕起这风、这海、这黑暗呢？

他想到这里，心立刻安静了，轻松了。他躺在了松软的沙滩上。

他刚刚闭上眼睛，一班的同志们的影子，又一个一个在他眼前映现出来了。他像熟悉自己一样，熟悉他们。他不只能叫出这些同生死共患难的亲密的战友们的名字，而且，摸得透他们每个人的脾气、禀性，懂得他们的痛苦和快乐，了解他们的思想和要求。他们每一个人，过去，都是被别人践踏在脚底下的。虽然各人的辛酸的历史不同，可是，共产党把他们从别人脚底下扶起来，给了他们保卫自己幸福生活的武器，使他们成为翻天覆地的巨人，这个经历却是相同的。他曾跟他们一起，血里来，火里去，打出了一个人民当家做主的新中国。他们不仅创造了这个事业，而且，正在保卫着这个事业。可是，他们，这些优秀的战士们，现在漂流到哪里去了呢？……

怀念的痛苦，强烈地咬噬着雷大鹏的心。

这个思潮还没有逝去，又一个波浪涌上了心头。自从漂流到这个荒岛以后，看来等待同志们来找和依靠别人援救的希望，是十分渺茫的。若再等下去，那就只有一条路：饿死！他总不敢接触这个思想，可是，它却常常偷偷地爬上心头。不！不能饿死在这里！我要活！我要死里求生！要活，必须离开这个小岛。但，怎么离开呢？……

"作一个筏子！"他下了决心："虽然不知道大门岛在什么地方，但，只要向北划去，就能到达大陆！"

他恨不得立刻爬起来，去砍树制作筏子。哪怕早一秒钟离开这里，就离死神远了一秒钟。

他好容易盼到了黎明。

他扶着石头，像一个久病初愈的病人，摇摇晃晃地站了起来。饥饿，使他头晕眼花。他又走到那几只螃蟹前面去，打量了许久，仿佛一头熊在吃东西前那样转来转去，迟迟不肯下嘴一般。螃蟹的活力使他吃惊。已经在树上悬挂了一夜，它们仍然奋力挣扎，愤怒地喷吐着白色的泡沫，想要挣脱束缚。

雷大鹏对蟹摇了摇脑袋，走开了。

他转身后，由于头晕，不得不低着脑袋走路。在海滩上，他意外地发现了一洼清清的积水。他的脚步一响，平静的水面急速地波动起来了。这引起了他的注意。他蹲下去一看，原来，水里往来游动着十几条两三寸长的墨绿色脊背的小鱼。这水，是昨天晚上涨潮的时候，滞留在海滩上的。退潮的时候，小鱼没有来得及退走。

雷大鹏好像一个淘气贪吃的孩子，等不及把菜端到桌子上面再下筷子似的，伸出两只大手来，下水便抓。小鱼被吓得四处乱窜，他也跟踪急追，连泥沙都被拢起来，水变得混沌沌的了。他捉到了一条小鱼，而且，感觉得出，小鱼正在他的温暖的手掌里，竭尽全部生命力，倔强地挣扎着。他的手握得更紧了。他张开手时，小鱼已僵卧在掌心上，墨绿色的脊背和腹部的银白色的鳞片，在明亮的阳光下闪着亮光，好像银子做成的一般。

雷大鹏过去在东北，曾听说日本人爱吃"萨西米"[1]。这种菜，便是把生鱼拿来吃的。同时，强烈的食欲已使他不能再忍耐了。他把那条小鱼贪婪地放进嘴里，一种微带点腥气，再加上鲜嫩的肌肉的滑腻感，竟使他好像吃到了什么特殊的山珍海味。他一边咀嚼着，又一边弯身继续捕捉。

他连续吃了十几条小鱼，肚子仍然像一个空荡荡的皮囊。他渴望水洼里还会有漏网的小鱼，但，一直等到泥沙沉淀下去，积水重新变得清澄见底，再也找不到一条小鱼的影子。他抹抹嘴巴，深深地打了一个嗝，虽然有一种呕吐感，可是，他强忍下去了。

他向离海边最近的一丛小树林走去，决定实现昨天晚上的决心：制造木筏，离开这个荒岛！

他在小树林里转了一圈，见那树干过分粗大的，连摇都摇不动，当然没法折断；太细的，又不中用。他选中了一棵约有胳臂粗的树，抓住树干的上半截，想把它拉弯，然后折断它。这事若在平时，比这再粗一点的树干，他也能够拉折的；但是，现在，不论他怎样用劲，也是白费气力了。树叶子被摇得哗啦哗啦地响，树干却倔强而固执地矗立着。他不得已，松开了手，赶紧抓住胸口。刚才过度的用力，使他喘得连心都像要跳出喉咙来。他休息了一会儿，又作了

---

[1] 萨西"（日语译音）：日本的一种菜名。把生鱼肉切成薄片，蘸酱油吃。

一番努力，仍是没有一点成绩。他不甘心，拾起一块石头，向树干猛砸。他累得手酸臂疼，浑身大汗，树干只被砸去了一层青绿色的外皮。他抹了抹脸上的汗珠，只觉得气喘心跳，全身疲软，疲惫无力地瘫痪似的坐在地上了。

他是一个从来不肯轻易放弃希望的人。他的倔强的热衷于某一项事物，不达目的不止的性格，使他不甘心就这样算了。他挣扎着站起来，又走到山脚下去喝水。他沿着海滩走回来时，忽然，有半扇白色的蚌壳触入眼帘。这半扇蚌壳有半尺多长，斜躺在成堆的菊花贝、羽璎珞贝、斑芋螺和白卷锥贝等各种各样的海贝中间。他好奇地想：

"竟有这么大的蚌壳！小时，我在家乡的河里，能摸到一个鸡蛋大小的，已经可以在伙伴们中间夸耀好久了！……"

他把蚌壳拾起来，玩弄了一会儿，又往远处一丢。但，蚌壳落在礁石上，竟发出了清脆的钢铁一样的响声。这引起了他的注意：蚌壳这么坚固，弧形边缘又像刀刃……

他走过去，又把蚌壳拾起来，托在手掌上一边端详着，一边抚摸那薄薄的边缘，不禁高兴得喊出声来：

"行！一定能行！"

他三步并作两步，摇摇晃晃地走回小树林，握住蚌壳，用弧形边缘部分，向那棵刚才没有弄倒的树干，猛砍下去。他砍了不过七八下，树干已被砍出了一道缺口，渗出了半透明的乳白色液汁。

这种奇妙的效果鼓舞了他。他不停息地砍。大概谁也没有看见过这种奇怪的伐树法吧？这不像是砍，倒像是挖，或是锯。蚌壳虽然坚固，很快也被崩裂了。但是，树干的缺口却已经一寸多深了。

他走到海边上，拾了一堆大蚌壳——这带蚌壳，是俯拾即是的——抱回小树林里来。

太阳刚过中午，第一棵树被砍倒了。雷大鹏也像那棵树一样，累倒了。

他干渴得嘴里冒火，连舌头都像没有了；饿得肠子满肚绞转，引起了一阵一阵痉挛。他的两只手，被蚌壳磨出了大大小小十几个水泡。水泡有的破了，流出了血，疼得钻心。就像所有的战斗，都不可避免的要有负伤、流血一样，他没有把这十几个水泡放在心上。他虽然身体躺在地上，眼睛却注视着另一棵树，想：

"天黑以前，我要把这棵树再弄躺下！"

果然，他爬起来，坐在地上，又向那棵树干展开了进攻。他是那么集中精神和力量来工作，以致把口渴、饥饿和疲乏都忘记了。

天黑以前，他不是砍倒了一棵树，而是砍倒了两棵。这就是说，他今天一天的成绩是三棵！

"三棵！"雷大鹏站在旁边满意地打量着。

"明天争取砍四棵！"

他一边这样想着，一边要去喝水。但，他刚一转身，眼前就像放焰火一样，火花四射，金星乱迸，弄得眼花缭乱。脑袋像要裂开似的疼痛，天在旋转，地也在旋转，潮水仿佛倒转来，浇在他的头上。他的脚仿佛突然踏进了陷坑，扑通一声，栽倒了。……

4

雷大鹏醒来的时候，竟又是阳光四射的早晨了。

他的身体好像生了根，长在地上，想爬起来，却不能动弹。他的眼睛也像害怕明亮的阳光似的，微微地睁了一下，又紧闭上了。他感到全身血液仿佛凝冻了，绝望地想：

"也许，我会永远这样躺下去，直到失去了知觉……"

他这样躺了一会儿，觉得太阳把身体都晒疼了。好像是太阳的热，把他全身的血液融解了一般，这才活动了一下四肢。他勉强地抬起右手来，放在胸脯上，才觉出心正急促地跳动着。他抛开了绝望的念头，又坚定地想：

"只要我的心还在跳动，我就要回到党的温暖的怀抱里去！我就要回到大门岛去！……"

他强使自己坐了起来。由于用了力，心跳的声音仿佛擂鼓，连他自己听来都有点害怕。他急忙用手压住左胸，好像怕心会冲开肋骨跑出来。但，他的手指却触到了军服左上方小口袋里装的什么硬东西。他奇怪地想：

"这是什么呢？……"

他解开口袋盖上的扣子，掏出来一看，立即恍然了。原来，这是孙秀英一个月前给他寄来的信。信封因被海水浸湿后又晒干，所以变硬了。他看到了这封信，不禁咧开嘴角微笑了。

未婚妻的信，也给他增添了力量。他默默地想：

"我一定要活着回去！一定要……"

他正双手扶地要站起来时，手触到了一丛野草。他拔了一把，试着放进嘴里。这时，好像肚子里伸出一只手来，还没容他咀嚼，已把野草抓进喉咙去了。青草的气息特别难闻，当他想起昨天在水洼里捉到的小鱼的滋味，又比青草好吃百倍时，便扶着地站了起来。他静静地站了一会儿，让全身骨骼都各就各位，这才向海边走去了。他走到那个水洼时，已累得浑身大汗。水洼里的水，比昨天减少了，水底下的细沙，叫太阳一照，闪耀着红的、绿的和橙色的光线。水里没有鱼的踪影。

雷大鹏失望地站在水洼旁边待了一会儿，又想，可能在别处有同样的水洼，便艰难地挪动着脚步，一步一摇地沿着海边寻找。但是，他并没有再找到有鱼的水洼。

他气喘吁吁地回到小树林里，在草地里寻觅野菜。他所不熟悉的植物，常常使他上当。有的野菜，表面看来，叶肥茎粗，但一放进嘴里，却散放出一股难言的怪味，令人作呕。这一天，他尽管只吃了几根青草和草根，仍然强忍住饥饿，又砍倒了三棵树——他原计划砍四棵，但是，没有做到。

傍晚，他还从山谷里折来了一捆细藤条，准备扎筏子用。

黑幕降下来以后，他怀着非常满意自己的工作成绩的兴奋心情，仰卧在草地上。他为了忘却饥饿，默默地专心数着天上的亮晶晶的星星：

"一颗、两颗……七十二颗……一百六十四颗……"

5

天亮了。

雷大鹏原来的计划，是想把这已砍倒的六棵树，截成十二段，扎成木筏。但是！今天，他又临时改变了主意。把一棵树截成两段，等于新砍一棵树的劳动；那么，不如再砍倒几棵，把筏子扎得稍大一点，航行起来会更安稳的。

他始终不愿放弃在水洼里找到小鱼的希望。但，今天仍然使他失望，水洼里只有一个仿佛正在融化着的冰块似的水母。他喘吁吁地离开那里，好像一个瘦弱而疲倦的老人。他走进小树林里，抓住了一把青草，本来以为可以毫不费力地就能拔下来，但是，他的手竟像棉花做成的一样。他只得把草叶一根一根地揪下来。他胃里散发着一股腐烂的青草气味，不断地打着响嗝。他砍了一会儿树，便坐在树荫下休息。他利用这个时间，把驳壳枪拆卸开，细心地擦拭了一遍。有两个零件长了有火柴头大小的几块红锈。他好像看见了什么可怕的东西一般，不禁惊呼一声，直到用红绸子把它擦掉，才算安心了。武器是军人的第二生命。过去，他不论是战时或平时，一有空闲时间就擦枪，而且，从来没有叫别人代擦过。他常向战士们说："自己的武器，就像自己的孩子。只有做父母的，才最懂得孩子的冷热；也只有你自己，才最熟悉你的武器的性能和毛病。"他由于爱枪，练了一手好枪法。每一次射击比赛，他的环数都比旁人多。有一次，萧师长为了试一试他，曾要他打一队大雁中的任何一只，他把枪一举，说："打最前头那只！"枪声一响，领头的那只大雁果然倒栽下来了。现在，他是那么烦躁，真想痛痛快快地打个连发，但，他把子弹压满了梭子以后，关上了保险机，又重新背好了。

今天，他深深地感到举手无力。胳臂，酸疼得抬不起来；双手，被血泡染红了。他每动作一次，都要咬一次牙，出一身汗。他砍了一下又一下，到黄昏的时候，仅仅弄倒了两棵树。同时，今天，他不能毫无依靠地走去喝水了。两条腿好像不是长在他的身上。他找了一根树枝当作拐杖，才能勉强地行走。他喝完了水，没有力气再转到山这边来，便随身一倒，躺在一块岩石后面了。

他一边仰望着在夜空中眨眼的繁星，一边默默地计划着：

现在，已经砍倒了八棵树，可以扎成一个筏子了。明天，天不亮就起来，把它扎在一起，立刻下海，向北方划去！……

他一想到这里，心里一阵高兴。他为了休养精神和体力，紧紧地闭起了眼睛，睡着了。……

……他觉得自己已乘上了木筏子，正向北方漂流。海鸥在头顶上展翅飞翔着，仿佛替他送行。波浪一个接一个地向前翻滚着，推得木筏子就像汽艇一样飞驰。不一会儿，他漂近了大门岛，还没有靠岸，就远远地看见了许多熟悉的面孔：指导员徐文烈兴奋地向他招手，连长刘兆德在大声笑着，战士们高兴得跳跃欢呼。……在人群里，他还看见了一班战士们。他们原来早就回岛来了！啊！张双喜又开着机帆船来接他了。他等机帆船一靠近木筏子，兴奋得忘记了自己的虚弱，恨不得一脚踏上陆地，抬腿就往机帆船上跳。但，他两脚跳空，没有跳上机帆船，却一个勐斗跌进海水里了！他只觉得又湿又冷，浑身软绵绵的没有一点气力，向海底沉了下去……

雷大鹏一惊，猛然从梦中醒了。他睁开两眼一看，自己仍然躺在岩石后面，但，沉重的大雨点子，正像喷泉似的，浇在他的身上。

天气不知什么时候变坏了，落着暴雨。四周十分黑暗，海都没有了反光。他连自己的手掌都看不见，满耳只听得翻江倒海似的雨声。雨水从山上哗哗地叫着流下来，仿佛瀑布一般。雷大鹏身下已积着很深的水了。水从他身下流过时，好像山洪暴发的激流一样，力量很大。他紧紧贴着岩石，才不致被冲下海去。

在这样狂的暴雨中，他没有任何地方可以躲避。

雷大鹏毫无遮拦地被淋了半夜，冷得他把双臂紧紧地抱在胸前，浑身像筛糠似的颤抖着，牙齿也打得咯咯响。

黎明。雨住了。天空上浓密的乌云，竟像变魔术似的，一下子消散得无影无踪。太阳从东方的海上升起来，光芒四射，照耀得海洋仿佛一大块黄金。满岛上的青草碧树，被雨水一浇，好像洗过一样，显得格外葱绿新鲜。积水沿着山洼、低地，继续向海里潺潺地流着。

雷大鹏被天气的这种突然变化弄迷惑了。如果他不是浑身尽湿，真还以为昨夜的一场暴雨是在梦中。他的寒意还没有消失，饥饿又像毒虫似的咬噬着他的心。但是，他一想起今天可能离开这个荒岛时，心中充满了高兴，嘴角露出了微笑，精神也振作起来了。

他挂着树枝，走到山前的海滨小树林那里。这是他非常熟悉的地方。可是，现在，他好像忽然来到了一个陌生的所在，愣住了。他用眼睛四处寻觅，奇怪地暗地问着自己：

"砍倒的那八棵树在哪儿呢？"

他心里一急，额上渗出了豆大的汗珠子。他到处找不到树的踪影。但，当他一回头，朝海滩看时，却在一块长满了绿苔的礁石后面，发现了一棵砍倒的树干横躺在那里。他立刻省悟了：

"原来树叫昨夜的暴雨冲到海里去了！这一棵，因为叫礁石挡住了，才没有冲走。但是，一棵怎么能扎筏子呢？……"

他的脸色变得铁青，眼珠凝止不动，呆呆地望着波涛滚滚的海洋。他觉得心里空荡荡的，没有了思想，没有了希望，仿佛一块千百万年的化石。

他一下子变得虚弱不能动了，甚至连站立都支持不住，便倒下来躺在沙滩上。

太阳像针刺一样，晒疼了他的皮肤。他慢慢地爬到树荫里去，他背靠着树干，望着北方的遥远的岛影想："怎么办呢？难道我真的要饿死在这个荒岛上吗？难道……"

他像害怕什么似的，闭紧了眼睛，但转瞬间却又睁开了。他眼里闪着亮光，自言自语地说：

"不！一个共产党员，只要还有一口气，就绝不能放弃希望！砍倒的树，虽然叫暴雨冲走了，我现在还活着啊！我的手还能继续砍树啊！对！我再砍七棵，又可以凑够八棵了！"

他想到这里，便站起来，想到山脚下去喝水。他刚走到沙滩上，忽然瞅见一个带花纹的海螺，在砂石堆里爬行着。但，它一听到脚步声，就不动了。这引起了雷大鹏的注意。——其实，这并不是海螺，而是寄居蟹。这种蟹寄居在海螺、海贝的空壳里，便背着硬壳爬行，一遇到敌人，就把带毛的腿往壳里一缩，用硬壳保护自己。

雷大鹏拾起了那个海螺壳，用一大块白色的珊瑚，把它砸碎，里面立刻露出寄居蟹的微带褐色的蜷曲的肉体。他不认识这是一种什么生物，但，肉的诱惑，引起了他的肠胃的痉挛。他撕掉它的坚硬的爪和头，贪婪地丢进嘴里，几乎是没有经过咀嚼，便吞下去了。

他忘掉了一切，专心一意地在沙滩上的砂石和贝壳堆中，寻找寄居蟹。他找到一个吃一个，快到中午的时候，竟感到肚里有些胀饱了。

他又喝了一点水，然后，走回小树林，躺在树荫下舒适地睡着了，他醒来后，觉得头脑清新，身体也恢复了力量。虽然太阳已经偏西，他仍然寻找蚌壳，决定连夜砍树。

午夜时分，他砍倒了一棵树。

但是，他在兴奋之余，竟突然感到满脸发烧。他试了试前额，热得烫手。他陡然打了一个寒战，浑身出了一场虚汗，连衣服都浸湿了。他以为是疲倦了，但，坐在石头上休息了一会儿，并不见得轻爽，脑袋反而像要爆裂似的疼痛，眼前冒金星，天旋地转，头重脚轻。

他再也支持不住，便躺在地上了。

他发觉自己是病了。几天几夜，风餐露宿，宛如野人似的原始生活，使他的身体熬煎得十分虚弱；再加上昨夜又被暴雨一淋，得了感冒；今天又发觉砍倒的树木被雨水冲走，心里一阵急火。在这几路夹攻之下，就是铁人，也经受不住啊！

他慢慢地向小树林深处爬了爬，在几块大石头中间，找到了一个稍微可以躲避海风吹袭的隐蔽地方，然后，铺了一些小树枝和青草，便躺在上面了。

他想："安安静静地好好休息一下，明天，身上的热就会消退吧！在这个时候，在这个地方，病，千千万方不能变重啊！……"但是，他的体温不断增高，觉得像是躺在火上；脑袋迷迷糊糊，昏昏沉沉，不能再想任何事情了。……

潮水有规律地拍打着海滩。喜欢在晚间掠水凌空而飞的文鹞鱼出水入水的声音，是那么轻悄悄的，好像怕惊醒了伙伴们。

第十四章

1

雷大鹏昏昏迷迷地躺着。

他自己也觉不出到底是身体的哪一部分不舒服，或者主要是什么病症，因为，浑身上下，从里到外，没有一处不像用刀剐。他的高烧未退，脑袋裂痛，口干舌焦，四肢疲软，腹胀胸闷，胃不时地向上翻动，想吐却又呕吐不出来。他用坚毅的意志抵抗着病魔的纠缠，有时清醒；但是，过不多久，他又被痛苦战胜，陷入神志不清的状态中。

他就这样，一会儿好，一会儿坏，不知道过了多长时间。

最后一次，他是被一阵激厉的急促的谈话声惊醒的。他以一个军人的机警性，很快睁开了眼睛。灿烂的阳光，正明亮地照射在他的脸上。他的眼睛叫强烈的光线一刺，好像钢针穿眼，疼得又急忙闭合了。他疑惑不定地想：

"是我做梦呢？还是真有人来了呢？……"

他聚精会神地听了听。突然，一个女人的尖锐的喊声传进了耳鼓：

"救——命——啊！救——命——"

"嘿嘿……臭婊子！你他妈的喊破了嗓子，这儿也找不出个人影来！"一个男人一边冷笑着，一边咒骂。

"妈妈！妈妈！……"一个小孩子的叫声。

"饶命吧！你们千万不能害死他啊！……"还是那个女人的声音。

"朋友！请高抬贵手，放我们走吧！我们没有一点什么恶意啊！"另外一个男人的哀求的声音。

"跟他们啰唆什么！快点动手！"一个男子的粗野的命令声。

…………

这一阵谈话，引起了雷大鹏的怀疑。这绝不是做梦，而是清清楚楚地听到了完全出乎意外的莫名其妙的谈话。他不顾病痛和软弱，猛然奋力睁开了眼睛，抬起脑袋来，向四周冷静地观察了一下。然后，他悄悄地抽出了驳壳枪，轻轻地向前爬去。这种匍匐匍匐前进，进行搜索的侦察动作，他是非常熟悉的；但，现在，他每往前爬行一步，就必须咬紧牙关，强忍住剧烈的心跳、头晕和恶心。全身的关节也像锈住的齿轮，一定要付出艰巨的努力，才能活动一下。当他爬到小树林边缘的几块岩石那里的时候，满身衣服已叫汗水湿透，紧紧地贴在皮肤上了。

他隐蔽在岩石后面，偷偷地朝前瞭望。

海边上，停泊着一只两篷两桅的和一只单篷单桅的渔船。沙滩上，有三个贼眉鼠眼的家伙，佩带着短枪，却打扮成一副渔民模样：一个圆脸的家伙，正蹲在地上烧火煮饭；一个枣核脸的家伙，手里拿着绳子，正恶狠狠地叫嚷着；另一个左脸上长黑痣的家伙，正摆弄着左轮枪，嘿嘿地冷笑着。除了他们三个人以外，还有另外三个人：一个二十六七岁的男子，双手被反绑着，跪在地上，好像是个朴实忠厚的渔民；一个约有二十一二岁的年轻女人，怀里紧紧地搂着一个约两岁大的孩子，正呼天抢地，高喊救命。那个孩子正仰着圆圆的小脸，一边大声哭叫着，一边伸出两只小手抱着妈妈的脖子。

雷大鹏看到了眼前的这一幕，再跟刚才听到的谈话声一对照，虽然不知道具体情由，可是，心里已经明白这是怎么一回事了。他看到了人和船，真想一脚跳上去，但，他所看到的偏偏又是这样可疑的人和船。他用极大的自制力，压抑着感情的冲动。这时，普遍流行在海防战士口里的一句话："过早的暴露自己，是敌人最欢迎的"，忽然出现在脑海里了。他紧紧地咬着嘴唇，不使自己由于兴奋而发出声音来；同时，他也想看看这三个家伙到底要搞什么名堂？他下定了决心：

"我不但要救出自己，也要救出这渔民一家！"

这时，那个左脸上长黑痣的家伙，用枪逼着被反绑双手的那个渔民，指了指大海，恶毒地喊道：

"站起来！快走！你自己跳下去，省得我们费手脚！"

"饶命吧！忘不了你们的大恩大德……"那个渔民苦苦地乞求着。

"放我们走吧！我们绝不跟别人说碰到你们啊！呜呜……"那个年轻女人放声痛哭起来了。

"嘿嘿！你这个小娘儿！"长黑痣的家伙，凑近那个女人，亵渎地用手使劲拧了她的脸蛋一下，淫荡地笑着说，"放了他，也不能放你哩！跟着我们享福去吧！"

长黑痣的那个家伙一动手动脚，女人怀里的孩子被吓得翻了翻小白眼珠儿，哭得更厉害了。孩子的哭泣，惹怒了长黑痣的家伙，他一把从女人怀里把孩子夺过来，恶狠狠地骂道：

"哭！你到海里哭给龙王爷听去吧！"

他抓住孩子的两条肥白的小腿，倒提起来，要向海里扔去。正在这个时候，那个女人好像疯了一样，直瞪着眼睛，猛扑上前，把孩子拉住了。但，那个长黑痣的家伙，却飞起一脚，踢在女人肚子上了。她仰脸跌倒在沙滩上了。她的身体刚刚挨地，便又挣扎着站起来，好像忘记了自己，又猛扑上去。可是，旁边那个枣核脸的家伙，赶了上去，把她死死地拖住了。她伸着一只右手，拼命挣扎，哭喊：

"给我孩子！你们不能扔……"

那个长黑痣的家伙，把两眼一瞪，扭歪了丑脸，冷笑两声，从牙缝里挤出来一句话：

"向龙王爷要你的孩子去吧！"

他一边说着，一边向海边走。他倒提着孩子的双腿，抡了起来，正要向翻滚着浪花的大海里扔的一刹那……

"砰——"

一声清脆的枪响。

突然，那个长黑痣的家伙，猛摇了一下身体，脸朝着海栽倒了。孩子摔在沙滩上了，哇哇地哭喊着。

原来，这一枪是雷大鹏打的。他把刚才的情景都看在眼里了，肯定地判断：这三个带枪的家伙，不是海上惯匪，就是蒋贼特务。当他看到那个长黑痣的家伙要扔孩子的时候，再也忍耐不住了。他心头火起，忘记了自己身体的虚弱，坚决要救孩子的性命！他迅速地分析了一下敌我情况：敌人虽是三个身强力壮的家伙，他自己孤身一人——而且是病弱得站不起来的人，占着绝对的优势，可是，自己所占的隐蔽的地形，和出敌不意的突然袭击，必然会使敌人惊慌失措，而致束手无策。同时，他十分清楚地意识到：只有把这三个坏蛋消灭，救出渔民，才能救出自己！于是，他把驳壳枪架在岩石上，瞄准了五十步开外的那个长黑痣的家伙，以绝对的自信，只把气息一屏，随即扣动了扳机。他进行了一次成绩优秀的有依托射击。……

事情的发生是那么意外，竟使除雷大鹏以外的所有的人，都惊愕得呆住了。

空气非常沉寂而紧张。

落在沙滩上的孩子的哭声，首先使那个女人清醒过来了。她猛力挣脱了那个枣核脸的手，奔上前去，扑到孩子身上，好像母鸡发现苍鹰在空中盘旋，用双翅严密地掩护住鸡雏一样。她把孩子抱了起来，紧紧地搂在怀中。

等那个女人把孩子抱了起来，那个枣核脸的家伙，才跑过去推了推躺在沙滩上的伙伴，疑惑不安地问道：

"怎么啦？怎么……"

但是，他一看见伙伴的脑袋好像染红了的葫芦，不禁吓得朝后一退，拔出了加拿大手枪，迅速地向四周观察了一下。周围是海浪滔滔，风声萧萧，怪石嶙峋，碧树摇摇，海岛仍像过去那样荒无人烟，没有任何可疑的迹象。他仿佛胆小鬼走夜路，真是提心吊胆，惶然无措了。

正在煮饭的那个圆脸的家伙，也被所发生的事弄得莫名其妙，连饭锅里的米汤沸腾出来，浇得炭火冒出了浓烟，都没有发觉。

所有这一切，都是在一瞬间发生的。

雷大鹏想趁着敌人惊慌不定的机会，继续射击那个枣核脸的家伙，但是，灌木丛挡住了视线。他立刻命令自己：

"爬！转移一下！"

他抓住石头，一抬脑袋，猛乍，两眼发黑，胸口火热，双手一松，昏迷过去了。

2

一个人的生命力量，有时候，能够发挥到难以想象的高度。雷大鹏昏迷过去以后，也像感触得到周围的事物的变化。他自己觉得已经昏迷了很长的时间，其实，只不过是几秒钟而已。他呼唤着自己的生命力量：

"我要醒来！我要醒来！"

他睁开眼睛，首先便是注视前方。刚才，雷大鹏昏迷时弄出来的响声，惹得那个枣核脸的家伙好像针扎一般，恐惧地跳了起来，盲目地打了一枪。子弹打在雷大鹏前面的石头上了，飞起来几块细小的碎石片。

雷大鹏还没等那个家伙放出来第二枪，便把脑袋一低，向另一块石头后面爬去了。他一移动，全身既像捆绑着千百条绳索，又像每一个汗毛孔都刺着一根钢针。他的头上，渗出了冷汗，一大颗一大颗汗珠子，不住地往下淌。他两手发抖，仿佛连那支驳壳枪都握不住了。他尽管头晕目眩，浑身酥软，但，坚强的意志并没有使他放松警惕。这时，他只有一个牢不可破的念头：

"绝不能昏过去！必须打死敌人，救出自己！"

雷大鹏过去在战斗中养成了一种习惯：没有九分以上的把握，不向敌人开枪。他常向战士们这样说："没有把握的射击，只是浪费子弹，暴露自己的错误行为，胆小鬼才那样做。"现在，他也是这样，两眼从石头旁边窥视着敌人的活动，猜测着敌人的意图，继续转移位置。这种转移，对他说来，虽然是要克服难以想象的困难，但是，他坚持这样做。这样，并不是因为害怕那两个家伙，而是为了给自己选择一个更加有利的地形和避开敌人已经注意到了的目标。

他悄悄向左爬出了五六米远的时候，那个枣核脸的家伙再也忍耐不住了。枣核脸本来以为开枪以后，对方会有回击，但，他期望了好久，却寂无声息，因此，更加疑惑不安了。他又急躁地朝原目标连续打了七八枪。那个煮饭的圆脸也不煮饭了，举着手枪，跑到枣核脸身边。两个人嘀咕了一阵，便瞪着疑惧的眼睛，一前一后，朝小树林子搜索过来了。

雷大鹏把驳壳枪拨到了快速连射位置，扣住了扳机。他暗自思量着：

"来得好！离近些，再离近些……"

雷大鹏屏住了气息，仿佛对面这两个家伙是纸做的，只要一出气就要吹飞一般。当那个枣核脸走到石头前面约有七八米的时候，雷大鹏竭尽全身力量，厉声高喊：

"缴枪！"

他的话刚一出口，那两个家伙吓得先是一愣；紧接着，枣核脸猛向一棵树干后面一躲，开了枪。几乎是同时，雷大鹏也扣动了扳机。枣核脸射过来的子弹，打得雷大鹏面前的石头火星乱迸；雷大鹏射出去的子弹，却钻进了枣核脸的左胸。枣核脸伸出双手，抱住了树干。但，他顺着树干坐在地上，耷拉着脑袋，一动也不动了。

那个圆脸的家伙走在后面，一见这情景早吓慌了。他刚想开枪，却又找不见目标，犹豫了一下，扭脸就朝后跑逃跑。

"缴枪！不要跑！……"雷大鹏几乎用尽了全身气力，可是，声音仍是那么微弱，好像发自地底深处。

但，随着他的喊声，那个惊魂未定的家伙，却站住了；而且，顺从地举起了两只手。

雷大鹏从石头后面爬出来，厉声命令道："把枪扔过来！"

那个家伙转过脸来，把手枪扔了一丈多远，落在草地上了。他刚把枪扔掉，抬头注目一看，不禁惊得目瞪口呆，真想拔腿就跑：这是一个人呢？还是一个鬼呢？

雷大鹏不论怎么努力，也站不起来了。两条腿好像木头做的，没有一点知觉。他只能靠着两肘的一点气力，慢慢地向前挪动。他竭力控制自己，千万不能昏过去。他一边爬，一边给自己下命令：

"一定要坚持住！只要一昏过去，就再也不会醒来了！爬！爬！爬过去！把匪徒的枪缴过来……"

那个渔民男子和女人，一直怀着惊惧不安的心情，痴呆呆地躲在海边上，偷偷地望着刚才发生的这一切。事情是如此意外和突然，竟使他俩感到不像真事，仿佛在做梦。那个男子虽然不知道这个从石头后面出现的人是谁，但是，由于他打死了两个匪徒，救了自己和老婆孩子的性命，已经十分确信："他一定是个好人！"而那个女人则一边叨念佛号，一边想："这个人也许是神仙吧？"

他俩一看，那个圆脸的家伙也缴枪了，这才松了最后一口气，满怀着惊喜的心情，向雷大鹏投射着感激的眼光。

211

那个女人急急忙忙赶到男子身后，替他解开了反绑双手的绳子。

渔民男子伸了伸麻木的粗壮的胳臂。胳臂上的肌肉，好像小山一样突起着。他跑过来，蹲在地上，亲热地握住了雷大鹏的手，眼里流出了喜欢而又感激的泪珠，嘴唇抽搐着，激动得好半天没有吐出一个字来。

雷大鹏也像会见了久别的亲人。他刚要打听一下匪徒们的来历，但是，话还没有出口，由于过度激动，胸膛突然像裂开似的一阵难受。他竭力克制自己不要昏过去，抬起头来，向前猛一伸手，想要抓住什么东西，但是，他的脑袋一低，手往前一扑，昏过去了。

"怎么啦？"那个渔民男子惊叫了一声。

他正要转身呼唤妻子也来救助时，一眼瞥见那个圆脸的家伙，闪动着细小的狡猾的老鼠眼睛，正弯腰拾草地上的那支手枪。

这个从小就在海上跟风浪搏斗的青年渔民，锻炼出来渔民特有的那种眼疾手快的机警性。他一看见那个匪徒正要拾取手枪，立刻感觉到：刚从危险里脱出，当敌人又拿起枪来的时候，将会发生的可怕的后果！

他用眼飞快地一扫，好像用鱼叉刺马友鱼[1]一样，瞅了一个准，趁着那个匪徒正弯腰拾枪未加防备的刹那间，一个箭步急蹿上去，飞起一脚，把那个家伙踢了个嘴啃地。那个家伙一头栽下去，把门牙碰掉了，鲜血顺着嘴角流了出来。青年渔民没等匪徒转身，又紧跟着上前一脚，把他踢翻了。那个家伙跌倒以后，便再也不动了。那个渔民到底缺乏经验，走上前去，站在那个家伙身边，想看一看死活。但，就在这个时候，那个家伙竟一返身，猛然抱住了他的双腿，把他扯翻在地上。青年渔民中了狡猾的毒计，被那个家伙紧紧地压在身体下面了。他刚要挣扎，喉咙又被狠狠地扣住了。他立刻感到窒闷，浑身血管膨胀了，再也没有力量抬起胳臂来了。……

在这危急的刹那间，那个强壮的年轻女人，先是站得远远的，搂着孩子，惊慌失措地呆望着发生的这一切。但是，她一看自己的丈夫在那个匪徒的身体下面不动了，这才惊得清醒过来。她急忙把孩子放在地上，拾起一大块圆石头来，好像任何力量都没法拦住她似的，猛冲上前，紧咬着牙，用尽浑身力气，对准那个匪徒的圆脑袋，砸了下去。她砸了一下，紧接着，又砸了一下。

那个家伙一松手，浑身软瘫，翻滚到旁边，瞪着两只死鱼似的白眼珠，不

---

[1] 每年三至五月间，马友鱼由外海洄游到近海一带产卵。产卵时，可用鱼叉刺获。

动了。

她急忙扶起了自己的丈夫。他的脸色已经气闷得发着青紫色，额上的青筋暴跳着。过了一会儿，当他微微睁开眼睛的时候，她的嘴角一咧，安心地微笑了。

3

雷大鹏使劲睁开眼睛，又恢复了知觉。首先映进他眼帘的，是那个青年渔民的亲切、关怀而善良的眼光。

"活了！"青年渔民高兴地回头对正在煮饭的妻子喊道。

这时，太阳已经西沉，海面十分安静。火一般的晚霞，映红了亮晶晶的海水，仿佛海也燃烧起来了。不一会儿，一种缥缈而深远的纤细的雾气，带着淡淡的梦幻一般的蓝色，渐渐笼罩住了美丽的南海。雷大鹏朝周围打量了一下，同时，闻到了一股芳香刺鼻的气息。这种气息深深地沁入心脾，引起了肠胃的痉挛。他好像一个贪嘴的小孩似的，贪婪地用鼻子嗅着。这是什么香味呢？他思索了好久，才辨出这是稻米香。他迫不及待地寻找，一眼瞅见那个年轻女人正从铁锅中往碗里盛稀粥。她端着粥碗，走近那个青年渔民身边，轻声说道：

"快喂他一点稀粥吧！看！饿得光剩下了皮包骨！"

青年渔民接过粥碗来，送到雷大鹏面前，关心地说道：

"喝点粥吧！"

雷大鹏早已不能等待了，他想翻身坐起来，但是，累得口喘眼黑，也没有挣扎得起。青年渔民把手伸到雷大鹏背后，只轻轻地一托，便把他扶起来了。青年渔民见他坐不稳，便让他紧靠着自己的胸脯，并把粥碗端到他的嘴边，好像哺喂一个婴儿。

雷大鹏一生中也没有吃过这样香甜的米粥啊！当温和的稀粥，从食道像小虫子一样，缓缓地爬进胃里的时候，他浑身的血液，仿佛春天的溪流解了冻，急速地流遍了各处。他觉得每一根血管都舒畅了，每一个汗毛孔都张开了，甚至舒服得皮肤发痒！他的胃变得好像一个没有底儿的深洞，虽然连喝了两碗，反而引起了更加强烈的食欲。他觉得，哪怕再喝十碗，五十碗，一百碗，也不会把胃灌满。

但是，那个年轻女人向丈夫丢了一个眼色，便再也不盛给他了。她同情而又抱歉似的对雷大鹏轻声说：

"真不知饿了多少天啊！别一下子吃饱了，等一会儿再喝吧！"

"你再盛给他一碗！"青年渔民见雷大鹏正用渴望的眼光看自己，便对妻子说。

"不！会害命的！"年轻女人摇了摇头，不同意丈夫的请求。但是，她注视了雷大鹏一会儿，又改变了主意，回身盛了半碗稀粥，递给了丈夫。她又看了雷大鹏一眼，好像在说："我说的是真话哩！这可是最后的半碗了！"

雷大鹏又喝光了半碗稀粥。他直到这时，才觉得有一种什么东西在全身回荡、燃烧，真正地感到生命又回到了自己身上。他一抬头，才看见那个圆脸的匪徒，好像一头死猪似的，躺在身边不远的草地上。他一怔，想："这是怎么一回事呢？这个家伙不是已经缴枪了吗？难道是这个渔民趁我昏迷的时候，为了报仇，把他打死的吗？……"

那个青年渔民，一瞅雷大鹏盯着那个匪徒的死尸看个不住，便微笑着指了指年轻的妻子，骄傲地说：

"是她打死的！"

接着，他把不久前发生的那一幕，详详细细地讲了一遍。雷大鹏听完，抓住了他的手，感动地说："是你救了我！"

"不！"青年渔民摇了摇头说，"是你救了我们一家大小三口啊！"

"你怎么跟这三个坏蛋碰在一起的呢？"雷大鹏问。

"人若是倒霉，碰上鱼能把钩子吞了。"青年渔民深深地叹息了一下，脸上露出了气愤的神色说，"我们赶了七八天路，今天早晨，走到这个小岛东南边，便碰上了这只贼船。船上只有这三个坏蛋。他们先跟我打听到黑山岛去的方向。我便指点了。可是，他们一定要跟我搭帮，叫我引路。我因为要赶路，不肯听。他们拿出枪来逼我，我只好答应了。走到这个小岛，他们一定要上岸来，说等到夜里再走。我等他们上岸以后，想趁机会躲开他们，便扯满了篷，向前跑。我只以为他们不会追我，谁知他们一点也不放松。他们的船是双桨的，比我那只小船快得多，一下子就赶上了，逼我回来。回就回来呗！你先打死的那个脸上生黑痣的，是什么'小队长'，他硬说我逃跑，是想去报告共军来抓他们，把我绑起来，叫我自己往海里走。好狠毒的恶贼啊！"

"你们要上哪儿去呢？"雷大鹏又问。

"回家去！"青年渔民说得很坚决，而且，饱含着对家乡的一种深切的怀念。他沉思了片刻，好像考虑该说还是不该说似的，但，终于下了决心说，"我是今年家乡叫'共军'占领的时候逃出来的。上个月，碰到一个熟识的同乡，他说'共军'的名字叫'人民解放军'，对待咱们渔民真像亲人一样，不但免了各种名目的苛捐杂税，还借钱给渔民修船补网，添置新船。又说我们岛上成立了一个什么社，渔民不再叫鱼栏'剥三层皮'[1]了。我以前也听别人这样传说过，可是，还不敢靠实地相信；这位熟同乡这一说，我才真的相信了，决定回家去！"

"你这样做，才算走对路咯！"雷大鹏赞扬地笑着说。

"你是干什么的？"

"我？"雷大鹏被渔民一问，不禁看了看自己的装束。原来，他的军帽早已丢到海里去了；本来穿的便是一身洗得发白的旧军服，再经过这几天的风吹日晒和雨淋汗渍，早已变得破破烂烂，遍布泥水，就是他自己，也看不出有什么军衣的痕迹了。他觉得以这样一副姿态介绍自己有点难为情，但，终于清脆地回答道："我就是人民解放军！"

"咦？"青年渔民疑惑了，问道，"你一个人到这个没有人的小岛上来干什么呀？"

雷大鹏把出海追击敌人，抢救渔船，以及遇到风暴的经过，扼要地说了一遍。同时，又借这个话题，宣传了一下解放军的好处。

"原来人民解放军真这样好啊！"青年渔民听了，感动地赞叹道。他稍微回忆了一下，又悔悟似的说，"我过去走错了路，真不应该逃跑啊！"

"过去走错了路，现在，你不是又回来了吗？"雷大鹏笑道，"你们渔民有句俗话：'赶过了鱼群的船，不回头的是傻子'，现在，你已不是傻子了！"

这时，那个年轻女人在沙滩上点起了一堆篝火。红色的火舌不断地跳动，照耀着黑黝黝的夜空。

青年渔民又对妻子道：

"喂！再给他煮一锅粥吧！"

青年渔民走到妻子身边，把孩子抱过来，好让她煮粥。那个孩子的脸庞又圆又胖，叫篝火一照，映得仿佛是一个熟透了的苹果。孩子闪动着两颗明亮的

---

[1] 剥三层皮：渔民把鱼栏的压低鱼价、大秤买进、缓期付款，称为"剥三层皮"。

黑眼睛，天真地凝望着火焰。青年渔民一边笑着，一边逗着孩子玩耍。

雷大鹏看了这一幅令人感动的景象，心头油然生出了一种幸福感。他默默地想：

"让这个孩子快点成长起来吧！他再也不会遇到像他爹妈这样的厄运了！"

那个青年渔民关心地问道：

"你驻在什么地方？我一定送你回去！"

"大门岛。"

"大门岛？"

"怎么？你不知道这个岛吗？"！

"不！这真是太巧了！我家也在大门岛，可以同你一路回去了！"

那个年轻女人，又向篝火里添加了几块木柴，火焰燃烧得更旺烈了。

"你是不是姓罗？"雷大鹏一听，立刻想起了罗九叔的儿子，便是大门岛解放时逃走的，至今还没有回来。

"是啊！"青年渔民忽然听到对方说出自己的姓来，很感惊奇。

"你就是罗友胜吧！"

"是啊！"青年渔民更奇怪了，张大了嘴巴，注视着对方，坦率地承认道。

"罗友胜！你可回来了！"雷大鹏兴奋地说。他真像无意中遇到了久别的故交老友，又惊又喜，愉快地说道，"你爹日日想，夜夜盼，把心都等焦了！不久以前，他老人家还出海找过你一次呢！"

"我爹好吗？"罗友胜的妻子，在一旁关心地插嘴问。

"好！身体非常结实！"雷大鹏兴奋地回答。"你爹叫你们逃出大门岛以后，事后也很后悔。你们刚刚走了，刮了一场台风，把你家的房子刮倒了，把你爹也砸伤了！后来，我们替他治好了伤，又重新盖好了房，还借给了你家一条渔船。现在，你爹捕鱼的劲头可大哩，连年轻小伙子都比不过他。还有，你爹还是个在海上抓特务的老英雄哩！……"

雷大鹏忘记了病痛、饥饿和疲倦，娓娓地讲罗九叔的故事。

"我妹妹怎样呀？"罗友胜问。

"也是一个要强的好姑娘！"雷大鹏夸赞道，"她劳动好，织网、打绳，是第一把手，她进步也快，是妇女群里的积极分子哩！……"

"积极分子？"罗友胜不理解这一个名词的含义，困惑地摇了摇头。

"积极分子就是……"雷大鹏给他解释着。他们围着篝火，在恬静安谧的海岛上，欢快地畅谈着，好像坐在家里一样舒适安心。

不一会儿，罗友胜的妻子便把稀粥煮好，端到了雷大鹏面前。现在，他可以背靠石头，自己坐着了。

夜潮有节奏地拍打着海边的礁石，发出呼哗呼哗的响声。海浪唧唧，在夜潮的伴奏下唱歌。夜空，好像铺着黑色的天鹅绒。繁星闪烁，宛如缀在天鹅绒上面的宝石。天河，好像一条银色的带子，从天空飘然垂下来，直泻到远方的海上。今晚，雷大鹏觉得这个小岛的夜色是这样美丽、安静，使人胸怀舒爽，真像到了神话中所说的蓬莱仙境一般。他的身体虽然虚弱，可是，过分的兴奋，使他把困倦和病痛都忘光了。他仰卧在柔软的微散着热气的沙滩上，一想到很快就要重见亲爱的老战友们，禁不住喜悦地流出了眼泪。……

他静静地躺着，听到罗友胜的年轻的妻子，正在一边爱抚地拍着孩子，一边温柔亲切地轻声喃喃着：

"睡吧！天一亮，咱们就要回家去！"

4

刘兆德到师部的第二天早晨，刚刚起床，就听说大门岛守备连有一个班，因为出海追击劫夺渔船的蒋贼军，遇风失踪了。这个消息，他乍一听，还有点半信半疑。他跑到别人房间里打听了一下，据说，这个消息是从师司令部传出来的；而且，海军巡防区已派巡逻舰出海寻找去了。他这才相信，这个消息果然是真的。他猛然记起前天晚上曾接到师部一个敌情电报，当时迷迷糊糊地看了看，就压在枕头底下；起床后，又忙着赶船到大陆来开会，忘记处理了。他一想起这件事，心里一动，脸立刻像火烧一样热烘烘的，浑身刷地淌下了大汗。……但是，他还强自镇静，侥幸地想：这两件事情，也许没有什么关联吧？……

他像得了急病一般，心慌意乱，烦躁不安，连早饭都吃不下去了。他心里正不住地敲打着小鼓，师司令部作战科科长推门进来了。他的心猛然又是一震。但，这位科长却不动声色，也没有提失踪的事，先问他昨天什么时候离开大门岛的，他回答了。作战科长又问，在他离岛以前，看到过师部的敌情电报没有？这一问，刘兆德心里有数了，他所最害怕的这两件事到底还是关联在一起，没能脱开。他不敢正视那位科长的眼睛，低着脑袋，心虚地回答道：

"看到电报了！"

"你还能记得电报的内容吗？"

"这个……"刘兆德回忆了一下，低声回答道，"有一股蒋贼军，大约三十多人，分乘两只机帆船，向大门岛附近海面窜去。电报叫我们出海搜捕。……"

"完了？"作战科科长等了一会儿，一听再没有下文，便追问道。

"嗯！"

"这只是一半。后面还有：不论巡逻有没有结果，一定要在十五时前赶回大门岛避风。"

"这个……"

"你怎么执行的？"

"我……"刘兆德狼狈地说不出话来。他脸上的汗珠子噼啪噼啪往下掉。

"你执行了没有？"

"没有。"刘兆德的声音，小得几乎听不清。

"电报怎么处理的？"

"我压在枕头底下了，想等天亮交给雷副连长……"

"可是，你忘记了！"作战科长代刘兆德说完了后半句话，站了起来，看了看手表，说，"快开会了，咱们一块儿走吧！"

这一天，他机械地参加了会议。首长们报告了一些什么，他并没有听见。他开会回来，连晚饭也没有吃，关在屋里，不知是坐着好，还是站着好，只是转来转去，狠命地吸烟。他甚至有些埋怨地想："这一回真倒霉！收到过不下百回敌情电报，都没有什么事，偏偏这一回就弄出岔子来了。"

他本来已跟别人约好，今天晚上到迎日港逛街听戏；现在，闹得也没心去了。他往床上一躺，烦得想一睡解千愁，但，眼皮却像支上了一根棍儿，脑袋里又像奔腾着千军万马，怎么也睡不着。犯了这个错误——全师人人都会知道"钢铁先锋连"连长犯了错误的——先不说在老首长和老战友们面前抬不起头来；便是提升的希望也要随着烟消云散了。……

早晨，他是被人唤醒的，匆匆忙忙地洗了脸，也没顾得吃早饭，就又赶去开会了。开会前，他找到了作战科科长，问道：

"除去海军救起来的九个人以外，还有消息没有？"

作战科科长摇了摇头。

刘兆德没有再说什么，默默地走到一个角落里坐下了。雷大鹏和一班同志的面影，在他眼前逐个闪过，但，到现在还有下落的五个人是谁呢了？

会议休息时，萧师长走过来，脸色严肃地说道：

"刘兆德同志！跟我来一趟！"

刘兆德一听，心就仿佛提到喉咙那里了。他还很少见萧师长有过这样沉重的无情的脸色。他低着脑袋，默默地跟萧师长，走到院子里一丛芭蕉树的阴影下面。他提心吊胆地想："这次免不了要被狠狠地斥骂一顿了。"

萧师长并没有如刘兆德所想象的那样对他大加斥骂，而是用出乎意外的低沉的声音，平静地问道："是你把电报压在枕头底下了吗？"

"是！"刘兆德回答的声管，只在喉咙里响了一下。

"昨天，我叫作战科科长问了问你，你都承认了，这就好！"萧师长看了刘兆德一眼，又问道，"你自己怎么看这个问题呢？"

"我？"刘兆德没有想到萧师长会提出这样的问题，不禁有些惊异地犹豫了一下。

萧师长并没有再等待，把手轻轻地一挥，带着失望和惋惜的样子，肯定地说道：

"看来，你这两天并没有好好考虑这个问题！"

"我考虑了！"刘兆德低声辩解。

"答案呢？"

"我认为是一般的敌情，所以……"

"错误就在这里！"萧师长没有容刘兆德把话说完，突然提高了声音，两目炯炯地注视着他，显然是有些生气了，严厉地说道，"敌情就是敌情。在这件事情上，难道你做得还有什么对的地方吗？党把你放在这个非常重要的岗位上，是对你的最高的信任，也是对你过去为人民立功所应受到的重视。可是，你呢？想想看：都是想了些什么，做了些什么吧？把敌情看成什么'一般的'，看来，你是不大适合'海洋气候'的！今天，美帝国主义正疯狂地侵略朝鲜，想打过鸭绿江来；蒋介石也要打回大陆，想重新骑在我们脖子上，在你的脑袋里，居然出现了什么'一般的敌情'！同志！你这个想法太危险了！"

萧师长说到这里，停住了，好像要给刘兆德一个回味的时间。他掏出了一支烟，衔在嘴上，手里拿着火柴，却没有点，而是一边注视着刘兆德，一边把声音变得缓和一些，继续说道：

"这回，我们被敌人抢走了七条渔船，打击了渔民的生产情绪。到现在为止，守备连还有五个同志没有下落。你想一想，这种'一般的敌情'的想法，带来了多么严重的损失！当然，我们师党委也要负责任。把你们放在海岛上，没有抓紧对你们进行教育，师领导一直没有到海岛去过，这都是严重的缺点。师党委决定接受这一次事件的教训，检查一下海防工作，订出改进办法。至于你，首先应该好好地从思想上检查一下。本来，我们要让你停职反省，可是，这一次工事修建会议很重要，任务也很急迫，所以，决定叫你继续参加会议。会后，你还回到大门岛去，根据这次会议的精神和有关决议，把工事修好！你回连以后，要深刻地检讨。师党委将根据你认识错误的程度，和在工事修建任务中的具体表现，决定对你的处分。你有什么意见吗？"

"我服从上级的处分。"刘兆德用惭愧而感激的目光，看着萧师长的眼睛说。

"服从上级的处分，这是容易办到的，而更重要的是改正错误。"萧师长恳切地说道，"犯了错误，给以应得的处分，这是公允的。但是，我们党从来不是惩办主义者，而是要对犯错误的同志，着重实事求是地分析错误的实质和根源，使这些同志提高觉悟，进而取得教训，改进工作。你是一个共产党员，过去为革命流过血，出过汗，立过功劳，可是，决不能把功劳当成柔软的钢丝床，认为只要躺在上面，就什么都有了，可以过一辈子。不！这是非常可耻的思想。党不是把你忘记了，也不是小看了你，才把你摆到大门岛去。党正是因为你过去是党的好干部，才把你放在这个重要的岗位上的。我以师党委书记的立场，又以一个同志的身份，希望你保持共产党员的好品质，改正错误，继续为人民立功！……"

萧师长说到这里，主持会议作战科科长走过来说：

"师长，继续开会了！"

"刘兆德！走！开会去！"萧师长向陷入痛苦的沉思中的刘兆德瞥了一眼，意犹未尽地说道，"认识错误是个很痛苦的斗争过程，这也是需要勇气的。我的话还没有说完，晚饭以后，你到我那里去一趟，再详细谈一吧！……"

萧师长一边说着，一边朝会场门口走去了。

他走上台阶，又回头看了看刘兆德仍然站在芭蕉树下没有动。他立刻大声招呼道：

"刘兆德！开会咯！"

晚上，刘兆德从萧师长那出来以后，没有回招待所，而是朝村外走去了。他一边走，一边还像听到萧师长在说：

"……以前，你想的是解放全中国，这才立了功；现在，你革命是为了谁？……"

刘兆德不知不觉间走到村外河边了。河两岸生长着青郁郁的小叶榕树，被夜色一染，显得更加黑黝黝的了。他蹲在岸边，先用水浇了浇脑袋；然后，仰脸躺在榕树下面，把双手枕在脑后，苦苦地问着自己：

"现在，你革命是为了谁呢？"

第十五章

1

春天来到了大门岛。

其实，在这个亚热带的岛屿上，并没有明显的四季的差别。这里，每年一月份的平均温度是摄氏十五度，七月份是摄氏二十八度。所以，一年到头，树草茂盛，花果鲜美。如果一定要寻找春天的象征，那么，渔民会这样告诉你："把手伸到海水里试试吧！"原来，海水已不知什么时候由凉逐渐变暖，这就是春天的唯一的标志。同时，这也正表示：鱼汛季节降临了。

去年冬天，供销站改组，成立了由渔民协会管理的供销合作社，全岛百分之八十五以上的渔民都参加了。合作社用贷款帮助社员购置了大批生产工具，使生产工具比过去增加了百分之二十。许多缺网的社员，还向合作社贷到了新渔网。渔网破旧的，也从合作社用比私商便宜百分之十到百分之二十的价格，买来上好的青麻、黄麻、竹笏、铁线、染料等，把渔网补好染新。全岛有七十多户渔民，买来桐油和其他修船材料，油漆和修补了旧船。

岛上到处喜气洋洋。渔民们比往年提早七八天，就陆续出海，追捕鱼群了。

守备连为了使合作社大量收购鲜鱼，不致因为来往大陆的运输船只不够而腐烂，特把机帆船拨给合作社在鱼汛期内使用。同时，随着春天的到来，守备连里也接二连三地出现了几件令人兴奋的事情。

先说头一件吧，便是曾在解放大门岛的战斗中负重伤的一班战士陈明德，已在大陆上把伤养好，重新回到连队来了。他一回来，好像一个小孩子来到了神奇世界一般，对什么都发生兴趣，到处跑跑跳跳，有说有笑。再说第二件事吧，炊事班长张富，从大陆上买回来几十只准备杀掉做菜吃的活鸡，里面有一只老母鸡，总是咕咕地叫，李济才看见了，对张富说："张班长，留下这只老母鸡孵小鸡吧！"张富一听，便同意了，说："这个主意真妙！叫它试一试吧！"他拿了十个新鲜鸡蛋，弄了个温暖的鸡窝，让那只老母鸡孵。不久，果然孵出十只活蹦乱跳的好像绒球似的小鸡来了。这样一来，岛上真好像出了什么大事，战士们每天都跑到炊事班看小鸡。张富几乎对每个战士都说了不止一遍："把这群小鸡养大了，下鸡蛋，孵小鸡，越孵越多，咱们还愁没鸡蛋和鸡肉吃吗？"第三件事是赵二虎的爱人秋菊，给他寄来了一包精选的菜籽。一班开辟了一小块荒地，种上不久，秧苗便长得一片青葱可爱。这不但轰动了全连，也传遍了全岛，连渔民都来参观了。罗九叔说："咱这个岛，千百年来没有生过庄稼，长过蔬菜，除了吃鱼，样样都得靠大陆。谁知道这里的土也能长这么好的菜哩！"过了没几天，支委会作出了决议：扩大种植面积，保证蔬菜自给。这一来哪怕是风雨连绵季节，以后也不会缺青菜吃了。第四件事是师部派人送来了一百多本通俗图、连环画、画报，放在俱乐部里，供大家阅览。战士们一有空闲时间，就往俱乐部跑，争先恐后地阅读，知道了许多关于祖国经济恢复和建设的情形，保卫海防的劲头更大了。……

　　但是，岛上的生活就像海水一样，永远不会平静。

　　一天，渔民工作组的李福生，匆匆忙忙走进连部，向指导员徐文烈报告道：

　　"指导员！有好多出海的渔民都回来了！"

　　"为什么？"徐文烈疑惑不解地问，"现在，不正是进入鱼汛繁忙期吗？"

　　"他们是回来接小孩的！"李福生心情有些忧虑地解释道，"据渔民说，每年三月三到四月四，岛上的'红衣大仙'就下山，要吃一个童男和一个童女。因此，一到这个日子，渔民不管海上多忙，也得回来把孩子接出去躲避一个月。明天就是三月三了！"

　　"真是怪事！"徐文烈皱了皱眉头，用有些埋怨的口气，好像自言自语地说，"孩子一上船，大人是捕鱼还是管孩子！这么一来，春季鱼汛就算耽误了！"

　　"渔民说，年年是这样！"

"不！今年就不能再这样！"徐文烈坚决地说，"有我们在岛上，就不允许什么'红衣大仙''绿衣大仙'祸害人！"

"渔民只说'红衣大仙'住在山上，到底是什么东西，我问谁，谁摇头，说不知道。"李福生继续报告道，"这也不是新发生的谣言。我看：也许是渔民迷信！"

"迷信？"徐文烈重复着这两个字，沉思了片刻，说道，"若说山吧，只有凤凰岭还高一点。咱们修工事、放哨、巡逻，把全岛的山都踏遍了，怎么也没有遇到过什么'红衣大仙'呢？但是，就算迷信吧，光凭嘴说，也不易打破。"

"那怎么办呢？"

"行动！"徐文烈果断地说，"鱼汛期是不等人的。要马上行动！你回去，先给渔民开个会，动员他们立刻追赶鱼群去，不要接孩子。孩子交给大军！至于'红衣大仙'，大军对付得了。当然，对这个动员不要抱什么过大的希望。同时，我去调查一下，把这'红衣大仙'的来历搞清楚，就好下手了！"

"我去开会！"李福生一边说着，一边忙着走了。

徐文烈背起驳壳枪来，也走出了连部。到哪里去呢？他想了一下，决定先到向西村。

他一走进向西村，便听远处有人高声喊他。他回头一看，原来是老渔民罗九叔，一边热情地招手，一边笑着问道：

"老徐——渔民都这样称呼他——怎么许多天没来呀？"

"忙啊！"徐文烈走过去，握住了罗九叔的青筋暴露的手。

"雷副连长回来没有呀！"

"还没有！他来信说，身体已经复原，快回来啦！"

"他这一回真是侥幸啊！"

"谁说不是呢！"徐文烈马上转换了话题，"老大爷！怎么不出海呀？"

"昨天刚回来！"

"鱼群过去了吗？"

"没有！正是旺水！我三天就捉了一千多斤哩！"

"真是好运气啊！"徐文烈故意提出"运气"这两个字来。

"运气？"罗九叔不以为然地摇了摇头，说道，"以前，我倒信它；大军一来，我可就不信了！"

"这是为什么呢？"徐文烈追问道。

"我年轻的时候，"罗九叔说到这里，回忆似的沉思了一下，说，"记得是二十一岁那年，咱这岛上来了个算命先生。这位先生说的话，跟他弹的三弦一样好听。他说，我到三十五岁的时候，一定碰上好运气，能有三条双桅渔船。我听了，一高兴，给了他一块光洋！那时，我年轻力壮，在海里像走平地，从白天到黑夜，又从黑夜到白天，捕的鱼，堆起来真比凤凰岭高！可是，我到了三十五岁的时候，使的还是爹留给我的破船旧网，还欠了陈老虾一百二十五块光洋！……"

他挤了挤布满皱纹的眼角，往事引得他难过地低下了头。停了一会儿，他拿起竹筒水烟袋，猛吸了两口，又仰起脸来继续说道：

"虽然这样，我仍然拼命地干。有时，刮六级风，我也宁舍命，不舍鱼群，总在想着自己能有一个好运气。……几十年啊，简直追鱼群追空了一样！我想，这辈子可完了，谁知到老来，反而托毛主席的福，日子变得一天比一天兴旺了。儿子平安地回来了；我家有了两条船，七张网……"

徐文烈全神贯注地听着，点了点头，没有作声。

罗九叔擦了擦嘴角上的唾沫，越说心情越激动：

"以前，出海捕鱼总是先给龙王烧香，保佑运气好，能赶上大鱼群。我们一向是不见鱼群不扯帆，一年倒有半年闲。前些日子，大军叫我们勤出海，多下网。我跟儿子和姑娘一商量，都说大军说得对，就说不是鱼汛期，那一网下去也不会落空的！现在，鱼汛正是旺水……"

"老大爷！那你怎么回来了呢？"徐文烈打断了罗九叔的话，趁机把话头拉上了正题。

"哎！说起来，真叫人揪心啊！"罗九叔长叹一口气，忧虑地说，"明天就是三月三，该接孩子出海了。我只这么一个小孙子，可不能叫'红衣大仙'吃了。……

"老大爷！'红衣大仙'是什么东西呀？"

"这个……"罗九叔神色恐惧地欲说又止。

"不要怕嘛！"徐文烈鼓励道，"天大的事，也由大军担！"

"咳！我对你实讲了吧！"罗九叔嗞嗞地吸了两口水烟，用低沉的声音说道，"在咱们这个岛上，你没有看见哪家养鸡、鸭、猪的，一定很奇怪吧！说起来，也是十多年前的事了。那时，家家都养着一些鸡呀，鸭呀，也有的养几只猪仔。突然，有一天晚上，一下子丢了十几只。过了几天，又丢了十几只。大家正在奇怪，又接连丢了一个男孩和一个女孩。全岛都慌了，把猪、鸭、鸡锁在房里，把孩子放在船上，这才平安无事。第二年三月，波罗坑有一家，是两口子守着一个小姑娘。半夜里，小姑娘哇的一声哭起来了，两口子睁眼一看，只见满屋子红光闪闪，一条大蛇从窗户钻进来，正要把小姑娘卷走。女人吓得躲在墙角不敢动了；男的跳起来夺孩子，叫大蛇咬死了。自从那回以后，大家都传说山上有个'红衣大仙'，每年三月三到四月四，要吃一个童男和一个童女。后来，大家每年抬着鸡、鸭和肥猪上山，燃香上供。果然，有一两年没有闹。但是，有一年，有一个孩子上山砍柴，又叫大蛇咬了，抬回来，没过两天就死了。大家都不敢说破'红衣大仙'是蛇，只要一说出来，'大仙'就知道了，会叫这个人出海沉船的。这几年，又是国民党，又是'大仙'，真闹得人死活不得啊！……"

"啊！原来是这么一回事！"徐文烈听完，虽觉得罗九叔说的话里边，有的地方夸大，有的地方是谣传，但，弄清楚了是蛇在为害，心里就有底了。于是，劝道，"老大爷！不要接孩子出海了，这样，会耽误生产啊！我一定想办法，找到这条蛇，把它打死，替大家除一害！"

"都说它来无影去无踪哩！"

"这是谣传！"徐文烈充满信心地说，"只要它在这个岛上，就是入地三尺，也能找到它！"

正在这个时候，忽然隐隐约约地传来一阵锣鼓声。徐文烈侧耳听了听，好像声音是从大门墟传来的，便又问道：

"这是干什么？"

"上山给'大仙'上供去！"

徐文烈不以为然地摇了摇脑袋。他没有再说什么，跟罗九叔握别以后，仿佛急行军似的朝大门墟走去了。

罗九叔目送徐文烈走远后，回过头来，小心地看了看高耸在半空的凤凰岭，脸上立刻罩上了一层忧愁的阴影，用几乎听不到的声音，忏悔似的说：

"天啊！我怎么都说啦！'大仙'可别怪罪下来呀！我只有这么一个小孙子？今天晚上，赶快出海吧！……"

2

昨天晚上，仍然有大部分渔民把孩子接出海去了。但，这并没有影响守备连要跟"红衣大仙"斗"法"。

徐文烈从连里抽调了精明强干的三十六名干部和战士，三人一组，组织了十二个打蛇小组，一齐上了山。

徐文烈除全盘掌握打蛇小组的情况外，还亲自带着赵二虎、李济才和陈明德这个打蛇小组搜山。他们上山以后，一个个枪上膛，手榴弹揭盖，真比战斗还紧张啊！太阳直射下来，每人虽然戴着一顶椰叶编成的遮阳帽，脊梁晒得仍然好像无数根又尖又细的钢针在刺一样；脚上虽然穿着鞋，踏在石头上，好像踩上了烧红的铁板。山上，许多奇异而鲜艳的花朵，仿佛锦绣一般，在灌木丛中盛开着。

"这些花真好看啊！"陈明德注视着野花说，"可惜，我一个也不知道它们叫什么名字！"

"快点走吧！"李济才不耐烦地催促着。他的军衣已像水洗过一样，湿得贴在身上了！"今天，是叫你来找大蛇，不是叫你来看花的！"

"咦！这并不矛盾啊！"陈明德回头做了个鬼脸说，"说不定花里就藏着大蛇哩！"

李济才还想说什么，一看，陈明德已三跳两跳，钻进灌木丛摘花去了。

"留神，别叫大蛇把你叼走！"李济才生气地说，"这孩子，总贪玩！"

这时，徐文烈、赵二虎也挺上来了，一连声地喊热。徐文烈一边用手帕擦汗，一边看着山下蓝光闪闪的大海，自言自语道：

"风，不知跑到哪儿去了？"

这时，陈明德一头钻出来，拿着一大把猩红的、橙黄的、天蓝的鲜花。他笑嘻嘻地把花分给每个人，然后，自己留下一束，插在上衣左边的小口袋，快活地说：

"指导员！这真像歌里唱的那样！"

"怎么唱的呢？"徐文烈好奇地问。

祖国遍地，

开满鲜花，

我要歌唱：

可爱的国家……

陈明德唱了起来。

"小陈！你要把大蛇吓跑吗？"李济才警告地说。

"吓不跑！"陈明德眨了眨眼，笑着说，"大蛇一听见我唱的歌这么好，说不定也爬过来听哩！"

他的话把大家都逗乐了，叫人忘掉了疲倦和火热。

战士们走遍了从来没有人到过的山崖、峭壁，有洞便探，有林便搜，两条腿累得弯不过来，脚打了水泡，但，除去打死十几条小蛇以外，没有什么更大的发现。回连以后，徐文烈和各打蛇小组长研究了一下，决定晚上用埋伏的办法，即把炊事班养的猪拉到山上去，战士们隐蔽在树上监视。

他们又白白地忙了一个整夜。

黎明，各打蛇小组又整装出发了。徐文烈曾找老渔民探问了一下蛇的习性，据说：蛇秋冬爱潜藏在低湿的山洞里，春夏喜欢住在高山上的石缝里；而且，越是人迹罕到的僻静处所，越是它们的安乐窝。因此，今天，徐文烈指示各打蛇小组，要专爬悬崖，登峭壁，探深洞。

徐文烈仍然带着赵二虎这个小组搜索。他们攀着枝叶纠结的葛藤，登上了一个突出的峭壁。站在上面一看，中间隔着一道幽深的山谷，找不到路径可以爬到对面的山头上去。徐文烈看了看地形，说道：

"这个地方，咱们还是头一次发现哩！"

"对面那个山头，又高又险，树木又密，说不定大蛇便藏在那里！"赵二虎注视着对面的山头说。

"怎么过去呢？"李济才继续向四周寻觅可以下到山谷的道路。

这时，只有陈明德沉默无言。他望着枝叶相连，仿佛绿伞一样盖在山谷上面的大树。大树伸出去的枝干上，缠绕着葛藤，长蔓仿佛秋千架上的长绳子似的垂悬着。

一只山鸟，展开黄绿色的翅膀，像箭似的飞了过来，停在一条垂下来的藤蔓上。但，山鸟仿佛发觉有人注视着它，还没停稳，就又飞向对面山头上的树木中间不见了。

这时，那条被鸟停过的藤蔓，缓缓地摇摆起来了。

看到了这一情景的陈明德，心头一动，不禁高兴地喊道：

"指导员！可以过去了！"

"有下山的路吗？"徐文动转过脸来问道。

"不！咱们飞过去！"

"飞？"

"对了！咱们抓住藤蔓，一悠就能过去，像飞一样！"

"经得住吗？"赵二虎在旁边担心地问。

"指头粗的藤条，能悬百斤！"李济才代陈明德回答道，"咱们去年盖房子的时候，就拿藤条当绳子用过嘛！"

"试试看！"徐文烈命令道。

陈明德立刻折了一根长树枝，伸出去，把一条约有大拇指粗细的藤蔓勾过来；然后，双手紧紧抓住藤蔓，用力向下拉。赵二虎走过去，跟陈明德一起拉。但是，两个人也没有把藤蔓拉断。这时，陈明德把头一回，注视着徐文烈道：

"指导员！让我先过去！"

徐文烈没有立刻答应。他从陈明德手里，把藤蔓接过来，使劲向下拉。他拉了一会儿，又端详了一下上面的树枝，直到他认为万无一失的时候，才对陈明德嘱咐道：

"你先过去吧！要小心！悠过去以后，两条腿要立刻夹住那棵树杈子。……"

他指了指长在对面山头上的一棵树的突出来的粗枝子。

陈明德把冲锋枪背在背后，双手抓住藤蔓，用脚猛然一蹬，身体就像打秋千似的悠了起来。当身体悠到对面山头的一刹那间，他伸出了双脚，夹住了树杈子；同时，他松开了藤蔓，一挺身，双手也抱住了树枝，像壁虎一样紧紧地贴在上面了。

陈明德的全部动作，只是在一眨眼间；而他的敏捷、灵活，使站在峭壁上的徐文烈、赵二虎和李济才三个人，不禁暗中赞叹着。

赵二虎和李济才用同样的动作，也悠过去了。

徐文烈是最后一个悠过去的。四个人会齐后，鱼贯地穿过茂密的灌木和野草，瞪大了眼睛，向四周搜索。

徐文烈的心跳得非常厉害。他不是因为恐惧，而是两天来的劳累，使他本来就衰弱的身体支持不住了。但，他咬紧了嘴唇，坚持着。他爬上了一个光秃秃的山梁，正往前走，忽听旁边扑啦啦一阵响，急忙看时，只见有大腿粗的一条赤褐色的蛇尾巴，一闪就不见了。他浑身的毛刷地一下手立起来了，厉声喊道：

“这边来！”

赵二虎、李济才和陈明德立刻转回身来了。

徐文烈握着驳壳枪，好像怕踏上地雷似的轻轻地朝前试探着走。走了大约有五六米的样子，便望见一条大石缝；再走近一看，石缝很深，一条赤褐色的大蛇，蜷曲着身体藏在里面。大蛇抬着脑袋，张着血盆大口，抖动着细长的红舌头，正双目炯炯地朝他们凝望着。……

徐文烈马上倒退了两步，不禁屏住气息，抡起驳壳枪，扣动了扳机，哒、哒、哒……随着清脆的枪响，大蛇向空中猛然一窜，朝他扑了过来。

徐文烈一个“啊”字还没喊出，赵二虎的冲锋枪迎着大蛇开火了。“哗——哗——”一阵猛扫，只见大蛇突然翻了个身，肚皮朝天，唰啦一声，从石缝窜下山谷去了。

直到这时，徐文烈才松了口气；发觉不知什么时候，自己竟出了一身冷汗。

大蛇生死不明，他们又不敢下到山谷里去。于是，徐文烈举起枪来，朝空连打三次三发。这是发现情况的信号。

不一会儿，有另外三个打蛇小组，闻声后陆续赶来了。大家先朝山谷集中火力猛射，然后，用绳子把赵二虎、李济才等七个战士吊下去，一边用冲锋枪开路，一边寻找大蛇的踪迹。

在没人深的草丛里，终于找到了那条大蛇。原来，大蛇的脑袋已被子弹打碎，上半身穿了无数个小洞，已经僵直了。

“真倒霉！我连一枪也没捞着放！”陈明德在旁边噘着嘴说。

“哼！等你放枪呀，”李济才故意气他说，“大蛇早把你一口吞掉啦！”

“这家伙是不是‘红衣大仙’呀？”赵二虎狠狠地踢了大蛇一下。

“反正它在咱们岛上也没有户口，”徐文烈幽默地说，“是不是‘红衣大仙’，无法查对！不过，把这家伙抬回去，叫渔民一看，会吓一跳的！”

黄昏以前，五十多名战士费尽了九牛二虎之力，才把那条大蛇从山谷里拖上了峭壁；然后，拉到大门墟供销合作社门前展览去了。

当天晚上，徐文烈和各打蛇小组组长统计了一下，两天来共消灭了大小九十三条蛇。但是，盘踞在岛上的蛇，还远没有打光，因此，同时决定继续打蛇，一不做，二不休，要彻底清除蛇害。

岛上的渔民看到那条大蛇，也陆续把孩子从船上送回家了，一时岛上流传着大军勇猛地和"红衣大仙"斗法的故事，把徐文烈他们打蛇的经过说得有声有色。

3

雷大鹏的身体已经复原了。

早晨，他在迎日港坐上大门岛供销合作社的运鱼船，因为顺风，下午两点多钟，整个大门岛便清晰地映入眼帘了。那沿岸的恬静的渔村，渔民新盖起来的成片的草房，有优美曲线的大门湾海滩，晒在沙滩上的成排的渔网，以及新建成不久的台风警报站的高耸入云的木架子，……都给他一种新鲜的印象。当他一眼瞅见守备连院子上空的五星红旗，正在万绿丛中随风飘扬的时候，不禁心情振奋，脸上洋溢着一种幸福的神采。他好像回到了久别的故乡，哪怕是一草一木，都给他一种异常亲切的感觉。

他从大门湾上岸后，沿着刚修成的碎石子路，一直走进了守备连连部。徐文烈正一个人在屋里，伏在桌子上边聚精会神地写什么东西，连有人走进来都没有觉察。雷大鹏怕打搅他似的，轻轻地招呼道：

"指导员！你好啊！"

徐文烈抬头一看，仿佛不认识似的盯视了片刻；然后，迅速地站起来，以致慌忙得把小木凳子都弄倒了，高兴地喊道：

"是你！身体怎么样了？"

"要是拿医生的话回答：还得再休养一个月。"

"那你怎么回来了？"

"待不下去啊！总想着岛上……"

"可是，我却总想着大陆哩！"

"是啊！这也真怪：在岛上，常常想念大陆，可是回到大陆，可又做梦也梦见岛上的生活啊！"

徐文烈好像招待远方来的客人似的，从瓦罐里舀了一茶缸子白开水，递给了雷大鹏，又笑眯眯地问道：

"你见到师首长了吗？"

"见了。萧师长很关心你的健康情况哩！"

"我现在不是很好嘛！对咱们的工作有指示没有？"

"只是叫咱们快点把工事修建好。"

"这个，刘连长抓得也很紧！"

"刘连长呢？"

"上山去了。"

"我在师里听说他认识错误很深刻，表现也好。……"

"对！老刘可变了！"徐文烈脸上露出了满意的笑容，好像报告喜讯似的快活地说，"他自从师里开完会回来，亲自带着战士们修工事，连午饭都送去吃。他一天两头顶着星星出入，哪一回回来，浑身上下都像下泥猴。我劝了他两次，叫他别拼着命干；再说，战士们也受不了啊！这一次事件，给他的教训很大，可以说朝他的脑袋打了一棒子，打清醒了，不然，错误会更严重！他对党这次给了他一个改正错误的机会，真是万分感激。……"

"他会改正的。"雷大鹏对刘兆德——这位跟他一起战斗了五六年的老首长——是十分信任的。

"我也是一直这么想。"徐文烈当然更了解这位老战友，说，"他回来以后，在党内和全体军人大会上都做了检讨，大家感到满意。支委会认为他的检讨比较深刻，改正错误的决心也大，决议给他当众警告处分。师党委已经批下来，同意支部的这项决定。"

"这也给我们上了一课啊！"雷大鹏深有所感地说。

沉默。两个人心里都在检查着自己。

"老雷！刘连长曾对我说，还怕你埋怨他呢！"徐文烈打破了沉默的空气说。

"不！只要他能够改正错误，我只有高兴，哪里还会埋怨呢！"雷大鹏沉思了片刻，自疚地说，"我倒有点埋怨自己，没有帮助连长做好工作，让渔民受了损失！"

"你还不知道吗？"徐文烈说道，"那七条被劫走的渔船也回来了。是海军从牛头岛附近截回来的，把敌人也搞掉了！"

正在这时，忽然，一阵轰隆隆的爆炸声，从凤凰岭上传来。雷大鹏急忙问道：

"这是干什么？"

"爆破石头！"

"我去看看！"对任何新事物都发生浓厚兴趣的雷大鹏，早已在屋里忍耐不住了。

"你休息一下嘛！"徐文烈道。

"一点也不累！"雷大鹏一边说着，一边走出了连部。他抬头看了一下凤凰岭上还没有消散的蓝灰色的烟雾，便向那里攀登了。山坡上，原来只有一条被野草掩盖着的弯曲的小径，现在已被战士拓宽了，有的地方还垫上了石阶。路旁的一棵树上，钉着一个木牌子，上面用红色油漆写着"和平路"三个字。

雷大鹏看了很高兴。

他休息了两次，才爬到了半山腰。直到这时，他才承认自己的身体已不如前了。他翻过一个小山头后，听到从不远的地方，传来了一阵叮叮当当的声音，他按着声音找到那里一看，原来是搭在树林里的一个铁匠炉。铁匠炉的主人，仍然是去年盖营房时的张双喜和赵二虎。但，铁匠炉的设备，比过去齐全多了。他们两个人正汗流浃背，敲打着铁锤。雷大鹏先笑着招呼道：

"你们这里简直是个铁工厂咯！"

张双喜和赵二虎一看是副连长回来了，高兴得扔下铁锤，跑上前来握手。赵二虎开玩笑地说：

"我们这是只有两个工人的工厂！"

三个人一齐哈哈大笑起来了。

"你们快干活吧！"雷大鹏说。他一转身，看见地上摆着长短不齐的二三十根铁钎，还有四五把铁镐。他很奇怪，这铁钎有的长三四尺，有的短不足一尺；铁镐有的短了半截，有的小得像个拳头。便问道：

"这是怎么回事？"

"山上的石头太硬，一锤打下去，只有一点白印儿，铁钎就像叫石头吃掉一样。"赵二虎回答道，"还有这些铁镐，上个月才领回来的，现在变成铁锤了。……"

"我们这个'铁工厂'的任务，就是保证及时把修筑工事用的各种工具修理好。"张双喜一边说着，一边举起了一根铁钎，"看！这根钎子一天就磨秃了！"

雷大鹏离开了铁匠炉，走到凤凰岭顶上，看见四五个战士正在树荫下休息。战士见了他，一齐站起来，立正敬礼。雷大鹏笑着说道：

"同志们辛苦了！刘连长在哪儿？"

"在里边打锤呢！"一个战士回答。

雷大鹏走进了一个山洞口，立刻，一股闷热的空气迎面扑来，令人喘不出气。他刷地出了一身大汗，衣服全湿透了。洞里很黑，他摸着潮湿的洞壁往里走，刚拐一个弯儿，就看见前面挂着一盏汽灯。汽灯闪着黄澄澄的光，在模糊的灯光下面，人影晃动，一把大铁锤不停地飞舞着。铁锤打下去，火花四溅，碎石粉末，像雾一样弥漫着。战士们光着上身，汗水在背上闪着亮光，"嗨——嗨——"地呼喊着。

雷大鹏虽然还没有看清刘兆德的面孔，已经听出他的声音来了。

刘兆德的身体，好像一个小蒸笼，直冒热气。原来，正在抢动大铁锤的便是他。

雷大鹏蹲在旁边，心中替他数着：刘兆德一口气打了八十三锤，才停下来了。锤一停，便有个战士捏亮了手电筒，朝石头上照射。刘兆德轻轻地抚摸着那个刚刚打出来的石眼，仿佛母亲抚摸儿子的小脸。他一边摸，一边说道：

"你们看到这石头上的纹路没有？"

战士们趋前仔细地看了一下，回答道，

"看到了！"

这时，刘兆德又举起铁钎，对准石头的纹路，大声说：

"打！"

一个战士举起铁锤来，猛力打下去。他只打了四五下，石头便崩裂成一个很大的口子。战士又接连打了十几下，裂口处很快便形成了一个石眼。

"停！"刘兆德喊道。

随着喊声，那个战士放下了铁锤。

刘兆德的眼睛里闪着亮光，一边用手比画着，一边认真地说：

"这石头虽硬，只要找准纹路打，这十几锤，比你们乱打几百锤的效果还大！另外，把炮眼打在石头的纹路里，爆炸的时候，一炮炸掉的石头，比把炮眼打在光石头里，能多一倍！"战士们一个个龇着白牙满意地笑了。一个战士高兴地说：

"干什么都得找窍门。以前，我光凭力气，累得浑身骨头都要散架子了，还是一锤一个白印儿！连长，前天你帮助我们解决了放炮排烟的问题；现在又解决了打硬石头的问题，这样一来，我们提前完成任务有保证了！"

"对！咱们要提前完成任务！好好干吧，小伙子们！"刘兆德鼓励道。

雷大鹏直等到这个时候，才向前走了几步，大声招呼道：

"连长！我回来了！你好啊？"

"你？"刘兆德一听有人叫他，回头看是雷大鹏，惊喜地喊道，"老雷！什么时候回来的？"

"刚下船。"雷大鹏紧紧地握着刘兆德的沾满泥土和碎石末的手，注视着他那涂满泥灰、只露着白牙的脸孔。

"走！咱们出去谈吧！这里边空气不好。"刘兆德拉着雷大鹏，便往洞口外面走。他一边走，一边快活地说，"我正在设计一个手摇通风器，如果成功的话，空气可以随时换新鲜的了！"刘兆德在前面走得非常轻松，好像轻车熟路。雷大鹏在后面却摸摸索索，仿佛处处是陷阱，不敢举步。

走出洞口以后，雷大鹏立刻觉得海风是那么凉爽，吹得全身汗毛孔都像是一扇扇打开了的小窗子。

他俩坐在一块大石头上。雷大鹏掏出香烟，递给了刘兆德一支，微笑道：

"吸一支吧！这是大陆上的新出品——建设牌！"

刘兆德一边点烟，一边问道：

"我给你写的信收到了吗？"

"收到了！"

"老雷！我犯了这么严重的错误，差一点把你和一班同志的性命葬送掉，请你不要……"刘兆德心情痛苦地说。

"连长！你提这个干什么？……"雷大鹏想了想，又坦率、诚挚地说道，"检查起来，我也有错误。以前，我总觉得自己刚刚提拔起来，你又是我的老首长了，虽然有些意见，也就搁在肚子里了。我对批评有顾虑，这已使工作受了损失。以后，我保证大胆提意见，彼此多帮助。……你在各方面都比我经验多，应该多多帮助我啊！"

"我一直很难过。自己受革命锻炼和党的教育比别人多了几年；可是，我却拿这个当骄傲的本钱了。……"刘兆德深深地责备着自己，沉重地说，"萧师长曾经问我现在革命是为了谁？我听了以后，自己越想越惭愧。如果有机会，我真想去学习学习，把自己改造得更坚强些！现在，我不想多说什么空话，最实际的考验是工作！这一点，你随时帮助我吧！"

"连长！我记得我当班长的时候，你跟我说过一句话：'错误，常常把人从弯路引领到正路上去！'"雷大鹏用亲切的眼光注视着刘兆德，意味深长地说，"现在，我再把这句话回送给你吧！"

"好的！我接受你这个宝贵的礼物！"刘兆德向雷大鹏投了一个感激的眼光。

两个人一直谈到朦胧的暮色笼罩住海面。战友的爱，像火一样燃烧着他们的心。

晚饭，是徐文烈请客。他叫张富特意从刚回岛的渔船上，买来了新鲜的大黄鱼。当苗国新端进来一大盘热气腾腾、散放着清香的煎黄鱼，放在桌上时，徐文烈笑着说道：

"这是南海名产哩！"

雷大鹏的筷子刚一触到大黄鱼，便露出了好像白玉雕成似的肥嫩的肉。他夹了一块，放进嘴里，一种滑腻、鲜嫩而又甘爽的感觉，引起了强烈的食欲。他说：

"在大陆上可吃不到这么新鲜的！"

"现在还不行。但是，用不多久，就行了！"徐文烈说，"等我们有了机器冷藏船，运到多远的地方都可以。那时，老雷！你那远在北方的孙秀英也能吃上南海鲜鱼哩！她最近来信没有？你可千万别把遇险的事告诉她，会把她吓坏了的！"

雷大鹏和刘兆德都愉快地笑起来了。

其实，雷大鹏不但已经从医院里，给孙秀英写了信，把一切经过详情都告诉她了；而且，已经接到了她的回信。

这真是一次快乐的晚餐。三位战友边吃边谈，一顿饭吃了整整一个小时。

晚上，刘兆德开爆破技术研究会去了，连部里只剩下徐文烈和雷大鹏两个人。雷大鹏说道：

"指导员！谈谈工作吧！刘连长叫我跟你谈。"

"你先休息几天嘛！"

"到处嚷着叫我休息！休息！……"雷大鹏有些发急地说，"我已经休息够了啊！"

"啊！还是战士的性格！"徐文烈知道拗不过这个倔强的人，只得拿起一束文件来说，"你就搞一搞这几件工作吧！"

"这是什么？"雷大鹏随手翻开文件，以为是叫他整理什么材料，便笑道，"叫我趴桌子可受不了！"

"这是县委会送来的关于渔区工作的决议。"

"县委会？"

"是啊！上个月才成立的。但是，因为县里干部不够，仍然委托军队代管。最近他们可能派干部来，在大门岛建立一个乡政权。"徐文烈说到这里，把那束文件拿过来，翻开第一张，说道，"首先，要把渔民小学开办起来。这还是大门岛第一所学校哩！县委会的计划是只办渔民小学，我认为可以同时也办渔民夜校。孩子们白天上，大人夜里上，教员虽然辛苦一点，这没有什么关系，一切由咱们守备连包干好了。"

徐文烈又翻了一页文件，继续说道：

"第二件，要把供销合作社整顿一下，利用春季鱼汛刚完的淡季，多开几个会，把问题挖一挖。县委会的指示是：能解决的及时解决，不能解决的上报；而且，要在秋季鱼汛前，把合作社再扩大一倍，购置一只机帆船。至于具体搞法，再专门开个会研究一下，原则依然是自愿！"

徐文烈把文件合起来，说道：

"第三件，是咱们连支委会最近的一项决议：检查一次群众纪律。这项工作，由咱们和渔民协会联合起来搞，组织一个纪律检查组，好的要表扬、奖励；违犯纪律的，也要分别情节进行批评、惩罚。"

"只这三件吗？"雷大鹏好像不大满足地说。

"难道这还少吗？"徐文烈反问道。

"我建议再增加一件，"雷大鹏说，"我们要对渔民的生产情况，作一次全面的细致的调查。把解放前后渔民的收入和生活状况，作一个对比，对渔民进行一次爱国主义教育。渔民的觉悟提高一步，我们保卫海防的靠山就巩固一分。"

"这个意见太好了。"徐文烈高兴地说："我们可以先搞，如果成绩好，便向县委会建议，在所辖各海岛普遍进行。不过，现在要先把渔民小学办起来！学校的房子，战士们正在大门墟南边盖。……"

"这不影响修工事吗？"

"开始的时候，我和刘连长也有这个顾虑。"徐文烈把油灯拨了拨，灯光立刻变亮了。他接着说道，"后来，这事叫战士们知道了，他们推派了两个代表，到连部来要求给渔民小学盖房子。战士们坚持利用晚上的时间盖。我们当然要考虑战士们的身体是不是吃得消啦！但是，战士们想出了一个主意：凡是头一天晚上盖房子的同志，第二天不上第一班。这样，并不影响休息。房子大概再有两三天就可以完工了！"

雷大鹏听到这里，才知道渔民小学原来已不只是计划中的事了。

"这两天，李济才正领导一班做桌椅。"徐文烈又道，"桌子，是把去年冬天师部给咱们运来的床板，抽出十几块来，钉上四条腿，做成长条桌；凳子，是把椰子树干锯成一尺高的一节一节，往地上一立，人坐在上面，不是挺稳实吗？"

"这真是就地取材啊！"雷大鹏笑道。

"李济才不愧是个好木匠！"徐文烈称赞地说。"现在，只是教员还没有确定下来。你看谁合适？"

雷大鹏想了一会儿，回答道：

"李福生怎么样？他念过几年书，参军后的学习也不错，在一排里是个包办……"

"包办？"

"是呀！他包办写战士们的家信。"雷大鹏解释道，"再说，他一直搞渔民工作组，跟渔民搞的关系还不错！"

"好！就算他一个！"徐文烈同意道，"小学校长，县委会指示由乡长兼。但是，现在乡长还没有，你先暂时代理一下吧！"

"我行吗？"雷大鹏有些惶恐地笑了，"打仗行，管学校我可是个外行！"

"打仗，你也是由外行变成内行的！"

"既然这样，我就试试看！"

他俩又在连里挑选了另外两个同志当教员。

"老雷！你把这些文件看一遍吧！"徐文烈说，"有什么问题，咱们可以给县委会提出来！"！

于是，雷大鹏便默默地坐在桌前，翻看起文件来了。

这时，凤凰岭上，点点火光，宛如夜空中新添的银星在闪烁，那是夜班战士们正在那里修筑工事。

第十六章

1

雨季过去了。白天，太阳毒热，连海水都晒得冒白烟儿，椰子树也耷拉着脑袋。人们好容易才盼到了黄昏。

李福生吃了晚饭，匆匆忙忙走出了营房，想早点赶到渔民学校准备一下教案。他沿着从营房直通大门墟的"建设路"——这也是不久前才修的——走到了大门墟。这里过去被国民党烧毁的痕迹，再也找不到了，新盖起来的房屋，一间接连一间。别看这里白天寂寞无声，只要太阳一快要落海，好像全岛的人都集中到墟上来了，木屐踏在青石板路上的响声，压低了夜潮的轰鸣。

李福生一边跟渔民打着招呼，一边穿过人群向墟南头走。他经过供销合作社门口的时候，看见在新盖的三间挂瓦的大房子里，渔民们闹哄哄地走进走出，连门都要挤破了。有两个渔民买妥了成捆的青麻，成桶的桐油，一边议论着价格，一边笑呵呵地从他身边走过去。他一转脸，看见三个年轻的渔民姑娘，刚买了漂亮的花布，等不及回家，便站在街心往身上比。李福生看了这个情景，不禁回想起一年多前海岛解放的时候，十七八岁的姑娘没有衣服穿，把椰子树叶用破渔网包着披在身上。……

"李老师！"一个银铃般声音从人群中响起来。

李福生一听有人叫他，站住了，东张西望地找了一阵，却找不到唤他的人。

"李老师！我在这儿！帮我拿拿东西吧！"

李福生顺着声音注意一看，原来是罗天娥正站在合作社房檐下面，摇着胳臂招呼他。

他走了过去，看见罗天娥的圆圆的脸上仿佛涂了一层黑油，闪耀着青春的光彩；明快单纯的大眼睛，好像清澈而深邃的海水；黑而长的睫毛，宛如海边的秀丽的森林；微微有点翘起的鼻子，深陷的嘴角，再配上两片微厚而稍翻的嘴唇，构成了脸部的和谐的线条，给人一个天真、机敏、智慧而又诚朴的印象。她上身穿着一件海蓝色短袖褂子，紧贴在丰满的肌肉上；下身穿着一条土染青色布裤，像所有渔民妇女一样，肥大的裤脚吊在膝盖下面，露着半截滚圆而粗壮的小腿，赤着脚。李福生好像从来没有注意到她长得是这么美丽，健康和快乐似的，笑着说道：

"罗天娥！你买的什么东西呀？合作社不要叫你包圆啊！"

"嗯！有那么一天！"罗天娥也开玩笑道。然后，她指了指堆在脚下边的东西，"这是一张渔网。看，料子多结实啊！"

"上月，你家不是买过一张吗？"

"是啊！多添一张网，就多一网的收成。要是以前，不用说添新网了，连破网都补不起！"罗天娥又朝一个木桶指了指，说道，"这是一桶上等秀油[1]。我爹上个月就订了货，因为买的人多，供不上，直到今天才轮到我们。"

"这是缆绳吧？"李福生问。

"清水细麻的，上等货色！"

罗天娥内行地说。

"买了这么多东西，怪不得拿不动呢！"李福生向那堆东西打量了一下，忽然，发现在秀油桶上放着一个纸包，刚要摸，却被罗天娥冷不防抢过去了。他好奇地问道："那是什么？""好东西！"罗天娥笑个不停。

"什么好东西？"李福生问了一句，又装作不在意的样子，说道，"我知道是什么！"

"你绝对猜不到！"罗天娥把纸包故意举在李福生面前摇晃了两下，又藏在背后了。

"我说出来，你可别恼！"李福生想跟她开个玩笑。

"不恼！"罗天娥笑道，"你猜吧！"

---

[1]　秀油：桐油之一种。因产生于四川省秀山县，故名"秀油"。浓度大，状似漆，多用以漆舟车。

"捎来的嫁妆呗！"李福生笑道。

"瞎说！瞎说！才不是呢……"罗天娥的脸红红的，想掩盖住李福生的话，大声说道，"我说你猜不到就是猜不到，看！……"

罗天娥打开纸包，轻轻一抖，一幅像火焰一样闪闪放着红光的红绸锦旗，吸引住了李福生的眼睛。他注目看时，只见锦旗上面绣着四个金黄色的大字："渔民救星"。

"你看！这是嫁妆吗？"罗天娥抖动着锦旗，毫不让人地说。

这时，许多渔民也都凑上前来，围着锦旗观看。有的小声议论道：

"这四个字说得真对，大军真是渔民的救星啊！"

也有的渔民，一边点头，一边啧啧称赞：

"真漂亮！顶呱呱！这样好看的旗子，应该送给大军！"

"罗天娥！你这是要干什么？"李福生虽然早已看到锦旗上面绣的小字"渔民学校老师存念"了，但，觉得有点愧不敢当，不禁有些惶恐了。

"这是我们几个姑娘送的。"罗天娥一边把锦旗卷起来，一边说道，"以前，我们不知道'一'字是横是竖，现在能识几百字了，这是大军同志打开了我们的眼睛，才看清了世面啊！"

"这个问题……"李福生沉思了片刻说，"我得请示一下！看！天快黑了，走吧！"

于是，李福生背起了渔网，提起了秀油。罗天娥也把两盘缆绳，一前一后搭在肩上。

他俩出了大门墟南头，穿过一大片高大的仙人掌群和茂盛的椰子林，便上了一道小山冈。这个山冈往东接连着八九里长的凤凰岭，往西一下坡就是向西村。站在山冈上，可以眺望辽阔无边的海洋。李福生和罗天娥有点累了，便停下来休息。黄昏的风，带着海水的咸味，从远方的海上吹来，使他们感到浑身凉爽。椰子树的大叶子，也轻轻地摇摆着，发出沙沙的响声。夕阳像火一样，烧红了西半天。云彩仿佛重叠着的镶彩嵌金的绸缎，反映在唧唧响着的海洋的柔波上，霞光、云影和浪波，交织成一幅瑰丽、雄壮而美妙的图景。

李福生和罗天娥愉快地走下了山冈。不一会儿，便走到沙滩上了。潮水有节奏地拍打着海岸，银白色的浪花，在礁石中间变幻着各种不同的姿态。李福生从这里向北一望，大门湾仿佛一个弯弯的新月。渔船的桅杆，宛如树林一样密密麻麻地排列着。桅杆顶上的袋形风信，鼓得圆圆的，仿佛一条条张开了大口的鲤鱼。渔民们正在沙滩上奔忙着，做出海前的准备工作。

他们将要趁着夜潮出海。年轻的渔民两脚夹住桅杆，灵活得像猴子一样，爬上杆顶，修理着帆缆。女人们也忙碌着，从全岛唯一的那口水井那里，挑来淡水，灌进船舱里的水瓮。晒了整整一天，已经干透得哗啦哗啦发响的渔网，也被抬到船上去了。

罗天娥走到家门口，看见爹爹正砍木头。他赤着上身，皮肤黑油油地放光，每一次举起斧头，脊背和胳臂上的肌肉便凸起来，好像一道道起伏无定的小山脉。解放，给他带来了无穷的生命的力量，他显得好像年轻了。罗天娥上前唤道：

"爹！东西都买回来了！"

罗九叔一抬头，看见了女儿的笑脸，也看到了李福生的笑脸。李福生寒暄道：

"老大爷！你好啊！"

"爹！东西太多，我背不动，是李老师帮我的！"罗天娥一边往屋里拿东西，一边解释。

"谢谢呀！快歇吧！"罗九叔扔掉斧头，伸出热乎乎的大手，从李福生肩上把渔网接过来。

"今天风好！"李福生摘下帽子来，一下一下地扇着。

"风好！风好！"罗九叔连声地说，"从大军一来，真是时时风好，季季丰收啊！过去，家家供龙公，混得劈了船板当柴烧；如今，家家拆了龙公位，日子倒好过了。看！这一大堆东西，以前连做梦都不敢想；今天呢，真的摆在我的眼前了！……"

"爹！日子越往后越好！"罗天娥眼睛闪着亮光，说，"往后咱们还要开机器船，连渔网都不用啦！"

"这孩子总爱瞎说！"罗九叔瞪了罗天娥一眼，不同意地说道，"打鱼还有不用网的！"

"是真的！将来用电气捕鱼就不要网网，把电门一按，吸鱼机就……"罗天娥情不自禁地伸出食指来，在空中按了一下，就像眼前真有那样的吸鱼机一般，兴奋地说，"大鱼、小鱼，一齐往机器里钻！"

"真的？"罗九叔仍然半信半疑。

"真的！我还见过哩！"

"你还见过？"罗九叔大吃一惊。

"啊！在画报上见过。"罗天娥解释道，"反正跟真的一样。"

"老大爷！她说的是真的！"李福生也插嘴证实。

"那么，托毛主席的福，"罗九叔仰着脸认真地说，"我再活二十年能赶上吗？"

"用不了二十年！"李福生自信地说，"咱们生产得越多，那个日子来得越快！另外，咱们还得保住它！"

"爹！咱们不能再让反动派回来！"罗天娥补充道。

"这个道理我知道！"罗九叔说，"我拥护渔民代表会议的决议，'防袭防钻'是每个人的事啊！"

这时，一轮红日被大海吞没了，但，西半天仍然反射着火焰一般的霞光。云彩已不再是透明的了，渐渐变成灰褐色。只有边缘，还像镶着一道黄金。云彩的变化非常迅速，一时好像海上涌起的万顷浪峰，一时又像满天灿烂的鱼鳞。李福生正注视间，不知什么时候，云彩又都化成一片浅青色的烟雾消散了。他告别道：

"我该回去了！还得准备教案哩！"

"李老师！请你通知雷副连长，我们今天晚上献旗！"罗天娥认真地说。

"今天晚上？"李福生考虑了一下，说道，"好！我知道你们已经急得等不到明天了。我回去先跟雷副连长商量一下，你来上课的时候，再告诉你！"

"好！我去上课时，便把旗带去！"罗天娥笑道，"一会儿，我把这个好消息告诉林保秀她们去！"

李福生离开了向西村，快步朝渔民学校走着。他走上了那道山冈，无意中回头看时，只见海面上已经扬起了千百面渔帆，仿佛一大群美丽的蝴蝶，正张着翅膀飞舞着。一声接一声的渔歌，和"唤风"的清脆悦耳的口哨声，随着晚风旋荡着。同时，修筑工事的守岛战士们收工了，他们从凤凰岭上下来，一边走，一边唱：

我们是海防战士，

驻守在祖国的边疆。

假如敌人敢来侵犯，

叫它一定灭亡！

······

2

海，完全被黑幕笼罩起来了。

夜色浓重，连最邻近的二门岛的影子也消失了。岛上，那种充满了特有的鱼腥味的潮湿的空气，显得更沉重了。海上，有的渔民正撒下网去；有的已拉响了滑车，起网上船。舱里，充满了鱼的活泼的跳跃声。鱼儿在桅灯下面，翻着肚皮，闪着发青的白光。

罗天娥划了三根火柴，才把鱼油灯点着了。她奇怪，为什么今天晚上是如此兴奋和激动，以致手有些颤抖，竟接连划断了两根火柴。爹爹、哥哥和嫂嫂都趁着晚潮出海了。她独自一个人，坐在闪动的灯影下，又一次把纸包打开，拿出那面锦旗来凝神细看。她用手指小心地摸了摸“渔民救星”四个字。但，字像活了一样，竟在眼前跳起来，引起了她的回忆：

一个多月前的一个月夜里，月光像水银一样泻进了椰子林，斑斑驳驳。海水被照耀得明晃晃的，仿佛一块巨大的透明的水晶。渔民夜校放了学，她和林保秀一起回家。她俩肩靠肩，亲热地谈着话：

“刚才，我听了红军两万五千里长征的故事，更叫我热爱大军了。他们为了救全国人民，才爬雪山，过草地，受尽了千辛万苦啊！”林保秀感动地说。

“住在咱们岛上的大军也是这样啊！他们来了这一年多，咱们的日子就变了样，现在又教咱们读书识字，真是渔民的救星啊！”罗天娥说。

“不用说别人，就拿李老师说吧，生了病，两天没有吃饭，还给咱们上课，说怕耽误了功课，对不起咱们。咱们要是不好好学，可真对不起他哩！”

“保秀妹妹，你说咱们怎么表达一下感谢大军同志的心意呢？”

“我也这样想。送别的东西，大军也不要。上回过春节，我哥给大军送了一担大黄鱼。送了去，退回来，光话就说了几船啊！后来，鱼倒是收下了，但，第二天，就按合作社的收购牌价，把鱼钱送来了。我娘说，大军样样好，就是这一样不好。可真笑死人哩！"

"那么咱们送一面锦旗吧！"

"这真是个好主意！送一面漂漂亮亮的旗子！"

"咱们再跟别的姑娘商量一下，只要每天晚上晚睡一会儿，多织几张渔网，就可以赚出钱来做旗子了！"

"叫合作社主任替咱们到大陆上做去，要顶漂亮的！"

"旗子上面，咱们就绣上'渔民救星'四个大字吧！"

……

罗天娥回想到这里，向着锦旗微微地笑了。她像怕被人听见自己的心愿似的，低声喃喃道：

"毛主席呀！共产党呀！我们渔民一定永远跟着您走！"

她又想到就在今天晚上，便把这面锦旗，代表渔民夜校的姑娘们——不！将代表着千万渔民——把心献给大军同志，快乐得心花怒放，不禁轻轻地吟唱起来：

> 南海好风光，
> 千里大渔场；
> 自从来了共产党，
> 打鱼的人儿喜洋洋。
> ……

她一边唱着，一边把锦旗迅速叠好，找出块花布包上。她撩开衣襟，把布包缠在腰上——这是岛上携带最心爱的东西的风俗。她一口吹灭了鱼油灯，返身把木板门锁好，将钥匙系在裤腰带上，离开了家。

往渔民学校去的路，她熟悉得好像走在自家的院子里。夜色越来越浓。夏夜特有的湿气，像雾一样从海上飘过来。她隔着宽大而繁密的椰子树叶，看见星光格外明亮；但，林子里却伸手不见掌。虽然黑暗，她的脚仍然准确地踏在被野草遮掩着的羊肠路上，走得十分轻快。羊肠路上的沙土，仍然保留着白天吸进去的太阳的热气，赤脚踏上去，一股舒适而温暖的感觉传遍了全身。

她走上山冈后，遥遥望见从渔民学校课堂里透露出来的灯光，想："同学们一定在等着我吧！"她又加快了脚步。

山冈上的小径两旁，耸立着许多块巨大的岩石，还有黑黝黝的灌木丛。罗天娥正在灌木丛中穿行时，突然，前面的灌木剧烈地晃动了一下。她心中一惊，站住了。她以海上渔民所特具的警觉性，喊了一声：

"哪个？"

没有任何回声，灌木也静止不动了。

罗天娥揉了揉眼睛，向四周察看，也没有什么异样。真奇怪！风又不大，为什么把那丛灌木吹得那样摇摆？她直觉地感到自己是处在一种危险的情况中了。她决定绕路走，想往后退几步，但，刚一举脚，就听到仿佛从地底下发出来的低沉的声音：

"站住！"

罗天娥想跑，可是，脚却站住不动。她的心狂烈地跳跃着，好像只要一张嘴就从口腔跳到外面来。

一道手电筒的白光，投射在罗天娥的脸上。她紧紧地闭起了眼睛。但，一眨眼间，手电筒光熄灭了。

"姑娘！不要害怕嘛！"

仍然是那个令人厌恶的压扁了似的声音。这声音掩藏着凶恶，却故意装作和气。

"你是谁？"罗天娥大声反问。

"嘿嘿！好厉害呀！"那个人从灌木丛中钻出来，冷笑了几声，显然没有看得起这个姑娘。

这个突然出现的人，虽然没有回答，但，罗天娥的脑海里，猛然涌出一个人的影子来："陈老虾！"听，这个公鸭嗓多么熟悉啊！……

"姑娘！我是这个岛上的老住户了！"对方从牙缝里挤出来三个字，"陈老虾！"

"果然是这个恶鬼！"罗天娥强自镇静了一下。自那次反霸诉苦以后，她进一步认清了这个恶棍的丑恶面目，也更憎恨这个过去骑在他们渔民头上的恶霸了。她不禁想起了小时常唱的两句歌谣，"岛上住着陈老虾，刮风下雨都由他。"可是，他现在又回来干什么呢？……

"姑娘！嘿嘿……只要你告诉我：凤凰岭上什么地方有解放军的哨兵，

瞧！……"陈老虾又用手电筒迅速地照射了一下手掌。掌心里有一根金条，闪着黄光。他托送到罗天娥面前，说道，"我把这根金条送给你！"

罗天娥没有正眼看那根金条，只是愤怒地厉声说："我不知道！"

这四个字清脆而响亮地从罗天娥嘴里跳出来。但，她心里马上腾跃起恐惧的念头：这个杀人不眨眼的恶鬼，会杀死她的；而且，会很容易地杀死她的。她求救似的环顾了一下四周，就在离她站立着的不远的地方，又出现了一个模糊的黑影。但是，那个黑影一闪，便不见了。

她的心骤然缩了一下。

"快说！"又是那个公鸭嗓。

"不！我不知道！"罗天娥仍是那么倔强地回答。同时，心里在警告着自己："不能！我不能说！绝对不能！……"

"不知道？"陈老虾显然是有些恼怒地说道，"你们天天上山砍柴烧，难道是闭着眼睛的？"

"不知道！"罗天娥又一次重复地说。

"姑娘！这是一根金条啊！快拿去……"陈老虾仍然耐着性子，装作柔和的声音说，"这里没人看见，谁也不会知道……"

陈老虾一边说着，又一边凑前两步，把金条举到罗天娥面前。但是，罗天娥猛然伸出手去，把金条打掉了。骂道：

"滚开！我喊大军来抓你……"

陈老虾没顾得还口，急忙弯下腰去，一边打着手电，一边在地上寻找金条。

罗天娥也为自己刚才敢打落金条的行动吃惊。她先是站在旁边呆呆地一动不动，忽然，渔民常说的那句话："能捉住鱼的才算渔民"，在她脑海里响起来了。对！为什么不趁这个恶鬼不注意的时候，打死他呢？她一想到这里，心突突地跳得非常猛烈，两条腿也颤抖了，差一点晕倒在地上。但，她迅速地镇静下来了。她看了看背后，另一个黑影一直没再出现，也没有什么动静。她立刻下了决心：打死陈老虾！然后，我朝前跑，一口气就能跑到学校！……

她悄悄地往后退了两步。

陈老虾只顾低着脑袋找金条，没有发觉这个姑娘的行动。

罗天娥的脚板踩在一块像椰子大小的石头上，又偷偷地看了陈老虾一眼。她轻快地蹲下去，把脚下那块石头，用双手搬了起来。她还没有挺直身体，就急不可待地照准了陈老虾的脑袋砸下去。……

陈老虾"啊"了一声，肥胖的身体倒在地上了。但他只昏沉了片刻，就醒转来了。

罗天娥一点也没有犹豫，撒开两脚，往前猛跑。但，她跑出了还不过二十米，只见从路旁的灌木丛中，又钻出一个黑影来。罗天娥还没有来得及想应该怎么办，被那黑影横踢一脚，便一个跟跄，扑倒了。

3

李福生想把心平静一下，好好地讲课，但，怎么也办不到。他不时看看摆在讲桌上面的那个小马蹄闹钟：八点……八点半……快到九点了，罗天娥为什么还不来呢？

十点钟，院子里发出了一阵当当声。这是用木棒敲打着空炮弹壳，作为渔民夜校散学的信号。课堂里的姑娘和小伙子们，像被一齐弹起来似的，忽地一下子都站起来，眼里闪着疑惑的神色，乱哄哄地互相询问着：

"罗天娥为什么这时还不来？"

"不是说今天晚上献旗吗！"

"真该死！"

……

李福生从人群中，把正摇晃着两条长辫子、急着说什么的林保秀，叫到跟前问道：

"罗天娥找过你没有？"

"找过呀！"林保秀急得两眼红红的，差点流出眼泪来，很快地说，"天还没有黑，她跑到我们家，说：'旗子做好啦！今天晚上献，你早一点上学校去吧！'我因为还要到大门湾给我哥送饭，没有找她去，打大门湾就上学来了！可是，她为什么没有来……"

"她是不是出海了？"

"不会！不会！"林保秀摇头道，"我在大门湾，亲眼看见罗九叔和友胜哥开船出海了。船上没有她！"

"这就奇怪了！"李福生沉思了片刻，觉得情况实在可疑，决定亲自去找一趟，于是，对林保秀道，"你等一下，我跟你一起去找一找！"

李福生把情况跟雷大鹏谈了一下。雷大鹏一听，也很着急，同意他去，并嘱咐道：

"一定要找到她！我在连部等你的消息！"

李福生答应一声，便急忙和林保秀一起走出了校门。

林保秀在前面走。她提着一盏椰子油灯，叫海风一吹，昏黄的灯光，闪闪不定。李福生紧跟在后面，一手提着驳壳枪，一手打着手电筒。一路上，他留意有没有什么动静。到处是一片夏夜的景色，与往常并没有什么异样。他们穿过椰子林，经过山冈，走到向西村罗天娥家门前一看，房子里面乌黑一片。李福生上前推了推木板门，没有推开；拿手电筒一照，门上挂着一把穿心大铜锁。他回头对林保秀道：

"她没有在家！"

李福生和林保秀分头到附近各家渔户敲门打听。那些留下来没有出海的妇女们，从梦中惊醒来，都回答说不知道。林保秀回家问妈妈，也不知道罗天娥的消息。

李福生越发感到情况可疑了。罗天娥既没在家，又未出海，到底上哪里去了呢？他立刻写了一个条子，叫林保秀赶紧到民兵队部报告。同时，他决定赶回连部。

林保秀接过条子，抄海滩小路直奔大门墟去了。

李福生虽然走的是熟路，为了走得更快一点，一直打着手电筒走。不知什么时候，他浑身衣服已被汗水湿透了。他又走上了那道小山冈，朝四周警惕地注视了一下：海岛仍在一片浓重的夜色中酣睡着。罗天娥可能遇到什么情况呢？这个问号在他脑子里越胀越大，这真是一个难解的谜。他为了争取时间，更加快了步伐，几乎是在奔跑了。但，他刚下山坡，突然站住了。原来，他脚下忽然踩住了一个软绵绵的东西；用手电一照，看见地上放着一个花布包。他弯腰拾起来，想：

"这是谁丢的？"

他把花布包解开，一看里面的东西，不禁愣住了：这不是绣着"渔民救星"四个大字的那面锦旗吗？它本来在罗天娥手里，怎么会被遗弃在这里呢？……这真是可疑的发现！他把罗天娥失踪，和在这个山冈下面！——而且，是在去渔民学校的路上——发现锦旗这两件事情联系起来一想，哪怕他是一个经过无数次战斗的沉着而勇敢的人，也压抑不住心猛烈地跳动了。他把花布包往胳臂上一挎，立刻抽出驳壳枪来，一闪身，钻进灌木丛去了。他搜寻着附近的岩石、树丛、野草，探查有没有什么其他可疑的痕迹。但，再也没有任何新的发现。

他端详了一下发现花布包这个地点的形状，记在心中；然后，跑步回到了连部。

雷大鹏还没有睡觉，正在等待着李福生查访罗天娥下落的消息。李福生一推开连部的屋门，雷大鹏便关心地问道：

"到底是怎么回事？"

"副连长，罗天娥也不在家……"李福生一边粗重地喘息着，一边急忙把花布包放在桌子上，很快地报告道，"这是在十七号无名小高地东坡下面拾到的！"

李福生把花布包打开，拿出锦旗来给雷大鹏看了看；同时，把查访的情形讲了一遍。

雷大鹏一边听报告，一边爱惜地端详着那面锦旗，然后，随手把它挂在墙上，脸色黑沉沉的，肯定地低声说道：

"看来，敌人又钻进来了！"

"我也这样想！"李福生强调说。

雷大鹏转身拉开墙上的保密帘，露出大门岛地图，然后，把煤油灯端起来，一边指点着，一边命令道：

"李福生同志！你先带一班，到十七号无名小高地搜索；那里如果没有情况，便沿着海滩向南，经过一〇八高地，搜索到〇号瞭望哨后，停止前进，用电话报告搜索结果，听候命令。如中途遇有情况，打两发红色信号弹！"

"是！我马上执行！"李福生敬了一个礼，便急忙走出去了。

他回到排里，先把副连长的命令向一排长孙刚传达了一遍；孙刚没有异议，他就把一班的战士们从梦中唤醒了。

李福生带领着战士们跑步前进。他们在十七号无名小高地周围搜索了半个小时，仍是没有发现其他情况。于是，李福生按照雷大鹏的命令，开始向南搜索。他们十几个人，各个相隔三米，并分成两行前进。战士们不放松任何一个微小的征候。哪怕是在漆黑的夜间，他们的耳朵，能够准确地判断出什么是硬壳螺和寄居蟹的爬行声，什么是被惊动的鸟儿在树林中的飞行声；他们的眼睛，能够远远地分辨出什么形状的是仙人掌，什么样子的是礁石。

他们沿着海滩轻步前进。浪花在脚下闪着白光，下身都被打湿了。李福生不时趴在仙人掌后面，借着海水的反光，向上观察海面和沙滩的情况。这是战士们发现的一种夜间巡逻方法：人趴在地面黑暗处，向海面和空中看，能够清楚地看到海岸和海面上的景物。

但是，李福生每次观察都失望了。他带着战士们不知不觉走了五里多路，来到了淡水岔。

淡水岔在一○八高地下面，是一个非常偏僻的海岔子。靠近岸边的水中，到处耸立着一块一块黑褐色的礁石。那些礁石，涨潮时，没在水里；落潮时，显现出来，仿佛一群大大小小的野兽，正在蹲伏着，企图伺机扑上岛来。浪涛在礁石间翻滚着，奔腾着，飞舞着。这个海岔子因为礁多水急，波涛汹涌，虽然落潮时可以停船，但，渔民并不常到这里来。李福生往海上一瞅，突然，发现在离岸约七八十米的礁石间，有一个黑色的东西，正随着波浪上下摇晃。他马上把手一挥，战士们一个传一个，都趴在礁石后面了。

李福生把一班代理班长赵二虎唤到跟前，轻声说道：

"前面的东西绝不是礁石！礁石是不会动的。我过去侦察一下；你们做射击准备，听我的枪声开火！"

李福生说完，就向海岸匍匐前进。潮水一下子把他披头盖顶打湿了。他潜伏在一块礁石后面，向那个不住摇动的黑东西注视了一会儿，便端着驳壳枪，向前接近。他先是爬行，后是弯腰，最后是挺直了身体。但，海水越来越深，已浸到腋下了。这时，李福生隐隐约约地觉得那个黑色的东西，好像是一只舢板。他厉声喊道：

"把船开过来！"

船上没有回声。四周只有浪潮的澎湃。

他继续涉水前进。浪头劈头打过来，他的眼睛都睁不开了，嘴里也灌进了苦咸的海水。他揉了揉眼睛，吐出了海水，又前进了。

海水深到颚下；他不得不用蛙泳了。

他终于游到离舢板不过七八米远的一块礁石上。他听了听，舢板上仍无动静。于是，他掏出手电筒向舢板照射。……

"奇怪！这是一只没人的舢板！"

这只小舢板本是渔民出海的时候，系在船尾的那一种。但是，为什么停泊在这风浪凶险的淡水岔呢？舢板是从什么地方来的，以及为什么没有人，这一连串的问号，在他的脑海里闪动着。忽然，一个念头在他心中像火花似的一闪：

"这个舢板可能是偷渡登陆的特务丢下的！因为潮水还没有退，所以留在礁石中间；等到下半夜，一退潮，舢板也就会顺水漂个无影无踪！"

他一想到这里，心情一紧，为了证实自己的想法，决定登上舢板检查，看看有没有什么可疑的征候。他游近舢板，抓住船帮，纵身一跃，顺着水势翻上了船。他用手电筒照射着舢板，仔细检查，但，船内空空，连桨也没有。他想：

"桨，可能是被丢进海里了！"

他翻动着铺在船底上的船板，只找到了两小块四方的透明彩纸。纸上印着英文字。他不认识英文字，闻了闻，有一种甜味，暗想：

"这是包糖纸！而且，可能是特务吃剩下的美国糖的包糖纸！"

李福生泅回岸上，命令战士们继续警戒。他从一个战士的笔记本上撕下一页纸来，借着手电筒的亮光，马上给连首长写了一个简短的报告：

刘、徐、雷首长：

　　我们于 23 时 40 分搜索到淡水岔，在距岸八十米处发现无人舢板一只，并在船上找到两小张印有外文的包糖纸，一并送上，请研究。

　　根据我的判断：可能有敌人潜入本岛，建议立即动员民兵、渔民群众，配合部队封锁全岛，黎明搜山。

　　我们将继续搜索。决定临时分成两路，一路由赵二虎带领，搜索到〇号瞭望哨；一路由我带领，在淡水岔及一〇八高地一带追踪。

李福生报告

李福生把这张纸折好以后，准备交给李济才送回连部时，又重新打开，在后面附了一笔：

注意：若同意建议，开始搜山时，请打三发红色信号弹。

4

李福生带着陈明德等六名战士，离开淡水岔，想找一条上山的道路。但，这一带山坡上的石头，被风雨剥蚀得像镜子一样光滑，甚至连鸟儿都站不住脚，人怎么能够攀登呢？除去陡峭的悬崖裸石外，便是密匝匝的热带植物，枝蔓纠结，连蛇都钻不进，人又怎么能够通行呢？但，特务除非上山，是没有什么地方可以躲藏的，难道他们是飞上去的？李福生判断了一下情况：敌人若从淡水岔登陆，往东，有○号瞭望哨；往西，仅距一里半，便是一个小渔村，那里有民兵哨位。敌人东西既不能通行，而又不能在这一条长三里的袒露的海滩上藏身，那么，只有设法登山了。

因此，李福生便先从淡水岔往西寻找上山的路。他用手电筒到处照射着，不时走近石头，仔细地看一看；分开荆棘，小心地搜索。

他们走了不远，便望见一片繁茂的龙舌兰，仿佛千万把宝剑倒插在地上。这种热带植物生长得比人还高，墨绿色的坚硬的叶子的边缘上，长满了锯齿一般的尖刺。战士们常常开玩笑说：龙舌兰和仙人掌，是最好的天然障碍物，要想通过，必定被它们刺个皮破血流。事实上，他们也利用它了。在选择工事和战壕的地形时，常常把它们放在天然的鹿砦的位置上。李福生走到龙舌兰地带，想："这里是不会通过的！"

但是，在手电光下，他忽然看见有一丛龙舌兰的叶子折断了。这引起了他很大的怀疑。他趋前注目一看，只见叶子的断口很整齐，显然是用一种利刃砍断的。从断口处分泌出来的乳白色的叶汁，还没有凝结。他立刻把战士们招呼过来，用肯定的语气说道：

"这里一定是敌人上山的路！"

"我进去看看！"陈明德自动要求任务，说，"我个子小！"

"小心！别扎伤了！"李福生叮嘱道。陈明德弯下身子，向龙舌兰丛里钻进去。他刚一移动，尖刺已把皮肤刺破了好几处。他咬了咬牙，像蛇一样扭曲着身体往前钻。他钻过了龙舌兰丛，才发现里面很空阔，除有几块磨盘大的石头外，就是一些不知名的矮小的副热带花草。陈明德踩在这些花草上面，软绵绵的，仿佛铺着毛毯。他再往前走了约十米，就到山脚了，陡立的峭壁，好像一面墙似的挡住了道路。他用手电向峭壁照射，忽然，在石头上发现了一条狭窄的裂缝。裂缝里生着葛藤等植物。从裂缝再往上，便是一块突出的岩石。

陈明德端详了好几分钟，设想这里能否上山。他为了试一试，先攀着葛藤，蹬着裂缝，像壁虎一样朝上爬。但，爬到那块突出的岩石下边，就像头顶罩上了盖子，上不去了。他又打量了一下，正在没有办法的时候，不禁偷偷地笑了，埋怨着自己："真傻！只要用根绳子套住这块石头，不就爬上去了嘛！"

他并没有真那样做，而是迅速地爬下来，钻出龙舌兰丛，向李福生报告道："从这里可以上山！"

然后，他把里面的情形详细地讲述了一遍。

李福生听完，坚决地说道：

"跟踪追！"

但是，他们没有带绳子，不能爬上那块石头。李福生并没有因此放弃行动，命令一个战士到西边那个小渔村，找渔民去借——渔民，是不能没有绳子的。那个战士去了大约有半点钟，就把绳子借回来了。

陈明德在前边引路，一行七个人钻进龙舌兰丛，朝山上攀登。

明德攀登到那块突出的岩石下面，把绳子从右边一扔，另一端就从左边垂下来了。他打了一个活结，使劲一拉，便把岩石套牢了。他双手紧紧地挽着绳子，两脚蹬着石壁，只走了四五步，然后，猛一挺身，便翻到岩石上面去了。李福生和其他五个战士，在陈明德的帮助下，也一个接一个地翻了上去。

上山以后，李福生才发觉手不知被什么东西刺伤了，只感到火辣辣的疼痛，而且，流出了黏糊糊的血。他没有吭声，掏出手帕缠上了。他一边走，一边注意寻觅敌人的踪迹。他仰脸望了望凤凰岭，星星好像挂在峰顶上。明亮的千万颗星，宛如祖国人民的千万只眼睛，正在望着他们。

两个小时以后，他们搜索到一个山坳里，李福生命令战士们"小休息"。他们在漫山荆莽和乱石中穿行了许久，有的衣服被撕破了，有的皮肤被划出了一道道血痕。搜索了这么久没有结果，李福生由于担心罗天娥可能发生什么意外，心里十分焦躁。他的左脚，刚才爬山又被尖石刺了一个洞，走路时，还不大觉得疼；一停下来，却疼得钻心。他离开战士们，躲在旁边一块石头后面，撕下一只衬衣袖子来，偷偷地把脚包扎好。他刚穿上胶皮鞋，陈明德走过来，关心地问道：

"你的脚扎破了吗？"

"没有！"李福生装作无所谓的样子回答道，"鞋带松了，紧一紧！"

"我不信！"陈明德执拗地说，"系鞋带哪能磨蹭这么半天！让我瞧瞧！"

李福生猛然站起来，把脚朝地上跺了两下，笑道：

"看！这不是好好的！"

其实，他的伤口一挨地，疼得刷地出了一身冷汗，连脸色都变了。不过，在黑暗中，陈明德没有看到罢了。陈明德果然信以为真，不再追问，便转换了话题：

"什么时候啦？"

"快三点了！"李福生看了看手表，又问道，"困吗？"

"上下眼皮直打架哩！"陈明德打趣地说。

"先忍耐一会儿吧！"李福生也笑道，"等把敌人抓住，叫你连着睡三天！"

他们继续搜索，深一脚，浅一脚，爬山过岭，探洞搜林，忘记了睡眠、疲倦和伤痛。

黎明前的夜色，显得更黑暗了。李福生刚从一个山洞里钻出来，突然，听到陈明德叫喊了一声：

"火光！"

李福生抬头朝山下一看，果然，到处闪烁着火光。最初，火光还像磷火一样，星星点点，游移不定；不一会儿，山下仿佛变成了一片火的海洋。

正在这时，从守备连营房那个方向，接连升起了三发红色信号弹，宛如夜空中挂上了三盏灿烂的红灯。李福生一阵惊喜，喊道：

"开始搜山了！咱们快点走，跟部队取上联系！"

他们快步如飞地向凤凰岭南山坡前进。

"呜——呜——"

"呜——呜——"

民兵们吹海螺的声音，凄厉地在空中回旋着。东边响，西边应，互相联络。

渔民们从村左到村右，从山前到山后，从各个渔民的草屋、路口、小径、山道、港湾和渡口，拿着各种不同的武器：渔枪、渔炮、火枪、单响盒子、三八大盖、鱼叉、木棒、梭镖、鱼刀、砍刀……人人高举着毕毕剥剥爆响的干椰子树叶卷成的火把，好像一条条火蛇，朝山上爬动。

在大门湾的沙滩上，民兵们堆积起了小山似的三堆干海草和树枝，点着了。

熊熊的火焰腾空而起，好像三根通天的火柱。这是叫出海的渔船马上赶回，并严密封锁大门岛附近海面的联络信号。

守岛战士们也一队跟着一队奔上山来，不住地用包着红、黄、绿三种颜色布的手电筒光互相联络着。

火光，把黑暗从岛上驱走了。渔民们的呐喊声，好像天崩地裂，雷电轰鸣，把海涛的呼啸声压得也听不见了。

5

陈老虾逃离大门岛以后，在台湾受了几个月的训练，升了特工组组长。他接受了命令：率领两名组员潜入沿海各岛，侦察共军部署和工事情况，准备配合"韩国"战争，"收复"这些岛屿。于是，他们化装成渔民，携带着收发报机出发了。陈老虾之所以首先选择大门岛登陆，是因为他有一个鱼栏的伙计可以投靠，同时，对这个岛的地形极为熟悉，这样，是有许多方便的。果然，他们由大船换乘舢板，装成遇难漂流的渔民模样，在淡水岙登陆后，没有被发觉。他们把舢板推离海岸，想让它顺着潮水漂走。

陈老虾把他的两个伙伴，带到凤凰岭东边一座小山头上，钻进了一个荒僻的山洞。这个山洞是狭长形的，洞口被白藤、蔓草、灌木覆盖着，十分隐蔽。他们为了弄清守岛部队的哨位，便于活动，就找那个鱼栏伙计去了。但，那个鱼栏伙计家的门被封条封着，他们吓得扭头便跑。这一个意外，使陈老虾十分沮丧。于是，他们决定绑架渔民。结果，罗天娥落进了他们手里。

山洞里阴暗、潮湿，而又低矮不堪。他们一钻进去，四脚蛇、蜈蚣等被惊起，爬来爬去，吓得坐也不敢坐，睡也不敢睡，只是唉声叹气地咒骂着什么。一个尖下巴的年轻特务，脸孔又瘦又小，仿佛猴子似的，蜷缩在山洞深处，正嘀嘀嗒嗒地向台湾发电报，报告已经"胜利登陆大门岛"。另一个特务负责放哨，像害怕洞外的黑暗会把他吞掉一般，端着一支手枪，怯怯地躲在洞口里面，不时向外面探一探头。陈老虾则坐在一只装收发报机的防水箱上，摆弄着美造"加拿大"手枪，拆开装好，装好又拆开，垂头丧气地耷拉着猪头一样的大脑袋。他的脑袋上缠着白纱布，血透过来，现出几个黑印。这时，连接在干电池上的2.5V的小电灯泡儿，散射着微弱的青白色光线，照得洞里阴阴惨惨，人像魔鬼的影子。

罗天娥躺在地上。她披散着头发，双手被反缚着。她逃跑的时候被特务踢倒以后，仍想挣扎，叫喊，但，头上被重重地一击，昏迷过去了。她清醒过来，不知道自己是怎么来到这个山洞里的，不住地偷偷打量着周围的一切。

陈老虾发现这个姑娘清醒过来以后，便反复地盘问着同样的话：

"你知道多少，告诉我们多少！快说，岛上什么地方有哨兵？晚上，民兵在什么地方站岗？……"

但，陈老虾没有得到一个字的回答。罗天娥只是紧紧地闭着嘴唇，鼻子显得更翘了。

"怎么样？"拍电报的那个猴子扭过脸来，讥讽地对陈老虾道，"我看你这是白费口舌！依着我的主意，玩玩算了，保准是个清水货！"

"哼！老子不愁弄不翻个女仔！"陈老虾被瘦猴子一说，好比火上加油，他猛地站起来，一不小心，脑袋撞上了洞顶的石头。他狼嚎似的哎哟一声，又坐在箱子上，抱着脑袋骂道："老子倒了霉，住在这个鬼洞里！"

"这可是你这个岛上的老住户，自己找的好地方啊！"瘦猴子又讽刺了一句。

"我这是最后一次了！"陈老虾没理瘦猴子，转脸对罗天娥威胁地说，"两条路由你拣！把你知道的告诉我们，天亮放你回家；不讲，在你身上捆块石头，投下海去！听准：我这支烟卷儿抽完的时候，回答我！"

陈老虾抽完一支烟的时候，一看罗天娥仍然紧闭着嘴唇，一动也不动，便催促道："快讲！想死想活？"罗天娥只瞪了陈老虾一眼，没有作声。

陈老虾恼怒了，把将要烧尽的烟头儿，朝罗天娥的面颊上一按。……

罗天娥突然痉挛了一下，猛然坐起来，对准陈老虾的胖脸，狠狠地吐了一口唾沫，骂道：

"呸！你这山魈恶鬼！我们刚翻身，你就眼红，又来害人！等着吧！大军的快枪会穿通你的黑心。……"

"啪"的一声，陈老虾的沉重的手掌，打在她的脸上。她觉得脸像用火炙一样发热。但，她不屈服地把脑袋一扬，勇敢地诅咒道：

"你是吸血鬼！害人精！坏心烂肺……想破坏我们的好日子，只有人来鬼回去！……"

罗天娥正在骂着，被陈老虾当胸一脚踩住，胸口像压上了千斤石，沉重、闷痛。

"他妈的！我简直是碰上了个女鬼！"

陈老虾没头没脑地连踢了罗天娥几脚，又在她胸脯上踩了两下，罗天娥不再动弹了。

山洞里又恢复了沉寂。过了不一会儿，陈老虾就困了。他连打几个哈欠后，像头蠢猪似的，靠着石壁，响起了雷鸣一般的鼾声。……

陈老虾不知睡了多长时间，突然，被一声恐怖的喊叫惊醒了。他睁眼一看，只见那个放哨的"组员"，正对他张着嘴巴，半天方说出话来：

"……山上……山下……到处是……火光……"

特务们立刻惊慌起来了。每个人都像屁股下面坐着一颗将要爆炸的定时炸弹。

"不要慌！快把灯熄掉，躲到山洞里面去！"陈老虾悄悄地爬到洞口，探头探脑地看了两眼，回头对瘦猴子道，"把收发报机装起来，准备战斗！"

瘦猴子吓得手都发颤了，抖抖索索地把收发报机装进了防水箱。

黎明。

十几里方圆的大山上，人群漫山遍野，好像高涨的潮水。又过了不久，搜山的人们的脚步声，呐喊声，已在山洞外面响来响去了。

陈老虾和另外两个特务，躲在洞底深处，恨不得把石头挤开一条缝，钻了进去。他们的心颤抖着，拿着枪的手也颤抖着。他们甚至觉得连心跳声，都可能被洞外的人们听到。因此，陈老虾不禁双手紧紧地压住胸口，想使心跳声减弱一些。登陆后连一个夜晚还没有度过，就遇到了大搜山，这对陈老虾来说，是十分意外的。尽管他强自镇静，并安慰自己："这个山洞是不易被发现的。"但，他总也驱逐不掉一个可怕的阴影。

罗天娥好像睡过一觉后又醒来似的，可是，睁不开眼睛。原来，她刚才被陈老虾一踢，脑袋撞在石头上，流出血来了。这时醒来，眼睛又被从头上伤口处流出来的血糊住了。她一动，脑袋就一阵敲骨吸髓似的疼痛。她听了听洞内的动静：真奇怪，一点声息也没有！她正在疑惑不定时，忽然听到了几句蚊虫叫一般的细微的谈话声：

"不要怕！要镇静！这个山洞，岛上没有几个人晓得，就是山神也不易找到！……万一共军进了洞，不发现咱们，咱们也不开枪！……"

谈话声到了这里，忽然停住了。罗天娥再听时，传来的是一阵嘈杂的人声。

她马上明白了："岛上的人们正在搜山啊！"她好像久居黑暗中突然看到了明亮的阳光，又像被捞进舱里的鱼重新跳入大海，心里立刻打开了一扇窗户，嘴角上竟悄悄地挂上了一丝微笑。

她抬起脑袋来，清晰地听到洞口外面的谈话声：

"李老师！腿都跑疼了，找不到啊！"

"林保秀！别愁！先休息一下，以后再找。特务就是长了翅膀，也飞不出咱们的天罗地网去！"

"找不到罗天娥，我不歇……"

……

虽然仅隔一夜，声音是多么亲切、动听而又令人激动啊！罗天娥竟摇了摇脑袋，想："我这不是在做梦吧？不！一切都是真的！我为什么还待在这里？我要逃出洞去……"

但，她脑袋上的伤口疼得厉害，眼睛被血糊住了，睁不开；手被反缚着，不能动弹，怎能出得洞去呢？

"无论如何，我也要爬出去！"罗天娥这样决定了。可一转念，又焦虑地想："陈老虾就在我的身边，能让我往外爬吗？他们会开枪打死我的！不！恶鬼们不敢开枪！他们害怕把山洞暴露了的。那么，他们会用绳子勒死我啊！……我绝不能等死！我还有嘴可以大声喊。只要我一喊，大军就会找到这个山洞，把恶鬼捉住……"

她心里像火烧一样焦急，万念涌动。她把眼睛使劲一睁，啊！立刻，一缕朦朦胧胧的光线，射进了眼帘。洞顶上的石头，已经可以分辨出轮廓来了。使她意外的是，身旁没有人，特务们藏到什么地方去了呢？她转脸看了看洞底，在黑黝黝的深处，隐隐约约地可以看出人的影子。她再往洞口看时，心里不禁一动：

"啊！我离洞口这么近哩！只要站起来往外一冲，特务是追不上的！对！我一定跑出去，告诉大军进来捉……"

她一想到这里，神经也紧张了，简直忘记了伤痛。

她再仔细地打量那个洞口：繁茂的白藤和蔓草，遮掩得十分隐秘；清晨的曙光，透过枝叶，射进一条条光线来。她甚至看见了两朵盛开着的鲜丽的红缨珞花。她朝洞底警惕地看了一眼，那里仍然没有什么动静。于是，她先轻轻地活动了一下身体，然后再背部着地，一挺腰板，猛然坐了起来。紧接着，她双膝跪倒，往前一俯身，还没有站稳，就向洞口外面跑去了……

陈老虾在洞底，正把两只眼睛瞪得像电灯泡一样，注视着山洞口。突然，一条黑影在眼前迅速地一闪。他心中一惊，以为是有人冲进洞来；及至定睛再看，才发觉是那个姑娘正往洞外逃跑。他从头到脚，骤然感到一阵冰凉。……他无暇后悔，决然举起了手枪，绝望地勾动了扳机：

"砰——"

但，罗天娥并没有倒下去，继续朝洞外奔跑着。这时，正在山洞附近搜索特务的李福生和一班战士，林传有和民兵队，以及林保秀等渔民，猛听附近响了一枪，却弄不清楚是从什么地方打来的。枪声十分近，既像发生在身边，又像在地底下。可是，李福生已一脚跳起来，机警地往旁边一闪，向那生长着繁密的青郁郁的麒麟尾、相思豆、野牡丹等热带植物丛查看。……

突然，那丛植物一阵剧烈摇摆，钻出来一个女人：她披散着头发，满脸血渍斑斑，倒缚着双手……

"特务……"罗天娥只喊出来两个字，便像块沉重的石头似的，扑通一声，扑倒在地上了。

林传有马上跑过去，抱住了罗天娥。

李福生把驳壳枪一甩，先朝那丛热带植物打了三枪；紧跟着，窜上前去，拨开白藤蔓草一看，原来，里面是一个山洞口！他回头高喊：

"在这里！"

冲进山洞，是一件十分危险的事。因为，敌人从洞里可以清楚地看着对方瞄准射击；而洞外的人，则看不清洞里的东西。但，捉敌心切的李福生，眉头一皱，大声命令道：

"一班！向洞里射击！敌人不出来，不许进洞去！"

战士们立刻朝洞里猛烈射击。子弹打得山石崩落，烟气腾腾。

这时，李福生跑到赵二虎身边，低声命令道：

"我和陈明德一进洞，你们的枪就往洞口上面的石头上打！"

"是！"赵二虎点了点头，立刻明白了李福生的意图。李福生左手一举，战士们的枪口立刻抬高了。他一闪身，便像壁虎似的紧紧地贴住石壁，钻进山洞去了。同时，陈明德也往地上一趴，像鳄鱼似的爬进了洞口。

李福生这一个计谋，果然使洞里的特务上当了。陈老虾一听洞外的枪声越来越激烈，便以为是外面的人不敢进去；李福生和陈明德两个人，一个贴壁，一个匍匐，借着洞里的阴暗的光线进去了，陈老虾又没有发觉。

李福生进到山洞深处以后，瞄准洞底连打两枪。陈明德几乎是同时，也扣动了冲锋枪的扳机：哒，哒、哒……枪声在山洞内回旋不散，不但声音显得特别响，而且，仿佛是数十支冲锋枪一齐怒吼，声势逼人。

陈老虾被这突如其来的射击惊呆了。紧靠着他的瘦猴子，身体一颤，便倒在他身上了。他把瘦猴子推开，刚要举枪还击，突然，一道刺眼的手电筒光照射过来，猛听得一声严厉的呼喊：

"缴枪！"

陈老虾觉得一切好像做梦一般，根本没有容他思想，便无力地举起了双手。他的两个"组员"，连手也举不起来了，因为，已在刚才的一阵冲锋枪声中中弹死去了。

打死两个特务，活捉陈老虾的消息，迅速地传遍了全岛。参加搜山的渔民，个个都胜利地欢笑着下山去了。

卫生员黄隆成赶来，给罗天娥急救后，把她放到担架上，往山下抬去。这时，罗天娥清醒过来了。她睁眼向路旁一看，见李福生率领着一班，也向山下走。她像突然回忆起什么事情似的，叫道：

"李老师！……"

李福生走近担架，关心地问道：

"什么事？"

"我把那面锦旗丢了……"罗天娥难过地说。

"没有丢！它已挂在我们连部里了！"

李福生笑着回答。

"真的？"

"就是因为我拾到了那面锦旗，才断定你遇到了意外！"

"啊！锦旗没有丢，我就放心了！"

罗天娥高兴地自言自语着，脸上闪耀着幸福的光彩。

第十七章

1

国庆节快到了。

全岛军民热烈地筹备庆祝工作。战士们在大门湾通大门墟的路口上，搭了一个高大的牌坊。牌坊上面，缀满了红的、黄的和蓝的鲜花，扎着红绿彩绸，仿佛一座美丽的花山。在牌楼的横额上，写着四个斗大的字："铜墙铁壁"。渔民供销合作社门前，也按照节日的传统习惯，挂上了绘有各种鱼的四方油纸灯笼。渔民学校的学生们，每天晚上下课后，都用半个小时排练一个名叫《好姑娘》的小歌剧。这是守备连俱乐部文艺组和渔民夜校的几个学生合作，根据几个月以前罗天娥和特务斗争的真人真事创作的。最叫人感兴趣的是，剧中的女主角罗天娥由她本人扮演。

对守备连来说，还有一件值得兴奋的事，那就是工事修筑第一期计划，经过将近一年的努力，已经提前完成了。师司令部派人检查的结果，认为工事的质量超过规定的标准。尤其是在开挖防空洞、防炮洞、弹药库、待避壕等坑道作业中，爆破技术和通风排烟的经验很好，对海防工事的修建有很大贡献。因此，师司令部指示主要负责这一项工作的刘兆德，赶写一个工作经验总结，上报军分区。

刘兆德刚把工作经验总结写完，便接到了调回大陆学习的命令。当电报员把电报递给他以后，他连看了好几遍，不知道心里是个什么滋味。他本来有去学习一下，把自己的政治和军事水平提高一步的迫切愿望；可是，当真的要离开这个海岛的时候，又像一个离开亲人即将远行的游子，心里充满了无限的依恋。他正拿着电报在屋子里来回踱步，雷大鹏回来了。雷大鹏带着炮兵排，进行了半天海上假设目标预测，他一进连部，就看出了刘兆德脸上的与往常不同的神色。他正要问发生了什么事情时，刘兆德已先把电报举到他面前，好像自言自语似的说：

"我怎么能离开大门岛呢？……"

"出了什么事？"雷大鹏把电报接过来看了一遍，笑道，"连长！恭喜你！学习，这对我们是多么需要啊！"

"可是……"

"连长！这真是个好机会！"雷大鹏打断了刘兆德的话头，高兴地说，"你曾说愿意去学习，把自己改造得更坚强些，现在，你的愿望实现了！"

"可是，就要离开你们了！"刘兆德望着雷大鹏的眼睛说。直到这时，他才感到难以离开这个站在面前的只顾积极工作、从来不知疲劳的好助手；难以离开那身体瘦弱，仍日日夜夜坚持工作，并经常向自己敲起警钟，不断帮助自己进步的徐文烈；难以离开那些朴实勇敢的战士们，他们都是几年来和自己一同出生入死的战友啊！一旦分手，又怎能使他不感到难过呢？他也舍不得离开这个海岛和岛上勤劳善良的渔民，他们对待大军好像亲人，不顾生死地尽一切力量协助部队巩固海防，这种情谊更叫人永远难忘啊！他觉得在这一年多来的日子里，自己作为一个连队的首长，在这里为海岛和渔民们做的事太少了，甚至起初还没有全心全意为他们工作，不禁深深地感到惭愧。

"你学习一年后，还会回来的！"雷大鹏看到刘兆德陷入沉思中，便安慰着他说。"岛上的工作，你就放心交给我们吧！我保证把工作做好。第二期工事修筑任务，我们也一定按期完成。"

"老雷！我完全相信你说的话。"刘兆德用信任和友爱的眼光，注视着雷大鹏说，"我不是不相信你们能够搞好工作，而是想到要离开海岛和你们，心里总有一种说不出的依恋。我记得刚离开家参加游击队的时候，也是这么一种心情。是啊！这些时来，大门岛已经变成我的家了！"

他一边说着，一边走到窗前，默默地凝望着仿佛一幅美丽的图画似的海岛景色：婆婆善舞的椰子树，巨人一般的仙人掌，散发着新木料气息的渔民的房屋，高耸入云的台风警报信号塔，平坦的道路，艳丽的鲜花……他好像自从到了岛上以后，今天才第一次发现了它的美丽，情不自禁地笑道：

"你看，这里多美啊！怎么舍得离开呢！"

"连长，一年以后你回来的时候，"雷大鹏自信地说，"这里变得比现在将要更好看！"

两个人正在凭窗眺望，忽然看见徐文烈从前边的椰子林拐过来了。在他后面，还跟着三个穿蓝制服的人。再离近一看，那三个人原来是海军。他俩正在猜疑海军同志来干什么，徐文烈已走进连部了，他一进屋，便指点着海军同志，高兴地介绍道：

"这三位同志是海军基地派来测量大门湾的，上级决定在那里修筑码头了。"

"欢迎！欢迎！"雷大鹏一边握手，一边寒暄。

"码头修好以后，便可以停泊军舰，"徐文烈转向刘兆德道，"老刘！那时，咱们大门岛更神气起来咯！"

"不过，我是看不到啦！"刘兆德淡然一笑，想掩住由于即将离岛而引起的内心的痛苦。

"为什么？"徐文烈莫名其妙地问道。

"师部叫连长去学习！"雷大鹏代为回答。

"真的？"徐文烈竟有些不大相信。

"刚才接到的电报。"刘兆德说。

"什么时候走？"

"二十五日报到。"刘兆德屈指算了算日期，说，"今天是二十三号，明天就得动身。"

徐文烈没有再说话，他一听刘兆德要走，而且，这一走又不知道还能不能回来，心里也感到有点难过。可是，他把这种惜别的感情强压住了。他认为上级调刘兆德去学习，这一决定是十分正确的，对刘兆德只有好处，因此，他又为刘兆德有这么一个学习的机会，感到高兴。

"指导员！今天晚上，咱们替连长饯行吧！"雷大鹏建议。

"好！我们要为这一桩大喜事干杯！"徐文烈同意地笑道，"老雷！你到炊事班告诉张富，让他给弄几个菜。另外，叫小苗到大门墟打半斤好酒！……"

"半斤？"雷大鹏稍有异议地重复道。

"那么，就打一斤！"

"我就去叫张富准备！"雷大鹏匆匆走出去了。

"同志！你们也参加！"徐文烈转身对那三位海军同志恳切地说道，"咱们提前过国庆节！"

2

国庆节的前一天下午，连队休息了。可是，战士们更忙了。他们在营房门口，用各种鲜艳的野花，碧绿的山松，青翠的野藤，搭了一个彩门。这个彩门，比搭在大门湾附近的那个彩牌楼虽然小一点，却特别精巧艳丽。俱乐部里也挤满了人，在忙着布置环境。墙报编辑委员会的委员们，把刚刚编好的墙报"庆祝国庆专刊"，也张挂起来了。

当战士们正忙着装饰院子里的"和平花园"的时候，忽然，汽笛呜呜呜地响起来了。立刻，有个战士高兴地喊道：

"军邮船来啦！"

于是，战士们丢开手上的工作，朝大门湾飞奔而去。

军邮船自从由帆船换成汽艇以后，就是碰上比较恶劣的天气，也能把战士们日夜盼望着的家信、报纸、画报等按期送来了。当战士们跑到大门湾沙滩上时，军邮船刚刚靠岸。军邮船在战士们的帮助下，把给守备连带来的东西迅速地卸下来了。这一次东西特别多，大包小包堆了一大堆。卸完东西以后，军邮船又呜地叫了一声，准备开到别的岛上去。战士们向军邮员一边挥手告别，一边高声呼喊：

"希望你们多来几趟啊！"

战士们把卸下来的东西，背的背，扛的扛，运到连部，交给了文书同志。文书先把信件迅速地清理了一下——这是战士们最急着要看的——叫通讯员分送到各班去了。

文书把邮包打开一看，才知道这次东西所以特别多，是因为有一大批祖国人民从各地寄来的慰问信和慰问品。在慰问包里，装着一只小木箱，小木箱里装的是一架制作得十分精巧的铁壳收音机。文书一看，高兴地对雷大鹏喊道：

"副连长！快来看！好漂亮的收音机啊！"

雷大鹏立刻放下笔走过来了。同时，徐文烈和通讯员等也跑来观看。雷大鹏抚摸着收音机的深绿色的铁壳，快活地说：

"指导员！这真是个宝贝！咱们虽然离北京有几千里远，这回也能听到毛主席的声音了！"

"老雷！别高兴太早啊！"徐文烈像发现了问题似的说，"这玩意儿得用电，咱们岛上上哪儿去找？"

他这一句话，把大家说得愣住了，一个个看着那个闪着亮光的铁匣子出神。

"看！箱子里还有一封信哩！"苗国新从装收音机的那个小木箱底下，找到了一封信。

雷大鹏把信接过来，打开后，轻声读道：

亲爱的海防战士同志们！

当早晨的汽笛一响，我们走进工厂大门的时候，当机器轰轰转动，我们正在车间生产的时候；当黄昏到来，我们领着爱人和孩子到公园散步的时候；当安静的夜晚，我们躺在床上休息的时候，我们都想起了日日夜夜警惕地守卫在海岛上的最可爱的你们！……

雷大鹏念到这里，眼光向周围一扫，大家都屏住气息，静静地倾听着。他接着提高了声音念下去：

……你们不怕海上的台风暴雨，不顾岛上的生活艰苦，随时准备着打击敢来进犯的敌人，保卫着祖国人民的和平幸福和安全；我们也一定用增加生产的实际行动来支持你们。

我们这个工厂是在被日本鬼子和蒋介石卖国贼破坏得成了废墟的土地上，用我们工人阶级自己的双手，重新建设起来的。今年"五一"劳动节，当工厂的大烟囱冒出第一道黑烟的时候，我们都高兴得流出了眼泪。从此，我们的工厂就开始日夜不停地生产着祖国建设上特别需要的钢铁了。

我们工厂现在已开展了爱国增产节约运动。在这次爱国主义劳动竞赛中，八月一日，正是中国人民解放军建军节那天，我们车间得到了竞赛红旗。为了庆祝建军节和得到红旗的胜利，我们举行了一个快乐的晚会。在那个晚会上，劳动模范王先忠同志提出了一个建议：用工厂发给我们车间的奖金，买一部收音机，送到遥远的海岛上，向保卫着我们安心生产的海防战士表示我们的敬意。他的建议得到了全车间同志的一致同意。现在，我们就给你们送上了这部收音机。

当你们打开收音机，听到祖国在建设中前进的许多好消息时，你们不久便会听到我们车间在生产中创造新纪录的喜讯。因为，我们全体同志正在朝着这个方向努力！

国营先锋钢铁厂炼铁车间全体职工

雷大鹏把最后十几个字念得特别响亮，仿佛怕别人听不清楚似的。

徐文烈被祖国工人这种热诚的关怀所感动，兴奋地说："我们晚上要召开一个全连军人大会，向全体同志宣读这一封信。要让每一位同志都知道，祖国的人民是多么热情地关怀着我们，用实际行动支援着我们！我们虽然守卫在这个小小的海岛上，但是，我们绝不是孤立的。在我们背后，有着六亿人民的伟大力量啊！"

"我们应该给工人同志们写一封回信，"雷大鹏建议道，"告诉他们，我们不会辜负祖国人民的期望！"

"咱们也参加祖国的爱国主义劳动竞赛吧！"通讯员苗国新大声说。

"这是个好主意哩！"雷大鹏同意道。

"老雷！咱们这收音机还是不能听啊！"徐文烈又望了望摆在桌子上面的绿匣子。

"叫小苗去问问战士们，有懂得这玩意儿的没有？"

"我去！"苗国新一边说着，一边跑出去了。

不一会儿，苗国新便带着一排三班的一个战士进来了。这个战士参军前，曾在无线电修理厂当过工人。他只对收音机看了一眼，便说道：

"这是用干电池的！"

"啊！原来是这样！"徐文烈猛然醒悟了，说，"工人弟兄想得真周全！"

那个战士在苗国新的协助下，不到一小时便把天地线等装好了。他回到连部，把收音机的开关一扭，指示灯立刻亮了。过了大约一二十秒钟，收音机发出了嗡嗡声，这声音并没有什么特别的意义，可是，大家一下子都不说话了，每个人的心里甜滋滋的，好像久别的儿子，又听到了慈母的话语一样，感到无限的安慰和亲切。

收音机里传出了一阵雄壮的音乐声。这声音使得围在四周的人都咧开嘴笑了。

音乐声不一会儿就停了，接着传出女播音员报告新闻的声音：

朝鲜前线消息：据九月十六日到二十五日十天的统计，中国人民志愿军和朝鲜人民军，在阻击战和反击战中，又歼灭了美国侵略军一万六千六百多人，击毁敌人战车四十一辆，击落击伤敌机九十六架……美军在进犯东部前线一二一一高地的战斗中，在付出惨重代价后，由于失败而告终，以致该高地被美军称作"伤心岭"……

"志愿军真棒！"苗国新压不住心头的喜悦，激动地说道，"美国鬼子要敢来侵犯大门岛，咱们这里也能变成叫他们伤心的'伤心岛'！"

大家一听，都哈哈笑起来了。

女播音员报告了两条新闻后，又说：

……国营先锋钢铁厂炼铁车间职工，在爱国主义劳动竞赛中，积极改进了操作技术，二十七日，用创造小型高炉炼铁全国新纪录的实际行动，作为国庆节的献礼。这项新纪录，使日产量超过该炉原来设计能力的百分之一百二十五……

"好啊！"雷大鹏兴奋地对收音机大声喊，"恭喜你们！"

"万岁！"苗国新也冲口高喊，而且，拍手乱跳。

"一定要写信向他们道喜咯！"徐文烈由于过度兴奋，瘦削的面颊，一下子变成红色了。

不知什么时候，战士们已把连部挤满了。没法进屋的，便站在窗户外面。一个个脸上的表情，也都带着幸福和光荣，好像他们自己打了胜仗一样。

"指导员！咱也送他们一点东西吧！"苗国新兴奋地嚷着。

"对！我同意！"一个战士高高地举起手来。

"大家想一想，送什么礼物呢？"徐文烈笑着问道。

"送一棵海里的铁树！"

"不好！还是拾些漂亮的贝壳送去吧！"

"不！我提议送一个大珊瑚！"

"还是送一筐椰子吧，叫他们也尝尝咱们岛上的特产。"

……

大家你一言，我一语，连部里洋溢着欢腾鼓舞的气氛。

"同志们，我提一个意见，请大家讨论一下，看看好不好？"雷大鹏把手一举，站了起来，好像在什么会议上发言似的，认真地说道，"咱们做一面红旗，绣上'生产先锋，建设祖国'八个大字，送给他们怎么样？"

"好啊！"

像突然打了一个霹雳，大家一起鼓起掌来了。

这时，徐文烈激动地站了起来，也高声说道："同志们！祖国人民在生产战线上创造了新纪录，咱们应该怎样办呢？"

"更好地学习本领！"一个战士大声喊道。

"不让敌人侵犯祖国的一寸土地！"又一个战士说。

"指导员！请让我发言！"从人群后面传出了陈明德的激动的喊声。他像宣誓似的，高高地举着右手。

"叫陈明德说吧！"徐文烈注视着陈明德因兴奋而发红的圆脸。

"我要随时做好战斗准备，永远站在海岛这个光荣的岗位上，保卫可爱的祖国！"

陈明德说出了每一个战士的心里话。

这时，收音机播送出来的美妙的音乐，正嘹亮地响着。原来，广播电台举办的"庆祝国庆节慰问海防边防战士音乐会"开始了。

3

国庆节刚过，守备连正准备修建第二期工事，师部却来了电报，命令工事作业暂停，听候指示。

雷大鹏和徐文烈接到电报后，猜测了好久，也想不出部队将有什么任务。他们便利用这一段空闲时间，自己编写教材，对部队进行"伟大的祖国"的教育。

一周后，师部的指示来了。雷大鹏和徐文烈一看，又是意外，又是高兴。原来，指示中说：根据军区的命令，决定按照需要，重点进行一部分国防工程的建设。师党委讨论后决定：除由海军水警区负责在大门湾修建水泥码头外，增加一项营房工程，这两项工程同时进行。工程所需主要材料和技术设计，除由师部提供外，一部分材料就地取材，并由守备连担负建筑中所需的劳动力。另外，海军将派一个水兵连支持，于十六日到达，希望立即为他们准备住所，安排饮食等。……

这个消息一传开，全连指战员没有一个不是喜洋洋的，好像迎接什么大喜事。他们计算着海军同志来的日子，仅用了三个昼夜，就盖起了十大间草房。战士们还抽出了大批床板，整整齐齐地搭在草房里。俱乐部专门开了一个会议，讨论怎样欢迎海军同志。会上决定：墙报出一个"欢迎"专号，组织一个欢迎晚会，动员同志们展开每人为海军同志做三件事运动。

十六日早晨，天刚亮，就有战士跑到山顶上去看船。但，一直到下午三点钟，才在北方的海面上发现了一艘登陆艇，直朝大门岛驶来。战士们一下子沸腾起来了，马上集合队伍，敲锣打鼓，到大门湾去迎接。有的战士用手遮着斜射过来的阳光，凝望着那艘登陆艇越驶越近；有的战士唱着歌，跳着自己创作的"海防战士舞"。

"同志们可真快活啊！"徐文烈跟雷大鹏肩并肩，沿着两旁开满狮子头、五色梅等野花的碎石子路，也朝大门湾走来了。

"怎么会不高兴呢！"雷大鹏兴奋地笑着说，"过不了多久，营房一盖好，那个时候，我们睡觉再也不用像住草房这样，躺在床上欣赏蛇在蚊帐顶上打架的惊险镜头了！"

"是啊！我时时刻刻都感到祖国在关怀着我们啊！"

他俩走进战群中，立刻被包围起来了。

"同志们！你们用什么欢迎海军同志呀？"徐文烈微笑着，而且，有点神秘地问道。

"指导员！我们用唱歌、跳舞欢迎！"陈明德——他是俱乐部的委员——大声回答道，"今天的晚会，有十四个精彩节目哩！"

"只有这些吗？"徐文烈眨了眨眼睛。

"对了！这些还不够吗？"陈明德笑道。

"不够！不够！"徐文烈一边摇着脑袋，一边笑着说，"最主要的东西，你们准备了没有？"

"最主要的？"陈明德回答不出了，好像求援似的望着代理班长赵二虎。

"指导员！最主要的也准备好了！"赵二虎朝前挤了挤，响亮地回答道，"昨天晚上，我们开了一个班务会，大家表示了决心；咱们是陆军，人家是海军，保证搞好团结！"

"对！这才是最主要的！"徐文烈满意地大声说，"欢迎的节目，越多越好，越热烈越好，可是，大家千万要牢牢记住这两个字：团结！只有从各方面关心他们，帮助他们，把团结搞好，才能早日完成修建任务！大家唱一个《团结就是力量》的歌子好不好？"

"好啊！"响起了一片同意声。

"文化教员没来，谁指挥呀？"陈明德向人群中寻觅着。

"让咱们指导员指挥好不好？"雷大鹏笑着建议道。

战士们立刻同意地鼓起掌来了。

"好！我这是秃子当和尚，凑合事！"徐文烈伸出双手，压住了掌声，咳嗽了两声，然后喊道，"开始！团结就是……——二——"

马上，"团结就是力量"的洪亮有力的歌声，在海滩上空飘荡起来了。战士们唱了一遍又一遍，唱的人越来越多，人人的脸色因歌声的激动而涨得通红。

在歌声中，一艘满载着水兵的登陆艇开进了大门湾。登陆艇的甲板上，水兵们快乐地朝着岸上挥手。

徐文烈大声说道：

"海军同志到了！快欢迎！"

战士们高声呼喊着欢迎口号。有的战士，竟穿着衣服跳到海水里跑去迎接。不一会儿，登陆艇靠岸了。艇前的大门，好像老虎的嘴巴，缓缓地张开了，水兵们列成整齐的队伍，走上岸来。水兵的脚刚一踏上沙滩，队伍就被一拥而上的战士们冲乱了。有的战士把水兵抬起来，高高地扔到了半空中。

徐文烈和雷大鹏艰难地穿过欢腾的人群，迎面遇上了水兵连连长黄国基。

黄国基是个中等身材，古铜色的圆脸孔，透着红润的光彩。他穿着一身洁净、整齐的海军干部服，显得精明强干。

徐文烈一看是黄国基，刚要开口，黄国基已抢先高兴地喊道：

"指导员！原来你们在这里！……"

他分开战士，跑上前去，紧紧地握住了徐文烈的手。

徐文烈也意外地高兴，说：

"黄国基同志！没想到在这里遇见你了！好吧？"

"一切正常！"黄国基半开玩笑半认真地说。

这时，雷大鹏挤了过来，打了黄国基一拳，兴奋得像个孩子似的，大声笑道：

"老黄！换上了蓝军装，可真神气咯！"

黄国基原来在一连当排长。那时，雷大鹏是一排长，黄国基是二排长，徐文烈是指导员。一九四九年年底，黄国基便调到海军去了。他很年轻。在东北战场上，由于他带一个班打垮了蒋介石美械化一个营的七次冲锋，曾受到了纵队首长的通令表扬。由于他的勇猛，同志们管他叫"小老虎"。黄国基笑道：

"在我们家乡有一句俗话：'有缘的人，骑上马也跑不了！'看！咱们在陆地上分手，又在海洋上见面了！"

他的话，说得三个人都哈哈大笑起来了。徐文烈竟笑得咳嗽了一阵，好半天才忍住了。黄国基注意地看着徐文烈的瘦削的脸孔，关心地问道：

"指导员！你的病还没有好吗？"

"我这个算什么病呢？"徐文烈淡然一笑，说，"还不是一样工作！"

"老黄！你看指导员笑得多轻松啊！"雷大鹏插嘴道，"他平常最不高兴人家说他有什么病，害怕叫他去休养。他工作一累，常常晚上咳嗽一宿！过去一年多还好，最近又犯了！

"指导员！还是去休养一下吧！"黄国基用劝慰的口气说。

"休养？"徐文烈轻轻地摇了摇头，不以为然地说，"对我的病来说，那是白浪费时间！"

"不！现在不同过去啊！"黄国基认真地说，"以前，我们蹲山沟，医疗条件差些；现在，我们有很好的医院咯！"

"咱们怎么讨论起我的问题来了？"徐文烈笑了笑，想把话题转移，"老黄！快把你的队伍集合起来到屋里去吧！"

"对！房子要是不够住，我们再把俱乐部腾出来！"雷大鹏补充道。

他们回头看时，只见守备连的战士们，几乎是一个帮一个，替水兵们背着背包，陆陆续续向新营房走去了。他们三个人也走个并排，一边谈笑着，一边朝新营房走。不一会儿，对面走来一位海军军官。黄国基等他走近了，便对徐文烈笑道：

"指导员！我替你介绍一下，这位是我们连的指导员！"

"欢迎！"徐文烈热情地上前握住那位海军军官的手，亲热地自我介绍道："咱们是同行……"

"你们替我们准备的太周全了！"水兵连指导员感激地说。

"指导员！今天晚上，你应该请客啊！"黄国基玩笑地说。

"对！为了欢迎老战友和同行，我应该请！"徐文烈慷慨地回答道，"我请你们吃北方味的水饺吧！海味，对你们大概已经不是新鲜的东西了！"

黄国基同意地笑了。

夜幕降临前，水兵连便把一切都收拾妥当了。他们吃了一顿丰富的晚饭——是守备连招待的：他们把自己豢养的肥猪杀了两头；鸡，宰了二十五只；各样蔬菜，拔了一百斤。

繁星满天时，欢迎晚会在锣鼓声中开始了。

4

码头和营房的修建工程，同一天开工了。从大陆到海岛的海面上，运钢筋、水泥、砖瓦的船只，接连不断。战士们则在岛上，用炸药爆破法采集石块，砍伐树木，和用贝壳烧石灰。

在大门湾，水兵们把石块投进海底，填海造陆；在凤凰岭下，战士们削平山坡，奠定营房基础。

祖国把大量的物资，源源不断地送给了大门岛，使工程进展得特别迅速。两个多月后，即一九五一年的最后一天，他们比原订施工计划和完工日期，提前一个月，把大门湾码头和营房修建成功了。

除夕，驻岛陆海军和渔民，在大门湾码头举行了一个盛大的联欢晚会。这个晚会，有三方面的意义：一是庆祝新年，二是庆祝码头落成，三是欢送完成任务、明天即将返回基地的海军同志。联欢晚会一直到深夜十一点钟才散。雷大鹏被刚才的热烈情绪鼓舞着，忘记了两个多月来的劳累。他一边哼着《歌唱祖国》的歌子，一边回连部去——连部，已不是草房了；昨天，他们搬进了瓦顶、砖墙、水泥地板、明亮的大玻璃窗的新营房——当他想到再过一个小时，就要进入一个新的年度时，他仿佛看到祖国又向前迈进了一大步。祖国建设的每一点成就，都给他带来兴奋，带来坚强的力量。他常常回忆起今年国庆节时，通讯员苗国新说的那句话："咱们也参加祖国的爱国主义劳动竞赛吧！"海防战士的劳动是什么呢？他们的劳动虽然不是生产劳动，而是以生命保卫国家生产建设、保卫国家领土主权完整和安全的最崇高的劳动。他常常拿这个来鞭策自己："你劳动得怎么样？"他也常常拿这个教育战士们。现在，为了迎接新的一年，他决心更坚强不懈地劳动！

他一走进连部，首先触入眼帘的，是桌子上面摆着的一封信。他对信封上的笔迹，十分熟悉，一看到信封，心里立刻觉得甜滋滋的。这是他盼了三四个月的信啊！

他急忙打开信，快乐地读道：

亲爱的大鹏同志：我希望这一封信在一九五二年的元旦，送到你的手中，让我在这遥远的祖国的东北，向你祝贺新年……

雷大鹏看了看手表，偷偷地笑了，心里说：

"她的希望落空了。这封信还是在一九五一年接到的呢！"

他继续看下去：

……也许你很着急，怪我为什么三四个月没有给你写信吧？告诉你：我因为工作调动了，一直安定不下来，再加上忙，所以，才迟到今天。其实，我真想每天都给你写一封信呢！就是那样，恐怕也说不完我心里的话哩！

从乡里调出来学会拖拉机后，我在县农场工作了半年多。九月初，我又从县农场调到了省里。在省里学习了半个月以后，我们这一伙拖拉机手，就出发到北大荒来了。国家为了增产粮食，最近，又在北大荒设立了一个前进机耕农场。我们就是到这个农场来工作的。这个农场，从今年到明年春天要开垦三千五百公顷荒地，然后撒下小麦种子去。

过去，在咱们家乡流传着这样一句话："一到北大荒，两眼泪汪汪。"把北大荒看成是只长荒草，不生庄稼；只有野兽，不见人影的荒凉地方。但是，在毛泽东的时代，我们有信心和力量把它变成祖国的粮仓！

我们从省城出发时，天气虽是初秋，已经冷得冻手冻脚了。我们走了一路，几百里内，到处长着柳毛草、羊舌头、三棱草、小叶张、野苇……还有许许多多叫不出名字的野草。这些荒草，真是一眼看不到边儿；人走进去，看不到影儿，荒凉得叫人看了真胆战心惊啊！但是，我们是新中国的青年，怕什么！不要说是荒草，就是高山，也要把它搬走；就是大海，也要把它填平！

我们踩着遍地的枯草败叶前进。这些枯草败叶，铺得很厚，踩上去，像在棉花上走路一样。第一天晚上，还有一个四五户的小屯子可住；到第二天晚上，我们就不得不拔些野草，铺在地上露营了。夜晚，饥饿的狼群，在附近嗷嗷地嚎着，只是因为我们点了好几大堆篝火，狼才不敢靠前。第三天，我们冒着寒风冷雨走路。衣服被褥全湿透了，冻得浑身发抖。一直到第五天晚上，我们才走到了目的地。

在目的地，虽然仅有先遣工作人员搭的十几间草窝棚，但，我们觉得好像到了自己的家一样温暖、高兴。草窝棚又低又小，连腰都直不起来。没有床，我们就在地上铺了一层厚厚的干草；没有水源，我们就跑七八里路去打。生活虽然这样苦，并没有使我们苦恼。大家都这样想：用我们的双手，将要第一次使这块荒芜了千百年的祖国的土地，生长出粮食来，这真是我们最大的幸福！

我们工作得很紧张，也很愉快。严寒降临了，草原上覆盖了两尺多深的大雪。我们并没有被寒冷吓倒，而是继续工作。有一天，我跟一位同志从地质勘查队的宿营地回来时，在路上遇到了一只小黑熊。小黑熊张牙舞爪地朝我们扑过来时，我可真有点害怕了！那个同志原是一个好猎人，解放后，才参加了工作。他见小黑熊扑上来，就不慌不忙地把皮帽子往空中一扔。……当那只小黑熊直立起来，正抓帽子的一刹那间，他拔出了一把匕首，猛然刺进了熊的肚子。他刺中后，又一用力，熊肚子就被割裂了。

我俩找了一根粗树枝，抬着小黑熊走了十几里路，高兴得使我把疲乏都忘掉了。

现在，我们已经做好了准备工作，大家正集中学习。等春天一到，我们的办公大楼、宿舍、拖拉机库、修理站等，就要开工修建；我呢，也要驾起铁牛，在一望无边的黑色土地上奔驰了。当我闭上眼睛一想，不久，在北大荒将要生长出黄金一般的麦子，珍珠一般的大豆，红宝石一般的高粱……我真想唱啊！我决定继续提高驾驶技术，改进操作方法，争取当一个光荣的劳动模范！……

雷大鹏读到这里，轻轻地抬起头来，脸上流露着幸福的光辉。他走到窗前，凝视着繁星闪烁的夜空，想念着远方的亲人。……

这时，正是午夜十二时。一九五二年开始了。

第十八章

1

春天又来了。

海洋上的春天，是一个繁忙的季节。

南海，仿佛铺平了蓝缎子似的闪着光。一只只张帆拖网捕鱼的渔船，宛如精巧的姑娘们刺绣在蓝缎子上面的美丽的图案。海洋里蕴藏着大量的资源。渔民们捞出来的不只有千奇百怪的各种鱼类，还有海绵、玳瑁、海参、海胆、海星、海百合、蚌蛤、钟螺、海人草、石花菜，以及藏着珍珠的贝壳，各种颜色的珊瑚，真是数也数不清。

渔民们常这样骄傲地夸耀着说："我们的南海，是一个大聚宝盆。"[1] 这话一点儿也没有夸大。

春天，在那风平浪静的日子里，海水仿佛水晶一样透明。你看吧！在一丛丛火红色的、淡绿色的、橘黄色的、绛紫色的珊瑚旁边，在玲珑剔透的各种形状的礁石附近，长得像丝带一样的、花朵一样的、树枝一样的各种海藻，随着海流悠悠飘动。比圆桌面还要大的海龟、一尺多长的头尾满缀红黑点的斑节虾，也在海底坦然漫步。白得像银，红得像火，长得像剑，圆得像球的各种鱼类，

---

[1] 南海水产资源丰富。仅就我国沿海所产 900 余种鱼类来说，南海便占 600 种以上，几乎和东海、黄海、渤海相加的鱼类种类相等。因此，渔民称其为"大聚宝盆"。

相互追逐嬉戏。待在绿藻上，变成绿的，待在红藻上，又变成红的变色虾[1]，好像神奇的魔术师。像滑翔机似的冲出水面，又仿佛闪电一般消失在空中的飞鱼，犹如灵巧的杂技演员。三尺多长的碎磲，好像是贝壳之王。白色的水母，宛如降落伞一般浮游着。……

谁不说这是一个童话一般的神奇世界哩。

这就是南海！南海，是我国大陆南部的一个边缘海[2]，面积的宽广，在这辽阔的范围里，散布着数目众多的，大大小小的，露出水面或隐没水中的岛、屿、礁、滩，好像一颗颗碧蓝碧蓝的宝石，镶嵌在绿波如茵的海面上。

南海，是祖国壮丽河山的不可分割的一部分，是我国南大门的前哨。南海，终年高温多雨，风光绮丽，永远是春天。但是，真正的春天，是从人民解放军把庄严灿烂的五星红旗，插在它的宽阔的胸脯上开始的。

大门岛的春天，到处充满了欢笑。

可是，也有例外，那就是渔民姑娘罗天娥，却成天闷闷不乐。

她所以不快乐，是因为一连几天没有见到林传有。

七八天以前，林传有从县里开会回来，以后为了响应人民政府"组织起来，发展生产"的号召，为了迎接春季鱼汛，准备带头成立一个渔业生产互助组。这种互助组是常年性的，全年的生产季节里，在修船、补网、鱼货运输等各种生产活动方面，把固定的几只船组织在一块儿，实行常年互助合作。

林传有早就有这样的心思。一户一户单干，常常因为人手不够，渔具不齐，出不得远洋，拉不了大网。好容易盼到了鱼汛，也常常顾得了捕鱼，顾不了卖鱼，弄得手忙脚乱；而且，还没有捕到多少鱼，鱼汛期便匆匆过去了。如果，大家联合在一块儿，那么，情况就会变成另一个样子了。但他只是这样想，既没有做，也没有对别人说过。不过，他对罗天娥是说过的。那时，罗天娥的哥哥还没有回来，林传有看罗家一个老人一个姑娘，生产上有困难，便怀着一种帮助的心情对罗天娥说："咱两家搭帮吧！"罗天娥也很愿意。可是，不久，罗友胜便回来了，林传有也就没有再提这件事。现在政府——号召组织起来，正中了他的心意，回来就积极进行组织活动。

---

[1] 变色虾：又称藻虾。

[2] 南海一般认为是边缘海。但据苏联海洋学家新提出的海洋分类标准，因南海外侧有一些岛屿与大洋作为分界钱，应该叫作"半环海"。

林传有动员了五户渔民参加。这五户都是民兵队里的青年人，一说就通了。这时，他又想起了罗家，把他们拉进组来才好哩！他立刻找罗天娥商量。她当然是满心愿意的。而且，她哥哥也可以说通。至于罗九叔呢，他们也估计了一下：他过去受了多半辈子穷苦，如今翻身了，事事相信共产党，如果知道组织起来可以解决生产和运销的矛盾，可以调动人力，掌握生产时机，增加捕鱼次数，增加收入，难道还会拒绝吗？

但是，当林传有满怀信心地去找罗九叔，把原委跟他一谈，回答却完全出乎意外。罗九叔摇了摇头，不以为然地笑道："唉！我老不中用了，配不上你们青年人，别叫我一条烂帆绳耽误了全船吧！"

林传有碰了个软钉子，心里很不痛快。尤其联想起罗九叔对他和罗天娥的恋爱，不大赞同，便狠了狠心，以后少跟罗家来往！同时，他这几天为了准备赶鱼汛，几乎日夜住在渔民协会和民兵队里，一直没有回家。林保秀一看哥哥不管家，连煮饭吃的水都得自己去挑，便常跑到罗天娥面前，说些埋怨的话："哼！简直像卖给渔民协会了！"听来，林传有不回家的责任，好像要由罗天娥负起来似的。可是，有谁知道罗天娥也正苦恼着哩！

罗天娥听说林传有没有跟爹爹谈妥，而且生了气，便在吃晚饭的时候，想劝一劝爹爹参加。但，她刚一张嘴，就叫罗九叔给顶回来了：

"年轻姑娘懂得什么！再过几天鱼汛就到了，快点把渔网织好，别误了出海！"

其实，罗九叔心里真正想的是，出海捕鱼，可不是闹着玩儿的事。跟那么一群没有经验的嘴上没毛的小伙子搅在一块儿，弄好了，真能捕到鱼还好；若是搞糟了，空拖几流风[1]，鱼汛旺期一过，那时难道叫一家人喝海风吗？再说，自己凭着多看流水、赶鱼群的经验，从来没有起过空网。若是一合作，就什么都得听小伙子的号令。再进一步想，人的五根指头还有长短，那么多火气旺暴、一个个好像鲨鱼似的小伙子凑在一块儿，还能不吵架拌嘴的？到那个时候，自己是给他们劝架好呢，还是捕鱼好呢？年轻人等兴头一过，还不又是拆台散伙！不过，在这件事上得罪了林传有，心里真是七上八下……

他每一想到林传有，就自然联想起他跟自己的女儿的恋爱来。以前，他反对女儿跟林传有相好，这是因为害怕穷苦会给女儿带来不幸的苦难的命运。可

---

[1] 用一对底曳网拖风渔船，下一次网，渔民称"拖一流风"。

是，他在心底深处，却又承认两个人是天生的一对。新中国成立以后，渔民的生活起了根本的变化，林传有再也不是过去那样的穷光蛋了。先不用说他的渔民协会的生产委员，供销合作社的副主任，民兵队长等官衔，就拿渔船说吧，以前只有一条破船，还叫国民党劈成柴抵了税，如今呢，有了一只大拖帆。……罗九叔想到这里，有时竟一个人偷偷地笑起来，为女儿的未来高兴。但是，他这个念头，还一直深深地隐埋在心底。

罗天娥知道事情僵住了，心里很烦恼，恨爹爹为什么那样顽固。同时，她又埋怨林传有，爹爹落后，不参加互助组，难道这能怨她吗？他好几天不来找她，是不是嫌她落后呢？……唉！一定是！他又是队长，又是委员，而自己什么也不是，配不上他了。……她一想到这里，常常眼泪往心里流。

她虽然好几次要去找他，但，有时，已经走出了向西村，又转了回来：哼！他当队长，当委员，有什么了不起！他不把我罗天娥放在心上，我难道就不活了不成？我还不把他放在心上哩！但，他的影子又时时刻刻占据着她的心。她陷入痛苦中。她想用织网的紧张劳动，忘掉这种痛苦。从天亮到深夜，她双手像穿梭一样，连脑袋都不抬一抬。可是，她常常织了半天，一看，原来织错了针。……

黄昏，罗天娥在房门口织网织累了，刚要进屋去，一抬脑袋，忽然瞥见了林传有的影子，在村边上一闪就不见了。他既然回来，为什么不来找我呢？……她先愣了一会儿，便又像被那个影子拘去了魂一般，连渔网、织针都不收拾一下，就打着赤脚，追了过去。一直追到海边上，终于赶上了林传有。她跑到林传有前面去，转过身来，瞪着两只圆圆的眼睛，拦住了林传有的路。

林传有用惊奇的眼光看着她，焦急地问道：

"天娥！你怎么啦？你疯了吗？……"

"我没有疯！"罗天娥气火火地说："你……"

她只说出了一个字，眼泪就像珍珠一般流出来了。

"我怎么啦？"

"你……"罗天娥哽咽着说："你不理睬我了……"

林传有一听，真不知道这话从何说起。他见到了罗天娥，真是分外高兴；而且，他没有一会儿不想念着她，一天不见面，仿佛隔了一年。可是，他是渔民协会的生产委员，在鱼汛即将到来的紧张阶段，真是片刻都不能分身。他又是互助组组长，组刚刚成立，什么都跟过去换了个样子，新问题使他苦恼，连睡觉都不能安稳，哪里又有时间尽想念她呢？因此，他用充满深情的眼光，一边注视着罗天娥的泪汪汪的眼睛，一边用稍带歉意的声音说道：

"我的龙公主，别生气嘛！我忙得很哩！……"

"忙什么？"罗天娥嗔怒地打断了林传有的话，有些恼恨地说："是你心里没有我！"

"我怎么能心里没有你呢？"林传有恳切地说出了衷心话。

"我不信！"罗天娥仍然倔强地问道："你为什么好几天不理我？我爹顽固，难道我也跟着他落后吗？……"

罗天娥说到这里，又伤心起来了，急忙用双手捂住了脸孔，转过身去。

这，弄得林传有的心都乱了。他不知道如何是好，只呆呆地站在那里，看一会儿海，又看一会儿罗天娥。

夕阳沉到水平线下去了。残留在海面上的忽闪忽闪的波光，也渐渐由明亮转为暗淡。远方朦胧了。几只从远海归来的海鸥，扑着疲倦的翅膀，朝岛上飞来，准备回到舒适的窝里，安静地睡一夜。海滩附近静悄悄的，再没有别人的踪影。林传有放大了胆量，挨近罗天娥，用粗大有力的手，爱抚着她那滚圆的肩头。……

她没有拒绝。她好像一个受了委屈的孩子，紧紧地靠在他的宽阔的胸脯上。

"再往前走一走吧！"林传有轻声说。

他俩偎依着向前走，一直走到了潮水冲得到的地方。湿润而有凉意的柔软的沙土，使罗天娥的赤脚感到舒适。她回过头来，诉苦似的低声说：

"我织网织得腰酸胳臂痛，咱们坐一坐吧！"

林传有顺从地和她一起坐在沙滩上。月亮，从云层中悄悄地爬出来。在月光下，海洋展示了一幅绮丽的景色：那翻起无数道银色的波浪，那笼罩在远海上的细纱似的朦胧的雾氛，那深邃幽暗而闪着微光的墨绿色的海水，那少女一样站在岸上的椰子树……给人一种沉静、壮阔而又玄秘的感觉。

林传有和罗天娥一直沉默着。

林传有刚才叫罗天娥一闹，不知道应该怎样才好；罗天娥倒微微感到有点后悔，不该那样没有情意地对待他，他是真的忙着哩！他的脸不是有点瘦削，眼睛有点红吗？她怀着一种请他饶恕的心情，轻轻地伸过手去，放在他那宽大的掌心里。他紧紧地一握，刹那间，两个人的心声响起了和谐的合奏。罗天娥觉得面颊火热，而且怕人听见似的，把嘴凑到林传有的耳边，温柔地说：

"几天不来，真把人急坏了！"

"我也急哩！"接着林传有轻声问，"你怎么不来找我？"

"我……"罗天娥想说又停止了，借口道，"爹逼我在鱼汛前，一定要把网织好！"

"叫保秀妹妹帮你织嘛！"

"你不在家，家里样样活儿全靠她，忙不过来！"罗天娥的声音轻快而活泼了，咻咻地笑着说："她背后还骂你哩！说你是卖给渔民协会了！"

"哼！等我见了她的面，非骂她一顿不行！"

"不！"罗天娥着急了，制止道，"你骂她，她会恨我多嘴的！"

"哦！原来怕起小姑来了！"林传有开玩笑道。

"你这个黑心鬼！"罗天娥晃了晃肩膀，有点撒娇，又有点羞怯怯地说，"不许你瞎说……"

"你还记得咱们小时的事吗？"林传有忽然回味似的说。

"记得清清楚楚哩！"罗天娥眼睛明亮地一闪。

两人一刹那间都陷入回忆中了。过去的日子，充满了辛酸的往事，也有过值得恋念的幸福。林传有感叹地说：

"多快啊！咱们都长成大人了！"

"那回咱俩一块儿到陈老虾船上去玩，叫那老鬼瞅见了，硬赖我们偷他的鱼；后来，罚了你爹和我爹每人五块光洋……"

"哼！我一辈子都忘不了那回事！"沉默了一会儿，林传有突然咯咯笑起来，说，"有一回，咱俩在海滩上拾贝壳。我拾了那么多好看的贝壳，还跳到海里挖上来一个又高又大的珊瑚。你争着向我要。我把所有的贝壳和珊瑚都送给你了，你高兴得直跳，还拉着我的手说了一句话……你记得那回说的什么话吗？"

罗天娥没有回答，只是咻咻地笑。她笑得是那么天真，仿佛一串银铃被风吹得轻轻响动。

"回答呀？你一定忘了……"

"没有忘！"

"那么，你说……"

"我不说！"

"说！……"

"我不……"

"你不说，我替你说吧！"林传有悄悄地说，"你说：你要嫁给我！……"

罗天娥一听，仿佛一个小孩子似的，扑到林传有身上，捂住了林传有的嘴。

林传有趁势用粗健有力的胳臂，紧紧地把她搂抱住了。她没有挣扎，也不想挣扎。林传有的体温，仿佛把她溶化了似的，只觉得软绵无力，一种甜蜜蜜的令人心头发痒的幸福感，使她宛如喝醉了酒，昏昏迷迷。……

她闭紧了眼睛。

"我们还等到什么时候呢？"林传有自言自语似的说。

"不知道！"

"怕你爹吗？"

"怕？"罗天娥突然从林传有怀中起来，用一种挑战似的坚决的语调说，"我今年十八岁了，愿意嫁给谁就嫁给谁！"

"你大概不愿意嫁给我吧？"林传有故意反问。

"不愿意！"罗天娥也反着回答。但是，她刚把这三个字吐出来，就又哧哧地笑了。

"你背后嘴硬，当着你爹的面，就不敢讲了！"林传有认真地说，"我们等鱼汛一过就结婚吧！结了婚，你就算我们互助组的人了。我送你到渔业训练班学习去。……"

"别拿互助组和训练班在我面前卖弄吧！"罗天娥有点生气地说，"没有互助组和训练班，我也嫁给你！"

"跟你爹闹翻了，也麻烦哩！他嫌我穷……"

"又不是他嫁给你！"罗天娥一想起了爹爹的态度，就有点气愤，怄气似的说，"我嫁的不是船，也不是钱！我嫁的是人！我今天晚上就跟爹说！可是……"

"可是什么？"林传有对罗天娥欲说又止的神情有些疑惑。

"可是，我怕……"罗天娥紧紧地咬着嘴唇。

"怕什么？"林传有焦急了。

"我怕赶不上你进步快，以后，你不爱我？"罗天娥终于很费力地说出了心底话。

"哈哈……真是个傻姑娘！"林传有开心地笑起来了，亲切地说，"我俩互相帮助嘛！"

"真的？"

"我从来没有骗过你！"

"你永远爱我？"

"永远！"

罗天娥幸福地笑了，说不出话来。她轻轻哼起渔歌来：

> 打鱼要到海中心，
> 鱼又多来水又深，
> 打鱼不到不收网，
> 恋郎不到不收心！

这时，林传有也轻声答唱：

> 入山看见藤缠树，
> 出山看见树缠藤，
> 树死藤生缠到死，
> 藤死树生死也缠！

林传有的渔歌还没有唱完，罗天娥已经躺在他的怀里了。

2

罗天娥回家很迟。她的爹爹坐在屋门口，一边抽着竹筒水烟袋，一边并无恶意地埋怨说：

"丢下渔网不收，一跑就是半宿！连晚饭都忘了吃！锅里还留有米饭和煎鱼，去吃吧！"

罗天娥本来以为爹爹要发一顿脾气的，意外的是还给她留下了饭菜，不禁用感激的眼光瞥了爹爹一眼，走进屋里去了。她一边吃着饭一边想：无论如何，也要跟爹爹谈个清楚。哪怕谈不成，爹爹只要说个"不"字，那么，我就自己到林家去！……但是，当她一眼看见爹爹的花白头发，有些微驼的脊背时，心又软了：爹爹受了一辈子穷苦，我怎么忍心跟他争吵呢？

她犹豫了好久，只吃了半碗饭，就吃不下去了。

可是，她终于走出去，坐在爹爹面前的竹凳上，鼓足了勇气，说：

"爹爹！我……"

但，她又被羞怯堵住了口，勇气不知飞到什么地方去了。

"唔！什么事？"罗九叔抬起眼皮看了女儿一眼，又低下头去。他从女儿的表情上，就看透她要说什么了。

"我想跟传有哥……"罗天娥的性格尽管倔强，可是，她还是没能把话说完。

罗九叔没有回答。他默默地吸着水烟。这沉默的时刻，对罗天娥来说，哪怕是每一秒钟的千分之一的时间，都是最残酷的折磨。她虽然没有把话说完，已经知道爹爹完全听懂了她的意思。她不想再重复，也没有勇气再重复了。她的脸孔像火烤，心仿佛要跳出来。……她准备好迎接爹爹的责骂。

但，罗九叔仍然沉默着。

"爹！……"罗天娥又轻轻地唤了一声。

"唔！"罗九叔仿佛猛然被叫醒似的开口了。他拉住了女儿的手，温和地说："过了鱼汛就办喜事吧！"

罗九叔的回答，完全出乎罗天娥的意料之外。她真不敢相信自己的耳朵了。她睁大了眼睛，注视着爹爹的满布皱纹的脸虽然在月光下，也看得那么清晰——真不知道怎样谢谢爹爹才好啊！……

"爹！……"她一面亲热地叫着，一面扑到爹爹怀里，还像小时贴在爹爹的胸脯上撒娇一般。她高兴得流出了眼泪，滴在爹爹的大手上。

罗九叔一边抚摸着女儿的柔软的头发，一边轻轻地说：

"天娥！天晚了，快去睡觉吧！……"

罗天娥哪里睡得着觉呢，她睁着眼睛，看着曙光悄悄地爬上了窗户。

春季鱼汛开始了。但是，一连好几天，出海赶马友鱼汛的许多只渔船，回来都是空舱或只有半舱。因为马友鱼群的到来，没有一个确期；而渔民又怕错过了鱼群，有时，明明知道捕不到鱼，船也得出海看流水，观风色。罗九叔凭着自己多年捕鱼的经验，虽然赶了几趟，也都扑了空。罗九叔家只有两条船，劳动力又少，不能分开。结果，没有捕到马友鱼，却连曹白[1]鱼汛和大黄鱼汛也空空放过去了。罗九叔觉得今年的鱼汛真不凑巧，他驶着鱼仅能盖上舱底的渔船，有些烦恼地回岛来了。途中，他遇到了林传有互助组的渔船队——鱼汛开始后，互助组里又增加九户新组员——浩浩荡荡地破浪而归。互助组的渔民们一个个笑逐颜开，愉快地唱着新渔歌：

> 南海滔滔波浪翻哟！
> 捕鱼人儿担惊险哟！
> 自从来了共产党哟！
> 观天看风不用眼哟！

马上，有一个渔民尖声问道：

不用眼用什么？

渔民又转入齐唱：

> 北京传来无线电哟！

罗九叔轻轻地扳了一下舵，船立刻朝着互助组的渔船队驶去了。这时，他又清晰地听到了林传有的响亮的歌声：

> 渔民弟兄听我言哟！
> 组织起来乐无边哟！
> 人多力大好干活哟！
> 以后打鱼不张帆哟！

---

[1] 曹白鱼，又名鳓鱼，或白鳞鱼。每年大量捕获后，多加工盐腌。广东所产"曹白鱼鲞"，即这种鱼的咸风干品，加工精良，久享盛名。

接着，又是那个渔民尖声问道：

不张帆怎么办？

林传有又唱道：

风帆换成机器船哟！

不一会儿，罗九叔的船靠近了林传有的船，转脸问道：

"你们也是空船吗？"

"不！满载！"林传有高声回答。

"满载？"罗九叔不禁疑惑了，又追问道，"装的是鱼吗？"

"渔船还能装别的吗？"林传有一边笑着，一边揭开盖在舱口的草席。

罗九叔站起来一看，满舱装的是曹白和大黄鱼。他不相信，揉了揉眼睛再看时，确是鱼鳞在阳光下闪着亮光。他想：真不知道林传有用了什么魔法，没有网到马友，倒捉到了曹白和大黄！他坐在船尾，拿出竹筒水烟袋来，默默地吸着。

回到家里，罗九叔一直闷闷不乐。罗友胜泊好了船，就去找林传有了。晚上，罗友胜一边吃饭，一边羡慕地说：

"看人家互助组多好！"

"嗯！"罗九叔翻了翻眼皮，看了儿子一眼。

"人家互助组船多人多，分成两帮，一帮打马友，一帮捉曹白，两头不落空。"罗友胜继续说，"刚才我跟林传有打听了一下，他说，什么窍门也没有，这就是互助组的好处！咱们只有两只船，马友鱼群不来，只得瞪眼等着，不敢离开，怎能比得上人家！"

"嗯！"罗九叔又没说什么。

"爹！咱们也加入多好！"罗天娥在旁边插嘴道。

"嗯！"罗九叔只吃了一碗饭，搁下筷子就走到屋外去了。他心里真有点不服气啊！海，真像自己手掌里的纹路一样熟悉。哪里的水多深，哪里的水底下有一块暗礁，什么水色什么鱼群，什么节气什么鱼汛，在这一带岛上，有谁能比他知道得更多呢？可是，今天，他的船竟放空返航，而那群年轻人倒是满载，这真是比目鱼翻身，世道大变啊！他在门口坐到深夜，脑子里一直翻腾着：难道互助组真能抵得过我？

转眼，鱼汛过了。

在这个鱼汛期里，林传有互助组平均每户收入五百五十九元；而罗九叔一家辛勤劳动的收获，只有二百八十多元。在罗九叔说来，这还是一个少见的丰收季节。

五月一日，岛上渔民热烈庆祝劳动节。他们按照传统的习惯，把船扎上彩绸，驶到大门湾口外的海面上，敲锣打鼓，燃放鞭炮，庆祝鱼汛丰收。虽然这是传统的古老的风俗，但与过去绝不相同了；以前是供龙王，现在船上贴了毛主席的像。

就在这一天，林传有和罗天娥结婚了。罗九叔并没有给女儿陪送什么嫁妆。他不是没有钱，也不是不想陪送一点东西，而是女儿坚决不要，劝爹把余钱多置办几张渔网。

但，当罗天娥用红布盖上头——这也是古老的结婚的风俗——正要被接出家门时，罗九叔走过去，把深思熟虑了好久的心里话，用深沉而郑重的声音说道：

"天娥！你到了林家，对林传有讲：我也加入互助组！"

罗天娥一听，猛然扯下头上的红布来，露出了一张洋溢着喜悦和幸福的脸，对爹爹凝望了一会儿，快乐地说：

"爹你真是我的好爹爹！你送给我的是多么好的嫁妆啊！"

第十九章

1

五月以来，海上暴雨频频。

战士们管这种雨叫"捉迷藏雨"。本来是晴朗的一片蓝天，不知什么时候，飞来一块云彩，哪怕太阳还直射如火，突然，滂沱大雨便倾泻下来了。但是，当你刚刚躲藏起来，或者当你被淋得浑身透湿，正要去躲藏的时候，雨停了，云也飘走了。

早晨，雷大鹏带着战士们做完了每天例行的全副武装环岛跑步之后，便到大门湾去了。天空明亮洁净，跟蓝湛湛的海水一样，在远方，分不清天和水的交界线，使人感到海和天浑然一体，更增加了辽阔、雄伟的印象。他爱在早晨，带领着战士们面对大海做体操；黄昏，又喜欢跟战士们一起抓螃蟹、捞珊瑚、挖海苔，或者跳到海里痛痛快快地洗一个澡。

今天早晨起床后，忽然接到了师部的电报：萧师长已经出发，今天要到岛上来。他跑到海边上去看看萧师长的船来了没有。他想，萧师长一定会乘炮艇或军邮船来的，但，海面上只有几只帆船的影子。

"也许不会来得这么快吧？"

他一边这样想，一边离开了大门湾。在回连部的途中，他发现海滩上、山坡上许多处工事，叫接连不断的暴雨冲塌淤浅了。尤其是靠近海边和山脚下的不少掩体、隐蔽壕和交通沟，竟被沙土漫平，几乎看不见痕迹了。他看了

红色岁月

红色历程

红色史诗

红色经典

看，想：

"过了五月，等暴雨少些，一定要叫战士们重新修整一番！"

他刚回到连部，还没坐稳，苗国新就急慌慌地跑进来，喊道：

"副连长！萧师长来啦！"

"什么？"雷大鹏一怔，奇怪地想："难道他是飞来的吗？"

"他已经上岸了，是坐水产公司的运输船来的，"苗国新报告道。"作战科长和侦察科长也来了。另外，还有两位穿灰制服的地方干部，说是县委会的。……"

"指导员上哪儿去了？"雷大鹏急问。

"他听说师首长到了，刚去迎接！"苗国新回答。

"他们现在在什么地方？"

"他们一下船，也没有休息，就检查工事去了。"苗国新估计了一下，说，"这会儿，可能在大门墟南边！"

雷大鹏打听明白，便急急忙忙走出去了。

他走到大门墟南头，便远远地看见萧师长带着四五个人，正沿着海滩往南走。他快步赶上去，还离丈把远，就站住敬了个礼，大声报告道：

"守备连副连长雷大鹏前来谒见！"

萧师长转脸一看，现出了高兴的神色，亲切地微笑道：

"辛苦了！"

"为人民服务！"雷大鹏高声回答。

"雷大鹏！我们这群不速之客，"萧师长向两位科长看了看，转过头来幽默地说道，"来找你的麻烦了！"

"不！我们欢迎师首长来指导工作！"雷大鹏走近几步，笑道，"而且，希望常常来！"

"听！"萧师长笑着对那两位科长说道，"人家可是将了咱们一军！咱们下来的太少咯！"

作战科长和侦察科长只是会意地微笑着。

雷大鹏注视着萧师长，发觉他脸色红润，比以前又胖了些；眼睛还是那么愉快、明智，好像能照穿人心一般；笑声爽朗，比年轻人都活泼响亮。但是，在他的军帽边沿下面，黑发中却夹杂着丝丝白发，——这是以前没有的。这时，他又听到了萧师长的爽朗的话声：

"雷大鹏，带着我们走一走吧！你可不要担心我太胖，走不动。不！我想从你们这里回去的时候，我的体重可以减轻十磅！哈哈……"

萧师长的话还没有说完，就把雷大鹏、徐文烈、两位科长和警卫员等逗引得大笑起来了。

雷大鹏好像一个向导似的，伴着师长向前走，一边介绍情况。

萧师长不断地打断雷大鹏的话，询问一些关于工事的、战士们的和渔民的问题。有时，他也回过头去，向跟在后面的徐文烈问几句。

他们一行人过了向西村，走到一〇八高地前面一片开阔的海滩荒原上。这里，疏疏落落地生长着马齿苋、蔓滨藜、三叶牡荆、艾草等植物。萧师长走到一条弯弯曲曲的、已被暴雨冲得几乎看不出痕迹的堑壕前面，突然停住了，脸色霎时变得严肃起来，皱了皱眉头，用低沉的声音向雷大鹏问道：

"这一带有工事吗？"

"有！"雷大鹏熟悉而明确地回答道，"这里有五百九十七米长的堑壕，四个机枪掩体，一个排的单枪射击位置，还有一个火箭筒班阵地！"

"你说的这些，都在什么地方？"

"就在这里！"雷大鹏伸出右手，向前方指了指。

"我怎么看不见呢？"萧师长认真地说。

"这……"雷大鹏对萧师长这种态度感到有点迷惑了，只得解释道，"这工事叫暴雨快冲平了，所以不大明显。"

"嗯！"萧师长不以为然地看了雷大鹏一眼，严厉地说道，"不论你怎么解释，我还是不承认这里有什么工事！工事，是为了掩护自己，消灭敌人的。这一带工事现在能起到这个作用吗？既然不起作用，便和没有一样！"

"我们想等暴雨少一点的时候再整修。"

"蒋介石要是不肯等呢？"

雷大鹏理屈地低下了脑袋。

"立刻调人来整修！"萧师长坚决地命令道，"每一次暴雨以后，一定要把全岛所有工事检查一遍，整修工作不许拖延。必要时，可以停止其他工作。"

"是！"雷大鹏回答的声音，只在嗓子里滚动了一下。

他们一行人从那里爬上了一〇八高地。在高地上面，一排战士正在修工事。

这是根据第二期作业计划进行的，主要是增修防炮洞，加长交通沟，和突出地段的交通沟加盖等等。一班在靠近山坡的地方修，所以，萧师长等一上来，赵二虎就看见了，立刻喊了一个口令：

"立正！"

战士们停止操作，站在原地行注目礼。

萧师长还礼后，微笑着问候道：

"同志们好啊！"

"首长好！"战士们声音洪亮地齐声回答。

萧师长朝周围看了看，俯身从堑壕边沿抓起一把土，放在掌心里，一边用力揉着，一边说道：

"这土蛮硬哩！"

"首长！别看这土硬，"赵二虎眨了眨眼，笑着回答道，"一着水，就像热茶泡馒头，变成一团糊糊了！"

"这是怎么回事呢？"萧师长眯着眼睛好奇地问。

"我也不知道这叫什么土！"赵二虎回答道，"晴天的时候，它比石头还硬几分，一刨一个白印，可难挖哩！一下雨，它又变得比豆腐还软，好容易挖好的工事，又稀里哗啦往下坍，真气死人啊！"

"那么，你们怎么对付它呢？"

"坍下来，再挖呗！"赵二虎自信地说。

"对！坍下来再挖！"萧师长一边满意地笑着，一边灵活敏捷地从壕沿上跳了下去。他沿着壕往前走，检查那些泥土还很新鲜的防炮洞。他走到每一个防炮洞前面，都要弯腰探身钻进去试一试，弄得浑身上下涂满了泥土。但是，有一个防炮洞挖的深度不够，只能容多半个身子。他不满意地摇了摇头，转身向赵二虎问道：

"这是谁挖的？"

"陈明德！"赵二虎回答。

"啊！这个名字好熟哩！"萧师长皱着眉头想了一下，问道，"是不是打大门岛的时候，爬桅杆掉到海里的那位？"

"是！"赵二虎指了指远远地站在一旁的陈明德说，"就是他！"

"我倒要认识认识这位勇敢的年轻人哩！"萧师长一边走向陈明德，一边笑

292

着问道，"陈明德同志！这个防炮洞是你挖的吗？"

"是！"陈明德清脆地回答。

"应该挖多深多大，你们副连长讲过没有？"

"讲过！"

"你挖的这一个合格吗？"萧师长的声音一点也不严厉，反而充满了温和和关切。

"差一点！"陈明德承认道。

"为什么？"萧师长对这个年轻战士的坦率，感到高兴。

"再往里，是石头，挖不动了！"陈明德解释道。

"就是这个原因吗？"萧师长沉静地问。

"是！"陈明德两颗黑眼珠滴溜滴溜乱转，又小心地补充解释道，"石头太硬了！我看也差不了多少，就没有再挖。"

"不，还差得多！"萧师长加重了语气强调说，"你以为石头硬，但是，敌人的炮弹更硬！你自己想想看，应该怎么办？"

萧师长说完，便转身往前走，继续检查去了。陈明德注视着萧师长的背影，想了一会儿，好像忽然醒悟过来似的，立刻拿起铁镐和圆锹，钻进那个不合规格的防炮洞里去了。

2

萧师长上午检查工事，下午跟许多战士谈了话，一直忙了一天。

他对守备连的工作基本上是满意的，可是，使他忧虑的一点，便是干部和战士们身上的那种似隐似现的轻敌思想。这种思想，从表面上看，仿佛是人民战士对敌的无畏的英雄气概，但，这两者截然不同，实质还是右倾情绪。雷大鹏眼看工事被冲平，要等暴雨少些再修整；陈明德怕石头硬，不把防炮洞挖得合乎规定，而认为差一点没什么，这些，难道是偶然的吗？……

萧师长本来要在晚上回大陆，但他临时决定留下来，继续深入检查。

快开晚饭的时候，雷大鹏到处找萧师长，怎么也找不到。后来，有一个战士告诉他，说萧师长到炊事班去了。于是他急急忙忙赶去了。

雷大鹏还离炊事班很远，就听到了萧师长的爽朗的笑声。他走进伙房一看，只见萧师长正围着菜桶和饭锅转。萧师长用筷子夹了一点菜，放在嘴里尝了尝，转脸向炊事班长张富问道：

"你们能每天吃上这样的新鲜青菜吗？"

"首长！不光是每天，每顿都能啊！"张富眯缝着眼睛，一边自信地微笑着，一边唠唠叨叨地说道，"刚来的时候，不用说新鲜青菜，就连一块烂咸菜也没有啊！后来，从大陆上买些菜呀、肉呀，用船运来吃。天气热，菜爱烂，肉也容易臭，不敢多买多存。要是一刮台风，那就十天半月吃不上，光喝点盐水！这，又有什么法子呢？现在跟以前可不一样了！我们开出来的荒地，种的菜，吃不了，有时还得送给渔民。我们养的鸡呀、羊呀、猪呀、牛呀，一群一群的，这大概您早已经看见了！有人说我们这里快变成动物园了，我看，这话虽是开玩笑，可一点也不假。比方说，我们想吃炒鸡蛋了，只要提着篮子在山上转一圈，就能拾来满满一篮子。我们想吃猪肉了，拣那肥的，拉倒一个就杀……"

"张富！你啰唆起来就没完没了！"雷大鹏不耐烦地制止道。

"让他说嘛！"萧师长对雷大鹏的话不以为然，向张富道，"你接着说吧！说的真有意思！"

"师长！张富是出名的'话篓子'，他的话没有个完！"雷大鹏坚持地笑着说，"有的时候，他自己跟自己还说上个把钟头呢！师长，快吃饭去吧！……"

"对！首长，请快去吃饭吧！"张富笑道。"我们副连长特地叫我们从供销合作社买来的龙虾，煮熟已经好半天了。要说起海里的虾来，我也说不清有多少种，反正个儿又大，又好吃的，就算这种龙虾了。这种龙虾煮熟以后，就像刷上了一层红色，漂亮得很哩！虾油也特别多。一会儿，你吃的时候，可别忘记喝碗虾汤！汤上面蒙着一层红虾油，那种滋味的美呀，咳，我这笨嘴真是说不上来……"

"张富，说不上来就别说了！你不说不说，又念了这么一大套'虾米经'！"雷大鹏打断了张富的话，转过脸去，催促萧师长道，"师长！您快去尝尝张富向您介绍的龙虾吧！"

萧师长对这位老炊事班长很感兴趣。他握了握他那油腻腻的手，开心地笑道：

"张班长！他们不爱听你的话，就别跟他们说！我可是喜欢听！一会儿，你到我那里再去唠扯唠扯！"

萧师长一边说一边走出了炊事班。

晚饭，吃的果然是龙虾。萧师长刚才听了张富的介绍，不但喝了一碗漂着一层红虾油的汤，更被那白得像玉一样的虾肉迷住了。他赞不绝口地劝同来的两位科长多吃些。

饭后，萧师长把徐文烈和雷大鹏叫到一旁，密谈了大约半个小时。

夜降临了。战士们按照往常的作息时间，开完班务会，检查了武器以后，便睡觉了。

这是一个恬静的夜。海上，垂着沉重的黑幕。天空，不知什么时候又罩上了乌云，一颗星星都没有。

雷大鹏已经躺在床上好久了，但他一直没有睡着。他几乎每过几分钟，就看看手表，仿佛时间过得太慢了。

午夜，手表上的长短针正交在十二时，他从床上一跃而起，唤醒了通讯员苗国新：

"发'战斗警报'信号！"

苗国新立刻爬起来，从墙上摘下号角，跑出了连部。急促的号角声，在这样安静的夜里，显得十分刺耳而凄厉。

……号角惊醒了战士们的梦。

李济才一跃而起使劲拧着睡得正甜的陈明德的胳臂，急切地低声道：

"小陈！睡死啦？战斗警报！……"

陈明德翻身坐了起来，揉揉眼睛，赶紧穿衣服。他一边穿，一边咕噜道：

"狗娘养的！剩了几撮贼毛，还敢闹腾，真是来讨死！揍他妈蒋介石到海底下去伴王八。……"这时，一排长孙刚发出了命令：

"各班立即进入阵地！"

那些动作敏捷的同志，已经跑出去了，陈明德却还在屋里摸黑找鞋。他摸了半天，才找到了一只，另一只却怎么也找不到，急得他真要哭出来。他干脆把找到的一只也抛开，从床底下把不久前新发的那双胶底解放鞋拿出来穿上了。他一边穿，一边骂：

"什么鬼情况？大不了又是几个海盗！说不定或许是一场虚惊！……"

他刚跑出屋子，因为天黑，踉踉跄跄，差一点跌个跤。这时，代理班长赵二虎已在黑暗中急躁地叫起来了：

"陈明德！你叫鬼拉住腿啦？快点！"

陈明德憋着一肚子气，跟着队伍进入了阵地。他定了定神，朝前面一看，大海非常安静。海，被无边的黑暗笼罩着，既无动静，也没有什么异样。他奇怪地想：

"敌人在哪里呢？……"

正在这时，从远而近，有几道手电筒光，一闪一闪地走过来了。不一会儿，传出了雷大鹏的声音：

"萧师长，这一带是一排的阵地，就从这里开始检查吧！"

陈明德听到了这句话，才恍然大悟：原来这是夜间战斗演习啊！于是，他心里的一块石头落了地，自以为刚才判断正确了，暗暗高兴地想：

"我知道敌人不敢来嘛！"

萧师长、作战科长和侦察科长，还有徐文烈和雷大鹏等几位首长，开始检查战斗准备情况。萧师长亲自逐个检查战士们的武器、弹药。他检查了赵二虎、李济才等人的冲锋枪以后，走到陈明德面前，也把冲锋枪拿过去检查。萧师长熟练地卸下了弯弯的长梭子，在黑暗中用手一摸，便又重新上好，把枪交还了陈明德。陈明德以为万事大吉了，但，萧师长用手电筒朝他的脸照了一下，认出是白天挖防炮洞不合规格的那个年轻战士之后，一下子唤出了对方的名字：

"陈明德同志，一个海防战士听到战斗警报以后，应该做些什么？"

"按照指挥员的命令：迅速进入指定的阵地，监视敌人！"陈明德流利地回答。但，他奇怪地想："萧师长问这个干什么？"

"如果敌人出现在你的面前，你应该做什么？"

"用手中的武器，消灭敌人！"

"你的回答很正确！"萧师长往后退了两步，厉声说道，"陈明德同志，听我的口令！"

"是！"陈明德响亮地回答。

"向后转！"萧师长发出了口令。

陈明德立刻转过身去，面向着海洋了。

"敌人已经登陆，进到我方阵地正前方五十米。"萧师长大声命令道，"射——击——"

　　陈明德端起了冲锋枪，拉开枪栓，扣动了扳机。枪栓当的一声退回去了，却没有子弹射出去。

　　陈明德的脑海里，立刻轰的一下子，仿佛翻起了一个滔天大浪。他猛然想起：听到战斗警报以后，在慌忙中，原来把一个空弹夹按在冲锋枪上了。

　　他的心一凉，手也软了，枪变得仿佛有千斤重，再也举不起来似的。

　　他痴呆呆地立在那里，一动也不动。

　　"陈明德同志！"萧师长用深沉而严厉的声音说道，"祖国人民把武器交给你，是为了叫你消灭敢来侵犯的敌人，保卫我们可爱的祖国。可是，你是怎么做的呢？"

　　陈明德的心，比针扎刀割还难受，泪水模糊了他的眼睛。

　　这时，站在旁边的雷大鹏，心里也像翻江倒海。他本以为训练和战备工作都做得很好，可偏偏又出现了这么严重的问题。

　　萧师长带着大家继续检查。

　　根据炮兵排长的报告，火箭筒班有一门炮，进入阵地时没有携带炮弹。发觉以后，赶紧回去取，弄得十九分钟不能发射。

　　这一次夜间战斗演习中所检查出来的情况，竟比萧师长想象的还要严重得多。他检查完毕，在回连部的路上，心情沉重，一言不发。他深深地责备自己：长期蹲在大陆上，忽视了对海岛部队的具体领导。自从前年发生了刘兆德压电报事件后，师里虽然规定了领导干部下岛的制度，但，近半年多来，在执行这一制度方面，显然是放松了，仅仅满足于电报联系和书面指示。尤其是自己，身为师长，在大门岛已解放了两年多的现在，才第一次亲自来检查工作，这就暴露了自己的官僚主义的领导作风。这，是不能用工作忙碌作为借口，来为自己开脱的，绝不能……

　　后半夜，他躺在床上，一支接一支地吸烟。

　　他听了听，睡在旁边床上的雷大鹏，一次又一次地翻身，显然也是没有睡着。他又点着了一支烟，想：守备连在守岛工作中暴露出来的问题，肯定地说，这和存在于连队领导干部中的骄傲轻敌思想有极大关系。特别是雷大鹏，竟至放松了部队训练，这，没有任何理由可以解释，只能是近一年来被一些表面成绩和历次表扬把头脑冲昏了。……萧师长想到这里，脑海中忽然现出来到处可遇到的白茅草的形象。这种草，常常借着小穗上的丝状长毛，随风飞扬，把种好传播开去。只要哪里有新开垦的林地、废弃的坡地和农耕后没有种植的田地，它就侵入，不久，不知不觉间，便把全部地盘占据了，变成白茫茫的茅草地。骄傲，何尝不是这样子呢？它常常无形中侵入一个人的思想，而使这个人的思想荒芜。老百姓防治白茅侵害，常常用种植树木，来和它抗争。当森林密集的时候，白茅也就隐迹销形了。我们防治骄傲，也要用这个办法，那便是在思想中种植马列主义的树木。当这种树木成林的时候，骄傲也就没有立足之地了。

他正这样想着，忽然听到一阵剧烈的咳嗽声。他侧耳细听，声音原来是睡得离他稍远一些的徐文烈发出来的。他虽然一再打听过他的健康情况，都说身体还好；师里派来的卫生检查组，对全体人员进行过一次身体检查，在健康情况不适合守岛岗位人员的名单中，也没有徐文烈的名字。可是，他为什么会有爆发性的咳嗽呢？不管怎样，应该"命令"他到大陆上休养一个时期，彻底检查一下身体。……

天还没有大亮，萧师长就起床了。他沿着一条小路，信步往前走。空气清新，他作了几次深呼吸，不但胸部畅爽，连一夜不眠的困意都给赶走了。他刚走出椰子林，迎面碰上了七八个战士，每人挑着一担水。走在最前面的人，是炊事班长张富。张富浑身上下都叫大汗湿透了，仿佛刚从水里捞出来似的。他一边走，一边粗重地喘着气，大概从早晨起已经挑过不止一趟了，显出几分疲劳的模样。萧师长一见，急忙把袖子一挽，迎上前去，说道：

"张班长！让我来挑！"

他一边说着，一边就上前去接那担水。

这时，张富不知如何是好，朝后退了两步，连声说：

"首长！我行，我行！……"

"我也行嘛！"萧师长又赶上去，抓住了扁担，笑道，"我也担过水哩！你歇一歇吧！……"

张富既然前进不得，后退也不能，只得从肩上把担子放下来了。

萧师长好像怕别人抢去似的，一挺腰板，就把一担水挑起来了。他是那么轻松而灵巧，仿佛一个挑担的行家。他回头向炊事员们大声招呼道：

"走哇！"

于是，萧师长打头，炊事员们也个个卖劲，一行人又飞似的前进了。张富紧紧地跟随在萧师长旁边，不住地说：

"首长！让我来吧！……"

"张班长！我还能挑吧？"萧师长转脸笑着问。

"能！能！……"

"在井冈山，朱总司令也跟我们一块儿挑过粮食哩！"萧师长一边挑着水走，一边给张富讲朱总司令挑粮食的故事，说，"那时，我们怕朱总司令太累，就把他的扁担给藏起来，不让他挑。朱总司令知道是我们干的事，不言不语，便重新找来一条扁担，用笔在上面写上'朱德'的名字……"

他们一边谈着话一边走，不知不觉就走到炊事班了。萧师长把水倒进储水槽里——这是两只庞大的木桶做成的——才把扁担和水桶交还张富，问道：

"营房附近找不到水源吗？"

"我们前前后后一共挖过二十多口井，水倒是有，"张富无可奈何地把手一摆，解嘲似的笑道，"全是苦的！"

张富担着水桶又走了。

萧师长站在储水槽旁边，默默地想：每天要有七八个人轮流不断地挑水，听说还不够用，长此下去，总不是妥善办法；但是，有什么办法改变这种状况呢？……他正在想着，忽然一抬头，看见两头牛从山坡上蹒跚地走过来。他心里一动："这是最好的动力哩！为什么不使用？"立刻，农村中常见的牲口拉水车浇地的景象，映上了脑幕。只要买一架水车，再用打通节的粗竹竿，从水井那里接连起来，一直架到营房，这样，就成了"自来水"哩！

他兴奋地走回连部，一见雷大鹏，劈头就把这个主意说了出来。

雷大鹏听了，凝望着萧师长的慈祥的眼睛，感激地连声说道：

"这个主意太好啦！太好啦！这样，吃水的困难就解决了！"

萧师长又跟徐文烈和两位科长商量了一下，也认为可以，便亲自给师后勤部写了一个电报：叫他们立即购买水车一架、两寸以上直径的粗竹竿五百根，尽快运来。

吃完了早饭，守备连召开支委扩大会议，萧师长和两位科长都参加了。会上，首先由雷大鹏和徐文烈分别检讨放松训练、放松思想领导的错误；然后，研究制订了在全连范围内，结合这次检查出来的事实，开展反对轻敌思想、克服麻痹情绪教育的步骤、内容和方法。会议开了整整一个上午，快散会的时候，萧师长又宣布了四件事：作战科长留岛半个月，帮助工作；为了加强政治思想教育，调一位副政治指导员来；副指导员到职后，徐文烈立刻到大陆休养一个月；即日撤回渔民工作组，渔民工作交给即将成立的乡人民政府，但，今后，驻军仍有协助的任务。

3

守备连刚刚结束了学习——两周反对轻敌思想、克服麻痹情绪的教育——军区的电影放映队就来了。自从去年夏天起，放映队每月准来一回，每次受到愈来愈热烈的欢迎。这一回放映队的船一开进大门湾，几乎全岛都沸腾起来了。最着迷的还应该算岛上的孩子们。他们就像影子似的，跟在放映员屁股后面转；当放映队演毕离岛的时候，他们还是不离不舍，成群地跟在船后边游，一直送到大门湾外面，才游回来，又计算着下次来的日期。

守岛战士们的兴致不低于孩子们，他们把欢迎表现在行动上：即帮助放映员们往岛上搬运机器。沉重的发电机，常常被几个战士一扛，就从船上到了岸上。放映员离岛的时候，战士们又把最美丽的各种贝壳呀，珊瑚呀，送给他们作为纪念。放映队这一次来，仿佛是事先约好来庆祝守备连学习的胜利的。

守备连学习后，人人订了计划，个个下了决心，出现了一番新气象，比如说：全连从紧急集合到进入阵地的时间，比以前快了九分钟；战士们自动请求连部批准，每天提早起床一小时，修整不合规定的工事；修建工事的则提出了百分之百合乎规定的保证；各排成立了工事抢修队，只要暴雨一停，立刻出动抢修；瞭望哨对二十四小时内的海上情况，坚决做到消灭"空白"；炮兵保证炮弹不离炮，炮不离人，人不离阵地；全连不定期举行夜间的各种演习……而最主要的，还是大家认识了轻敌、麻痹的严重危险性，从思想上进一步提高了革命警惕。

陈明德被大家一批判，开始一连几天，脸色沉搭搭的，不见一丝笑容。但是，随着学习的深入，他的情绪逐渐开朗了，终于主动要求团支部，向全体青年团员和青年战士们作了自我检查。他的自我检查，既深刻，又生动，不但使大家引以为戒，而且，有许多有同样思想的同志，也纷纷在团小组会或班务会上检讨了，把学习推动了一步。

陈明德这个纯洁、聪明的小伙子，又像春天的鸟儿似的，到处叽叽喳喳地叫起来了。脸孔，也像阴云四散的晴天，变得爽朗朗的了。他听说放映队来了，一边挖着工事，一边向李济才打听——他明明知道李济才的消息并不比自己灵通，但还是忍不住问：

"今天演什么片子？"

李济才用一种异样的眼光看了他一眼。按照李济才的想法：这个小伙子是"屁眼大，丢了心"。刚刚被当做典型批判了十多天，又作了检讨，还有什么心思打听电影呢？他半是规劝半是嘲讽地说道：

"踏踏实实挖你的工事！心不知道又飞到哪儿去了，大概是当'典型'还没当够吧？"

"犯了错误，还一辈子不许看电影？"陈明德不服气地说。

"谁也没有那么说！"李济才笑了笑，解释道，"我要你现在好好挖工事！"

"挖工事，也不能连句话都不许说啊！"

"好，好！你说吧！你爱说什么就说什么！"

李济才马上打了"退堂鼓"，好像负气似的离开了那个他认为是有点孩子脾气的陈明德，到十多米以外去挖土了。

陈明德不大理解李济才的话的意思。一个人犯了错误，而且，已经决心改正，这本来是痛快事，应该高兴，为什么非得装成愁眉苦脸的样子不可？他以前挖工事，不但说笑话，有时还唱歌哩！可现在连问句话都不行，这真叫人闷得慌。……

收工后，他刚刚下了山，回到营房，觉得不把电影片子的名字打听出来，总是不甘心。于是他便偷偷地隔着连部后窗，往里看了看。他一见只有苗国新在屋，便轻轻地吹了声口哨。苗国新立刻跑到后窗下边，问道：

"什么事？"

"演什么片子？"

"苏联片《普通一兵》。"

陈明德还没有回到班里，就把这个消息告诉了所有遇到的人；不一会儿，全连都知道演什么电影了。

黄昏，太阳还没有"落海"——岛上的人，都是这样说的——从各村来的渔民，就向营房南面的运动场汇合了。自从演电影以来，每次都这样：第一场演给渔民看，第二场再给部队演。不然，大家拥挤在一起，有许多人看不好。

陈明德好容易才盼到第一场演完，渔民们打着灯笼火把，喧嚷着散去了。——当然，孩子们是不会散去的。他们不但接着二场，就是再演十场二十场，兴致也绝不会因而减低。

第二场开始了。放映员先扼要地介绍了一下影片的内容，接着放映机里电影胶片的滚动声，就从陈明德背后传来了。

时间过得真快，一个半小时，仿佛一转瞬就过去了。当银幕变成一片黑暗时，陈明德仍然向那里注视着：马特洛索夫冲向敌人火力点，用胸膛堵住机枪口的形象——那真是激动心灵的一刹那——仿佛并没有消失。……

战士们三三两两，一边议论着一边回营房。

陈明德是和李济才一起走的。他回忆着影片中的动人的情节，好像自言自语地说道：

"像马特洛索夫那样，才算得上是一个战士呢！他是多么勇敢啊！咱们也都是战士，可是，勇敢，就不一定人人都一样……"

"拼出一条命去，什么事都干得出来！"李济才不以为然地喃喃着。

"这难道是拼命吗？"陈明德几乎是恼怒地说，"勇敢不是拼命！马特洛索夫冲向敌人火力点的时候，他绝不是为了去拼命，而是要把敌人消灭！假如是你，或者是我，手榴弹一打光，能想到用自己的身体当武器吗？我是不能的！我的最大可能的想法是爬回来，再上去。……你呢？"

"我？"李济才没想到陈明德会这样问，竟一下子回答不出来。

"我也自以为是很勇敢的。"陈明德好像并没有期待李济才的回答，用一种自责的口气接着说，"可是，我有什么勇敢呢？挖防炮洞，怕石头硬；进入阵地，带的是空弹夹……这，跟马特洛索夫比起来，真是差得太远了！马特洛索夫是为了消灭敌人；而我，简直是送死！拿生命冒险，这绝不是真正的勇敢！"

"对！拿生命冒险，绝不是真正的勇敢！"忽然，从旁边的黑暗中传来副连长雷大鹏的声音。他一直跟在后面，非常感兴趣地谛听着他俩的谈话，忍不住插嘴道，"真正的勇敢，来自对祖国、对人民的热爱，只有这样，他的一切行动才能服从祖国和人民的利益。我们每一个海防战士，都应该有这样的勇敢！刚才，李济才同志的意见，我也是不大同意的。我们永远反对拼命主义！这是因为它既保存不了自己，又常常消灭不了敌人，跟我们的目的相反。在我们人民解放军里，也有马特洛索夫这样的英雄，如董存瑞，手托炸药包跟敌人的碉堡同归于尽，他绝不是想拼了一条命，而是他忘记了自己的生命！"

"副连长，我懂了！"李济才的声音变得明快地说。

"光懂了道理，这只是一半。"雷大鹏的话刚出口，又急忙纠正道，"也不能说是一半，只能说是一点吧！最重要的还是学习那种伟大的精神，贯彻到行动里去！刚才，陈明德同志拿自己跟马特洛索夫来比，这很好，我们要跟英雄多比一比，把英雄当一面镜子，常常照一照自己，这，对我们的进步是有好处的。"

"比不上啊！"陈明德谦逊地笑道。

"为什么比不上呢？"雷大鹏反问道，"你，不也是'普通一兵'吗？"

他们三个人一边说着，不知不觉走到了营房门口。雷大鹏跟他俩分别的时候，心里一动，暗想："明天，可以让战士们漫谈一下嘛！这大有谈头！过一会儿跟指导员商量商量，安排一个时间！"

4

守备连的战士们，像往常一样，正在运动场上进行教练。今天的课目是刺杀。

雷大鹏是师里出名的刺杀好手，所以，由他亲自边做示范动作，边讲解方法。他正在纠正一个战士的不准确的动作时，突然——确实是突然——从山顶瞭望哨传来乱敲空炮弹壳的声音。这是空袭警报信号！

几乎半年没有听到过这种声音了。雷大鹏仿佛不大相信似的，抬头向山顶瞥了一眼，立即发出"解散——全体进入防空壕"的命令。

战士们以班为单位向山坡飞奔，一转眼间，连个人影也不见了，仿佛飞箭落进草丛里。宽大的运动场，变得空荡荡的，反射着明亮的阳光。

雷大鹏隐蔽在防空壕口的一丛露兜簕[1]荫下，注视着蓝瓦瓦的天空。两架蒋贼军的飞机，闪动着不祥的影子，发出令人厌恶的嗡嗡声，从东南偏东方向，侵入了大门岛上空。

这时，守备连的全部高射武器的枪口——不，连重机关枪也架起来，枪口朝天了——跟随着敌机转动。

---

[1] 露兜簕：一种丛生的热带植物。居民常割取其叶，编制席帽等。

303

敌机在大门岛上空盘旋了两个圈子，就向东南飞去了。雷大鹏正以为敌机已经退走，突然，它又翻转身来，直向大门岛俯冲下来；紧接着，一阵使神经绞痛的凄厉的扫射声，在海岛上空剧烈地震荡开来。雷大鹏的脸色，刹那间变得黑沉沉的，迅速地判断道：

"敌机在扫射大门湾！"

第一架敌机刚刚抬起了机头，第二架又紧跟着猛扎下来，传来更激烈的扫射声。但是，当这两架敌机又返回来进行第二次扫射时，凤凰岭上面的高射机枪和重机枪一齐开火了。

敌机草草地结束了扫射，一下子钻进了高空，仿佛受惊的鸟儿似的逃走了。

雷大鹏没等"警报解除"的信号，便回头对防空壕里的一班战士喊道：

"跟我来！"

他们飞奔到大门湾时，那里已聚集着许多渔民。渔民们从船上抬下来三个中弹死亡的和七个负伤的人，横陈在码头上。雷大鹏分开人群一看，发现了罗九叔的儿子罗友胜也在内。罗友胜的右腿被子弹打穿了，疼得紧咬着嘴唇，满头冒汗珠子。

卫生所和渔民医疗站——这个站是今年春天才成立的，这时医生、护士都赶来了，给受伤的施行急救后，便用担架抬走了。

三位死难渔民的家属，呼天抢地地哭泣着。周围的人们的眼睛里，也闪烁着泪花子；心中燃烧着愤怒的火焰。

雷大鹏怀着难过而激愤的心情，向渔民们投了一个同情的眼光，然后，登上一只正在岸上修理的渔船，高声说道：

"老乡们！我们今天的损失是沉痛的，是重大的！我们要把这一笔血债，和敌人的千万桩罪恶，都记在一起，叫蒋介石偿还！……"

渔民们沉默着，仿佛回忆着过去的苦难的生活。

"现在，敌人又找上门来了！"雷大鹏继续说道，"大家不要以为隔着大海，敌人离我们很远，就来不了；也不要以为蒋介石这一小撮海盗，没有什么了不起！因为，蒋介石依靠着凶恶的美国帝国主义，临死还得蹬蹬腿，不甘心失败！刚才杀死我们渔民兄弟的飞机和子弹，就是美国制造的！今天，敌人驾着飞机来；明天，也可能开着军舰来，我们绝不要认为这是一桩偶然事件！……"

雷大鹏说到这里，向渔民扫视了一眼，又提高声音说：

"但是，敌人吓不倒我们！我们渔民弟兄的血，不能白流！我们要把仇恨化成力量，保卫我们的幸福的生活！我们部队每一个战士，都有决心和信心，敌人胆敢再来，一定把它打落在大海里！老乡们！大家照常安心生产吧！请你们相信大军的话！"

雷大鹏说完后，从渔民的眼睛里，看到了坚定和信任的光芒。他从船上走下来，一眼看见罗九叔紧闭着嘴唇，含着泪水，悲伤地蹲在船舷旁边，好像突然衰老了许多。雷大鹏同情地看了这位老渔民一眼，劝慰道：

"老大爷！别太难过吧！友胜的伤，我们一定尽力治，不会有什么危险的！"

罗九叔抬头感激地凝视着雷大鹏，哽咽地说：

"副连长！我就这么一个儿子啊！……"

自从蒋贼飞机扫射大门湾的事件发生以后，接连三天，敌人在大门岛附近海面的活动异常频繁。

根据瞭望哨的观察：敌人的飞机曾出现六回，共十八架次；军舰在三十浬以内的海面上，出现四次。

随着敌人活动的频繁，全岛军民也日日夜夜过着紧张的备战生活。就在这样的日子里，海防部队慰问团，携带着大批慰问品、慰问信，还有一个电影放映队和一个歌舞团，过海来慰问战士们了。慰问团在岛上进行了两天慰问活动才回去。守备连每个班都分到了许多慰问品：扑克、象棋、军棋、二胡、三弦琴和口琴等。另外，每个战士还分到了一条毛巾、一双胶鞋和一本厚厚的笔记本。在慰问品里，还有两架手风琴和一架收音机。手风琴放在俱乐部里了；收音机送给了林传有渔业生产互助组——因为守备连已经有先锋钢铁厂赠送的那架了——这样，渔船带着收音机出海，在远远的海上也能随时收听气象预报。

慰问团走后的第二天早晨，天气阴霾霾的，海，好像罩上了一层灰色的网。到了中午，云雾消散了，瞭望哨在东南方约二十五浬的海面上，发现敌人军舰一艘。雷大鹏接到报告后，通知炮兵注意监视。但是，过了一点多钟，天气又转阴，敌舰隐没在低沉的云雾中不见了。

黄昏，雷大鹏刚洗完澡，正坐在连部外面的院子里翻阅军邮船今天送来的最近几天的报纸，突然，林传有像一阵风似的跑过来了。他的脸色惊惶，满头热汗，焦躁不安地说道：

"罗九叔叫敌人抓去了！"

这个意外的消息使他一怔，忙问：

"什么时候？"

"下午两点多钟！"

"在哪里？"

"大门岛东南二十浬的海面上。"

"你把情况详细讲一讲！"

"中午，我们互助组追捕川扁[1]，赶到那里时，忽然发现了一艘敌人的军舰……"林传有说得很快，恨不得一下子就把事情讲出来，结果反而因为气急，咳嗽起来了。

"讲慢些嘛！"雷大鹏说。

"……军舰是停泊在那里的，机器没有响，所以没听见；又因为有雾，也没看见。"林传有接着说，"这几天，敌人活动得很厉害，大家警惕性也是很高的。我们一见军舰，立刻吹起海螺，马上扯篷往回走。罗九叔的拖网里鱼多，船就走得慢了些，落在后边了。这时，敌人从军舰上放下电划子，追赶我们，还打了好几枪，电划子追上罗九叔的船，就把它拉走了。"

"敌人没有再追你们吗？"雷大鹏听说只抓走了罗九叔一条船，感到很奇怪。

"没有！"林传有摇了摇头。

这个特殊情况，又使雷大鹏的心情不安起来。他皱着眉头想了一下："这绝不会是平常的情况！"但是，他没有对林传有说，只安慰道："你先回去吧！叫罗友胜和罗天娥放心！"

"请大军把罗九叔救回来吧！"林传有恳切地请求道。

"敌人的军舰已经开走，现在是追不上了！"雷大鹏解释道，"我们一定报告上级，请上级想办法！"

"罗九叔真是个好人啊！"林传有自言自语似的说，"他参加了互助组以后，当我们的技术指导，教我们本领，哪一回出海都是满舱的！最近，我们要选他当副组长，偏偏又出了事……"

---

[1] 即鲳鱼。鱼体扁圆而高，尾鳍似燕尾，鳞细骨少，肉味极美。夏初游到近海产卵，秋末始去。

林传有一边说着，一边扭头走出去。

但是，雷大鹏突然想起了一件事情来，叫道：

"林传有！"

"还有什么事？"林传有停住了。

"罗九叔的事，不要告诉罗友胜了！"雷大鹏关心地说，"他的伤还没有好，听说以后，一定着急……"

"那……"林传有想说，"那样做好吗？"可是，他的话还没有说出来，雷大鹏又道：

"再过两三天，等他的伤转好些，再告诉他！"

"嗯！"林传有答应了一声。

"今晚还出海吗？"

"要出哩！"林传有回答道，"川扁蹿上来咯！"

"把武器带好，注意安全！"雷大鹏嘱咐道。

林传有刚走，徐文烈就匆匆忙忙地走来了。雷大鹏一见就说：

"罗九叔又叫敌人军舰抓走了！……"

"刚才我在大门墟听乡政府的干部讲了。"徐文烈打断了雷大鹏的话，

"我正为这事回来找你商量！"

"你怎么看这件事呢？"

"这不是一个平常的情况！"

雷大鹏一听徐文烈跟自己的看法一样，不禁望了他一眼，判断道：

"敌人只抓走了一条船，便停止了行动，显然，这绝不是一般性的破坏活动。据我估计：敌舰利用阴天，埋伏在海上，是为了抓'舌头'！这几天，他们为什么对大门岛这样感觉兴趣呢？……"

"有一句俗话说得好，"徐文烈好像看穿了敌人的心肠，轻蔑地笑着说，"狼，看准了才下嘴。"

"我们马上把今天的情况和我们的意见报告师部。"雷大鹏一边说着，一边走进连部写电报去了。

雷大鹏刚把电报写完，徐文烈也走进连部来，说：

"老雷！电报后面给我加上一句！"

"加什么？"

"徐文烈请求暂缓休养。"

"这……"

"这是我自己的意见！"徐文烈没容雷大鹏提出异议，好像命令似的说，"加上吧！"

雷大鹏看了徐文烈一眼，知道再说也不会有什么结果，只得重新坐下，无可奈何地在电报后面添了一句。

深夜——确切一点说，应该是翌晨一时二十五分——雷大鹏被唤醒了。他披衣起来一看，原来是一个乡干部和两个民兵。另外，还有一个渔民打扮的人，仇恨地注视着室内。那个乡干部说：

"林传有互助组的渔船队，在大门岛南边五浬的海面上，碰到了一只形迹可疑的渔船。船上就是这个人。民兵们要检查他的'通行证'，他没有。他说是打鱼的，可是没有渔网。民兵们叫他等着，不许离开，想回岛时再把他带回来仔细盘问，可是，他趁着大家下网的时候，偷偷地溜走了。民兵们又追，才把他追上，送回来了。刚才，我们问了一下，他还说是渔民。……"

"同志！我真是个渔民！请放了我吧！"那个渔民打扮的人，弯下腰去，深深地鞠了一躬，又卑躬屈膝地笑了一下，声辩说，"我是二门岛的，出海捕鱼……"

"你这个渔民，也许捕的不是海里的鱼吧？"雷大鹏讥讽地揭露道。

"我真是出海来捕鱼的！"那个人翻了翻眼皮，仍然企图掩饰。

"你不是捕鱼的！现在，你变成了'鱼'，被我们捕来了！"雷大鹏轻蔑而厌恶地瞥了那个家伙一眼，气愤愤地说，"伸出你的手来，叫大家看一看！"

但是，那个家伙却把手往回一缩。

"怕什么？不要缩！"雷大鹏讥笑道，"你的手又白又细，像个捕鱼人的手吗？你们用飞机从天上侦察，用军舰从海上侦察，抓了我们的渔民还不算，又派你化装侦察来了，对不对？……"

那个家伙的脸色霎时变得刷白，耷拉着脑袋，盯着自己的脚面，再也不吭声了。

"你的武器呢？"雷大鹏紧盯着那个家伙的脸追问。

那个家伙只抬起脑袋来，嘴唇抖动了一下，却没有回答。

"一看有船来，把武器扔到海里了，是不是？"雷大鹏淡然地笑着说，"你们的鬼把戏，哪一样也瞒不过我们！说一说你自己的身份吧！"

"我……"那个家伙口吃似的只说出一个字来，便又低下头去了。

"你还想说你是渔民吗？"雷大鹏朝那个家伙面前走了两步，突然提高了声音，严厉地问道，"你们什么时候行动？"

"啊！……"被雷大鹏这一问，那个家伙浑身颤动了一下，立刻抬起头来，用绝望的眼光注视着雷大鹏，回答道，"我……我不知道……"

雷大鹏一看对手已经"缴械投降"，便以一个胜利者的姿态笑道：

"你要放聪明一点咯！人民解放军宽待俘虏的政策，你大概早已听说了吧？只要把你所知道的情况全盘告诉我们——当然，一句话也不许假——我们会根据你提供出来的情况的可靠程度，来决定对你的处理！你坐下，好好地想一想！"

雷大鹏又转身对那个乡干部和两位民兵道："同志们，你们辛苦了！你们抓到了一个'重要人物'哩！人，我收下了；你们请回去休息吧！"

乡干部和民兵转身走出连部去了。雷大鹏送他们到门口，然后，回过身来问那个家伙道：

"还是不知道吗？"

"我是'反共救国军南海纵队'的情报员。我……"那个家伙说到这里，停住了，看了雷大鹏一眼，胆怯地要求道，"给我一支烟抽好吗？"

"可以！"雷大鹏把一盒烟和一盒火柴，放到那个"情报员"面前的桌子上。

"我这是第二次被俘了！"那个"情报员"一边点烟，一边说道，"第一次是在广西。那时，我是班长。我请求回家，解放军就把我放了。可是，我在半路上碰见了我们原来的连长，天知道，他是怎么逃出来的！他劝我跟他一起走，于是，我们就到了香港，由香港又到了台湾……"

"你的历史，我们有工夫再慢慢谈！"雷大鹏打断了"情报员"的话，"你还是先谈谈你们的行动计划吧！"

"好！""情报员"深深地吸了一口烟，仿佛下了决心似的，说道，"我接到的命令是侦察大门湾有没有停泊着共军的军舰或炮艇，然后发电报回去！"

"发报机也扔到海里了？"

"情报员"点了点头，接着说：

"我听到了马达声。我以为是你们的炮艇在夜间巡逻，所以把一支手枪和发报机都扔到海里了！原来不是炮艇，是捕鱼的机帆船。没想到渔民也用上机帆船了！……"

"后悔把手枪扔了吗？"

"不！""情报员"摇了摇头，"我先是有点后悔，但是，一看见渔民也带着那么精良的武器，就不再后悔了！"

"这，也没想到吧？"

"没想到。"

"还是回到本题去吧！"雷大鹏又一次提醒他。

"上个月，有一个美军顾问到了我们司令部……"

"你等一等！"雷大鹏打开一个小笔记本，掏出自来水笔，然后说，"你讲吧！"

那个"情报员"把他所知道的情况，拉拉杂杂地谈了将近一个小时，给雷大鹏这样几个概念：一个美军顾问曾与"反共救国军南海纵队"司令部，秘密商谈过关于进攻大门岛的问题；司令部命令加强对大门岛的侦察活动，必须获得详细确实的情报；上个月，进行了一次登陆演习；非正式消息，传说一两日内即将行动。……但，总括起来，是敌人企图攻占大门岛，亦即蒋介石对其士兵"训话"中所叫嚣的："要掀起反攻大陆的序幕。"

雷大鹏把这个"情报员"的口供，用急电发到师部去。

他重新躺在床上，但许久不能入睡。尽管他有丰富的作战经验，可是，守岛作战，却是一个新的课题。他得认真地想一想，怎样既能守住小岛，又能大量歼灭来犯的敌人。一个岛、一连人挑在自己的肩上，他觉得责任非法重大，不能有一丝一毫的疏忽大意……

他晓得自己再也不能入睡了，索性坐了起来，点着一支香烟。凝视着香烟头上的红红的小火光的明灭，喷着烟雾，仿佛一个正在候车室里焦急地等待火车的旅客。

他点着了第二支烟，吸了两口，就把它捻灭了，从床底下拉出一个文件箱来，取出作战方案——其实，这个作战方案对他说来，并不是什么生疏的东西，几乎已经完整地印在他的脑海里了——又燃亮了煤油灯，伏在桌子上面凝神研究。

　　这个作战方案，根据三种可能发生的情况，拟订了三种不同的对策：第一种是小情况，集中优势兵力，全歼敌人在滩头阵地上。第二种是中情况，坚决抗击，杀伤敌人，逐步削弱敌人力量；然后，组织预备队全力反击，打退或消灭敌人。第三种是大情况，节节阻击；坚守凤凰岭主阵地，确保大门墟，捍卫大门湾码头；钉住敌人，并不断消灭敌人有生力量；设法保存自己，等待增援部队于二十四小时内到来，然后协同出击，全歼敌人。

　　猛的，电报员推门冲进来了。

　　雷大鹏从电报员的神色上，好像已经预感到电报是什么内容了，急忙接过来，凑近灯前观看。

　　电报上说：今晨零时接可靠消息：敌人有一个包括大小舰艇及机帆船约二十艘的舰队，正向西南方航进，企图不明。我部所属各岛守备部队接电后，应立即作紧急战斗准备。大门岛需特别注意。战斗打响，随时通报；必要时，可直接通话。另外，望将此情况转告各该岛地方政府，亦按照既定作战方案，作好疏散准备。……

　　"来了！好！"雷大鹏握紧拳头，狠狠地捶在桌子上，震得煤油灯的火焰，猛地跳动了几下，终于熄灭了。他注视着从灯芯冒出来的蓝烟，自信而有力地说道：

　　"对！让敌人像这盏灯一样灭掉！"

第二十章

1

黎明前，海上雾氛浓重，显得更加漆黑。晨潮，在无边的黑暗中不息地喧闹着。但整个海岛经过一阵紧张而有秩序的战斗准备以后，安静下来了。

雷大鹏在等待；不，全岛都在等待。

他不能坐在连部里，忍受这种等待的熬煎。他请徐文烈不要走动，自己却跑出去了。

他沿着"建设路"走到大门墟。大门墟没有一星灯火，但那里有守卫者的明亮的眼睛。他接连回答"口令"，走进了乡人民政府。这里，俨然是一个大门墟防守"联合司令部"。乡政府、水产公司收购站、人民银行和台风警报站等单位组成的干部队和民兵队，以及守备连的两个班，将联合起来执行防守大门墟的战斗任务。负责指挥的是二排排长。雷大鹏听二排排长扼要地报告了一下准备情况后，强调地说道：

"大门墟是我们全岛的咽喉，是大门湾码头的屏障，这一点，你必须随时记住，而且，要用来鼓动大家。从这里通凤凰岭的道路和交通沟，在严重的情况下，可能被切断；因此，你们必须作独立作战的思想准备。不过，炮兵会支援你们的！你们什么时候需要炮火，尽管打信号！我们的炮弹，在二十四小时里是打不光的！"

雷大鹏离开大门墟，沿着海滩，经过向西村，走到了一○八高地前面的阵地上。在这里警戒的是一排全体同志。战士们抱着枪，背靠壕壁坐着。有的不耐烦了，便站起来，朝阵地前方的海面眺望一下。有的凑到战友身边，肩靠肩咬耳朵小声谈着什么话。还有的躲进掩蔽壕里，把香烟点着以后，走出来双手接着，一口一口地吸。阵地前方的海水哗哗地响着，仿佛哼着什么庄严的歌曲；潮水像替它打着拍子。海风带着湿气和咸味吹来，好像停滞在战壕里了，给人一种郁闷的感觉。

雷大鹏对这种沉寂的空气，感到一种压抑和紧张。他一走下战壕，便高声笑道：

"同志们！这儿怎么这样安静呀？是不是怕说话叫敌人听见？"

他这几句话，立刻引起了一阵笑声，大家的情绪也活泼起来了。

"敌人还没有影儿哩！"雷大鹏一边走，一边说，"就是登了陆，他们能管得住你们说笑话吗？"

战士们在黑暗中哧哧地笑起来了。

一排排长孙刚走过来，胖大的身体几乎挡住了战壕，问道：

"副连长！敌人怎么还不来呀？"

"喝！你又不是新郎等着拜天地，急什么？"雷大鹏笑道，"敌人有敌人的时间表！"

"我就是想把它这个时间表打乱！"

"敌人是一个舰队哩！"

"蒋介石的兵，咱见识过！哪怕他脱胎换骨，也改不了怕死！"

"老孙！"雷大鹏郑重地说，"你这里要多注意些，敌人可能在这里登陆！"

"来吧！我早给他们准备好了：水葬！"

"不许耍你那个牛脾气蛮干！"雷大鹏恳切地嘱咐道，"一切要执行作战方案！"

"那就是说：撤！撤！撤！"

"听你说话，好像你没有在讨论作战方案的会上举过手似的！"雷大鹏认真地说，"重要的是主动！抓紧时间，再动员动员战士们吧！"

雷大鹏离开一排，又到几处炮兵阵地检查了一下，便沿着凤凰岭的小路下山去。但，他刚走到半山腰，忽然听到一阵轰隆隆的马达声，借着风势，从东南方的海上传来了。声音虽然还遥远，可是那沉重、艰涩的调子，听来令人厌恶。

他忍不住重新登上峰顶，向海上眺望：远方和近处，仍然一片黑沉沉，什么也看不清。他仰望天上稀疏的星星，喃喃地埋怨道：

"天怎么还不亮？"

雷大鹏迅速地回到连部，一见徐文烈，便激动地大声说道：

"来啦！果然来啦！马达声就是信号！"

"既然'客人'来了，那么咱们就'欢迎'吧！"徐文烈轻松地说着笑话。

"走吧！咱们搬到'楼上'去！"雷大鹏也兴致勃勃地说。

所谓"楼上"，就是指的凤凰岭顶上的那个指挥所。雷大鹏和徐文烈在前面走，文书和通讯员苗国新等人，背着文件包、武器等跟在后面，一行十几个人上了山。这个指挥所，是把一个山洞打深做成的，既隐蔽，又坚固，曾被战士们戏称作"保险洞"。

但是，雷大鹏一进这个"保险洞"，便涌出了浑身大汗，闷热得简直喘不出气来。他对徐文烈笑道：

"都说住楼凉爽！可是，这个'楼'倒像蒸笼哩！"

不一会儿，两个电报员，背着报话机进来了；卫生所的急救组，也抬着担架进来了，再加上连部的人，把一个指挥所拥挤得连转身都好像很困难似的。

雷大鹏和徐文烈每人点着一支烟，还没有抽完，通讯员苗国新跑进来大声报告：

"信号弹！"

雷大鹏的心猛然一动，冲出去看时，在海岛东边的天空上，果然有三颗红色信号弹，摇摇下坠。他把牙咬得咯吱咯吱响，一直看到信号弹陨灭。刚要转身回洞，忽听徐文烈在背后说：

"看来，敌人要从东海岸登陆了！"

"敌人是偷袭，登陆打信号干什么？"雷大鹏猜疑道，"这里边可能有鬼！"

突然，东面响起了清晰的炮声，打破了海岛的沉寂。

"这是我们的炮！"徐文烈说。

"马上就是敌人的，听！"雷大鹏朝东方一指。

果然，他的话音未落，敌人从军舰上开始炮击了。红光一闪一闪，映亮了半边天。

"这炮打的真不带劲！"雷大鹏摇了摇头，不以为然地说，"一声一声的，好像丧炮！敌人既然出来一个舰队，来势汹汹，炮火为什么这么稀松呢？也许……"

"看！又飞起了信号弹！"徐文烈碰了碰雷大鹏的肩头，判断道，"敌人开始登陆了！"

立刻，步枪和轻重机关枪一齐爆响起来，仿佛过春节时燃放的鞭炮。雷大鹏倾听了一下；冷静地沉思了片刻，好像作结论似的说：

"敌人在东海岸登陆了，但这不是主力！"

"他们要声东击西吗？"徐文烈说。

"这，有极大可能！"雷大鹏解释似的说，"东海岸地势险峻，登陆困难；我们在那里放的兵力虽然不多，地形对我们十分有利，这一点，敌人绝不会不明白，绝不会甘冒牺牲，如果，敌人拿一小部分力量，在那里佯装登陆，给我们造成一个错觉：以为他们选择的登陆点，是我们防守薄弱的地方。但，等我们把主要兵力调到那里以后，他们的主力部队就从另一个方向登陆，比方说：从一〇八高地前面，或者是从大门湾。那么，我们回马不及，他们就从侧后把我们包围了。哼！兔崽子们多狡猾！便宜没有你们占的！"

最后两句，他好像是面对着敌人咒骂。

这时，从洞里传出来激烈的电话铃声。雷大鹏返身进洞，拿起耳机来说：

"我是二号！"

"我是〇〇号瞭望哨，现在报告：敌人已在东岸七号滩头登陆！"

"有多少敌人？"

"发现敌舰三艘。登陆兵力不足一百人！"

"转告三排长：坚决抗击！"

雷大鹏没有放下耳机，又猛摇两下，说：

"接〇三号瞭望哨！……我是二号。一〇八高地前边的海面上有什么情况没有？"

"到我回答的时候为止，还没有发现什么！"

"继续监视！"

雷大鹏放下了耳机，烦躁地骂道：

"真他娘的怪事儿！兔崽子们玩什么鬼把戏呢？"

他又跑到指挥所外面，谛听东海岸的炮火声。徐文烈提醒似的问道：

"增援不？"

"不！"雷大鹏果决地回答道，"这里面有问题！"

"别处并没有发现敌人啊！"

"可能利用黑暗，隐藏在什么地方了！"雷大鹏自信地说，"应该通知一排和大门湾，注意警戒！"

这真是叫人不耐烦的时刻。他俩没有再说话，可是，心里却急火火的，仿佛一个谜语猜不出似的闷人。

东海岸的枪炮声激烈地响过一阵以后，突然停止了。海岛立刻恢复了沉寂。东方透出了朦朦胧胧的淡青色光线，仿佛墨汁里加进了水，由浓逐渐变淡。栖息在悬崖山洞里的海鸥，刚才好像叫枪炮声吓得躲在洞里不敢动，现在才大胆地飞出来了。枪炮声一停，雷大鹏立刻进洞，要给○○号瞭望哨打电话问情况，电话却先响起来了。他拿起耳机一听，是○○号瞭望哨，报告：

"敌人撤退了！"

雷大鹏仍然犯疑：敌人碰了一下，就像王八脖子似的退缩回去，它到底要搞什么名堂呢？

正在这时，从指挥所外面闯进一个人来。他带进来的风，把蜡烛刮灭了两根，使洞里更加昏暗了。雷大鹏一看，原来是一班的陈明德。他跑得连呼带喘，脸带惊慌的神色，断断续续地报告：

"孙排长命令我来报告：一○八高地前方的海面上，突然出现了九艘军舰和机帆船……""回去告诉你们排长，"雷大鹏严厉地看了陈明德一眼，生气地说，"下次派一个胆子大一点的来报告。看你惊慌失措的！慌什么！不要说来九艘，把美国的第七舰队都开来，它也不用想占领大门岛！回去吧！"

"是！"陈明德笔挺地立正，却站住不动。

"你还有什么要报告吗？"

"副连长！我刚才看见那么黑乎乎的一大群军舰，的确有点慌了，"陈明德难过地说，"现在，我明白过来了。敌人的军舰又上不了岸，登陆的还是那群怕死鬼啊！我可以走吗？"

"走吧！"雷大鹏的声音变得温和而亲切了。

陈明德脚步坚定地走出了指挥所，和刚才好像换了一个人。

这时，徐文烈好像抓住了一条滑溜的鳗鱼似的攥着拳头说：

"老雷！你的判断证实了！"

猛乍，炮声又响起来了。从敌舰射来旳炮弹，发着撕心裂胆的尖锐的呼啸，飞到指挥所前面的山坡上爆炸了。爆炸的火光一闪，宛如狂风暴雨前的闪电。不一会儿，又一颗炮弹在洞口附近爆炸，蜡烛扑的一下子被震灭了。

紧接着，岛上的炮兵开始还击了。炮弹一颗接连一颗，落在敌舰两旁的海水里，激起了一条一条粗大的水柱，仿佛突然袭来的龙卷 [1]。

雷大鹏的心，直到这时，才像回到心窝里了。他立刻给师部发去了一个电报：

> 截至五时〇八分止，判明的情况如下：大门岛海面发现敌舰艇和机帆船约十二艘。三艘自东海岸伴攻十四分钟，并掩护约百名敌军登陆。登陆的敌人遇打击后，龟缩于滩头阵地，不久即行退去。另有九艘舰船突然出现在一〇八高地前方海面，现在炮击我阵地，企图登陆。

2

敌人在舰艇的猛烈炮火掩护下，开始强行登陆了。

一排战士们，凭借着工事，向登陆的敌人射击。火箭筒和迫击炮，还有从炮兵阵地射出来的炮弹，拦阻着向岛岸驶来的橡皮艇和机帆船。

轻重机关枪吐着一串串火舌，在滩头织成了严密的火网。

但是，敌人不顾伤亡，继续前进，离岸越来越近了。

战士们的步枪和冲锋枪，也一齐开火了。

敌兵仿佛涌上滩头的潮水，一边号叫着，一边冲上岸来。成批的敌兵倒在沙滩上了，接着，又有成群的敌兵往上冲来。

一排排长孙刚透过烟雾朝前一望，有一艘小型登陆艇开近了海滩。他正要组织火力反击时，忽然，轰隆隆一阵震动天地的巨响，把他的耳朵都震疼了；眼前立刻飞腾起团团黑烟，滚滚、沙土。

原来，这是我方炮兵打去的齐射！

---

[1] 龙卷：台风发生在海面上时，能把海水吸起来，一直卷到半天空，形成大水柱。因为这种水柱好像传说中的龙，故称龙卷。

　　烟雾还没有散尽，孙刚便看见那艘登陆艇，一边燃烧着，一边沉下海去。他不禁向炮兵阵地感谢地回望了一下，满意地想：

　　"炮兵真主动！"

　　从敌舰上发射过来的掩护炮火，又嘶嘶地打着呼啸飞过来。孙刚和战士们一齐机警地卧倒在堑壕里。炮弹一颗接连一颗地在堑壕前后左右爆炸，石块、泥土纷纷飞了起来，又落在战士们的脊背上。他们爬起来一看，一个个仿佛变成了泥人。硝烟呛得人出不来气。陈明德叫烟熏得不住流泪，用手一擦，弄得满脸是泥。李济才在旁边笑道：

　　"小陈！这一回你要唱戏演张飞，可不用画花脸啦！"

　　敌兵又往滩头涌来。陈明德瞪着两只大眼睛吼叫着：

　　"来吧！饿了有手榴弹吃，渴了有海水喝，一概免费招待！"

　　他刚住口，逗引得大家哄然笑起来了。

　　"注意！"孙刚厉声喊道，"等敌人离近了，听我的命令再打！敌人是死一个少一个！"

　　孙刚紧紧地盯视着已经爬上沙滩的敌人。敌人大约有三百多人，一个个歪戴着帽子，摇晃着阴惨惨的"青天白日"旗，被后边一个军官驱赶着。那个军官的后脑上扣着一顶大盖帽，好像钉了个钉挂在那里一般。敌兵前进一步，就回头看一眼，仿佛谁也不愿意走在最前面。但，终于离一排阵地越来越近了。

　　"班长！"陈明德悄悄地对已经正式提升为一班班长的赵二虎说，"那个家伙有满脸胡子哩！"

　　"嘘！别讲话！"赵二虎小声制止他。

　　敌人已经冲到离鹿砦前沿五十米的样子，眉眼看得十分清楚。孙刚凝望着这群亡命之徒，想：

　　"两年来，我们没有过海去消灭你们，你们倒送上门来了！看你们还能挣扎多久！"

　　敌兵手里的美国刺刀闪闪发光，一边嗷嗷乱叫，一边射击壮胆。

　　"怎么还不下命令呀？"陈明德望了孙刚一眼，焦急地想，"美国大皮靴快踩上我的脑袋啦！"

　　正在这时，孙刚鼓足了力气，厉声喊道：

　　"用手榴弹揍啊！"

战士们的眼睛早红了，个个心里仿佛着了火，一边高声呐喊，一边投掷手榴弹。转瞬间，阵地前面砂石飞扬，硝烟腾腾。成排手榴弹接连开花，蒋贼军纷纷倒地，那些侥幸活着的，也鬼哭狼嚎，扭头就跑。

"缴枪不杀！"赵二虎大声呼贼。

"你们回不去啦！解放军宽待俘虏！"陈明德的嗓子又尖又细，好像用力敲打一根钢丝发出的声音。

敌兵像退潮似的，往后一泻就是百多米；然后，隐蔽在礁石、沙岗和海莎草、肉珊瑚、南硪蓬等植物后面，顽强地继续射击。

"这群畜生，真顽固，死不缴枪！"孙刚气愤地想。

敌兵集结了一下，又继续往上冲。孙刚大声喊道：

"机枪！给我扫！"

哒、哒、哒……四挺机枪喷出了四条火舌。敌兵又都趴在地上了。

在敌兵后面，有一个号兵，下半身站在水里，使劲吹冲锋号。敌兵一听号声，又爬起来冲锋。孙刚用手一指，喊道：

"赵二虎！打那个吹号的！"

赵二虎平端起枪来，用猎人的眼睛瞄了一下，一扣扳机，那个吹号的敌兵，应声倒仰在水里不见了。

战士们又打了一阵排枪，甩了一阵手榴弹，才把敌兵驱退到海滩原登陆点那里去了。

"两年不见，这些家伙变得挺硬哩！"赵二虎擦了擦脸上的汗珠子。

"不是挺硬，而是更顽固了！"孙刚说，"这是垂死的敌人的特点，党一再教育我们提高警惕，就是为了这个！"

在一排战士和炮兵的打击下，已登陆的敌人被压在狭小的滩头上，不能向前发展。但是，从海上，又有一群一群敌兵陆续登陆，乱糟糟地叫骂着。

我军炮兵向敌人占领的滩头猛轰。炮弹不断在敌群里开花，一死一大片。有的还没有踏上陆地，便被炸死，叫海潮冲走了。

敌人一看情势不大妙，恼火了。他们把全部舰艇驶得靠近海岸，集中火力，向一○八高地前方的一排阵地疯狂轰击。敌人的炮弹响成了一个声，在那一小片海滩荒原上，泥土和沙石齐飞，硝烟和尘雾共舞，满眼迷迷蒙蒙，对面不见人影。同时，我方炮兵也集中火力，向敌舰艇轰击，海面上仿佛开放了无数朵大白花。

敌舰轰击了十分钟以后，滩头上的敌人发起了集团冲锋。

孙刚从防炮洞出来，抬起脑袋一看，只见敌兵像一群蚂蚁似的，密密麻麻地涌上来。他心里立刻火爆的，瞪圆了眼睛，厉声高喊：

"同志们！把狗日的威风打下去！"

机枪、步枪、冲锋枪一齐响起来，手榴弹、迫击炮弹在敌群里开花。

敌人又被阻住了，惊惶失措地胡乱射击着。

迫击炮和六〇炮，瞄准礁石后面射击。每一发炮弹，都准确地落在躲藏着的敌兵群里。

"排长！原来敌人还跟过去在大陆的时候一样怕死哩！"赵二虎一看敌人又退了，兴奋地说。

"他们永远勇敢不起来！"孙刚讥讽地说。

战士们的情绪又活跃起来了。每一次击退敌人的时候，他们都忘不了欢笑。现在，欢笑虽然还太早，但，又有什么能够不使他们为胜利而高兴呢！尽管更艰巨的战斗任务还在后面，他们却充满了必胜的决心和信心。

敌人果然很快地集合起来，又展开扇面队形扑上来了。

孙刚看出敌人不惜一切代价，企图巩固滩头阵地。他立刻命令战士们：

"同志们！不许敌人在滩头钉钉子！打！"

敌人在密集的火力掩护下，用优势的兵力，进行波浪式的连续冲锋，而且，一步步逼近了一排阵地。

战士们一个个红了眼，几乎每人都发挥了独立作战的能力，向敌人猛烈射击；可是，敌人还是不断地成群冲上来，逼近阵地。在这种情况下，按照作战方案，是立刻撤退到一〇八高地，不使自己的力量遭到过多的损失。但，孙刚一想到面对敌人而要转移，尽管是战略转移，也像受了什么侮辱似的。心，骤然一阵激动；脸，就像火烧着一般。他把激动强压下去，命令一班长赵二虎道：

"带着一班和两挺机枪到高地上去，用火力掩护全排转移！"

但是赵二虎好像没有听懂这个命令，不以为然地注视着孙刚。

这把孙刚惹火了，眉头一皱，厉声喊道：

"快去！"

赵二虎狠狠心似的扭过头去，向战士们把手一挥，立刻，沿着交通壕钻进

320

了盖沟。

敌人离一排阵地越近，越是怯虚虚的，一个个弯腰弓背，把钢盔戴得低低的，压住眉眼，端着武器往前冲。但，他们被堑壕前面的仙人掌丛阻挡住了。他们投掷手榴弹，把仙人掌丛炸平以后，才又继续前进。他们冲到距离堑壕只有十多米的时候，狂声呐喊，以为可以一鼓而下，可是，一阵猛烈的火力，突然从一〇八高地上劈头盖脸地打了下来。这一阵火力，仿佛是从天而降的暴雨，再加上从堑壕射出来的子弹，又像席地卷来的狂风，立刻，把敌人拦阻住了。

"一班打得好！"孙刚兴奋地喊。

敌人混乱了。在堑壕前面，死的死，伤的伤，横躺竖卧；便是没有负伤的，也肚皮紧贴地面，不敢动弹了。

孙刚拧眉一看，便抓紧这一刹那间，命令道：

"全排马上转移！"

战士们迅速地进入了盖沟。

被打得晕头转向的敌人，又组织了炮火，向一排阵地猛袭。顷刻间，烟雾和尘沙搅成了一片昏暗。七八分钟后，敌兵再度冲锋，但，第一道堑壕早已变得空荡荡的，只有塌落的泥土和成堆的弹壳，在刚升起的太阳照射下闪着光。

这时，正站在一艘炮艇甲板上——这艘炮艇，远远地停在距离大门岛一千多米以外的海面上——拿着双筒望远镜瞭望的"反共救国军南海纵队"司令，脸上现出兴奋的神色，朝参谋长转过头去，用愉快的声音说道：

"给台湾发告捷电：我军于今晨六点十五分，在大门岛胜利登陆，现在正扫荡岛上残匪。"

"司令部往前移吗？"参谋长问。

"往前移！马上移到岛上去！"司令沉思了一下，又补充命令道，"把抓来的那个哑巴老渔民也带上去。我要叫岛上的人认一认，他这哑巴是真是假？若是假的，哼……"

3

陆续登陆的敌军，有七百多人，一色的美式装备。他们没敢在滩头阵地停留，因为从凤凰岭上射来的炮弹，仍然不断地在那里爆炸着。敌军分成了两股：

一股扑向一〇八高地；一股沿西海岸北上，冲过向西村，直取大门墟。

雷大鹏和徐文烈站在指挥所前面的山坡上，用望远镜朝大门墟观察。炮弹爆炸的硝烟，从椰子林里袅袅升起，宛如出岫的白云。激烈的枪声，好像爆豆一般。大门湾外的海面上，两艘敌人的炮艇，也朝大门墟一带发炮射击。但是，它们害怕被岛上的炮兵击中，一边打炮，一边游动，仿佛在给登陆的敌兵壮胆助威。成群的敌兵在大门墟南面的沙滩和土岗上时隐时现。

雷大鹏放下望远镜，脸上露出了焦虑的神色，好像自言自语似的说道：

"敌人的行动，并没有出乎我们所料！看，它对着我们的咽喉，下手好狠哩！"

"嗯！"徐文烈淡然一笑，"敌人并不是新手！我倒真担心大门墟能不能顶得住？"

"力量是弱了一点，可是，我们能从哪里拨人去呢？"雷大鹏想了一下，接着说，"不过，从全岛的各个阵地来看，那里算是人数最多的了：两个班，再加上干部队和民兵队，正好是一百单八将！问题是干部和民兵战斗经验不多！"

"大门墟决不能丢！"徐文烈仿佛表示决心似的说，"敌人，比我们估计的第三种情况稍大，那么，我们也就不能死扣作战方案所规定的部署了。现在师部虽然还没有回答我们请援的电报，我相信，一定会增援的！大门湾若是落到敌人手里，正像你所说的，我们的咽喉就被掐住了！那样，增援部队登陆，不但要延迟时间；而且凤凰岭主阵地也要遭到前后夹攻，那样我们就真要被掐死了！……"

"还不知道谁掐死谁呐！"雷大鹏插嘴说。

"我建议：把二排另外两个班也调去！"

"那，我们就一名预备队也没有了！"

"不！我们都是预备队！"徐文烈马上补充道，"你，我，炊事员，通讯员，电报员……"

"好！那就这样决定吧！"雷大鹏终于下了最后决心。

这时，苗国新拿着一份电报，从指挥所跑出来。雷大鹏急忙接过电报来，刚看了前面一句，便忍不住兴奋地大声说：

"指导员！师部正在组织增援部队！"

"什么时候出发？"徐文烈也高兴地问。

"没有提。"雷大鹏一边看，一边说，"只说二十四小时内可以到达，命令我们坚持到底！"

"我们能坚持到底的！"徐文烈毅然地说，"马上给师部回电表示决心：人在阵地在，钉住敌人，迎接援军！"

雷大鹏刚要转身回指挥所，忽然看见从山下跑上一个战士来，等离近了，认出是大门墟的，心里不禁一动：

"难道大门墟出了什么问题吗？"

那个战士气喘吁吁地报告道：

"我们排长……排长……他……"

"你们排长怎么啦？"雷大鹏焦急地问

"他牺牲了！"

"牺牲？"雷大鹏不相信似的重复道。

"一颗子弹，从他嘴里打进去的！"

"谁在那里指挥？"

"七班长，是他叫我来报告的！"

"有多少敌人？"

"不下两百个！"

雷大鹏一听，立刻感到那里情况严重，恨不得自己马上飞下山去指挥，他怎么能够离开全岛的指挥位置呢？派别人，可是，能够指挥战士、民兵和干部组成的百多人的战斗队伍的还有谁呢？一排长和三排长都在自己的战斗岗位上，炮排长需要直接指挥炮兵阵地的战斗。而大门墟，那是一个绝不可失的咽喉之地，必须派一个优秀的指挥员。……他正在焦虑的时候，忽听徐文烈沉着稳重地说道：

"大雷！我去吧！"

"你上哪儿去？"雷大鹏疑惑地问。

"大门墟。"

"不！"雷大鹏迅速地拒绝了。他怎么能让指导员离开自己呢？在这样的时候，若是没有指导员在身边，自己将会变得多么软弱无力啊！不能让他去，绝不能……

徐文烈并没有急于大声争辩，等了一会儿——好像给雷大鹏一个再考虑的时间似的——才又用平静的，但是坚持的声音说：

"我认为，我去比较合适。"

雷大鹏瞥了徐文烈一眼，想不出什么理由驳回指导员的意见。他再仔细一想也觉得指导员亲自到大门墟去指挥，那真是最理想的了。他想到这里，甚至后悔刚才自己为什么没有想到指导员。……他朝徐文烈抱有歉意似的微笑了一下，纠正了自己刚才的意见：

"你去，那我就放心了！"

"老雷！我知道你会同意的！"徐文烈高兴地说，"我马上带二排的那两个班走！"

雷大鹏立刻命令苗国新去叫那两个班。不一会儿，战士们便跑步上来了。

徐文烈先对战士们扼要地讲了讲下山的任务，然后，回头朝雷大鹏伸出了右手。

雷大鹏紧紧地握住了那只手，觉得它嶙峋棱棱，好像一捏就碎似的。他一想起指导员本来应该去大陆休养，现在，却要投入一场困难到难以想象的斗争，立刻，心头油然产生一种对不起他似的感觉，好像这一切都是由于自己的过错。他一抬头，看见苗国新仍然站在旁边，于是命令道：

"小苗！你跟指导员一起去！要好好照顾他哩！"这时，从大门墟又传来激烈的枪声，显然，敌人的一次新的冲锋开始了。徐文烈朝山下迅速地一瞥，然后把手一招：

"同志们，下山！"

徐文烈在前面跑，苗国新和战士们紧紧地在后边跟着。他们没有走盘旋的大路，而是沿着陡峭的山崖，抄小径冲下山去。他们踏着嵯峨的乱石，钻过漫人的荒草，仿佛群鸟往山下疾飞。苗国新一看指导员走得这么快，十分担心，警告似的喊道：

"指导员！慢一点！别跌下……"

但，他的话还没有说完，忽见指导员被蔓草绊住，一个趔趄，栽出三四尺远，滚到山谷里去了。

苗国新一急，恨不得伸手把指导员拉住，可是，指导员已没影儿了。他赶到山崖边上，往下探看，只见指导员正架在崖缝上密丛丛的灌木上面，幸好没有落到谷底去，心才像一块石头落了地。

战士们赶上来，用刺刀砍了两根葛藤，把一端垂下去，叫指导员系在腰上；然后，大家用力一拉，才把他救上来了。苗国新又是埋怨又是担心地问道：

“指导员，受伤了没有？”

“没有！”徐文烈朝他微微一笑，摇了摇头。

“这是什么？”苗国新发现指导员的胳膊，叫尖石头划破了一条两寸长的口子，惊叫道，“快包扎吧！”

苗国新一说，徐文烈才觉出疼来；低头一看，伤口的血把袖子都染红了。

苗国新赶紧掏出救急包，一边给指导员包扎，一边埋怨地嘟哝着：

“还没下山，就受了伤！这叫‘出师不利’，真倒霉！”

“胡扯！”徐文烈断了苗国新的话，严厉地说，“一天到晚嚼舌头，尽说些废话！”

苗国新噘着嘴，不吭声了。

“同志们，快走！”徐文烈回头对战士们喊道，“赶上这次战斗，把敌人的冲锋打回去！”

他们像一条长蛇，迅速地爬下了凤凰岭；再穿过一道山沟，跑上了大门墟东南边一里多远的无名小高地。徐文烈叫战士们隐蔽在高地后面。他隔着灌木林一看，前面的椰子林里，密密麻麻的敌兵，正凭借着椰子树干在射击；两门迫击炮，好像老人的接连不断的咳嗽，不住声地向大门墟发射炮弹。大门墟南头渔民学校的房子，被炮弹炸得起了火。黑烟滚滚飞腾，仿佛一张黑绒毯子，把大门墟给罩起来了。

敌兵开始冲锋了——当然，这已不是第一次了——他们在机关枪的掩护下，迅速地接近了大门墟。

正在这时，从大门墟的房屋、墙垣、土丘以及散兵壕里，猛然射出了密集的火力：在步枪、冲锋枪的清脆声里，还夹杂着混浊的渔枪、渔炮声。

但是，敌兵的进攻并没有被阻住，他们在草丛里趴了不过十几秒钟，又站起来往前冲。有的敌兵倒下了，有的却跃进到几间独立渔民小屋后面，朝大门墟里投掷手榴弹。手榴弹一爆炸，从大门墟里往外射击的火力立刻减弱了。敌兵趁着这个机会，从渔民小屋后面跳出来，直朝大门墟里猛扑。……

这，只是几十秒钟内发生的变化。

徐文烈看到这里，心里一惊，恨不得大叫一声：“不能叫敌人冲进去！”但，他立刻压抑住激动，眼珠机智地转了两转，马上决定从敌人的右后方冲杀过去，把敌人的冲锋打垮，解救大门墟的危机；然后，趁敌人还没有清醒过来的时候，进入大门墟。他抽出驳壳枪来，扳开机头，回头一挥，战士们就从高地后面上来了。他用低沉而十分坚决的声音命令道：

"出击！要快！狠！准！"

他下达命令以后，又朝战士们扫视了一下，拨开灌木丛，首先冲下去了，战士们三人一组，好像一支支箭头射向敌人。他们冲进椰子林后，全部武器才开了火。冲锋枪的连续射击声，仿佛平地卷起的暴风一般。战士们齐喊冲杀的声音，好似波涛怒吼。

敌人刚把大门墟冲开一道缺口，正在疯狂地往里涌进，忽然被侧后袭来的火力惊住了。他们一下子不知道该继续前进，还是返身回击。正在他们犹豫的瞬间，他们像被割的草似的倒下了一大片。这时，侥幸活下来的敌人，像炸了窝的黄蜂，四散奔逃。

大门墟的战士、民兵和干部们，趁着敌人溃乱的机会，全力反击；从无名小高地冲下来的战士们，更是锐不可当。在两面夹击下，敌兵有的拼命往后跑，可是他们，终于逃不过子弹；有的继续顽抗，在手榴弹下边做了新鬼；还有的跪在草地上，把美国枪高高地举过了头顶。

徐文烈的驳壳枪砰、砰、砰地响着。他刚把一个端着刺刀冲上来的敌人打倒，又有一个家伙不顾死活地扑了上来。徐文烈迎面对着那个家伙厉声喝道：

"缴枪不杀！"

那个家伙被这突然一喝，愣住了，用恐惧的声音，颤颤怯怯地问道：

"你们的政策变了没有？"

"没变！"徐文烈干脆地回答道。

"我跟着你走！"那个家伙立刻把枪扔在地上了。

成群的敌兵退出椰子林，朝西边的海滩奔去。战士们一边用火力追击，一边进入了大门墟。守卫在大门墟里的战士、民兵和干部们，一看指导员亲自带着队伍增援来了，一个个高兴得跳起来。尤其是刚才把敌人打退了，更使大家增长了力量和信心。徐文烈询问了一下防守情况，便大声鼓励道：

"同志们！我们打垮了力量超过自己一倍的优势的敌人，这就证明，我们完全能够守卫住大门墟！我们要胜利再胜利，迎接增援部队从大门湾登陆！"

"老徐！你放心吧！我们渔民保证指到哪里，打到哪里，决不退后！"民兵队长林传有激动地高声说。

徐文烈刚把防卫部署重新调整好，溃退到西海岸的敌人，又集结起来，朝大门墟进攻了。

4

敌人在大门岛登陆以后，并没有按照他们的时间表进行。战斗一直进行到九点多钟，没有进展一步；大门墟仿佛钢铁筑成的一样，砸不开；一〇八高地也像一道铁壁。敌人知道，如不拿下一〇八高地，不但不能前进，而且，还要受到威胁。他们显然是狗急跳墙了，从海上、从陆地上，不间断地轰击，不间断地猛扑，硝烟、烈火、砂石、树枝、野草……漫天飞卷。海在呼啸，地在动荡，但，快到中午了，他们仍然盘踞在西南海岸一条狭窄的月形地带上。

火辣辣的太阳，照射在岛上，土地好像烧红了的铁板一样热；海面升起了一层蒸汽，海水仿佛是烧滚了的开水。敌人也像被太阳晒软了，一个个无精打采，躲在阴凉的椰子林里，直到军官前来驱赶，才肯离开。

敌人在进攻一〇八高地的战斗里，投入了三百名士兵。他们连续冲锋七次，都失败了。

一〇八高地西侧有一个小山包，好像人脸上的鼻子似的，向外突出。一班便守卫在这里。拳头打在脸上，最先被打着，而且打得最痛的当然是鼻子。一班也是这样，他们几乎承担了进攻一〇八高地的敌人的百分之六十以上的压力。但是，他们并没有后退一步。

李福生——他自从渔民工作组撤销回连以后，便被提升为一排副排长了——一直担心着一班。这，倒不是对战士们不放心，怕丢了阵地，不，而是觉得应该亲自去鼓励他们，和他们在一起战斗，自己心里才得到安慰。他跟孙刚说了一下，便趁着敌人第七次进攻被打退的战斗空隙，沿着交通沟，跳进了一班的阵地。

战士们一看副排长来了，心里热乎乎的，都感到有了依靠一般。李福生一边观察阵地破损情况，一边问一班长赵二虎道：

"能撑得住吗？"

"能！这一点敌人，不够咱们打的！"赵二虎快活地回答。

"还剩多少人？"李福生朝堑壕里敏捷地扫了一眼。

"十一个！"赵二虎的脸色突然变了。他一想起那些英勇牺牲的同志，便压抑不住悲伤。仅仅在不久以前——也许是几分钟或几秒钟吧——他们还是活蹦乱跳的好小伙子，有说有笑，狠狠地打击着敌人，但，一转眼间，他们就倒下去了，满脸带着胜利的微笑，怀着一颗无畏的心。

李福生没有再问什么。他完全了解赵二虎的心情。他朝旁边的战士们看了看，然后，回过头来，几乎是凑到赵二虎的耳朵边上，用低沉而有力的声音，又是安慰又是嘱咐道：

"要坚强些！战士们都在看着我们啊！"

赵二虎用感激和信任的眼光，望了李福生一眼，点了点头。

这时，敌人因为上不了高地，又用炮火轰击了。高地上笼罩着浓黑的烟雾。

战士们钻进了防炮洞。他们是那么沉着、坚定，好像不是在敌人的炮火下，而是从操场上演习回来：有的检查武器，有的抽一支香烟。

敌人的军舰和炮艇，驶近海岸，也配合地面火力，向一○八高地发射炮火。炮弹扯裂着热辣辣的空气，发出尖锐的怪啸声飞过来；在高地上爆炸了。李福生还在防炮洞里，刚刚点着一支烟，洞顶上的泥土被震得哗啦哗啦地落下来，弄得浑身是土。但，他好像在马路上散步的时候，灰尘飞到衣服上似的，只用手指轻轻地掸了掸，便又继续吸烟了。

赵二虎在紧靠李福生的另一个防炮洞里，被炮弹震得两耳嗡嗡轰响，肠胃也在翻动。他朝洞外看时，只见堑壕里烟雾弥漫，迷迷蒙蒙。他再也忍不住了，探出半个身子去，高声骂道，

"狗操的！炸吧！老子在四七年就认识你！"

敌人的炮火终于停了。战士们悄悄地一个个钻出了防炮洞。他们背靠壕壁坐着，对面一看，大家都满脸灰尘，简直认不出是谁来了。他们的衣服早已被汗渗透，再染上一层厚厚的泥土，仿佛泥雕土塑的一样。他们互相指点着，露着白牙大笑不止。陈明德一边笑一边说：

"敌人打的越凶，咱越保险！"

"哼！这真是新理论！"李济才认为陈明德又在说孩子话了，不以为然地说，"那么，敌人一打炮，你钻防炮洞干什么？"

"这叫'土遁法'。"陈明德天真地笑道,"敌人炸的越厉害,掀起来的泥土越多,咱们身上的土就越厚。那些炸弹片呀,炮弹皮呀,石头块呀,打在身上,也碰不着肉皮儿!"

"嘿!炮弹掉在你身上,大概也炸不透吧?"李济才撇了撇嘴唇说,"亏你想得出来这么一个好主意!"

猛乍,有个战士高喊一声:

"敌人又上来啦!"

战士们哗地站起来,一个个迅速而沉着地进入了射击位置。

李福生伏在机枪射手旁边,探头朝山坡上一看,只见敌兵黑压压一大片,简直像蚂蚁搬家一般。

这一次,冲锋的敌人比以前的哪一次都多,除去进攻大门墟的两百人以外,其余的都像赶羊似的给赶上来了。

敌人一边射击,一边呐喊,眼看离阵地只有百多米了。

李福生咔嚓一声,给冲锋枪换上了一个满梭,然后,把枪管摆在石头上,专等敌人进入射程。这时,赵二虎忽然跑到他的背后,急促地说道:

"副排长!你靠后一点吧!"

李福生一听,猛然回过头去,注视着赵二虎的眼睛,好像没有听懂他的话似的,稍稍愣了一会儿,问道:

"为什么?"

"这里太暴露,危险!"赵二虎迅速地回答。

李福生简直像受了最大的侮辱一般,眼睛也瞪圆了,脸色变得十分严厉,生气地说:

"危险?你把我看成怕死鬼吗?……"

"不……"赵二虎想插嘴分辩。

"你关心上级是对的,可是,我能在这个时候离开你们吗?"李福生强调说,"记住!要永远记住!指挥员的最好的位置是在堑壕里,跟战士在一起!"

赵二虎还想解释什么,一阵手榴弹的爆炸声,已轰轰地响起来了。他用关注的目光看了李福生一眼,无可奈何地挥了挥手,便跑开了。

李福生望着赵二虎的背影,后悔自己刚才不应该那样过分严厉地对待他。

这时,敌人扑上来了,密集的子弹打得战士们一时抬不起脑袋来。李福生一拍机枪射手的肩膀，命令道：

"打敌人屁股后边！"

机枪射手一扣扳机，机关枪就像女高音似的唱起来了。

敌人正往前冲，一听屁股后边响了枪，不知道怎么回事，纷纷回头往后瞧。

李福生这时向战士们高声喊道：

"同志们！砸敌人的脑袋！"

他的话音未落，一排子手榴弹在敌人群里爆炸了。手榴弹的爆炸声还没有消散，枪声又响起来了。

敌人在往后瞧的一刹那，停止了射击。战士们不但抬起脑袋来，而且，几乎是探出身子去瞄准，打得敌人连滚带爬地退下去了。

敌人一退，陈明德便给机枪射手编了个顺口溜，大声念道：

> 机枪好，
>
> 机枪妙，
>
> 打得敌人往后瞧！
>
> 后边倒是没有啥，
>
> 前边可真受不了！

他的顺口溜刚一念，便把大家都逗笑了。

敌人退到山坡下面，稍事整顿了一下，就又冲上来了。

"日——"一颗子弹飞过来，李福生把脑袋一低，忽然觉得头皮发热，一股鲜血像小蛇似的爬到脸上来了。旁边的赵二虎一惊，担心地说道：

"副排长！你受伤了？"

"没啥！"李福生抹去了流到眼皮上的黏糊糊的鲜血，淡然一笑，说："擦破了一点头皮！"

陈明德急忙掏出救急包来，要给李福生包扎；但李福生大声命令道：

"不要管我！"

陈明德拿着救急包为难地站在那里不动了。

"敌人！敌人！"李福生连声喊道，"敌人！"

陈明德回头一看，才发觉敌人已经逼近阵地，便立刻转身跑去了。

这一次进攻，敌人分成好几路往高地猛冲。在一班阵地左边，二班已向敌人开火了；右边，三班也猛烈地射击着。但是，李福生横扫了一眼，看出仍然是正面这一路敌人最多。他心上好像压着一座泰山，连伤痛都忘记了。他脸色铁青，冷静地命令道：

"准备好！必要时，拼！"

一班阵地上虽然只剩了十一个战士，但面对着这样凶恶的敌人，每个战士都更觉得自己所担负的任务愈加艰巨和重大了。他们拧开了手榴弹的铁盖，拉出导火线来，摆在身边。他们瞪圆了带血丝的眼睛，凝视着怯懦的敌人。

敌人冲到离阵地还有五六十米的地方，忽然停住了，一个个躲在石头、灌木和野草后面射击着。

"奇怪！"李福生疑惑地想，"敌人为什么突然停止呢？难道是害怕吗？不！他们的动作一致，显然是奉了命令……"

敌我双方互相射击着。

李福生刚用冲锋枪扫了一梭子，忽然，从头上飞下来一颗手榴弹，在堑壕里滴溜滴溜乱转。他急忙拾起来，往山下扔，但，刚一出手，就在空中爆炸了。他心头忽然一动，这手榴弹是谁扔的？敌人还在五十米以外，是不可能扔到堑壕里的。他朝阵地前面警惕地仔细一看，呀！不禁倒吸了一口凉气！十多个敌人，身上披着绿色伪装网，网上捆扎着密密麻麻的野草，已经爬到离堑壕只有四五米的地方了！

"狡猾！"李福生心中恶狠狠地骂了一句。他来不及召唤战士，猛一纵身，跃出堑壕，把冲锋枪口一低，瞄准伪装得和草地一样的敌人，一边扣动了扳机，一边厉声喊道："揍狗日的'草式装备'！你们迷惑不了人！"

正往前爬的伪装了的敌人，叫冲锋枪一扫，有的连头都没抬，就不动了；有的翻了个身，滚下山去。那没有中弹的，也慌乱了，一个个急忙站了起来。这时，李福生才看清：原来，敌人不是十多个，而是三十多个！

李福生在堑壕上面出现得非常突然，当敌人清醒过来时，他又像闪电一样突然消失了。

伪装了的敌人一站起来，便丧失了伪装的意义，暴露在战士们的火力下了。但是，因为距离堑壕太近，有十几个家伙，竟死命猛冲，扑进来了。

一个敌人扑在李福生身上。李福生没容那个家伙双脚着地，抓着大腿趁势一抢，便扔到堑壕外面去了。

战士们和敌人展开了搏斗，转瞬间，堑壕里便躺下了十几个丑恶的尸体。

当战士们跟冲进来的敌人搏斗时，机枪射手一直不停息地射击着，拦阻着逼近的敌人。但是，消灭了堑壕里的敌人以后，机枪声突然停止了，阵地上仿佛一下子变得冷清起来了。李福生急忙回头一看，原来机枪射手中弹牺牲了，正伏在机枪上，好像在保护机枪一般。李福生心头一紧，上前把机枪射手抱下来，怕惊醒他似的放在堑壕里；然后，眼睛里射出愤怒的亮光，抱住机枪，向敌人射出了复仇的火焰。

这时，左右两侧的敌人，已被二、三班打垮；正面进攻的敌人，也只得溃退下去了。

李福生觉得伤口钻心似的疼痛，立刻进入防炮洞，探身朝陈明德喊道：

"小陈，来，给我包扎一下！"

陈明德一边笑着，一边跑过来了。

但是，李福生的伤口还没有包扎完，便听到从后边传来一长两短的号角声。他最初以为听错了，再一细听，仍然是一长两短。他仿佛忘记是在包扎伤口，把陈明德一推，钻出了洞外。他还没有站稳，迎面抛来了赵二虎的急切的问话：

"副排长！为什么撤退？"

李福生也正为听到了撤退的信号，而想这样问一问别人，可是，他在这里是最高首长，不可能有人解答这个问题，便严肃地说道：

"按照命令行动！"

"我们这个阵地怎么办？副排长！是不是把信号搞错了？"赵二虎迟疑地说。

"一个指挥员听到命令以后，不是怀疑，是立即行动！"李福生有点生气地说，"马上退出阵地！"

战士们沿着交通沟转移到一〇八高地后面。一排长孙刚正在那里着急，看见一班下来了，催促道：

"快点！二、三班和机枪班早都上凤凰岭了！"

赵二虎这才放心了：原来信号没有错！他带着战士迅速地跑过来，但在经过孙刚身旁时，仍用不满意的目光看了他一眼。

李福生跑到孙刚面前，喘息未定，第一句话就问道：

"怎么搞的？"

"指挥所的命令！"孙刚抹了抹脸上的汗珠子，朝空中迅速地一瞥，骂道，"真他妈的热！你带水壶没有？"

"没有！"

"渴得嗓子直冒烟儿！"孙刚一边走一边说，"这时候，来一场暴雨才好哩！洗个淋浴，喝个肚圆！"

"嗯！"李福生仍为撤离阵地的事，不大高兴。

孙刚扭过脸来看了他一眼，想向他说明什么，但又觉得直截了当对他有些不便，于是意味深长地问道：

"老李！打人的时候，怎么才最得劲？才打得最狠？"

李福生对这个突如其来的问题，感到有点莫名其妙，不在意地回答道：

"当然是攥紧了拳头咯！"

"还有呢？"

"把拳头收回来，再打出去！"

"对！咱们正是这样！"

李福生这才醒悟过来，笑了。他看了看手表，已是下午两点过七分。

第二十一章

1

战斗——是那么紧张、激烈的战斗——没有片刻间歇。

一排撤离一〇八高地，进入凤凰岭主阵地以后，雷大鹏便命令炮兵排，向刚刚爬上去的敌人连续猛轰。敌人站不住脚，便又退下去了。

雷大鹏抓紧这个机会，重新整顿战斗组织，调整防御部署。全连经过将近九个多小时的战斗，除去一排伤亡了三分之一的人员以外，其他各排的力量，基本没有受到损失。二排从大门墟那里报告说，他们闲得有点发慌。因为敌人一直没能控制制高点——一〇八高地拿不下来，凤凰岭的大门打不开——进攻大门墟的敌人，便受到凤凰岭上的炮火的威胁，所以，进攻数次没有奏效以后，便按兵不动了。守卫在东海岸的三排，自从敌人登陆后，便奉命撤回了凤凰岭，可以说还没有尝到战斗的滋味。炮兵排也是斗志昂扬，只有一门炮，被敌炮击中，不能发射；其余各炮，可以高声歌唱。因此，雷大鹏信心十足。他把凤凰岭做了圆周防御部署；并且，根据敌人的主攻方向，即把面对一〇八高地的西南侧，作为防御重点。同时在凤凰岭西北面，封锁住通往大门墟的交通壕，不被敌人切断。

他把一切部署妥当，坐在报话机前面，刚把目前情况向师部报告了一半，突然，凤凰岭好像摇晃了一下子，传来震耳欲聋的轰隆声。他立刻一怔，回头问通讯员道：

"什么响？快去看看！"

通讯员飞跑出去看了一下，便跑回来，大声喊道：

"副连长！敌人的飞机！两架！扔炸弹了！……"

雷大鹏立刻对准送话器说：

"敌人来了两架飞机，现在正向凤凰岭投弹！我出去看看，十五分钟后再跟你们通话！"

他跑出指挥所，仰脸一看，只见两架涂着国民党党徽的飞机，一边发出病人似的哼哼声，一边在凤凰岭上空低飞盘旋。这时，炮兵阵地上烟尘弥漫，显然，敌机刚才把炸弹投在那里了。雷大鹏把牙咬得咯吱咯吱响，狠狠地骂道：

"蒋介石准是发了疯，把看家的老本都用上了！"

这两架敌机刚刚飞走，又有两架跟踪而来。飞机怪啸着，俯冲下来，对在阳光下闪着白光的守备连新营房，丢下了一串黑乌鸦似的炸弹。营房立刻中弹起火，燃烧起来。黑色的烟柱，腾空飞卷；熊熊的烈火，烤得椰子林噼啪作响。

雷大鹏眼看着营房化成一片灰烬，胸膛里也像烧起了烈火，只觉得浑身热辣辣的透不出气来。他用望远镜朝一〇八高地附近观察：敌兵一边躲避着我方炮兵的袭击，一边向凤凰岭下运动。他自言自语地轻声说：

"一场决战要开始了！嗯！来吧！"

过了不到五分钟，凤凰岭前沿阵地上，炽烈的枪声、手榴弹声、迫击炮弹爆炸声和叫喊声，便搅成了混乱的一团。

他关心地用望远镜向那里观察，但，除了硝烟和尘雾以外，什么也望不见。他真想一下子跑到那个阵地上去，跟战士们并肩打击敌人；可是，作为全岛最高指挥员的他，怎么能够离开指挥位置呢？

他刚要转身回指挥所，看见一个炊事员，带着满身泥土，一脸黑烟，头上缠着纱布，跑上山来了。炊事员一见雷大鹏，神色凄惶地说道：

"副连长，营房完了！伙房也炸光了！张富……"

"他怎么样？"雷大鹏的心，猛地抽搐了一下。

"他……炸死了……"那个炊事员低垂着脑袋，哽咽地说，"张班长临死前，还给同志们熬绿豆汤哩！他说：同志们打仗辛苦，天气又热，喝点绿豆汤去火……"

雷大鹏转过脸去，尽量避免看那个炊事员的满含泪水的眼睛。他压抑住心底的悲伤，低声问道：

"储水槽还有水没有？"

"也炸坏了！"炊事员回答，"水都漏光了！"

几乎快一天了，战士们滴水未进，口干舌燥。太阳撒下来的好像不是光，而是火，简直要把人活活地烤干烧焦。当敌人进攻的时候，不论是谁，脑子里只想着射杀敌人，守住阵地，忘记了饥渴。但，在战斗的间歇，暴热和口渴，便像十分讨厌的苍蝇似的，悄悄地爬上心头来折磨人，甚至比饥饿更难受。雷大鹏一听说伙房炸光，便向那个炊事员道：

"给你们炊事员一个任务：到大门墟淡水井担水上山来！同志们都快渴坏了！"

"是！我这就去！"那个炊事员答应着，立刻回头下山去了。

这时，前沿阵地的枪炮声停止了，恢复了原来的沉寂。敌人的一次进攻，被打垮了。雷大鹏立刻回到指挥所，向电报员兴奋地说道：

"向师部报告：敌人进攻凤凰岭的第一个回合，是我们胜利了！"

然后，他急步奔向前沿阵地，一方面想鼓励战士们，一方面想检查一下防御情况。战士们刚打退第一次的进攻，疲惫地抱着枪，紧靠着堑壕的土墙休息。由于刚才的战斗，许多工事垮了；交通沟也被炸得好像斩成一段一段的长蛇。

雷大鹏对着这些七零八落的工事，皱了皱眉头，走到孙刚面前，严厉地问道：

"一排长！你们在做什么？"

"我们在休息！"孙刚清脆地回答。

"你睁开眼睛看看，敌人在休息吗？"雷大鹏十分恼火，烦躁地说，"工事叫敌人搞成这么个破烂样子，可是，你们却在休息！马上抢修工事！在情况紧急的时候，弄不清自己应该干什么，一定要吃亏！"

"副连长！战士们热得浑身没劲，又饿又渴，连汗都快出干咯！"孙刚辩解道。

"你这是爱护战士吗？"雷大鹏厉声问道。

孙刚没有回答。

雷大鹏立刻转回身去，向战士们问道："同志们！听说大家又饿又渴，你们想不想喝水？"战士们莫名其妙地互相看了一眼。赵二虎回答道：

"刚才我们还说呢，这时，不要说水，就是有一碗稀泥汤，也能喝下肚子去哩！"

"不是叫大家喝稀泥汤，而是喝龙井茶泡的茶水！"雷大鹏微微一笑，说道，"但是，如果我们因为一时口渴，不立刻把被敌人打垮了的工事修好，那不要说龙井茶，就连稀泥汤也喝不到啊！"

"那时，敌人就来喝我们的血了！"李福生插嘴说。

"对！李副排长说的对！"雷大鹏郑重地命令道，"现在，我命令全体同志抢修工事！至于水，我们会有的！我已经叫炊事员担去了！"

"干！渴点算什么！"赵二虎大声说。

"就是没水喝，也能坚持三天！"张双喜拿起了圆锹。

战士们忍受着难熬的干渴和烈日的烤晒，简直是用整个生命的力量抢修着工事。张双喜扑通一声昏倒了。卫生员跑上去，把他背到防炮洞里急救。张双喜刚刚清醒，爬起来就往外跑，卫生员拦也拦不住。

雷大鹏也拿起十字镐来，和战士们一起修理堑壕。

战士们大声地一口一口喘着气，渴得仿佛连血液也燃烧起来了。

时间，在艰难中度过。

忽然，从一直沉寂的大门墟那里，传来激烈的机关枪声。枪声响了一阵，旋即停止了。

过了大约半个小时，那位头缠纱布的炊事员，又惊慌地跑回来了。他两手空空，并没有担着水。他一见雷大鹏，便焦虑地报告道：

"副连长！敌人把淡水井封锁住了！刚才，我们去取水，牺牲了一位同志！"

雷大鹏一听，紧咬着嘴唇，半天没有说话。但心里却在筹谋：怎么办？只有组织火力，掩护抢水！他刚要下达命令，突然，凤凰岭西侧山下又响起了枪声。枪声紧一阵，松一阵，又停一阵。不一会儿，敌人的美式机枪也嘎嘎地叫起来了。

凤凰岭西侧尽是悬崖峭壁，除去宝刀洞以外，是没路可通的。敌人为什么从那里进攻？雷大鹏为了搞清情况，急忙用望远镜观察：只见十几个敌兵，一边射击，一边拼命向山坡上跑，好像在追赶什么。他移动着镜头，想寻找敌人追逐的目标，但看了好一会儿，仅见荒草、灌木和岩右，什么都没有发现。他想：难道这十几个敌兵疯了吗？他挪动了一下位置，再看时，忽然，有两个妇女的影子模模糊糊地映进了镜头。他急忙对准望远镜的距离，立刻，清清楚楚地看到：那两个妇女是渔民打扮，每人抱着一个圆咕噜嘟的什么东西。她俩一会儿穿过灌木林，一会儿攀登着岩石往山上爬。那十几个敌人，便在她俩后面百多米处追赶。

"这是怎么一回事呢？"雷大鹏猜测不定。他再看时，敌人已逼近那两个妇女了，不禁心里一急，"不管怎么样，先救这两个妇女要紧！"

他立刻回头命令重机枪射手：

"开火！拦阻敌人！"

重机关枪咕、咕、咕地叫了起来，子弹打在敌人面前的石头上，爆起了一道白烟。敌人犹豫了一下，并没有退回去，反而朝前更快地奔跑起来。

雷大鹏十分焦急，抽出驳壳枪来，把胳臂一扬，当的一声，正在奔跑着的第一个敌人立刻应声栽倒，滚进山沟里去了。

那十几个敌人像受了惊的野兔，一转眼间，就四散躲藏起来了。

但是从后面，又上来一股敌兵，约有二十多人。这股敌人和那十几个人汇合在一起，继续朝山上追赶。

雷大鹏眉头一皱，想：在山上，距离较远，没法拦阻这么多敌人。于是，回头对赵二虎道：

"一班长！你马上带两个人到半山腰去，把那两个妇女救上来！"

"是！"赵二虎答应了一声，正要挑选两个战士时，忽听张双喜道：

"班长，我去！"

"好，算你一个！"

"班长，我也去！"陈明德趋前请求道。

"好，也算你一个！"赵二虎把手一摆，说，"走！"

他们三个人立刻朝宝刀洞口奔去了。

雷大鹏为了麻痹敌人，延缓敌人前进的速度，命令重机关枪继续进行拦阻射击。

雷大鹏和战士们屏住气息注视着山下的动静，替那两个渔民妇女担心！一排副排长李福生喃喃自问道："她们上山来干什么？"

"真糟糕！难道不知道山上打仗？"李济才埋怨地说。

"咱们的枪是专挑硬的干的，"孙刚讥讽道，"蒋介石的兵，可他妈的老太太吃豆腐，尽拣软的啃！"

雷大鹏的望远镜一直没有离开眼睛。敌人逐渐离那两个渔民妇女只有六七十米远了。他急得不住向重机枪射手叫喊：

"打，打呀！"

敌人先是一边隐蔽，一边跃进。后来，他们发觉重机枪对他们的威胁并不大，索性躲也不躲，挺着身子大胆地往前跑了。

雷大鹏不禁替那两个渔民妇女捏了一把汗。

眼看敌人已快追上那两个妇女了，突然，山半腰中好像刮起了一阵暴风，冲锋枪的叫声，清脆响亮。雷大鹏再看时，只见敌人纷纷倒地，慌忙后退，他不禁咧开干涩的嘴角，笑道：

"赵二虎他们揍得正是时候啊！"

后退的敌人隐蔽在岩石和树丛后面，疯狂地还击。

"粘住了！敌人如果不撤退，赵二虎他们怎么退出战斗呢？"雷大鹏想了一下，转身对孙刚道，"叫迫击炮上来，从这儿揍兔崽子！"

孙刚沿着交通沟跑去了。不一会儿，两个战士跑上来了；一个扛着迫击炮，一个扛着炮弹。他俩迅速地架好了炮，听候射击命令。雷大鹏把手一指，命令道：

"目标——右前方山坡上那块大石头后面的敌人，放！"

迫击炮手迅速地用瞄准器瞄了一下，把炮弹朝炮筒里一丢，嘶——的一声，一颗炮弹飞出去了。咚——炮弹在那块大石头后面准确地爆炸了，立刻，升起了一股乳白色的烟雾。

试射命中后，转瞬间，炮手便把七发炮弹一口气连续发射出去。敌人叫炮弹炸得无处躲藏，各自落荒逃命去了。

正在这时，那两个渔民妇女沿着通宝刀洞的交通沟跑过来了。雷大鹏仔细一看，才认出她们两个来。原来，一个是罗天娥，一个是林保秀。两个人脸孔红胀胀的，汗水直流，仿佛刚从水里捞出来一般。她俩怀里紧紧抱着的，竟是庞大的水瓮。水瓮口上蒙着旧帆布，扎得紧紧的，里面的水，一滴也跑不出来。罗天娥一见雷大鹏，好像完成了一件重要任务似的，微微地笑道：

"雷副连长！我们送水来啦！"

"水！"雷大鹏心里猛然一动，竟一时间不知道如何回答才好了。确实如此，用什么话来回答人民这种伟大的爱护和支援呢？世界上真不容易找出适当的语言来。他只得用满怀感激的心情，一再反复地说："谢谢你们！谢谢你们！"

"不，我们应该谢谢大军同志啊！"罗天娥激动地说，"天气这么热，我们想，给大军送点什么东西才好呢？后来，我们互助组的人一商量，决定熬两瓮甘蔗水，给你们送来，叫大军同志又解渴，又有劲打敌人！"

"我们正缺水，你们就把水送来了！"雷大鹏笑道，"你们辛苦了！刚才，一定受惊了吧？"

"我倒不害怕，"罗天娥掠了掠额前的头发，认真地说，"我怕这两瓮甘蔗水叫敌人夺了去！这群畜生，把向西村搅得底朝天了！"

"敌人可凶哩！"林保秀忍不住气愤地插嘴说，"他们不但见什么抢什么，还硬逼着要黄金、光洋，说一个没有，上来就打！我们互助组辛辛苦苦晒的一万多斤咸鱼，也叫他们装船运走了！"

"可不是嘛！"罗天娥补充道，"敌人还说这是什么'司令'下的命令哩！那个'司令'可神气啦！他在前面一走，后边跟一群护兵马弁……"

"'司令'住在你们村？"雷大鹏心里一动，打断了罗天娥的话。

"嗯！"罗天娥回答道，"敌人登陆以后，司令部就驻在我们村，戴大盖帽子的军官来来往往，简直像鱼群一样多！"

"司令部驻在谁家？"雷大鹏极感兴趣地追问。

"你认识潘客吗？"罗天娥问。

"潘客？"雷大鹏摇了摇头。

"我认得！"李福生在旁边插嘴道，"民兵队成立不久，他交过一回枪！"

"对咯！"罗天娥笑道，"敌人司令部就驻在他家里！潘客跟着民兵队上大门墩了，家里只有一个老母亲。敌人把他母亲赶了出来，就搬进去了。"

"村子外边有没有岗哨？"雷大鹏又问。

"没有！"罗天娥回答道，"要有，我们也不能出来送水了。那群敌人，是半路上碰见的。……""有岗哨！"林保秀纠正道，"潘客家门口就有一个！"

"雷副连长问的是村子外边有没有嘛！"罗天娥说，"潘客家门口的那个哨，是在村子里边啊！"

"好咯，不要争吵！"雷大鹏开玩笑似的说，"你们两个怎么还像小孩子似的？走，快跟我回指挥所休息吧！到了指挥所，再把你们知道的敌人的情况，详细地谈一谈！"

雷大鹏刚要离开阵地，看见赵二虎和陈明德回来了。赵二虎耷拉着脑袋，眼眉下垂，脸色灰沉沉，十分难看；陈明德眼里含着一泡泪水，只要眼皮一动，就要流出来。雷大鹏一看，就觉出情况不对头，急忙向赵二虎问道：

"张双喜呢？"

"他……牺牲了！……"赵二虎强忍住心底的悲痛，低声报告道，"请处分我吧！我要负责……"

"到底怎么搞的？"雷大鹏一听，气火火地抢前一步，追问陈明德。

"副连长！是这么回事……"陈明德抬起了脑袋，悲戚戚地说，"我们截住了敌人，正打得起劲的时候，不知道从左侧什么地方钻出一个敌人来。那个家伙借着野草的掩护，爬到离我们不到十米的地方，刚端起冲锋枪来，要向我们三个人扫，叫张双喜一眼瞅见了。在这当儿，他要是再招呼我俩躲开，已来不及了；他就呼地一下子站了起来，扑向那个敌人，一枪把敌人打倒了。可是，敌人的冲锋枪也打响了；张双喜为了救我们两个，吸引敌人射击自己……"

陈明德再也说不下去了，大颗大颗的泪珠子从脸颊上往下流。

雷大鹏心里很窝火，真想痛骂赵二虎一顿，叫他带两个同志执行任务，却顾前不顾后，丢掉一个同志的生命回来了。可是，他又一转念：这不能过多地埋怨赵二虎啊！在战斗中，情况常是瞬息万变的。……

张双喜用自己的身体掩护同志的崇高的品质，深深地感动了阵地上的每一个人。

长时间没有人说话。可是，每个人的心里，都在滔滔不绝地和自己说着世界上最激动的语言。

2

天黑以前，守卫凤凰岭主阵地的战士们，又打退了敌人两次大规模的冲锋。战士们在硝烟烈火中坚持着，一秒钟一秒钟地计算着增援部队到来的时间。

夜，缓缓地降临了。

海上的夜，来得总是那么迟慢；但只要它一来到，又是万分神秘，深不可测。

敌人接连不断地打起了照明弹，把凤凰岭照耀得好像白天一样明亮。炮弹的闪光，仿佛闪电；串串曳光弹，宛如火网。敌舰借着夜色，大胆地驶近海岸，信号灯光一明一灭，好似童话中出现的魔鬼的眼睛。

雷大鹏把情况向师部报告了以后，师部立刻命令他再收缩一下兵力，缩短战线。这样，一方面是防止因夜间视线不清，敌众我寡，战线过长，容易被敌人突破阵地；一方面是保存有生力量，作好迎接增援部队的准备。

雷大鹏离开报话机，一抬头，便看见罗天娥和林保秀两个人——她俩因为不能下山回村，才留下来的——正往冲锋枪弹夹里压子弹，压得那么快，仿佛熟练的冲锋枪手。这时，雷大鹏的脑海里开始产生了的一个大胆的想法：组织一支小部队，从宝刀洞秘密下山，偷袭向西村敌司令部。这种袭击，虽然不能对整个战斗起决定作用，但至少可以扰乱敌人的作战部署；出其不意，稳稳当当地报销几十个或者更多的敌人；打垮敌司令部，破坏敌人士气，牵制和拖延敌人组织进攻的力量与时间。而这种出击，对于我们，只需要十位勇敢的战士就行了。哪怕拖延一秒钟，对我们都是有利的，这就等于离增援部队到来的时间更近一步。

雷大鹏考虑再三，认为这种出击绝不是冒险。于是，下了决心：在收缩兵力以前，先给敌人一个冷拳。他把一排和三排的正副排长找来研究。大家一听，没有一个说不字的；而且，精神也兴奋起来了，争先恐后地请求出击任务。

"只能去十个人嘛！"雷大鹏向大家扫视了一下，说，"最多，也不能超过一个班。都要求去，主阵地谁来守？"

大家这才不再争着要去了，可是，谁都希望这个任务交给自己。

雷大鹏等大家安静下来，命令道：

"我命令一排副排长李福生同志，带领一班出击。……"

这时，大家的视线都射向李福生，好像在说："你多幸运！"

"出击的路线是从宝刀洞下山，过螃蟹岗，从南面进入向西村。"雷大鹏继续交代任务道，"小部队动作要突然，要大胆；如果在中途和敌人遭遇，马上撤出战斗，不许恋战。出发时间是九点四十分。李福生同志，你有什么困难吗？"

"没有！"李福生因为把任务交给了自己，心情有些激动，兴奋地说，"我坚决完成出击任务！"

"你立刻准备吧！"雷大鹏说完，又转向孙刚和二排长道，"你们在今天晚上十一点四十分，转移到一号阵地。在那个时间，如果敌人正在进攻，便延迟一个小时。"

李福生回到阵地上，把这个消息一宣布，一班的同志一个个笑逐颜开，精神振奋。陈明德一边哼着故乡小曲，一边摩擦刺刀。李济才把手榴弹挂满腰带，挤得肚子咕咕直叫。赵二虎把冲锋枪的弹夹全都压满子弹以后，又抓了两大把，鼓鼓囊囊地装了两裤袋，不到半个小时，战士们便把出击工作准备停当了。陈明德向李福生催促道：

"副排长，走吧！我把给敌人送的礼物都带好啦！"

"走？"李福生笑道，"现在才八点半钟，还早着呢！"

"咱们是瘸子赶集，"陈明德又道，"晚走不如赶早！"

"又耍上贫嘴了！"李福生瞪了陈明德一眼。

陈明德这才不说话了，坐在堑壕里无聊地等待着。

九点三十分，雷大鹏来了，和一班每个战士握了握手，严肃地说道：

"同志们！夜战，对小部队出击是十分有利的。敌人怕死，我们就把死送到他们跟前去！预祝同志们胜利归来！"

他们刚要出发，各班派来的代表，每人端着一碗甘蔗水，守在交通壕里，一定要叫他们每人喝一口。二班代表激动地说道：

"这虽然是甘蔗水，却比什么都珍贵！喝一口吧！"

"同志们！我们多喝一口水，一定要用多消灭一个敌人的实际行动来回答！"赵二虎代表一班全体同志，表示决心。

他们一行十一个人，离开阵地，拐了个弯，就钻进黑暗里不见了。

李福生在队伍的最前面。敌人的照明弹腾空飞起，照亮了整个山坡，但他们一步也没有停留，反而借着亮光，走得更快了。陈明德一边走一边咕噜道：

"敌人怕咱们跌跤，给点上天灯啦！"

他们摸黑爬出了宝刀洞，下到凤凰岭山脚下，先察听了一下四周的动静，然后，迅速地穿过灌木林和没人深的荒草，向西南方前进了。

他们走了一里多路，便听见前面传来敌人的叫喊声、尖锐的哨子声和粗野的咒骂声。李福生停住了，回头咬着赵二虎的耳朵低声说道：

"每人最后检查一次装备，不许弄出响动来！遇到敌人要沉着，我不开枪，谁也不许先动手！往后传！"

战士们依从命令检查了装备，又继续朝前走了。他们越走，离敌人越近，传来的声音越是乱糟糟的。原来，敌人正在组织一次新的夜间进攻。他们又走了不远，便听见哨兵的口令声不断地传过来。李福生心里一动，寻思道：

"能偷听到敌人的口令，行动就方便多了！"他把这个主意悄悄地告诉了赵二虎，叫他掌握队伍，不要移动位置，自己朝前爬了过去。他爬了约有五十多米，埋伏在一丛野草里，倾耳静听。但过了好久，没有人过来，敌人的哨兵也没有什么动静。李福生恼火地想：

"刚才，口令是一声接一声，直撞耳朵；现在特意来听了，倒连一声也没有了！"

他又往前爬了爬，连敌人哨兵的脚步声都听到了。过了一会儿，仍然没有一点声响。他正在失望，想往回爬，忽然，哨兵像鬼叫似的吼了一声，对方急促地回答了两个字，就匆匆过去了。这两个字是什么呢？因为口音不对，他没有听清楚，不禁恨起自己的耳朵来了。不一会儿，又有两个人，一边大声谈着话，一边往这边走来。敌人哨兵喝问了一声口令，那两个人并没有回答，其中一个却破口大骂道：

"娘卖皮！离那么远就大声问口令，你是他妈的存心要把口令泄漏出去！"

这时，另一个也应声说道：

"这个猪猡，真是笨蛋！"

然后，两个人大摇大摆地从哨兵身边走过去了。李福生一想，这两个家伙准是军官。他虽然没有偷听到口令，却迅速地爬回去了，又跟赵二虎咬了一阵耳朵。

队伍出发了。他们这一回不再是鸦雀无声，而是谈谈笑笑，大大咧咧，迎着哨兵走了过去。敌人哨兵刚才被骂了一通，一直等李福生离近了，才怯虚虚地问道：

"口令！"

"娘卖皮，什么他妈的屌口令！"李福生粗野地骂道，"老子刚执行任务回来，哪个晓得你的什么口令！"

"哪一部分的？"哨兵转口问道。

"司令部的！"李福生干脆地回答。

"过去吧！"哨兵忍气吞声地说。

李福生立刻率领着队伍，向前飞奔而去了。

他们避开敌人集结的地方，挑选僻静的小径或野地，直朝向西村前进。他们刚刚走到螃蟹岗下面，突然，岗上出现了影影绰绰的一行人，正向下走。李福生一惊，心猛烈地跳起来了：

"敌人！"

这时，再躲闪已来不及；朝后退，更容易惹起敌人的怀疑。在这个危急的关头，他悄悄地抽出了驳壳枪，把心一横："大胆前进！"

战士们也早把这个情景看到眼里了。李福生虽然已来不及给他们下命令，但他们看到副排长那种昂首阔步的样子，就懂得自己应该怎样做了。赵二虎的手指扣住冲锋枪的扳机，陈明德的手握在刺刀柄上，李济才拉出了手榴弹的导火线……

两个队伍越走越近了。

猛乍，从敌人队伍里传来一个尖嗓子：

"干什么的？"

"放游动哨的！"李福生大声回答。

"怎么那么多人？"尖嗓子又问。

"班哨嘛！"李福生沉着地回答。

敌人不言语了。两支队伍紧擦着身子走过去了。这时，李福生的心，才从喉咙落到心房里；而且，不知什么时候，浑身出了透湿的冷汗。他们迅速地下了螃蟹岗，便清楚地听到夜潮的冲击声了。

向西村的轮廓隐隐约约地映现在眼前了。他们仗着对地形的熟悉，尽可能避开敌人，又绕了一下路，穿过一个黑黝黝的椰子林，才从南面悄悄地进了向西村。

李福生一扬手，战士们便分成了三个战斗小组。他们互相掩护着，紧贴着一座一座熟悉的房屋，向前跃进。

李福生带着陈明德和李济才等四个人组成的第一小组，走在最前面。他们隐在墙角后面，朝潘客家的房子一看，只见里面灯光明亮，四五个人影，在窗户上面轻轻地晃动着。房屋前面，有一个哨兵来回走动。哨兵的大皮靴咯吱咯吱地响，李福生觉得仿佛是探着自己的心。但他马上使自己镇静下来，碰了碰陈明德的胳臂。陈明德心领神会，趴在地上，低姿匍匐前进了。

陈明德爬到潘客家的房角，站了起来，脊背紧贴在墙上，等待机会。那个哨兵咯吱咯吱地走过来了，走到房角，刚反过身要往回走，陈明德像猫捉老鼠一样，又轻快，又没有声息，一只手从背后捂住那个哨兵的嘴，一只手掐住他的脖子，往右腋一夹，哨兵连口气都没有吐出来，就被拖过来了。

李福生上去，在哨兵嘴里填进了一块大手帕。李济才把哨兵拉出两三丈远，倒缚在一棵椰子树干上了。

李福生刚要命令战士们冲进屋去，突然，听见在他脚下沙沙地响动了一阵。他急忙朝后一退，只见墙脚下有一个洞，洞里钻出一个人来。李福生一怔，心想："这是干什么的？"他屏住了气息，没等那个人站起来，扑了上去，抓住脑袋，向地上一按，那个人就僵直地卧在地上了。

李福生为了弄清楚情况，回头低声命令道：

"陈明德！监视敌人！"

然后，他掏出手电筒来，向那个人的脸上凑近一照，啊！原来这个人是被敌人抓走的罗九叔！他立刻松开手，轻声唤道：

"罗九叔，别怕，是我们！我是李福生……"

"你们来了！"罗九叔一阵惊喜。

"你怎么跑到这里来了？"

"是敌人把我锁在潘客家这间空仓房里的。"罗九叔压低了嗓子回答道，"我把倒绑着手的绳子，在墙角上磨断了，挖开墙脚，这才钻了出来！"

李福生没有时间细问，迅速地说道：

"罗九叔！你现在不能回去！你跟我们上山吧！"

"现在走吗？"

"等一会儿！"李福生递给罗九叔一颗手榴弹，说，"你只要紧跟在我们后边就行了！"

"好吧！"罗九叔精神振奋地回答。李福生用手电筒划了一个圆圈：这是通知另外两个小组马上动手的信号！

李福生像一支飞出去的箭，冲进了那间亮着灯的房子。在他后面，嗖！嗖！嗖！战士们也跟了上去，把房屋四周警戒住了。

李福生一进房门，便平端着冲锋枪，厉声喝道：

"不要动！"

几乎是同时，陈明德也冲了进去，举起了一个拉出导火线的手榴弹。

这时，在一盏桅灯的亮光下面，五个敌人军官围坐在桌子旁边吓得目瞪口呆，高高地举起了双手。李福生急步上前，从桌子上面把一张军用地图和几张文件抓了过来，塞进衣袋里。坐在正面的那个"纵队司令"，突然用两脚把桌子蹬翻，往下一蹲。桌子上的桅灯滚到地下，熄灭了。屋子里霎时变得漆黑，但，李福生的冲锋枪口几乎是同时喷出了火焰；陈明德把手榴弹一甩，喊道：

"副排长，走！"

李福生和陈明德刚刚跳出屋门，手榴弹爆炸了，好像打了一个霹雷似的，先是火光一闪，然后是一声巨响。

另外两个小组一听副排长带的第一小组打响了，第二小组立刻朝那个嘀嘀嗒嗒发着电报的电台，接连扔出了三颗手榴弹。第三小组正在警戒，一看从另一间屋子里冲出来十几个敌兵——可能是敌司令部的卫兵吧——战士们用冲锋枪迎面扫去，敌兵立刻连翻带滚退回去了。

"回！"李福生一声命令，战士们马上退出战斗，跑出了向西村。

他们正在向南奔跑——向南，只能使敌人认为是自己人——忽然迎面跑过来几十个敌人，乱糟糟地叫喊着。敌兵杂七乱八地问道：

"发生了什么情况？"

"快去！共军把司令部包围了！"李福生机智地大声回答。

敌人慌慌张张地往向西村跑去了。

李福生带着战士们往南跑了一阵，便又折东向北；跑过了螃蟹岗后，忽然，天空上挂起了几颗照明弹。照明弹一起，李福生便命令道：

"慢步走！"

他们列成一队，把罗九叔反缚双手，好像押解的样子，摇摇晃晃，一直走到了凤凰岭下。

雷大鹏一直站在凤凰岭阵地上，观察着向西村的情况。他一听打响了，便命令炮兵排开炮射击。炮弹呼啸着飞过夜空，仿佛一颗颗流星。

不一会儿，敌人也还击了。

3

深夜十一点四十分，守卫凤凰岭的战士们，寂无声息地离开了阵地，进入了一号防御工事。战线几乎缩短了一半，防御火力也加强了。

由于小部队出击的胜利，捣毁了敌人指挥部，延缓了敌人预定总攻击的时刻。

在这一段时间里，雷大鹏几乎是焦急地等待着敌人进攻的。但，这时候海岛上非常沉寂，甚至连枪声都很难听到了，只有敌人打起来的"壮胆弹"——战士们这样称呼"照明弹"——还不时照亮了夜空。雷大鹏清楚地知道，这种沉寂并不是什么好的预兆，这是暴风雨前常有的那种片刻的宁静和沉闷。显然，敌人绝不会罢休，而是正在酝酿一次更大规模的报复性的进攻，企图一举解决战斗。

他已经两夜一天没有闭眼睛了，真奇怪，竟一点也不瞌睡。他十分有兴趣地翻阅李福生带回来敌人的地图和文件。原来，敌人进攻大门岛，蓄谋已久；按照他们的计划，是四个小时解决战斗。雷大鹏忍不住偷偷地笑起来了。现在，他们已经登陆二十个小时，仅仅占领了我们主动放弃的阵地；而且，失败的命运正在等待着他们。

他不愿再闷在蒸笼一样的指挥所里了。他走到山坡上，迎着带有湿意的海风，仿佛今晚的凉爽、痛快是从来没有过的。他沿着长蛇一般的交通壕，到阵地上去。他总想跟战士们待在一起，或是说说笑话，或是相对着吸一支烟，才觉得是最大的快乐。他刚走到一班阵地，赵二虎便急切地问道：

"副连长！敌人怎么还不进攻呀？"

"大概是叫你们的出击打昏了，还没醒过来吧！"雷大鹏半认真半玩笑地说。

"要是知道他们进攻的时间就好了！"赵二虎喃喃道，"等得心里像着了火，毛热火辣的难受！"

"嗯！敌人比你更着急哩！"雷大鹏说，"他们预定四个小时解决战斗，现在已经三十个小时了，还蹲在海边上，不着急才有鬼！"

他撑住工事，探头往山下看了看，四周仍然很安静，连夜潮拍岸的有节奏的声音，都能清楚地听到。海，好像一大桶沥青油，漆黑黑的。风，吹到人身上，仿佛是无数根又尖又细的针，轻轻地刺着皮肤，令人发痒。他正在眺望，忽然，停泊在一〇八高地前面海上的敌舰，一明一灭地向陆上发送信号——敌司令部被捣毁后，便又移到军舰上了。他看了看手表，正是两点十分。他轻声对赵二虎说：

"准备！敌人快动手了！"

他的话音未落，从海面上、从沙滩上、从一〇八高地上，几乎是同时，火光爆发，仿佛打了一个闪电。转瞬间，炮弹就怪叫着飞过来，把宁静的黑夜震醒了。

雷大鹏忽然听得一颗炮弹嘶嘶地叫着，显然是已经离他近了。还没容他卧倒，炮弹就落在工事前面爆炸了。爆炸的气浪，猛然把他推倒，土石纷纷落在他的身上。

"副连长！"赵二虎从泥土里爬起来惊叫着。

战士们从坍毁的堑壕里，把雷大鹏扶起来。雷大鹏站起来，好像刚刚洗完澡，从澡盆里出来一样轻松地掸了掸身上的泥土，赵二虎关心地问道：

"副连长！受伤没有？"

"没有！"雷大鹏很快地回答。他的肯定的语气，确实令人感到他并没有受伤。然后，他又认真地说道，"敌人已到狗急跳墙的时候了，千万不要麻痹大意啊！"

雷大鹏说完，便沿着交通壕走回指挥所去了。卫生员黄隆成正在给一个伤员——指挥所已经变成了临时急救包扎所——包扎伤口。雷大鹏默默地坐在旁边，等黄隆成替那个伤员包扎完毕，才唤道：

"小黄！给我看看！"

"你……"黄隆成要问的话，还没有出口，便急忙解开了雷大鹏的军衣。他检查了一下，见是右胸穿透弹片伤，胸膜没有损伤，这才放心了。他急忙用双氧水棉球擦净伤口，敷好消毒纱布，又缠上了绷带。然后说道，"副连长！你的伤口不能再受剧烈震动！"

"要是炮弹爆炸呢？"雷大鹏半玩笑地说道，"我可挡不住它的震动啊！"

"那……"黄隆成认真地说，"多注意呗！"

包扎完毕，雷大鹏便坐在报话机旁，向师部报告道：

"敌人于两点十分开始夜间进攻，战士们正在战斗着。我们能够守住阵地！"

雷大鹏并没有在指挥所里休息。他一只手按着左胸，好像这样可以减少疼痛似的，伫立在离指挥所不远的一个机枪掩体里，观察着战场。这时，凤凰岭上被炮弹打着了的树木和野草，遍山燃烧着。激烈的枪炮声和冲杀声，好像掀起了风暴的海洋。

正在这个时候，从西北面的海上，传来了轰隆轰隆的炮声。炮声好似夏天打得很低的闷雷，一连声地滚动着。

雷大鹏的心猛然一动，不禁兴奋地欢呼起来："来了！来了！我们的援兵来了！"

他转身朝西北面一看，只见那里好像流星乱落一般，炮火闪闪，灯光烁烁，正在进行着一场激烈的海上夜战。

但是，岛上的枪炮声却突然停息了。本来是正在进攻的敌人，纷纷退回原阵地，惊慌不安地遥望着西北方。

雷大鹏心中充满了炽热的欢欣的感情。久盼的那个时刻——真是望眼欲穿啊——终于来了！但他迅速地让自己冷静下来。海上的战斗，是增援部队遭遇到敌人的拦截；那么，岛上的战斗呢？登陆的敌人只有两种可能：一种是立即撤退，一种是继续进攻。雷大鹏一面反复考虑着对策，一面朝凤凰岭下面注视着，好像要看穿敌人准备怎样行动似的；其实，那里黑黝黝的，什么都看不清楚。正在这时，一排长孙刚跑来了，兴奋地说：

"副连长！战士们都请求出击，不能眼看着敌人跑了！"

"出击？"雷大鹏仿佛听到了一个十分陌生的字眼，沉思了一下，坚决地拒绝道，"不！"

"时间再迟，敌人就要跑光啦！"

"现在，他们还不肯逃跑的！"

"他们已经退下山去了！"

"敌人还会进攻的！"雷大鹏好像作结论似的肯定地说，"敌人能这样罢休吗？不能！一块肥肉，刚吞到嘴里，还没有咽下去的时候，他决不会自愿吐出来。敌人有极大可能，一方面在海上拦截增援部队；一方面在岛上加紧进攻，争取很快地占领全岛。我们不应该出击，而要更好地巩固阵地，准备迎接最严重的、也是最后的一次考验。现在，最主要的是冷静，冷静，冷静！走，我跟你到阵地上去！"

雷大鹏迅速地走遍了几处主要阵地，查问伤亡情况，检查火力位置，并催促战士们抢修残破的工事。他尽力说服战士们，不要怕敌人跑掉，他们目前是不肯跑的；他们对自己的力量，估计得还很高。他用坚定的声音告诉战士们：胜利就要到了，但必须在这最后一次的决战里，打败敌人，胜利才有保证：一百里的路程，走了九十九，还不能算是到达目的地！

雷大鹏刚刚回到指挥所，便听到阵地上传来了激烈的枪声。

战士们瞪着眼睛注视着向山上扑来的敌人。天黑，分不清人影，可是，他们从敌人的叫喊和脚步声中，听出敌人绝不是少数，而是漫山遍野。敌人一连串打出了四五发照明弹，亮光立刻驱走了黑暗，只见弯曲的堑壕，好像蛇似的缠着凤凰岭。

这时，在一班阵地上，显得十分沉寂。战士们都扣着扳机，握着手榴弹，等待着越走越近的敌人。赵二虎紧咬着牙关，狠狠地暗骂道：

"雷副连长没有说错，这群畜生是不会死心的！哼！只要有一个战士还存口气，敌人想占领凤凰岭，那是做梦！"

敌兵冲到堑壕前三十多米的时候，赵二虎高喊一声：

"打呀！让他们尝尝面包的滋味！"

战士们随声甩了一排手榴弹。

手榴弹飞落在敌群中，立刻，火光腾腾，烟雾滚滚。

敌人退到半山腰里停住了。射向山头的密集的子弹，好像蝗虫似的，在空中嘶嘶地飞鸣。曳光弹仿佛火蛇似的上下乱舞，敌人企图用它迷惑战士们的神经。

一颗红色信号弹飞上夜空。信号弹还没有落，敌人又扑上来了。

密集的子弹打得战士们一时抬不起头来。

抬不起头来也要抬！李济才跳起来，猛力甩出一颗手榴弹。但，手榴弹还没有在敌群中爆炸，李济才却往后一仰，栽倒在赵二虎的脚底下了。

"李济才！怎么啦？"赵二虎大声惊问。他刚想伸手拉扯李济才时，李济才已猛然跃起来，摸住手榴弹就朝敌人扔去，这颗手榴弹没有扔多远，他自己却趴在工事上了。

赵二虎这才知道李济才受了伤，把他从工事上抱下来，急忙背进了防炮洞，喊：

"卫生员！快来！"

一个卫生员从烟火中钻出来，替李济才包扎好了伤口。卫生员要背他下阵地，可是，李济才用手一推，拒绝道：

"现在一个人顶一百个用，我不能下去！我还能压子弹啊！……"

这时，敌人从东、南和西南三面全力猛攻。凤凰岭上喊声震天，烟火腾空。战士们以一当百，把生命力发挥到最高度，奋勇抗击。重伤不能动的，往弹夹里压子弹；轻伤的，爬起来继续射击，机枪打得火红，迫击炮筒打得一摸就烙破了手，冲锋枪打得拉不开栓。……凤凰岭啊！你变得好像一座火焰山！战士们从烈火里钻出来，又往硝烟里跳，哪里有敌人，哪里就有打击敌人的英雄的身影。

残酷的战斗——一场决战——继续进行着。

第二十二章

1

我军增援部队的迅速到来，使敌司令部大为震惊。他们在退和攻这个岔路口徘徊了一下之后，决定一面派舰前往拦截我增援部队，一面加紧岛上的进攻。

敌司令部命令进攻凤凰岭的敌人，全力猛攻；同时，又给进攻大门墟的敌人，增派了七十多名士兵，以期攻占大门墟，握住全岛咽喉。

敌人自从在大门墟数次受挫以后，便没有再进攻。他们认为只要把凤凰岭拿下来，居高临下，一顿炮火，便可把大门墟轰平。现在，他们已经等不及了，接到命令后，马上组织进攻。但这次进攻是偷偷摸摸进行的。敌兵在黑暗中，肚皮紧贴着地面，匍匐前进，仿佛四脚蛇一样爬行着。

徐文烈一直关心凤凰岭的战斗情况。敌人连续不断地拼命袭击，使他坐立不安，甚至有点后悔到这个沉寂的大门墟来了。他坐在一段断壁后面，默默地注视着炮火的闪光，谛听着激烈的射击声。他的心情随着炮火的激烈而越发沉重。增援部队就在西北方不远的海上跟敌人战斗着。在增援部队到达岛上以前，能不能守住阵地，这是决定胜利的关键。……

他正在想时，猛听得苗国新一声惊叫：

"敌人摸上来啦！"

话音未落，徐文烈已翻身站起，厉声喊道：

"同志们！不要慌！"

他朝前面的断壁残墙迅速地观察了一下，只见敌人正三个一伙，五个一群，怕惊动了别人似的，悄悄地爬过来了。——在黑夜里，能够透过昏暗看到敌人的影子，这就说明相距已经很近了——他把驳壳枪一甩，一串清脆的枪声，冲破了大门墟的安静。他一边向敌人射击，一边叫喊：

"小苗！你的卡宾枪是吃素的吗？"

苗国新正急得两眼冒火，一听徐文烈的话，才像突然想起卡宾枪来似的，立即朝敌人射击。

但是，敌人已经一跃而起，冲到他们面前了。

徐文烈和苗国新打倒了几个敌人，可是，并没有把他们阻拦住，敌人疯狗似的往前乱窜。

战士们立刻像闪电一般迅速地扑上去了。徐文烈只觉得心头一紧，再一看时，不但战士们已跟敌人扭打在一起，连干部和民兵也卷进漩涡去了。

在这危急的时候，决不能有任何犹豫和动摇。只有马上迎上去，才能顶住敌人！而战士们正是这样做的。他感谢战士们刚才的行动快过他的思想。这时，一个敌人扑了上来。但是，徐文烈并没有躲闪。他威严地站在那里，仿佛一座不可动摇的高山。敌人冲得过于急躁了一些，没来得及射击，就到了徐文烈的面前。敌人一看已不能使用步枪了，索性把步枪倒过来，朝徐文烈的头顶劈下去。徐文烈看得真切，往下一缩身，躺在地上，回手一枪，子弹正射穿了敌人的胸膛，敌人晃了两下栽倒了。

这时，战士们的刺刀在敌群里上下飞舞，寒光闪闪。民兵们不大懂得刺杀，便凭着身强力壮，一个个倒提枪，抡圆了，朝敌人狠打。一霎时，敌人被打得像秋天的落叶，满地翻滚。但是，敌人仿佛波浪一般，第一批刚刚溃散，第二批又涌上来了。马上展开了更激烈的搏斗。战士们的刺刀戳弯了，民兵们的枪身打断了，可是，谁也没有罢手，有的抱住敌人用拳头打，用牙咬，用脚踢。……

徐文烈已无法指挥。每一个人都发挥着独立作战的能力，跟敌人扭作一团。正在这时，乡长率领着干部队来增援了；几乎是同时，第三批敌人也冲上来了。

千钧系于一发！徐文烈摸到了一支冲锋枪，想截断敌人。他刚一转身，忽然听到了民兵队长林传有的喊打声。原来，林传有面前突然出现了两个敌人。他猛一纵身，一拳打出去，把跑在前边的那个，打得倒退了两步，仰天跌倒了；

后边的那个敌人，一时收不住脚，踩在那个跌倒的敌人身上，也栽翻在地。徐文烈一看两个敌人正滚在一起，便把冲锋枪口一低，只听哒、哒、哒接连几响，两个敌人立刻一动也不动了。林传有跑过来，扔掉了手中的步枪，拾起了敌人的冲锋枪。这时，徐文烈喊道：

"林传有！跟我来！"

林传有立刻跟着徐文烈，向前跃进。他俩趁着混乱，跑到阵地前面一间渔民房屋的后面，朝着冲过来的敌人举起枪。徐文烈急迫地说道：

"狠狠地扫！把后面的敌人截住！"

他的话刚刚说完，两支冲锋枪，同时喷出了两条猛烈的火舌。

敌人果然被这突如其来的火力，斩成了两截。后面的敌人哗地一下，退回去了。前面的敌人，一听背后打了起来，也就惊慌失措了。

一阵轻松的感觉，掠过了徐文烈的心头。

但是，敌人并不善罢甘休，用两挺轻机枪，朝着徐文烈和林传有据守的房屋扫射过来了。密集的成串的子弹，打得墙壁上面的泥土纷纷剥落。不一会儿，给迫击炮指示射击方向的曳光弹，仿佛红色火箭似的直飞过来了。紧接着，迫击炮弹发着嘶嘶的令人厌烦的怪啸声，撕扯着空气，落在房屋后面爆炸了。

徐文烈和林传有两人被硝烟包围了，火药味呛得出不来气。特别是徐文烈，又剧烈地咳嗽起来，只觉得满脸发烧，胸腔里像有什么东西堵塞着，痛苦得连眼泪都流出来了。但是，徐文烈这时只有一个念头："扫射！把后边的敌人拦住！"他一闪身，紧贴在墙上，冲锋枪像一匹暴怒的野马似的，在手中跳跃着。

林传有先是被敌人的炮火吓住了，一看徐文烈那种无畏的样子，也鼓起了勇气，朝敌人射击。

正在这时，苗国新突然从烟火中滚过来了，担心地喊道：

"指导员！我找了你半天……"

"小苗！来！"徐文烈一边射击一边喊，"打！"

"指导员！你到后边去吧！"苗国新焦急地大声喊着。

"这儿交给敌人吗？"徐文烈厉声回答，"大门墟绝不能丢。"

苗国新还要说什么，但一颗迫击炮弹爆炸了，掀起的气浪，猛地把徐文烈推倒了。苗国新立刻扑上前去，喊道：

"指导员！你……"

苗国新的话还没有说完，徐文烈已经一跃而起，仿佛地上装着一架强力弹簧机，把他弹了起来一般。

不一会儿，二排副排长从后面钻了出来，兴奋地喊道：

"指导员！你们打得好！"

"冲进去的敌人消灭了没有？"徐文烈急忙问。

"全消灭了！"二排副排长激动地回答道，"要是你们不把后面的敌人截住，那……"

"没有源的水，一定要枯干！"徐文烈的眼睛里闪着欣慰的亮光，命令道，"走！咱们回阵地去！……"

他的话音未落，突然，又一颗迫击炮弹呼啸着飞过来。徐文烈往地上一趴，苗国新却往徐文烈身上一扑。炮弹轰的一声爆炸了，弹片、泥土像暴雨似的落下来。紧接着，房屋燃烧起来了。

敌人又吼喊着冲了上来。……

徐文烈把苗国新猛力一推，站起身来，火光映红了他的脸，高喊：

"寸步不许退！"

他趋前两步，仿佛要用身体拦住敌人，平端着冲锋枪，迎面扫了一梭子。苗国新、二排副排长和林传有的三支枪，也同时叫起来了。

敌人又退下去了。

徐文烈趁着敌人后退的机会，把手一挥，他们四个人互相掩护着，转眼退回阵地上去了。

徐文烈一刻也没有休息。他马上从这道断壁跑到那段残垣，鼓励战士们坚持到底。战士们回答他的是坚定的誓言，"我们决不后退一步！"然后，他又跑到民兵和干部们中间，用诚挚而恳切的声音，告诉他们不要怕。他说，"我们的援兵来了，害怕的是敌人！"民兵和干部们沉着地回答道，"大军同志是我们的榜样！"

敌人仿佛一只发疯的野犬，咬人的时候，连一口气都不喘，拼命往上蹿。徐文烈紧紧地握着冲锋枪，两只眼睛瞪得都有些疼了，注视着恶狠狠地扑上来的敌人。敌人这一次用的是集团冲锋，只见黑糊糊乱糟糟的敌兵群，像潮水一般，直向我方不过十米长的一段阵地上涌滚。……

徐文烈恨不得自己变成一座高山，挡住敌人的洪流。他手里的那支冲锋枪，枪管打得火烫，尽管敌人像割草一样在他面前倒下去，可是敌人还是冲过来了。

冲锋枪的弹夹打空了，他像甩手榴弹似的，把枪向敌人抛出去。敌人从来没有见过这样黑糊糊的抛掷武器，吓得不禁朝后一闪。徐文烈趁机抽出驳壳枪来，连射三发，回头高喊：

"机枪！机枪！为什么哑巴啦？"

但是，一直吼叫着的机关枪，仍然没有响。他立刻朝机枪掩体奔去。到那一看，才知机枪射手和弹药手都牺牲了；他把机枪手移开，自己伏在机枪后面，扣动了扳机。机枪子弹在敌人面前构成了一条死亡线。

敌人狼藉地倒下了一片。但，后面的敌人又从烟雾中冲上来了。

苗国新好像影子似的跟着徐文烈。徐文烈刚进入机枪掩体，他就滚过来了。徐文烈一见，高兴地喊道：

"小苗！来得好！快压子弹！"

"指导员，快下去！"苗国新好像是命令似的喊，"这儿太危险！"

"没有不危险的地方！"

"你是指挥员！"苗国新一边喊，一边上前把徐文烈一拉，"把机枪给我！"

徐文烈迅速地回头看了苗国新一眼，竟顺从地让开了位置。机枪在苗国新手里叫得更清脆了。苗国新一边打枪，一边说道：

"指导员，你快离开这儿！"

"我给你压子弹！……"

徐文烈的话还没有说完，机枪便不叫了。徐文烈急忙问道：

"小苗！怎么啦？"

"指导员！我右胳臂不能动了……"

"快下去！"徐文烈上前推开苗国新，抓过机枪来，一边射击，一边说道："你受伤了！快下去！"

"我压子弹吧！"苗国新请求道，"我左手还能动！"

这挺机枪使敌人的冲锋受到了阻碍。于是，敌人先用两挺机枪把这挺机枪封锁住，然后，继续冲锋。

徐文烈被敌人的机枪压得抬不起头来。他立刻把机枪拉下来，退出掩体，沿着交通壕，进入一个散兵坑。机枪几乎从正面向敌人扫射。冲锋的敌人立刻卧倒了。可是有两个敌兵像蜥蜴一样，朝这个散兵坑偷偷地爬了过来。敌兵在距离散兵坑二十多米的地方，接连甩出了三颗手榴弹。……

徐文烈正在射击，手榴弹突然在他面前爆炸了。他只觉得机枪在手里猛烈地跳了一下，便什么都不知道了。

苗国新赶过来，一看机枪被炸翻，徐文烈趴在机枪上一动也不动，立刻吓慌了，大声叫道：

"指导员！指导员！……"

这时，成群的敌人，好像一只楔子，劈进了大门墟阵地。他们这种结集兵力，突破一点的战术奏效了。但战士、民兵和干部并没有后退，立刻和敌人混战一团，展开了激烈的搏斗。

苗国新叫不应徐文烈，便要把他背下去。他一边流着泪，一边抱住他。徐文烈好像躲闪他似的，猛然站了起来，厉声喊道：

"小苗！你不打敌人，这是干什么？"

"指导员，你受伤了……我背你下去！"

"胡说！下到海里去吗？"徐文烈拔出驳壳枪来，朝敌人连续射击。

敌人从他眼前飞奔过去了。敌人的大皮靴，踩得干燥的土地咯咯响。徐文烈觉得像是踩在自己心上。他从散兵坑里一跃而出，一边挥动着枪，一边倾尽全身力气喊道：

"同志们！不许后退一步！把敌人打回去！"

他朝杀声震天的大门墟中心奔去。

可是，他跑了不到十几步，扑通一声跌倒了。他觉得心口发热，一张嘴，哇的一声，吐出了一口腥气刺鼻的鲜血。紧接着，他吐了一口又一口，仿佛把心都吐出来了。……

正在这时，大门墟东北方突然枪炮齐鸣，仿佛千军冲锋，万马陷阵。

徐文烈抬起脑袋来一看，只见敌人好像退潮一般，一泻而下。他奇怪地想：

"这是怎么啦？"

苗国新跑上来，抱住了他的脑袋，一边流着眼泪，又一边高兴地笑道：

"指导员，援兵登陆了！你看呀，来的是海军同志……"

2

英雄的凤凰岭，在浓烟烈火中屹立着。

　　雷大鹏带领战士们虽然打退了敌人的连续冲锋，情况却愈来愈危急了。他把全部可以参加作战的力量，都编在一起，临时改编成三个排。但是，排下面，没有班的建制。他到了南面阵地上——那里，一直是战斗最激烈的阵地——忽然，有一个黑影在交通壕里一晃。他趋前一看，认出是陈明德。陈明德的脸孔叫烟熏血洗，已看不清眉眼，只有牙齿还是白的。雷大鹏问道：

　　"小陈！够呛吧？"

　　"是啊！"陈明德笑道，"不是够我呛，倒是够敌人呛的！"

　　"对！敌人像是吃了鱼骨头，吐，吐不出；吞，又吞不下！"雷大鹏鼓励道，"要记住！我们这里是第一号阵地，再往后退，已经是没有地方可退了！"

　　"副连长，我没有想到过退！"陈明德认真地说，"从滩头阵地转移，我就不愿意！"

　　"如果不那样，你现在是不会守在这里的！"雷大鹏解释似的说，"我记得你看完《普通一兵》，说过勇敢不是拼命的话，为什么对转移想不通呢？"

　　"我真看不惯敌人这个疯狂劲！"

　　"他们快要发疯地跑咯！"雷大鹏笑道，"他们再攻不下来，就会回头的！"

　　"绝不能让他们逃掉！"

　　"对！他们既然来了，就不用再上台湾抓去啦！"雷大鹏幽默地说，"不过，你必须记住：现在不许后退！"

　　雷大鹏刚转身要走，陈明德又口吃似的说道：

　　"副连长！我……"

　　"什么事？"雷大鹏停住了脚步。

　　"副连长，我请求党在战斗里考验我。"陈明德的眼睛里放出了亮光，坚决地说，"如果我够条件的话，请接受我做一个光荣的中国共产党党员！"

　　"好！"雷大鹏伸手抓住了陈明德的肩膀，使劲捏了几下，仿佛老朋友突然见面似的，亲切地说道，"你从渡海作战以来，一直表现不错，是个好战士，也是个好团员。党是随时都在注意着你的表现的。你放心吧！目前要好好坚持战斗，党是不会辜负你的迫切的愿望的！"

　　"我一定和同志们一起坚持到底！"陈明德觉得浑身有一种新的力量冲击着。这时，他从衣袋里掏出一张纸来，小心地递给了雷大鹏，恳切地说，"这是我的入党申请书，是白天在战壕里写的！"

"我负责把它交给支部书记徐指导员。"雷大鹏把那张纸折起来,好像放什么贵重物品似的,装在上衣口袋里。

雷大鹏刚一转身,敌人便又开始进攻了。

霎时,满山闪起火光,飞起烟雾。

雷大鹏出现在阵地上,给战士们带来了信心和力量。战士们的眼睛里射出了愤怒和仇恨交织的火焰,注视着成群的敌人,把手榴弹、爆破筒和带引信的炮弹掷出去。工事前面转眼间变成了一片火海。

敌人仍然往上冲。雷大鹏用尽力量嘶喊:

"同志们!坚持住!坚持就是胜利!"

"我们能坚持住!"李福生的嗓子已经沙哑了。

"副连长,你放心吧,人在阵地在!"赵二虎大声说。

敌人越冲越近了。战士们用冲锋枪向敌人猛扫。赵二虎觉得在战壕里打得不得劲,一时兴起,跳到工事上面,端着冲锋枪扫射。雷大鹏立刻上前一把抓住他的胳臂,拉了下来,严厉地斥责道:

"你送死吗?"

赵二虎没有吭声。他猛一抬头,看见敌人已经扑进了战壕。他窜上去,倒握冲锋枪,使劲一抡,就把第一个敌人打得脑袋迸裂,滚下山去了。

雷大鹏一边用驳壳枪射击着,一边鼓励战士们:

"不许敌人上来!别忘了咱们是钢铁连!"

战士们端着寒光闪闪的刺刀,朝扑进来的敌人奔去。

但,成群的敌人遮天盖地地涌上来了。赵二虎看见一个敌人正往战壕里跳。他瞄个准,双手托住敌人的腰,用力一举,就像扔什么东西似的,抛到工事外面去了。后面的敌人一时弄不清扔过来的是什么,吓得朝后躲闪。那个被扔出去的敌人,却像一块沉重的石头,向山下滚去,一路又撞翻了好几个敌人。

空中又升起了照明弹。赵二虎回头一看,只见副连长雷大鹏正跟一个敌人在壕底翻滚。他立刻跳过去,死死地抱住了敌人的脑袋。这时,雷大鹏站了起来,朝正在挣扎的敌人连开三枪,敌人一挺身,不动了。赵二虎并没有松手,说道:

"副连长,这个家伙从哪儿来的,还叫他从哪儿回去!来,把他扔出去!"

雷大鹏抓住敌人的双腿,喊了个"一——二",和赵二虎一用力,那个敌人就飞到战壕外面去了。

这时，又有十几个敌人冲进阵地来了。赵二虎红了眼，向一个敌人扑过去。那个敌人的步枪，还没来得及顺过来，就叫赵二虎握住了。两个人正使劲夺枪，赵二虎冷不防松了手，那个敌人朝后猛然退了两步，仰面朝天跌倒了。几乎是同时，他一脚踏住敌人的胸膛，一手夺过步枪来，刺刀朝下一戳，敌人被钉在地上了。

敌人还是像汹涌的潮水一样继续向阵地上冲击。

雷大鹏头皮发紧，脸色铁青，眼睛眉毛都倒立起来了。他的胸膛里燃烧着怒火，全身血液奔涌。在这个眼看阵地就要被突破的危险的时刻，他把驳壳枪猛然一举，厉声喊道：

"同志们！跟我来！"

他第一个跳出了战壕。战士们也端起了闪闪发光的刺刀，瞪着圆彪彪的眼睛，一个个好像钢铁铸成的巨人，面对着敌人，冲了下去。……

敌人被突然出现在面前的英雄们的身影吓慌了，不禁倒退了十多米。在敌人还没有清醒的刹那，战士们用手称弹砸，用冲锋枪扫，用刺刀拼。战士们就如火山喷出来的岩浆，冲向敌人，遇到它的，便化成灰烬！

敌人狼狈溃退，就像下泻的水，再也收不住了。

雷大鹏心里这才松了一口气，喊道：

"退回阵地！"

战士们刚回到阵地，敌人的炮火便袭来了。

雷大鹏看着阵地上越来越少的战士，压抑住心头的悲痛，命令陈明德道：

"去！把电报员和卫生员也给我叫来参加战斗！"

陈明德转眼就朝指挥所跑去了。

雷大鹏又看了看大门墟。从那里传来激烈的枪声，显然，战斗还在继续着。海上，仍然是炮声隆隆，爆炸的闪光，明灭不定。雷大鹏心里像火烧一样焦躁，增援部队一直滞留在海上不能前进，而岛上的人每一分钟都在减少，困难啊！但是，岛上只要还有我们的战士在，敌人就永远休想把它占领！

雷大鹏正在想时，忽然，从凤凰岭西北边的山坡上，涌上来无数人影。他心中一惊："啊！大门墟落到敌人手里了！不然，敌人怎么能从西北边上来呢？……"

他正要组织反击，突然，传来了联络号声。联络号还没吹完，他便喊道：

"自己人！"

但他又一转念："真奇怪！增援部队还在海上跟敌人作战啊！"

不一会儿，那些人上了凤凰岭，防守在西北面阵地上的战士们，也没有射击。雷大鹏急忙跑过去，想看个究竟，在交通壕里，迎面碰上了一队穿着海军服的水兵。走在队伍最前面的一个人，原来是修完大门湾码头后，回到海军基地去的水兵连连长黄国基。雷大鹏一阵惊喜，还没开口，黄国基已经大声叫喊起来了：

"老雷！我们来了！"

"你们来得正好！"雷大鹏亲热地紧握着黄国基的手，不解地问道："敌人不是在海上把你们截住了吗？听！现在还有炮声哩！"

"哈哈……"黄国基畅快地笑了起来，当胸打了雷大鹏一拳，说道："老雷！你怎么也被迷惑了？"

"啊！"雷大鹏恍然大悟，笑道："原来是这么回事！"

原来是这么回事：增援部队估计到敌人要在海上拦截，便分两路出发：一路是炮艇，一路是装载部队的帆船。如果遇不到敌人，两路合成一路，在大门湾登陆；遇到敌人，炮艇马上投入战斗，缠住敌舰，部队则在岛北岸菠萝坑登陆——解放大门岛的时候，渡海部队便是从这里登陆的。

雷大鹏和黄国基正在交谈敌我情况，陈明德跑来报告道：

"副连长！敌人撤退了！"

雷大鹏一听，威严地说道：

"不许他们逃跑！"

于是，两支兄弟部队并肩向敌人追去。守备连的战士们忘记了困乏和伤痛，被胜利的快乐和兴奋鼓舞着，一路踏着敌人遗弃的尸体、枪支、钢盔、刺刀和衣服，夺回了曾被践踏过的土地。

成群成堆的敌人，从工事、掩蔽壕、树林和渔村里钻出来，向着一〇八高地前面的原登陆点逃窜。因为敌人的主要舰艇被我增援部队拖住了，那里，只有少数船只。敌人争先恐后，往船上拥挤。同时，他们为了掩护撤退，仍然据守着一〇八高地。

一〇八高地上，炮弹坑里还散发着爆炸的余热，残破倒塌的工事，也冒着黑烟。守备连和水兵连的战士们冲到半山腰的时候，迎面被敌人的炽烈的火力拦阻住了。原来，敌人躲在半山腰中的一个山洞里，洞口堆上大石头，做成了一个机枪火力点。机枪喷出来的凶恶的火舌，在战士们面前构成了一道火墙。

雷大鹏和黄国基并排卧在一块大石头后面，注视着那个火力点，焦急地问道：

"老黄！你们的炮什么时候上来？"

"炮兵在火力船上，正跟敌人干哩！"黄国基抱歉似的回答后，又问："你们的炮全受伤了吗？"

"只剩下了迫击炮！"雷大鹏心情有些沉重地说，"对付这个火力点，迫击炮吃不了它！"

"爆破！"黄国基干脆地说，"我们要争取一分一秒，不能叫敌人跑掉！"

黄国基说完，便回头下了命令。立刻，由两位海军战士组成的一个爆破小组，在机枪和冲锋枪的掩护下，抱着爆破筒，像射出去的飞箭一般，向敌人火力点跃进了。

这时，所有的人都等待着爆破声。可是，在紫红色的烟尘里，敌人的机枪仍然喷射着凶猛的火焰。

等待又等待。那里既没有爆炸声，两个战士也一直没有回来。

雷大鹏正和黄国基交谈，准备再派人上去，忽然听见身后有一个战士说：

"副连长，我去炸掉它！"

雷大鹏听出是陈明德的声音。在这个声音里，充满了严肃、认真、坚定和自信。

雷大鹏借着敌人打起来的照明弹的闪光，回头凝望着陈明德：一刹那间，雷大鹏的脑海中浮上了陈明德的一个又一个面影：他到连部报到，陈明德在林间岔路上气喘吁吁地追上他时的兴奋的笑容，登陆大门岛时，陈明德在沙滩上独立作战、杀伤许多敌人、负重伤后紧闭双眼的安详的面貌，在报告情况、受到雷大鹏严厉批评后的难过的神色，以及不久以前，陈明德在交通壕中，用那被炮火硝烟熏得黑黝黝的双手向他呈递入党申请书时的严肃的神态……现在，这个年轻的战士正昂着头，严峻地抿着嘴唇，眼神中显示着对敌人的强烈的仇恨，迫切地期待着雷大鹏的回答。这一瞬间，雷大鹏那么清晰、那么深切地感受到了一个青年战士的成长，内心升起了一股激动、疼爱的热流。他严肃地、信任地注视着陈明德，心想：好同志，你已经成长为一个真正的战士了。现在正是需要这样的战士去解决问题的时候。我会把你用在最有用的地方的！雷大鹏又回头望了望火力点，那个火力点照旧在疯狂地喷吐火焰。

黄国基一直关心而焦急地注视着前面，正要命令战士再上去爆破，还没有开口，却听雷大鹏响亮地说：

"老黄，这一回让我们去！"

"不！"黄国基摇了摇头，争辩道，"我们没有完成的任务，还由我们干！"

"什么你们我们的？"雷大鹏不以为然地说，"完成任务要紧！"

这个时候，陈明德又向前爬了一下，请求道：

"副连长，我能完成任务！"

雷大鹏和黄国基同时回过头去，注视着陈明德。黄国基本来还要争论叫海军同志去，但他一听到陈明德的话，便不再说下去了。雷大鹏心情激动地命令道：

"陈明德，你和赵二虎同志一起去吧！"

"是！"陈明德的嘴角立刻出现兴奋、喜悦的微笑。他一边答应，一边敏捷地收拾着。他把冲锋枪交给副排长李福生，然后带上四颗手榴弹，紧紧地握着爆破筒，对赵二虎道："班长，出发吧！"

陈明德在前，赵二虎在后，像两颗流星似的滚上了山坡。他俩跃进又卧倒，卧倒又跃进，转瞬间，便接近那个火力点了。从火力点里射出来的一串一串子弹，好像暴雨似的落在他们两个四周。赵二虎伏在一个炮弹坑里，瞄准火力点的枪眼射击。敌人的机枪沉默了。陈明德毫不迟疑地跃上前去，刚滚进了一条残破的交通沟，火力点又向外喷火了。赵二虎的右肩一下子被打穿，握不住枪了。陈明德迫切地等待着赵二虎的冲锋枪响，但一直没有声息。他回头望了又望，等了又等，枪还是不响。他心头一动："班长可能负伤了！"

他决定不再等待。他抽出一颗手榴弹来，朝火力点用力甩过去。他借着手榴弹烟雾的掩护，向前跃进。四颗手榴弹打光了，他距离火力点仍有十多米。子弹在他面前的土里扑扑乱钻。他知道：绝不能等待，便低姿匍匐前进。忽然，前面有什么东西挡住了他，用手一摸，原来是一具尸体。敌人打起来的照明弹闪闪放光。陈明德借着亮光一看，这是刚才前来执行爆破任务的海军同志。他心里一阵刺疼，咬住了牙关。……他迅速地从海军同志手里取下冲锋枪来，瞄准火力点，一扣扳机，默念道：

"同志！我替你报仇！"

一道火光射进了火力点，机枪立刻不响了。

陈明德提起爆破筒来，扑了上去。他把脊背紧贴在山洞口外的石头上，粗喘着气，斜睨着又开始喷火的枪眼。他毫不迟疑地举起了爆破筒，斜插进去。然后，顺手拉开了导火索。

爆破筒冒着白烟，吱吱地响着。

火力点里的机枪声停止了。刹那间，四周沉寂得使陈明德听到了自己的猛烈的心跳声。他刚要转身向山下滚，但，敌人突然把爆破筒推出来了。

陈明德恼怒地看了黑黝黝的火力点一眼。他的动作甚至好像比思想还要快，弯身拾起了爆破筒，又向枪眼里插去。但，爆破筒只插进了半截，便被里面的敌人顶住了。在这个时刻，他决不能松手；可是，爆破筒的烟越冒越大，吱吱的声音越来越响。他在这一刹那间所想到的是：如果不松手，自己将与敌人同归于尽；松了手，自己虽然滚下山去，保存了生命，可是，完不成爆破任务。……他感到敌人疯狂似的向外推，简直快要顶不住了。他满脸流汗，遍体透湿。忽然，《普通一兵》里的马特洛索夫的英雄的形象，在他脑海里一闪，他立刻决定了，"要像一个真正的战士那样做！"他猛一用力，把爆破筒完全插进了火力点；几乎是同时，身体灵巧地向后一退，用宽厚有力的脊背，堵住了那个枪眼。……

陈明德抬起头来，一边用明亮有神的眼睛，朝山下注视着；一边用充满了信心和力量的声音喊道：

"同志们，冲啊！不许敌人逃跑！"

但，他的喊声还没有完，一〇八高地突然抽搐了一下，仿佛山崩地裂似的一声巨响，爆破筒爆炸了，从山洞里飞出来滚滚浓烟和烈火。

"同志们，冲啊！不许敌人逃跑！"

雷大鹏复诵着陈明德的最后一句话，猛地跳起来，带领着战士们冲上了一〇八高地。他比任何人都快地跑到火力点前面，站住了。在火光中，他辨认出了陈明德的遗体。他紧咬下唇，蹲下去，把这个年轻战士抱在怀里。他愤怒地朝一〇八高地前面的海边注视着：那里，敌人正在登船，企图逃命。可是人民战士在消灭了一〇八高地上的敌人后，已像怒涛一般冲下去了。

雷大鹏压抑不住心底的激动，低头望着陈明德的庄严的脸孔，用沉重的，但又是骄傲的声音说：

"你是个真正的战士！我一定请求上级党委追认你做一个共产党员！"

雷大鹏好像怕把这个年轻战士惊醒似的，轻轻地把他放在地上，然后，站了起来，舒了一口气。他朝东方一看，才知天已经亮了。

3

增援部队和守备连的战士们，把敌人压缩在一○八高地前面的一小片海滩上。还没有来得及登船的敌人，一边慌乱地射击着，一边朝船上跑。船上的敌人则拼命叫嚷，催逼着快开船，船终于不顾岸上的敌人，迅速地开走了。几乎是同时，留在岸上的绝望了的敌人，有的高高地举起了双手；有的一时愤恨，拿枪朝正在逃跑的船射击。

成群的俘虏，被战士们押着，垂头丧气地走向大门墟去了。

岛上的战斗刚刚结束，挂着红旗的三艘炮艇，排成一行，冲破碧蓝色的海面，威武而庄严地驶过来了。他们跟拦截增援部队的敌舰战斗了三个多小时，完成了掩护任务。

雷大鹏正在激动地眺望着炮艇时，忽然，从空中传来了隆隆的轰响声。他急忙抬头一看，从东南方的云影里，钻出来两架敌机。敌机在大门岛上空盘旋了两圈，便追赶正在逃跑的敌人去了。显然，敌机是来掩护敌人撤退的，它好像吊丧似的嗡嗡地哀泣着，越飞越远了。

雷大鹏兴奋得像喝醉了酒一般，涨红着脸，两眼闪射着喜悦的光芒，向大门墟走去。他已经一天一夜没有见到忠诚的战友，也是亲爱的首长徐文烈了。他怀着关切，急迫地想见到他，一起享受胜利的欢乐。……

他抬头看了看四周。阳光真明亮，亮得耀眼；海洋真碧蓝，蓝得发光。山连山，树连树，草连草，山山树树草草，构成了一片艳绿。天空，明净得像海一样蓝。海风，温柔得像少女的手指。上面一片蓝天，下面一片蓝海，中间，镶嵌着一块绿宝石——大门岛。这里，仿佛是一个彩色的世界，童话中的仙境。仅仅在不久以前，曾在岛上爆炸过的炮弹，飞腾过的尘雾，弥漫过的硝烟，燃烧过的烈火，以及丑恶的敌人的身影，仿佛已是千百万年前的历史陈迹了。他穿过茂盛的椰子林。椰子树摇曳着宽大的叶子，仿佛向他伸出了祝贺胜利的手。他走过闪着白光的沙滩。潮水形成优美的曲线滚过来，激起的浪花和溅溅的响声，好像向他跳着欢乐的舞蹈，唱着快活的歌曲。炮弹坑周围没有被炸倒的野花，开得更鲜艳了，在向他微笑。

他很快地走到了大门墟。渔民们正忙碌地拆除断壁残墙，清除碎砖烂瓦。他们的脸上，洋溢着重建家园的信心。雷大鹏感动看着他们，并向他们问候。他正往前走，忽然看见苗国新的影子一晃，就跑得不见了。雷大鹏奇怪地想："这个小鬼又闹什么鬼名堂？"他追着苗国新的影子，走进了乡人民政府，只见战士和民兵们坐在院子里的树藤下面，一个个沉闷不语，脸上流露着一种忧虑的神色。他更奇怪了："把敌人打跑了，为什么还这样愁眉不展呢？"

雷大鹏走进乡人民政府办公室。室内很静，沉重的空气，使他感到一种压抑。他一抬头，一位戴着大白口罩的军医，朝他摆了摆手，好像在说，"安静一些！"雷大鹏放轻了脚步，低头一看，只见地上放着一副担架，上面躺着一个人。这是谁呢？他定睛再看，好像突然袭来了一阵寒流，从头冷到脚，连心也凝冻了。这一张脸孔多熟悉啊！那本来闪烁着的坚定的眼睛，现在闭得紧紧的；经常带着亲切的微笑，爱说幽默动人的话的嘴巴，现在也闭得紧紧的。雷大鹏轻轻地蹲在担架旁边，小声叫道：

"指导员！指导员！……"

但是，徐文烈脸上没有一丝表情，白得好像一张纸。雷大鹏握住了徐文烈的又凉又硬的手，抬起脑袋来，仰望了一下沉默的军医，又转脸看了看一动不动地站在屋角的苗国新。——刚才，苗国新从增援部队的输送船上，取回来强心注射剂。但，注射了以后，并没有起什么显著的作用。雷大鹏站起来，焦急地向军医问道：

"怎么样？"

军医只朝雷大鹏同情地看了一眼，没有回答。

雷大鹏又蹲下去，摸了摸徐文烈的胸脯。徐文烈的呼吸，微弱得简直感触不出来。这时，室内空气紧张得拿火柴一点就可以爆炸。雷大鹏正注视着徐文烈的脸，忽然，好像有什么重大的发现似的，惊喜地呼唤道：

"指导员！……"

徐文烈的眼睛微微地跳动了一下，然后，徐徐地睁开了一条缝。他的眼皮仿佛有千斤重，他没有张开它的力量。他好像不认识似的凝望着雷大鹏。……

雷大鹏高兴地连声说道："指导员！我是雷大鹏！我是……"

徐文烈的嘴唇一动，嘴角上立刻露出了微微的笑容。这个笑容，使雷大鹏感到异常亲切，又体会到了他那诚恳、朴实、坚毅和乐观的性格。过了一会儿，徐文烈的青白色的松弛的嘴唇，颤抖了两下，好像要说什么，但没有说出声来。

雷大鹏仿佛怕徐文烈听不见似的，兴奋地大声说道：

"指导员！我们胜利了！"

徐文烈的眼睛一下子睁得更大了，目光也明亮了。他注视着雷大鹏，嘴唇不停地抖动着，喉咙里发出分辨不清的喑哑声。雷大鹏知道他在不住地说话，只是听不清说些什么，心里正在着急。忽然，他清楚地听到了一句话：

"……敌人是不会死心的……"

雷大鹏表示听明白了，点了点头。

徐文烈还要说，可是，他的嘴唇紧紧地闭上了，眼睛也闭上了。过了一会儿，他的眼睛又睁开了，留恋地望了雷大鹏一眼，但，随即又闭上了……

雷大鹏以为徐文烈已经好转，等了又等，希望他再把眼睛睁开。可是，徐文烈一直一动不动地安静地躺着，脸孔仿佛铜铸石雕一般。雷大鹏又伸手摸徐文烈的手腕，他一下子愣住了。他急忙缩回手来，再放到徐文烈嘴唇上面，试一试气息，可是，他已停止呼吸了。

雷大鹏费力地站起来，摘下了军帽。

苗国新一看，立刻扑到徐文烈身上，一边呼喊着指导员，一边放声哭泣着。

雷大鹏的心头袭上了一阵强烈的悲痛，好像被刀猛刺了一下。他想忍住，可是，怎么也忍不住，热烘烘的血，迅速地流遍了全身；两眼模糊了，大颗大颗的泪珠从脸颊上流了下来。他猛地转了一个身，扑到窗台上，沉痛地哭起来了。

他正在哭泣，忽然，觉得有一只热乎乎的大手，放到自己的肩膀上。他抬起泪眼一看，原来是萧师长。他一边哽咽着，一边擦去了泪水，凝望着萧师长那严肃的，但是强压住悲痛的脸孔，怀着仿佛见到了久别的父亲一样的心情，感到了温暖和依靠。

在这一刹那间，两个人互相对视，谁也没有言语。

过了一会儿，萧师长用低沉的声音，好像自言自语似的说道：

"一个优秀的共产党员、不知疲倦的战士……不，他没有死，他的生命，和胜利同在！和革命事业同在！"

萧师长和雷大鹏朝窗外望去：只见被炮弹炸倒的台风警报站的高架子，又耸立在半空中了。一个战士和一个渔民，攀登到架顶上，钉上了悬挂风力信号的横木。信号升起来了。他俩一看，是海上风力三级的信号，这就是说，海面的天气将是微风小波！

1952—1955 年，武汉—广州
1956—1958 年，北京莲花池

后记

这部长篇小说从 1952 年写起，经过了七年的业余劳动，改写五次，现在终于脱稿了。

当我回忆写作经过的时候，尤其是想到这样一部粗劣的作品即将出版的时候，我首先应该感谢党的关于繁荣文学艺术创作政策的英明和正确。党的文艺政策，鼓励了青年们热情大胆地进行业余创作，帮助和培养了新生力量的成长，也给我增强了坚持业余创作的信心和决心。

我不但在文艺战线上是初学写作者，在革命队伍里也是一名新兵。1949 年春天，在那个革命蓬勃发展的光辉的日子里，我才走出了大学的校门，投入人民解放军中当随军记者。我永远不会忘记，那风沙千里的冀豫平原的大进军，渡黄河、过长江的历史性的雄壮场面，席卷江南时崇山峻岭中的追击战，粤桂边围歼蒋白匪帮的远程奔袭，解放海南岛的千帆渡海……在战斗中，我和很多战士们相识了，而且我学到了大学教科书里所没有的许许多多东西。

新中国成立以后，我的工作又使我有较多的时间和海防战士们生活在一起。1950 年，曾和他们一起伏在石头堆成的桌子上，吃带霉味的大米，喝盐水当菜，睡在可以数星星的茅草棚里，看着蛇在蚊帐顶上打架。但，仅仅过了两年，我在同一个岛上，又和战士们一起顿顿吃新鲜蔬菜和煮鸡炖肉，住在宽敞明亮的营房里。战士们不但用生命保卫着海防，而且用勤劳的双手建设起了岛上乐园。这是多么大的变化啊！我的心，为这个变化激动得没有一会儿安静。于是，1952 年夏天，我从荆江分洪工地采访归来，便动手写这部小说了。

　　由于自己思想水平和艺术水平的限制，尤其是在生活的土壤里，没有把根子扎深扎广，尽管这部小说改写了五次，到现在，仍然存在着很多缺点。在这里，我衷心地而且迫切地期待着读者的批评。因为，来自读者群众和前辈作家们的意见，对一个初学写作的我来说，就像枯干的禾苗需要雨水浇灌一样。我今后决心抱着旺盛的斗志，更加积极地投入到生活的洪流里去锻炼和改造。我要跃进！我要在百花齐放的文艺园地里，哪怕做一朵小小的野菊，也一定竭尽全力，让她的根深深地牢牢地扎在泥土里，让她的花开放得蓬蓬勃勃！

　　我发自心底的深处，恳切地感谢党对我的教育培养。没有党，我就没有写作的能力，也就没有这部作品。同时，向那些曾经不断帮助我和关心我的同志们，表示感谢。

孙景瑞
1958年"五一"国际劳动节